*Assèze
l'Africaine*

Calixthe Beyala

Assèze
l'Africaine

ROMAN

Albin Michel

ISBN 2-226-06998-4

21314AF 2995

Une biographie est une paire de lunettes noires. Face à la vérité, tout le monde est aveugle.

C. B.

Trente ans après, je n'ai aucune occupation particulière. Dans la journée, je ne m'adonne à aucun passe-temps comme la musique ou la peinture. Je ne m'intéresse pas plus aux toilettes et aux fards. J'habite à Paris et je n'ai pas de jardin. Quand mon mari mange, j'ai faim. Quand il se couche, j'ai sommeil. Lorsque les gens nous rendent visite, ils ne parlent qu'à mon époux et ça m'arrange. Je m'éclipse et je vais prier dans ma chambre. Dès que je le peux, quand mon mari ne déjeune pas chez ses parents, quand il ne souhaite pas pique-niquer, je vais à l'église Notre-Dame-de-Secours. Elle m'a aidée à surmonter mon désarroi lorsque Sorraya est morte. C'est dans mon village que j'ai prié Dieu pour la première fois. Et quand le père Michel est parti, j'ai continué à aller à l'église, où je pouvais montrer ma nouvelle robe et écouter les ragots.

Ma première rencontre avec le Seigneur peut paraître bien naturelle à certains et en laisser d'autres perplexes. Après tout, ma tâche ne consiste pas à chercher la vraisemblance mais à raconter ce qui s'est passé.

Première partie

1

Vint l'indépendance. Longtemps après, j'en ai parlé à un Français. Il m'a dit que ça lui faisait un drôle d'effet, l'indépendance vue côté nègre ; il se souvenait des grandes réjouissances à la libération du Cameroun ; il trouvait étrange, trente ans après, de penser à la version africaine.

Moi, j'avais grandi dans un pays sans élite, une administration de quelques dizaines de fonctionnaires déjà corrompus, avec guerres civiles et braves citoyens qui s'étripaient dans les maquis.

Blanc. Noir. L'existence se transforma. Pour fuir la répression à Douala, Menguelé s'embarqua dans un bateau, à fond de cale. Abega dut subir les soldats de son Excellence-Président-à-vie, quand ils entrèrent dans les villages des forêts. Maman perdit son emploi parce que les Blancs rentraient chez eux.

Mama-Mado, qui croyait que ces événements annonçaient son heure de gloire, extirpa ses immenses fesses de derrière son comptoir et afficha une pancarte à la devanture de son magasin, juste au-dessus de nos têtes : « PLUS DE CRÉDIT — LES BONS COMPTES FONT DES BONS AMIS. »

Maman retrouva du travail chez des frères noirs, pour un salaire crève-la-dalle, mais elle était fière de participer au développement du Cameroun et de payer sa quote-part à l'indépendance tcha-tcha.

Chez nous, c'était devenu manioc. Sur le plan alimentaire, zéro, du manioc à toutes les sauces. Manioc petit déjeuner. Manioc déjeuner. Manioc goûter. Manioc dîner. Sa cuisson nous transformait en lagunes molles. Et vas-y que j'extrais les charançons ! Je pile ! je tamise ! Je mets l'eau à bouillir et je malaxe ! Avec la cuisson du manioc, j'ai compris ce que signifiait gagner son pain à la sueur de son front.

De la colonie, il ne restait que la boutique de Mama-Mado. De loin, on l'aurait prise pour une guérite de sentinelle. Toute de tôle ondulée, quatre mètres sur six, elle faisait à la fois hôtel pour voyageurs, épicerie, essencerie et tout le reste : les journaux vieux de six mois, le corned-beef, la sardine à l'huile, le lait concentré, et le tout au détail. Le riz à la tasse. Le tapioca au verre. Le pain à la tranche. Le gâteau au carré. Le sucre cinq morceaux pour cinq francs. La levure au dé. Sans oublier l'art du service, une science unique qui consistait pour Mama-Mado à ratisser la cuillerée de farine du bout de l'auriculaire, à utiliser l'index et le pouce en pince de crabe pour ôter l'ultime pincée de sel. « Faut pas manger beaucoup de sel, clamait-elle — alléluia ! Pas mieux que le riz, dix fois plus de calories que le manioc — alléluia ! Ah, le lait concentré, celui qui a inventé ça est aussi intelligent que Dieu. Avec ça, vos enfants vont être aussi potelés que bébé Blédina — alléluia ! »

Mama-Mado servait en caquetant sa mission nutritionnelle. Elle nous dissolvait dans un flot de snobisme et de références artistiques. Elle se grisait à nous duper. Dès qu'un camion d'approvisionnement se pointait, Mama-Mado extrayait son considérable derrière du comptoir. Elle baladait de case en case sa sueur masquée par « Joli Soir », le roi des parfums, qu'elle évaporait de ses aisselles par gros nuages. Elle braillait : « *Nouvelle sardine de France ! Nouvelle cocotte-minute explosive haute protection! Devenez plus blanc que blanc avec trois fleurs d'Orient! Omo? Plus propre que le propre! Profitez-en, Mama-Mado est généreuse!* »

La vraie pouille à slogans. L'Arsène Lupine. Tout dans la roublardise. Les villageois regardaient Mama-Mado avec une telle envie qu'ils en auraient pleuré. « T'as qu'à accorder crédit », finissaient-ils par dire.

Mama-Mado minaudait : « Le crédit est mort avec l'indépendance, mes chers. *Les bons comptes font des bons amis!* » Nous aimions toujours autant les clichés de la colonie.

Suivait une discussion où toute la population parlait de connaissements, de dettes, d'agios et d'intérêts. Ces termes n'avaient plus guère à voir avec la définition qu'en font les dictionnaires de la langue française. C'étaient des agios et des intérêts revus et corrigés aux sons du balafon, du tam-tam et des banlieues africaines : « *Tu me dois cinq francs! Si tu ne me rembourses pas à temps, je vais te casser la gueule. Salut!* »

Mama-Mado travaillait beaucoup, toujours pour s'enrichir. Pour couper la dalle à mes concitoyens, elle ajouta une petite note en bas de sa pancarte : « VOUS QUI ENTREZ ICI, SACHEZ QUE DIX FRANCS DE PRÊTÉS, VINGT FRANCS DE REMBOURSÉS. » Conséquence : des tonnes de corned-beef périmé bouillaient sous la tôle de Mama-Mado. Pour les manger, nul besoin de s'user les doigts pendant cent sept heures devant un feu de bois. La chaleur ambiante réchauffait spontanément leur contenu. La boîte de conserve fusait quand on l'ouvrait. La Vache-qui-rit giclait de son sourire délacé. Le jambon sous cellophane, verdâtre dos-de-mouche, vous expédiait aux latrines. Le lait en poudre cancérigène faisait faire « trois petits tours et puis s'en vont ».

Tout étranger qui arrivait chez nous avait une manière bien commode de faire connaissance avec notre village : il rencontrait d'abord des petits monticules de terre devant chaque habitation que certains auraient pu prendre pour un potager.

Nos tombes pour bébés.

Personne ne s'en formalisait. Ces tombes étaient pratiques. Elles servaient de sièges lors des fêtes. La mort excessive des enfants libérait les femmes. Grâce au lait cancérigène, elles gagnaient du temps. Un peu d'eau du marigot chauffée quatre minutes au soleil puis versée dans un biberon qui avait eu le loisir de traîner dans la poussière, et voilà le nourrisson alimenté !

Tous ces gadgets fous faisaient glisser nos esprits vers une griserie de modernisme, un progrès sournois qui nous laissait babas.

2

A l'époque où commence mon histoire, mon pays, le pays éton, était le plus arriéré du Cameroun.

Il y avait eu Dieu sait quoi, avant que je naisse. Les Français étaient partis sans avoir réussi, dans mon peuple, à installer trois institutions. Nous n'avions ni fer, ni caoutchouc. Nous étions laissés de côté par la colonisation et la route ne nous atteignit que le jour de l'indépendance.

Situé dans la grande forêt équatoriale, ce coin de brousse n'a pas de nom défini, ni d'histoire bien claire. Sauf peut-être sous la colonisation allemande, par la terreur que provoquait la simple évocation de mon peuple pour toute oreille civilisée. On nous appelait mangeurs de savon, sauvages, cannibales, à votre choix. Mon peuple devint abruti par des décennies de répression. Le paysage ? Des arbres géants qui n'avaient des arbres ni le bois ni les branches, et cette chose s'étendait, écrasante de moiteur. Bêtes et plantes emberlificotées coupaient la vue à hauteur des yeux. C'était une sauvagerie si engorgée qu'il fallait sans cesse la soulager, le coupe-coupe à la main, et elle se reconstituait au fil de la serpe. En trois mots, une nature maladivement féconde, pétrie de sentines, bourrelée de frises, embrochée de lianes et de mille et un marigots, asile de superstitions, de serpents boas, de vipères, de hautes herbes coupantes et d'innombrables

mille-pattes. Un vivier pour pangolins, moustiques, croco-
diles et singes.

Pas pour les hommes. De taille brève et trapue, décimés
par le paludisme, la mouche tsé-tsé et autres maladies
mystérieuses, nous n'avions retenu de la colonisation
qu'une éternelle soumission envers l'administration, une
méfiance d'écureuil, un respect profond pour la richesse,
une volonté de chiendent. Il ne nous restait du passé que
certaines faiblesses pour le yaa et le vin de palme. Nous
étions paysans de père en fils, nous cultivions les mêmes
terres, n'envoyions guère d'enfants à l'école, et les mâles
de préférence, vivions dans une anarchie historique,
produisions comme on respire des bébés aux corps
moelleux traversés d'ondes neuves dont la moitié mouraient avant l'âge de cinq ans. Ceux qui en réchappaient,
on les retrouvait difformes, avec de la difficulté à marcher
droit, moulinés par le travail des champs, l'alcool, les
épidémies, dans une logique imparable et mystique...

Le seul degré de civilisation auquel nous avions accès
était la venue, une fois par an, du camion de vaccination.
Les infirmiers nous mettaient torse nu. Ils puaient leur
métier et nous tatouaient les bras avec un air complètement exténués. Leurs bouches étaient viandées de mots
dont nous ne comprenions ni la tête ni la queue. Leur
savoir nous éclaboussait de partout. Nous, les sous-
déchets, obséquieux, aux petits soins de « Monsieur le
doctor », courtois lèche-culs, à genoux chocolats fondus,
attendant le moindre ordre pondu des lèvres de « Monsieur le doctor », vomissant de gigantesques petites atten-
tions, offrant de magnifiques somptueux cadeaux, nos
poules, nos œufs, nos chèvres et nos femmes en guirlandes.

Les infirmiers repartaient. Ils nous laissaient en souvenir deux petites traces à l'avant-bras qui trois jours plus
tard se boursouflaient, suintaient, moisissaient à qui
mieux mieux, bouffaient la chair alentour comme un
chancre et finissaient comme les scarifications rituelles de

certains peuples africains. Les mouches quêtaient. Cela durait des semaines. Nous marchions les guenilles relevées aux épaules pour que sèche la punition moderne. Le soleil finissait par les assécher. De grosses croûtes se formaient. Elles tombaient. Elles nous laissaient des marques indubitables de la plus haute sensualité, la culminante parfaite de notre propreté que nous portions comme des minijupes. On crevait de les faire embrasser par nos amoureux.

C'est par le plus grand des hasards que je suis née dans un village cocorico-misérable, ce même hasard qui fait qu'on naît riche ou pauvre, dans le Bronx ou à Neuilly, que l'on se fait pulvériser par une voiture porte de la Chapelle ou tuer par une vipère dans la garrigue. Ce hasard m'a catapultée sur l'extrême branche d'une généalogie épuisée, accrochée au hasard des parties de culcul, de passe-passe, de cache-cache. Je suis fille unique. Je n'ai pas de père, du moins personne ne connaît son identité, sauf maman éventuellement, à moins que je ne sois l'œuvre de l'Esprit saint. Devant ma naissance si peu orthodoxe, ma grand-mère a dû ravaler ses rancœurs car mes concitoyens lui ont dit : « Pas de chance c'est encore de la chance ! Qui sait, peut-être bien que c'est cette enfant qui va sortir ta famille de la misère ? »
Toutes ces infirmités ont dû avoir une influence sur ma personnalité. Je ne crois pas qu'elles justifient mon comportement. Je ne cherche pas des circonstances atténuantes à mes actes. Aujourd'hui, je n'écris pas pour vous parler de nos misères, mais de quelques moyens pour y échapper. Je vous parlerai de Grand-mère dont les espoirs ont été déçus, de maman qui a cru s'en sortir parce que, quinze ans après ma naissance, elle a accouché d'un fibrome de sexe masculin qui pesait trois kilos sept cents grammes ; je vais vous parler d'une Comtesse qui s'en est tirée ; vous n'échapperez pas au suicide de Sorraya, aux

raisons qui l'ont poussée à cette extrémité et comment je l'ai laissée mourir. Dans ce parti pris, point de sécheresse de cœur. Au fil du récit, je vous fournirai une foule de détails secondaires, qui ont leur importance et dont la bizarrerie vous empêchera de me condamner trop vite.

Je ne parle pas de désespoir. Je parle vie. J'écris ce livre pour une Afrique qu'on oublie, pour l'Afrique au long sommeil.

Je m'appelle Assèze Christine. J'habitais ce village perdu. Quelquefois je me demandais ce que je fabriquais là. Non, ce n'est pas si facile de raconter cette histoire. Quelle voix adopter ? Comment m'y prendre pour vous raconter ce qui m'est arrivé ? J'étais différente à l'époque, je ne suis plus la même aujourd'hui. Voilà déjà cinq ans que je suis mariée. Sept ans que Sorraya est morte. Je ne suis pas de celles qui ont une aversion particulière pour les enfants. J'ai de bonnes raisons de penser qu'ils s'attachent volontiers à moi. Lorsque naissent des chatons, je les chéris comme des petits humains. Je leur donne à téter, je les soigne comme s'ils étaient les miens. Je crois que j'aurais été une bonne mère mais cette idée me donne des cauchemars. Si je le pouvais, j'adopterais des enfants. Je suis convaincue que la maternité est dangereuse : vous aurez toujours tort. Un enfant adopté, s'il est malheureux quand il grandit, vous pouvez toujours penser que ce n'est pas de votre faute.

Rassurez-vous. Mon enfance a ressemblé à celle des autres petites filles africaines avant l'arrivée du lait en poudre cancérigène. J'ai sucé les longues pointes des seins de ma mère jusqu'à deux ans. Je me laissais vivre aux crochets de maman, en pure fille-maquereau. Je n'avais pas de couches. Je mettais mes déchets là où je pouvais. Grand-mère passait derrière moi. Elle ramassait ce qu'il y avait à ramasser. Pour exprimer mon désaccord, mes deux pieds pédalaient dans le vide et je poussais des hurlements qui n'affolaient personne...

Jusqu'à quatre ans. Ensuite, les choses changent et la société exige des comptes. C'est mon premier souvenir : je suis assise sous la véranda de notre case en chaume, écrasée par le sentiment d'une faute immense. Maman me demande sévèrement :

— Qu'est-ce que tu fais ?

— Rien.

— Rien ? Honte à toi, femme qui ne fais rien de tes dix doigts. Allez, va ! Occupe-toi !

Je suis partie rejoindre les autres enfants, une horde cacaquetante. Nous n'avions pas de poupées. Nous n'avions pas de voitures électriques. Nous n'avions pas de ballons. A quoi allions-nous jouer ? A la course ? Non, pas de course. Il faisait trop chaud ! A cache-cache, alors ? Pas de cache-cache. D'ailleurs, y en avait marre de faire que ça tout le temps. Alors à l'Indien. Nous avions vu des Indiens au cinéma ambulant. C'était à la préfecture de Sâa. Mama-Mado nous y avait tous amenés un jour pour nous montrer la civilisation. Le film se déroulait sous une tente noire. Un homme poids coq, avec des gants de boxe et une barbe à Jésus, faisait office de caissier et d'ouvreuse. « Dix francs par personne », avait-il déclaré. Mama-Mado avait compté tous les mômes, puis ses sous. Elle avait froncé les sourcils et nous avait déclaré : « Kong, l'esprit malin vient de me dire que, par souci d'intérêt spirituel, seuls vingt d'entre nous sont autorisés à voir les Indiens. » Nous avions tous prié pour être parmi les vingts élus de Kong. Je n'avais pas été choisie. Malgré la désapprobation de Kong, nous trouvâmes le moyen de voir les Indiens en écartant les bâches. Le bonhomme au gant de boxe passait derrière la tente et donnait des coups de poing. Ouïe nos doigts ! Après tout, on gardait de merveilleux souvenirs.

Pour mettre l'Indien en pratique, nous dénichions une

souris dodue et grise au bout de sa queue comme une mangue pourrie. Prisonnière, elle se débattait. Nous la plaquions au sol. Nous lui attachions un fil à la patte. Nous l'éventrions d'un coup de canif rouillé. Nous lui sortions les tripes. Nous cherchions des clous de charpentier. Contre un arbre, nous clouions l'animal. Nous ramassions des feuilles mortes et des branchages. Nous allumions un feu. Nous dansions en Apaches et en Comanches autour de l'arbre en poussant des cris d'horreur heureux puis, transpirant, nous nous embrassions tous : « Hugh, t'es mon frère ! »

Quand nous en avions assez de jouer aux Indiens, nous nous attroupions devant la boutique de Mama-Mado où les *Saluts les copains* agrafés, peuplés des Sylvie Vartan et des Cloclo, faisaient mousser notre imagination enfantine. Nous finissions par soupirer et guigner les bonbons avec une telle envie que Mama-Mado rejetait ses innombrables tresses dans son dos, agitait ses bras boudinés et hurlait : « Allez-vous-en ! Allez-vous-en ! »

Je rentrais à la maison retrouver Grand-mère. Outre mon éducation, Grand-mère avait une grande passion : l'argent. Grand-mère avait trois ennemis : le ndolé, les cafards et, pire encore, le *Poulassie*, cette horreur de langue française. J'ajouterais à ce tableau qu'elle avait trois cheveux sur la tête, de grandes mains et de grands pieds. Le nombre de kilomètres dépensés par ces extrémités en direction de mes joues et de mes fesses m'a toujours donné envie d'apprendre à calculer les dépenses d'énergie.

Vers 1910, grand-mère Ngono avait épousé mon grand-père, monsieur Abega, fils d'un indigène d'un autre nom, arrière-petit-fils de paysan d'un autre nom, l'oncle Oukenk, mort par balle (la gloire !) lors de la conquête allemande. De cette union naquirent successivement Obgbwa, Okala, Balbine, Oto, Gazengué, Songo, Abezolo. Tous moururent. Suivirent quelques produits qui ne dépassèrent pas l'état de fœtus. A l'âge où les femmes raccrochent leurs serviettes hygiéniques, leur sexe et leurs pertes blanches, à soixante-trois ans, Grand-mère eut la miraculeuse surprise de mettre maman au monde.

Grand-mère n'en est jamais revenue. Elle réaménagea tout ce qui lui restait de vie chez sa fille. Un amour dramatique qui allait jusqu'à l'horreur. Grand-mère, cette vieille, battait maman comme une natte à la chicote et à coups de nerfs monstrueux quand elle levait les yeux ou qu'elle répondait aux adultes. Grand-mère serait devenue folle, sinon. Elle voulait le respect des ancêtres, des vieux, des patriarches et même de ceux qui étaient morts depuis si longtemps que la terre ne s'en souvenait plus.

Grand-mère envoya maman à l'école. Et là, l'histoire devint passionnante. A quatorze ans, maman était toute développée, des mamelles immenses, une peau couleur noix de mangue, le dos bien droit, et un visage toujours prêt à sourire, à s'enflammer ou à être triste avec vous. Le 14 Juillet, c'est elle qui brandissait le coq. Les hommes n'en revenaient pas de la voir aussi crâneuse. Elle avait des suées splendides. Elle levait la rue Principale derrière elle à bander *La Marseillaise*.

Sa beauté illumina le visage d'Awono le 14 juillet 1959. Exténué de béatitude, Awono laissa tomber sa défense amoureuse. Comme un gros rot, son âme sortit de sa bouche. Et il rendit son cœur.

— Comment tu t'appelles ?

— Andela.

— T'es mariée ? Fiancée ?

— Non.

— Je t'épouse.

A ce niveau de la narration, la carcasse de Grand-mère résonnait de drames. Elle crachait l'injustice à gros sanglots.

— Tu te rends compte, Assèze, que tu aurais pu être la fille d'Awono ? Un fonctionnaire, responsable, honorable, veuf avec rangée de voitures !

Grand-mère envoyait valser un gros crachat sur le mur de bouse. Elle enchaînait pour moi :

— Et seulement une fille de son précédent mariage. Ta mère nous a tout fait perdre. Dis-moi qu'est-ce qu'elle avait à faire ça ?

— J'sais pas. Peut-être bien que je suis la fille d'Awono ?

— Non, fillette !

— Personne ne peut dire qu'Awono n'est pas mon père, après tout !

Alors, Grand-mère se taisait. Elle émettait de petits claquements de langue. Elle levait la tête, elle me regardait.

— Pas du tout ! C'est de la faute du *poulassie*. Si je n'avais pas envoyé ta mère dans leur école apprendre le *poulassie,* y aurait pas eu ce malheur !

— Tout ira bien, Grand-mère, disais-je pour la rassurer.

— Je demande à voir ! Se faire mettre enceinte quelques mois avant le mariage !

Quand Grand-mère achevait son récit, trois verres de sueur avaient dégouliné de son front. Son cœur tapait le funk dans sa poitrine. Ses traits séchés par l'âge s'horrifiaient. Ses lèvres se craquelaient. « Ça va, Grandmère ? », demandais-je. Elle faisait un signe de tête affirmatif. Sa langue remuait derrière ses joues. Elle essayait d'extraire de ses glandes taries un peu de suc lubrifiant. « On s'en sortira, Grand-mère. J'en suis certaine. » Grand-mère baissait la tête.

Le soleil allait se faire voir ailleurs et les villageois revenaient des champs cabossés par les houes, coupecoupe et hottes. Ils disparaissaient entre les arbres qui sillonnaient le village pour réapparaître devant les cases de latérite aussi poussiéreuse que la terre. Les garçons ramenaient les troupeaux à l'enclos. Les fillettes se penchaient insolentes et poussaient les poules à l'abri.

Maman rentrait du travail à l'heure où nos ombres s'allongeaient infiniment vers l'est, et où le soleil se retirait précipitamment de la forêt. Et bien que maman accusât douze années supplémentaires, son visage était plus doux à cause de sa culpabilité. Accusée d'adultère, elle était devenue ce genre de personne qui ne sera plus jamais elle-même, comme elle aurait dû.

Je n'ai pas souvenir de la couleur des yeux de maman. Et même les soirs, alors que nous étions toutes trois assises auprès du feu, qu'on pouvait sentir l'odeur chaude de ses pagnes, ses prunelles n'accrochaient pas la moindre lumière. On eût dit deux puits dans lesquels j'avais du mal à regarder. Si bien que je regardais plutôt le feu en mangeant ma variété manioc du jour tandis que Grand-mère, chef de famille, me concoctait des phrases désagréables avec des débris de moralité :

— Assèze, tes jambes — mange proprement ! Nous ne sommes pas chez des sauvages, nous !

J'obéissais. Grand-mère m'oubliait et s'en prenait à maman :

— Tu ne t'es pas trouvé un mari, avec tous les hommes qui traînaillent en ville ? Quand j'étais jeune...

Elles se regardaient très chiennes parce qu'elles n'avaient plus rien à se dire.

— Mais qu'est-ce que j'ai fait aux dieux pour mériter ça ! disait Grand-mère. Je ne veux pas dans ma case d'une bordèlerie pareille ! Je vois ça d'ici, si ça continue, tu vas pervertir la petite...

— Tu causes, tu causes toujours, c'est pas facile ! répondait maman.

Quand le repas s'achevait, Grand-mère descendait son vin de palme d'un seul élan, expulsait trois rots et se laissait aller sur sa natte, épuisée. Son visage sur lequel passaient des ombres anthropophagiques s'éclaircissait.

Elle songeait avec plaisir que c'était toujours ça de pris et jugeait qu'il était temps de dire quelque chose d'agréable : « T'as passé une bonne journée ? » ou : « Les pluies tardent à venir. Si ça continue, on risque tous d'attraper cette maladie-là... Comment que tu l'appelles déjà ? » « Choléra » « Il faut refaire les latrines, et si possible le toit de chaume. »

La nuit tombait et une légère brise charriait des murmures, des odeurs de viande grillée. Au village, les femmes berçaient leurs bébés et les couchaient sur leurs lits de bambou. Puis, elles ramassaient leurs maris et les retenaient.

Amen.

3

C'était en saison sèche. J'avais huit ans. Et ce qui semblait original dans mon village à cette époque, c'était la difficulté à vivre. Difficulté n'est d'ailleurs pas le bon mot. Il suffit de parler d'inconfort. Vivre n'est jamais facile mais il existe des pays où les gouvernements soutiennent la vie. Chez nous, nous étions abandonnés à nous-mêmes. Nous n'avions rien à faire en attendant les prochaines pluies qui correspondraient au sarclage des champs et à la semence. On s'ennuyait tous ensemble et on tuait l'ennui comme on pouvait. On allait les uns chez les autres à n'importe quel moment du jour ou de la nuit. C'était la longue saison des répétitions. Les plus nerveux battaient leurs femmes à la même heure. D'autres perdaient en bière chez Mama-Mado l'argent de leurs récoltes. Mama-Mado avait introduit dans sa boutique un tourne-disque pour que les gens puissent danser, s'assoiffer et s'endetter. La nouvelle danse, le méringué, comme toutes les chansons populaires, montrait la vie d'un doigt discret : « Mégrita chérie, qu'est devenu notre bébé ? » ou : « Mon fils, ne m'oublie pas en ville », ou : « Antone, mon homme, pourquoi as-tu pris une seconde femme ? » Et les bassins tanguaient, et les hanches roulaient et frottaient pour user nos souffrances.

Grand-mère considérait que j'étais trop jeune pour ce

genre de soulagement et trop vieille pour les jeux. Grand-mère s'acharnait à faire de moi une épouse. Tous les mois, je subissais l'épreuve de l'œuf. Grand-mère me déshabillait et me demandait de m'accroupir. Elle introduisait l'œuf dans mon vagin pour voir s'il pénétrait. Après, en récompense, j'avais le droit de manger cet œuf.

Je savais sarcler le champ. Je savais récolter le maïs. Je savais préparer le nfoufou. Je nourrissais les six poules naines, l'essentiel de notre bétail. Je protégeais nos grains de maïs qui séchaient sur une natte. Je partais au marigot à l'aube et ramenais l'eau pour la cuisine ou le bain de Grand-mère. Quand j'avais achevé mes tâches, je reprenais mes habitudes d'oisive comme tout le monde. Je m'aventurais dans la forêt jusqu'à un petit ruisseau. Par-delà ce ruisseau, il y avait un buisson de buis caché par de grands arbres, quatre pieds de buis, qui s'étiraient les uns vers les autres à un mètre quatre-vingt-dix du sol, pour former une chambre ronde, vide, d'un peu plus de deux mètres de large, aux murs formés par une vingtaine de centimètres d'épaisseurs de feuilles bruissantes.

Je me courbais, me faufilais dans cette chambre, et, une fois là, je me dressais toute debout dans une lumière verdâtre.

C'était mon secret. Dans cette tonnelle, je jouais solitaire à la maman avec des poupées d'herbe, cuisinais des plats imaginaires ou au contraire jouais au songo.

Ce jour-là, le soleil donnait si fort que même l'ombre allongée des vérandas ne pouvait le contenir. Il y avait bien longtemps que la forêt était silencieuse. Des criquets isolés chantaient encore. C'était le début de l'après-midi. Grand-mère siestait dans un fauteuil à bascule. J'en profitai pour m'aventurer jusqu'à ma maison verte. Au bruit de mes pas, couleuvres et vipères disparaissaient entre les fourrés. Devant ma chambre, je surpris un lapin. Je pris un bâton et lui titillai les sens. Confus, il tournoya sur lui-même et disparut dans la brousse. Je m'allongeai et pénétrai dans la chambre verte. Je n'eus que le temps de me relever lorsque j'entendis le tam-tam. Il annonçait une réunion urgente sur la place du village.

Sans prendre le temps de respirer, je me battis avec des épis d'herbe accrochés à mes cheveux et repris le chemin du retour.

Mes concitoyens étaient sous le grand baobab. Les hommes y parlaient femmes à la mode de chez nous. Ils exprimaient des désirs violents et brefs. Un peu à l'écart, le dernier-né dans les bras et l'avant-dernière couvée accrochée à leurs pagnes, les femmes attendaient, muettes. Les enfants s'étaient regroupés en fonction de leurs cacas et de leurs pipis. Je m'approchai d'eux et j'entendis cette conversation entre deux jeunes garçons :

— Paraît que ça sent mauvais, dit un des mômes à son compagnon en s'épouillant.

— Ouais ! paraît que ça se lave jamais, répondit le second en essayant d'ajuster son pantalon trop grand sur sa taille.

— Paraît que ça a pas le zizi coupé !

— Quelle horreur ! Et comment qu'ils font alors ?

— Sais pas.

Je traversai la bande des gosses en jouant du coude pour voir ce qui sentait si mauvais et que je n'avais pas encore senti. C'était un Blanc. Oui, il paraît qu'il sentait. Il était maigre avec le milieu du crâne chauve et des touffes de cheveux gris autour. Il gardait encore la plupart de ses dents sur la gencive supérieure, mais pas une sur la gencive inférieure, ce qui lui faisait la bouche comme un trou quand il souriait. Il portait une longue robe noire. Ses sandales de cuir marron en fines lamelles laissaient voir des orteils longs comme des tiges qui n'annonçaient rien de bon. Il avait dans une main une bible déchirée et dans l'autre un Christ couleur craie taillé grossièrement au coupe-coupe dans un tronc mangé de vers. J'approchai mon nez et reniflai.

En sentant un Blanc de si près pour la première fois de ma vie, je ne compris pas pourquoi on faisait tant d'histoires pour ces créatures velues et couleur maïs desséché. Le Blanc était accompagné d'un Noir aux traits épais, avec assez de cheveux pour cinq têtes sur un minuscule crâne. Et, bien que ce Noir fût accroché crânement à une Mobylette rouillée, on ne pouvait l'imaginer ailleurs que derrière un Blanc, appliqué à porter ses bagages ou à lui préparer des petits plats. Le Blanc nous souriait. Nous lui souriions aussi parce que ça lui faisait plaisir. Il leva la main pour faire taire le brouhaha. Il se mit à parler et à secouer son Christ comme un séisme. Le Noir traduisait. Il nous dit que ce Blanc était un saint. Il n'était pas là pour prendre, mais pour éclairer nos ténèbres. Il avait renoncé au confort et au bien-être chez les *Poulassies* pour illuminer nos âmes.

— Je demande à voir ! dit quelqu'un dans la foule.

— Ouais ! crièrent mes concitoyens.

— Aux pangolins ! vociféra quelqu'un d'autre.

— Et pourquoi que son Dieu ne lui a pas donné les cheveux comme tout le monde ? demanda une femme.

Face à l'agitation de la foule, le Blanc et le Nègre restaient bras ballants. Puis, ils se chuchotèrent des choses. Pour nous faire un tour de magie, le Nègre nous montra sa Mobylette ; la mine réjouie, il nous dit :

— Vous voyez cet engin ?

— Personne n'est aveugle, dit un bonhomme.

— Il est à moi ! dit le Nègre.

— Suffit de l'acheter, rétorqua mon concitoyen.

— Qui l'a fabriqué ? demanda le Nègre.

— Le Blanc, répondit un enfant en rigolant. Même un con le sait.

— Très bien, mon petit, dit le Nègre. Où est ton père, mon enfant ?

L'enfant montra son père du doigt en gloussant.

— Mon frère, dit le Nègre en s'adressant au père de l'enfant, aimerais-tu avoir un engin pareil ?

— Bien sûr ! répondit le père de l'enfant, sans hésiter.

— Alors, si tu réussis à la faire démarrer et à rouler avec jusqu'au bout du sentier, là-bas, je t'en fais cadeau.

L'homme s'approcha. Chacun pariait sur ses chances de succès. On se battait à coups de coude pour voir le miracle. Entre les visages surexcités de ceux qui se trouvaient aux premiers rangs, d'autres visages tout aussi surexcités se pointaient, se séparaient, disparaissaient ici, pour réapparaître là. On vit même un paysan donner des coups de pied à son épouse et la renvoyer aux fourneaux, juste pour se faire un peu de place.

Mon concitoyen prit l'engin par le guidon et le poussa. La Mobylette refusa de démarrer. Il poussa plus fort. « Allez ! » hurlaient les villageois ; ils battaient la mesure pour l'encourager. Mon concitoyen poussait la Mobylette, mâchoires serrées. Il y mettait tant de volonté que l'on pouvait comptabiliser les veines de son cou qui saillaient comme des racines. Il s'arrêta, dos cassé, souffla, tels deux zébus, jeta la Mobylette par terre et donna des coups de pied au moteur.

— C'est de *Tartibouli !* fit-il très en colère.

Il ôta trois litres de sueur de son front du revers de la main avant de répéter :

— C'est de *Tartibouli !*

— Ouais ! approuvèrent mes concitoyens. Il se moque de toi ! Son truc, c'est du n'importe quoi !

— Il faut lui donner la clef, dit une femme. J'ai vu qu'il y avait des clefs pour ces choses-là. C'est comme une porte, quoi !

— Ouais ! approuvèrent à nouveau mes concitoyens.

Le Nègre hocha la tête et dit :

— Je peux faire mieux. Je démarre l'engin à sa place et...

— C'est que justice ! clamèrent mes concitoyens.

31

Le Nègre releva l'engin, posa ses pieds sur une pédale, appuya d'un geste : le moteur vrombit et créa une légère panique dans la foule. Le Nègre grimpa sur l'engin, roula jusqu'au bout du sentier, sous nos yeux médusés, fit demi-tour et revint en tenant le guidon d'une seule main, avec les applaudissements du public.

— A toi, mon frère ! dit le Nègre en donnant la Mobylette à mon concitoyen.

Mon concitoyen reprit le guidon, il n'eut pas le temps d'installer son fessier sur le siège que l'engin démarra et se mit à rouler, l'entraînant à sa suite dans la poussière.

— C'est le Dieu des Blancs qui a inventé ça, dit le Nègre.

— Tu peux nous montrer comment il marche ? demanda un homme.

— Dieu seul peut te montrer comment fonctionne cet engin, mon frère. Et ce Dieu, c'est le Dieu des Blancs.

— Et comment qu'il fait pour me montrer ? redemanda mon concitoyen.

Le Nègre nous expliqua que pour cela, il fallait écouter le père Michel. Il était venu dans notre pays nous apporter la lumière. C'était un saint homme. Il consentait un gros sacrifice qui appelait notre reconnaissance. Il dit qu'il fallait que nous soyons baptisés sinon on mourrait pauvres, car seul le Dieu des Blancs apportait la richesse. Il dit qu'en plus on brûlerait tous en enfer si nous continuions à vivre dans le péché.

Nous avions du mal à comprendre ce qui nous arrivait. Il y avait bien des sentiments de peur, mais finalement ce qui prédominait déjà, c'était le désir d'avoir une Mobylette. Il se tint un conciliabule très rapide entre les vieillards. Le chef revint et dit :

— J'aime mon peuple. Les choses ont changé. Nous devons suivre le chemin du progrès. C'est avec plaisir que j'autorise les habitants de mon village à être baptisés. Que faut-il faire ?

Le Nègre dit qu'il fallait obéir à certaines règles.

Règle n° 1 : rapporter nos fétiches.

Règle n° 2 : suivre des cours d'évangélisation des enfants à la préfecture.

Règle n° 3 : envoyer nos enfants à l'école.

J'allai à la maison retrouver Grand-mère. Je lui expliquai ce qui se passait. « Clitoris dans les derrières ! » dit Grand-mère. Elle ajouta : « Il n'en est pas question. »

— Pourquoi ne veux-tu pas que je sois baptisée ?

— Je n'ai pas toujours été une vieille femme, dit Grand-mère. J'ai été une jeune fille potelée avec des beaux cheveux noirs. Ce qui veut dire que j'ai eu l'expérience du *Poulassie*.

J'avais du mal à imaginer Grand-mère autrement que grand-mère, petite et flétrie avec des rides et les six dents qui lui restaient dans la mâchoire.

— Je veux être baptisée ! répétai-je à Grand-mère.

— Faudrait d'abord que tu me passes dessus, répliqua-t-elle.

Je ne dis rien. Je sortis de la case en criant : « Je veux être baptisée ! » Grand-mère me suivait en criant à son tour : « Pas question ! Pas toi ! Une fois, ça suffit ! » Je voyais de loin Grand-mère chanceler derrière moi. Elle hurlait dans mon dos en allemand tous les mots de la résistance à la colonisation. J'ignorais alors que la haine pouvait autant que l'amour donner du sens à la vie. Je ne me retournai pas.

Les villageois avaient sorti leurs fétiches, totems, statuettes ou sculptures. Ils les déposaient aux pieds du père Michel. Le Nègre les ramassait et les mettait dans une caisse en bois et récompensait chacun d'un chapelet de verre.

Grand-mère traversa la foule. Elle leva sa canne et se mit à frapper père Michel. Le temps que tous réagissent, père Michel avait la bouche fendillée, le sang

aux lèvres. Il se releva. Il essuya sa bouche et considéra
Grand-mère que deux hommes avaient maîtrisée.

— Voyons, dit un vieillard à Grand-mère. Tu nous
couvres de honte. Tu n'as pas à brutaliser ainsi un invité.

— Un invité ? T'appelles ce Blanc un invité ? Il vient
te sortir de la nourriture du ventre et tu l'appelles invité.
Qu'est-ce qu'il faut pas entendre !

— C'est pas une raison, dit le vieillard. La violence est
condamnable. N'est-ce pas ? fit-il à l'adresse du Nègre.

— T'es qu'un menteur ! dit aigrement Grand-mère.
La paix, tu sais pas ce que c'est. Quand ta femme vivait,
t'arrêtais pas de la chicoter.

— Lâchez-la ! dit père Michel. Elle n'y est pour rien !
Le diable a pris possession d'elle.

— Sale Boche ! cracha Grand-mère qui n'avait que ce
souvenir des Français.

Père Michel souriait. Il aurait pu gifler Grand-mère et
lui faire sauter le reste de ses dents. Sa gentillesse lui
servait de coupe-coupe, pour débroussailler nos
croyances pitoyables. Son amour devait dégouliner au
mieux vers les plus pauvres, les plus cons, les plus
illuminés ou les plus barbares. Au lieu de s'éloigner de
Grand-mère, il s'approcha d'elle, la prit par les épaules
et l'embrassa en l'appelant « ma sœur ». Et ils discutè-
rent longtemps à travers la bouche de l'interprète
Antoine. Grand-mère était convaincue que l'école avait
perverti maman. Elle expliqua au traducteur qu'un jour,
il y a bien longtemps, elle avait rencontré une sœur à la
préfecture. Cette sœur était blanche comme le Blanc. Elle
avait convaincu Grand-mère d'envoyer maman au catéchisme et à l'école. Maman en était revenue transformée.
Enceinte !

— Les plaies de l'honneur ne sont pas éternelles, ma
sœur, dit père Michel.

— Cela signifie quoi ? demanda Grand-mère.

— Seules les blessures de l'âme sont éternelles, dit

père Michel. Il ajouta en me désignant : Seuls les souvenirs du plaisir restent.

— Mais c'est pas permis de faire un enfant sans mari !

— Dieu seul donne la vie et, quand il la donne, il sait ce qu'il fait. C'est marqué dans la Bible.

— Mais elle n'a pas de père, dit Grand-mère.

— Après le sacrement du baptême vient celui du mariage. C'est marqué dans la Bible.

Grand-mère hocha sa vieille tête. Le Nègre emballa les affaires de père Michel. Il dit que dès le lundi suivant nous devions tous aller au catéchisme à la préfecture. Ils reprirent leur route. Il était temps. Un peu plus, père Michel nous aurait traduit le monde entier sous l'arbre à palabres. Il aurait rendu la justice à la place des vieillards. Certains de mes concitoyens voulaient déjà installer père Michel dans leur case. Ils spéculaient sur l'épouse que père Michel choisirait. Au train où ils allaient, père Michel aurait bien douze enfants.

4

Le lundi suivant, j'allai au catéchisme, malgré la désapprobation de Grand-mère. Il se déroulait sous un arbre. On faisait cercle autour de père Michel. On se servait des mots dont on disposait. Notre répertoire était faible, mais les difficultés, on en avait connu d'autres. Père Michel nous instruisait dans son français étonisé. Nous lui parlions dans notre éton francisé. D'ailleurs, il était fier de nous car nous montrions une grande aptitude aux Écritures. Qu'ont fait Adam et Ève pour être exclus du paradis ? Ils ont forniqué ! « Mes frères, vous avez vécu dans le péché, voilà pourquoi vous souffrez ! » Alléluia. « Travaillez ! » Christ, Christ, alléluia ! « Lavez vos pieds ! » Alléluia ! Alléluia ! Alléluia ! « Doublez vos pagnes ! Boutonnez-vous, le diable est partout et vous guette ! » Alléluia ! Vive la France et vive l'amitié franco-camerounaise ! Alléluia !

Nous voulions tous être baptisés. Nous voulions découvrir ce Dieu à la droite duquel père Michel nous assurait qu'il nous voyait. « T'es un ange, mon petit », ou encore : « T'es une colombe », disait-il en caressant la tête d'un enfant. L'heureux élu se réjouissait fort de ces mots. Durant le reste de la journée, l'heureux élu battait des ailes devant ses camarades et criait : « Ne m'approchez pas ! Je suis un ange ! Je suis blanc. Eloignez-vous,

Satan ! » Ce qui, vous le comprendrez aisément, désespérait les autres mômes qui n'étaient pas rassurés quant à leur sainteté.

Nous ne voulions plus subir l'exil intérieur qui nous mettait à l'écart de la race humaine. Nous voulions devenir des anges, prêts à nous envoler sans le savoir. L'influence blanche. Le complexe blanc. L'anticomplexe blanc. Des enculables en puissance. On croyait que l'âme pouvait se blanchir.

Puis il fallut baptiser. Le village réuni, père Michel proposait des prénoms. Toutes les jeunes filles voulaient s'appeler Maria-Magdalena. Elles ne voulaient pas s'appeler Maria. Ce prénom simple sonnait inquiétant. Les garçons optaient pour Joseph le cocu, allez savoir pourquoi. Toujours est-il qu'il n'y eut pas moins de trois cents Joseph et six cents Maria-Magdalena dans le district. Il nous fallut l'ingéniosité de nos ancêtres pour s'en sortir. On composa des Joseph-le-grand, Joseph-le-court, Joseph-le-droitement, Joseph-double-langue, Maria-Magdalena-pieds-gâtés, Maria-Magdalena-quatre-heures, Maria-Magdalena-la-bossue, et j'en passe !

Grand-mère, qui s'était tenue en dehors de cette fièvre, devant cette avalanche de prénoms ordinaires sortit sa prise de son nez, qui devint chique dans sa joue, et décréta :

— Ma petite Assèze s'appellera Jésus.

— Pas question, dit père Michel.

— Pourquoi pas ? Il y a déjà plus de cent Maria, dit Grand-mère.

— Maria, oui ! dit père Michel. Mais personne ne peut s'appeler Dieu...

— Je comprends rien à ce raisonnement, dit Grand-mère.

Père Michel poussa un long gémissement.

— Qu'est-ce qu'il dit ? demanda Grand-mère au traducteur.

— Rien, dit le Nègre traducteur.

— Rien, c'est pas une réponse, dit Grand-mère. Je parie qu'il ne sait pas quoi répondre.

— Nous sommes tout à fait d'accord! approuvèrent mes concitoyens.

— Oh! du calme! dit père Michel qui voyait déjà son investissement partir à vau-l'eau. Personne ne peut s'appeler Jésus, parce que... Parce que Dieu est Dieu, unique et indivisible.

— Dans ce cas, dit Grand-mère, ton Dieu est moins que rien, puisque sa mère c'est Marie. Un chat ne peut pas accoucher d'un chien. C'est pas moi qui l'ai inventé!

— Taisez-vous, Satan! ordonna père Michel.

— Satan c'est aussi ta mère! dit Grand-mère.

Père Michel en resta tout bête. Il vit mille chandelles. Des éclats de lumière explosèrent dans sa cervelle.

— Christine! Christine! hurla-t-il. Elle s'appellera Christine.

— Nommer c'est important, dit Grand-mère. Ça signifie quoi, Christine?

— Celle qui porte le Christ, répondit père Michel.

— La femme de Jésus, alors? demanda de nouveau Grand-mère.

— Non, répliqua père Michel. C'est le féminin de Christ.

— Sa maîtresse alors? redemanda Grand-mère.

Excédé, père Michel répondit :

— C'est tout comme.

Les baptêmes se firent autour du marigot, entre poussière et canicule. Père Michel nous avait mis en rang deux par deux, un garçon, une fille. Les filles étaient vêtues de robes blanches, de socquettes blanches, de gants blancs, de voilettes blanches. Les garçons arboraient des pantalons marins et des vestes blanches. Il faisait si chaud, ce jour-là, qu'on avait hâte d'en finir, sans compter que, à la place du village, un tas de tables croulant de bonne nourriture, de jojoba et de vin de palme nous attendaient pour entretenir notre foi.

Quand arriva mon tour, père Michel m'attrapa par les épaules. Il m'enfonça vigoureusement la tête sous l'eau, m'asphyxia et me noya à moitié, à tel point que je le soupçonnai de se venger de Grand-mère. « Bienvenue au Royaume du Seigneur, Christine » !

5

A ce niveau du récit, il convient de signaler les modifications de comportement de mes concitoyens depuis leur évangélisation. S'ils aimaient toujours autant le yaa et le vin de palme, ils les buvaient en versant une goutte par terre pour apaiser le courroux de nos ancêtres et adressaient un « Je vous salue Marie » à Dieu avant de se soûler.

Il était rare désormais de voir une femme se baigner nue dans la rivière, dommage pour le monde entier. Celles qui n'allaitaient pas doublaient leurs pagnes. Les garçons attachèrent avec des lianes les pantalons trop larges à la ceinture. Nous avions une idée si vague de Dieu, que nous le craignions d'autant plus. Père Michel nous avait dit que le diable était noir. Chacun avait regardé sa peau. C'était un prédateur invisible qui aspirait les imprudents et ne les laissait plus ressortir. Quoi encore ?

Après le sacrement du baptême, celui du mariage, disait la Bible.

Vu le nombre de couples illégitimes qui vivaient dans mon village, père Michel s'aperçut qu'il n'en aurait pas fini des épousailles avant d'avoir cent sept ans. Il regroupa les couples par dix pour les marier. Les premiers furent ceux qui vivaient ensemble depuis vingt ans, avaient douze enfants et n'étaient plus satisfaits de leur union.

« Dieu est amour. Il protégera votre foyer », disait père Michel.

Des hommes qui se croyaient légers en amour se découvraient une constance. Ils demandaient sa main à la jeune fille dont jusqu'ici ils avaient joui du corps sans souci. Des maris qui avaient vécu auprès de leurs épouses en les trompant sans cesse mirent tous leurs efforts dans le « Oui » qu'ils prononçaient devant père Michel.

Quant aux amants que l'amour jetait l'un vers l'autre, ils donnaient l'image du bonheur tel qu'on pouvait se l'imaginer : mariés à vie, devant Dieu et devant les hommes, pour l'éternité. « Ça va continuer longtemps, ce cirque ? » demandait Grand-mère que son refus de participer à notre évangélisation exilait de notre communauté. Moi, je l'espérais, car durant cette période il y eut plus de fêtes dans le village qu'en cent ans.

Si l'évangélisation se fit sans bavures, il en alla autrement de la scolarisation. Hormis maman, qui pensait que l'école des Blancs m'armerait, les parents se montrèrent réticents. Peut-être croyaient-ils leurs enfants trop bêtes pour comprendre les abstractions des bâtonnets et des lettres $1 + 1 = 2$; A-S-S-E-Z-E = Assèze. Il y eut conciliabule. On décréta que les enfants n'iraient à l'école qu'en dehors de la période des sarclages, de celle des semailles et de celle des récoltes. Père Michel approuva. Au fond, il s'en foutait. Il était juste médecin de l'âme.

L'école. Quinze kilomètres à pied qui usaient nos talons. Elle se tenait sous un arbre, toutes classes confondues, du C.E.P. au cours moyen. Nous changions de place en fonction de la position du soleil.

Mon maître d'école était un ancien combattant et son corps, ses gestes témoignaient de son passé glorieux : son regard était de fer ; son crâne tondu semblait directement lié à ses épaules massues ; ses grandes mains donnaient des taloches cinglantes ; sa tenue léopard de combat et ses grosses chaussures militaires à énormes boucles l'annonçaient à dix lieues, comme un troupeau de zébus. Même pour un esprit non prévenu, Maître d'Ecole semblait avoir été mis en ce monde pour exercer les fonctions de caporal-chef dans les casernes ou dans les tranchées. Il avait combattu en Indochine, qu'il évoquait comme une amie personnelle. Il avait été embauché pour camerouniser l'enseignement, mais le fantôme de l'ancien combattant veillait : il nous mettait en rang deux par deux sous un soleil de plomb et nos crânes, rasés pour déloger des colonies de poux, luisaient de transpiration.

— Gaaarde à vous ! aboyait-il.

Il passait nos troupes en revue, une chicote à la main :
« Boutonne-toi, imbécile ! », « Tête droite ! », « Poitrine bombée ! », « Balancez les mains ! », « A droite, toute ! », « Tapez des pieds ! Gauche ! gauche ! gauche, droite ! gauche, droite ! Un deux, un deux !... Halte ! » Un tambour de pieds, puis c'était le silence que Maître d'Ecole rompait aussitôt : « Au Cameroun, berceau de nos ancêtres... » On entonnait à sa suite « Au clair de la lune, mon ami Pierrot... » et « Belle France »...

Quand on avait fini de chanter, Maître d'Ecole tournait sa langue trois fois dans sa bouche et disait :

— Discipline !
— Discipline ! répétaient les élèves.
— Travail !
— Travail ! répétions-nous.
— Et discipline.

Il claquait ses paumes l'une contre l'autre :

— Rompez !

Nous nous asseyions en tailleur par terre devant Maître d'Ecole, nos ardoises sur nos genoux. L'enseignement de Maître d'Ecole était chétif. Maître d'Ecole nous apprenait à lire et à écrire dans une langue qu'il maîtrisait mal. Les cours oscillaient entre la lecture de *Mamadou et Bineta vont à l'école* et le calcul des bâtonnets. Quand on avait fini de compter les bâtonnets, il nous restait à retrouver nos bâtons de manioc.

A cette époque, certains matins, je ne voulais pas aller à l'école. Maître d'Ecole avait instauré le système de responsabilité du groupe : les enfants du village arrivaient en force au domicile de celui qui manquait l'école. Grand-mère fermait notre porte. Recroquevillées, silencieuses, Grand-mère et moi écoutions les élèves lancer des cailloux aux fenêtres, puis, pressés par l'horaire, ils partaient.

Grand-mère ouvrait la porte en riant : « Tu peux sortir ! Ils sont partis. » Elle ajoutait : « Ben si c'est tout ce qu'ils apprennent dans ces écoles, ça vaut pas un clou ! »

Quelques mois plus tard, père Michel quitta notre communauté pour une autre, nous dit-on, qui avait besoin de rencontrer Dieu. Il nous laissait aux bons soins du Nègre Antoine. Nous allâmes à l'église quelques semaines encore, juste pour voir. Un prêtre noir, ça ne se faisait pas. D'ailleurs, quelques mois plus tard, le Nègre Antoine fut rayé de l'ordre pour excès d'évangélisation auprès des Négresses.

6

Mon mari s'inquiète quelquefois de ma passivité. Il m'a menacée de divorcer si je continue à ne vouloir rien faire. Je sais qu'il n'en fera rien. Il veut m'aider à prendre confiance en moi. Il essaye de me communiquer cette assurance nécessaire à toute personne lancée dans le monde. Je sais que c'est un chantage. Mais à force de me le répéter, mon espoir de rester avec lui s'amenuise chaque jour, je commence à entrevoir la possibilité d'ouvrir un restaurant africain et cela devient mon nouvel horizon. J'en ai touché un mot à madame Ponia, ma voisine de palier. Elle m'a dit qu'elle avait vu des gens divorcer pour moins que ça. Et cela a rajouté à mon angoisse.

Je me demande bien ce que mon mari va dire quand il verra que j'écris un roman sur ma vie. Il ne connaît rien de mon passé et des circonstances qui m'ont poussée à laisser Sorraya mourir.

C'était au village, début juin. J'allais avoir treize ans. Pendant neuf jours et neuf nuits, il avait plu. Le matin du dixième jour, un grand vent moite se leva et dessécha la boue. Le soleil éclata d'un seul coup au-dessus de nos cases. C'était tellement inattendu que même les corbeaux restèrent immobiles dans le ciel. Ils ne tombaient plus d'une masse sur les poussins, ils les regardaient. Sans souci, les hommes s'installèrent à la boutique de Mama-Mado.

J'étais à la maison avec maman et Grand-mère. Assise en tailleur sur une natte, j'écossais les arachides. Grand-mère, le dos cassé dans un fauteuil à bascule, mâchonnait sa chique. Maman venait de se laver et puait drôlement bon.

— Qu'est-ce qui pue autant ? demanda Grand-mère.

— Ça, dit maman en lorgnant Grand-mère, c'est Siussy, de chez Laure.

— Ça devrait pas être permis de puer si fort, dit Grand-mère. Ah ! ah ! les choses des Blancs ! Ceci est bon, cela est mauvais. Va choisir, là-dedans !

Maman ne dit rien mais regarda Grand-mère d'un air qui voulait dire qu'elle, malgré sa bonne volonté, ne sentait pas la rose. Grand-mère s'apprêtait à ajouter une petite gentillesse de son cru quand on entendit le bruit d'une auto.

— Qu'est-ce que c'est ? demanda Grand-mère.

Je posai mes mains en visière sur le front, pour me protéger de la lumière blessante du soleil. Une voiture noire arrivait par le sentier, claudiquait entre les bourrelets de frises et soulevait mille poussières. Les enfants du village couraient à sa suite en imitant le bruit de l'auto. Le véhicule couina, soupira et s'arrêta devant notre case.

La portière s'ouvrit. Une grosse main noire s'agrippa au toit de la voiture comme d'énormes tiges de manioc à cinq têtes. Un pied chaussé d'un soulier verni avec trois boucles d'or s'écrasa dans la poussière. Je me précipitai et vis enfin un Nègre immense. Il portait un chapeau à large bord enfoncé à hauteur des yeux. Il était vêtu d'un costume beige trois-pièces, cravaté à s'étrangler la gorge. Il avait quelques difficultés à débarquer de son véhicule : « Oh ! Hisse ! » hurlèrent les enfants. Dès qu'il se planta dans la poussière, qu'il nous présenta sa face ruisselante de sueur, nous fîmes la seule chose à faire : applaudir. Il ôta son chapeau et nous salua gracieusement, joyeusement.

Maman bondit de notre case et cria si fort qu'elle ameuta le village : « Awono ! Awono ! Youyou ! Il est là, la fierté de notre peuple ! » Maman était si agitée qu'elle en perdait ses pagnes. Ses nattes retenues en chignon au sommet de son crâne dégringolaient sur ses épaules. Elle titubait comme un homme ivre. Mes concitoyens qui se soûlaient chez Mama-Mado se levèrent d'un bond et formèrent un cortège de près de cinquante-six âmes en direction de notre case. Un deuxième cortège de femmes et de vieillards arriva en rang séparé. Tout ce monde psalmodiait : « Il est là, le Prince des Princes ! » Maman n'eut pas le temps d'embrasser Awono qu'il était englouti par une mer de corps. Mes concitoyens lui serraient la main, lui embrassaient les pieds, lui frottaient la tête. Awono gonflait comme un crapaud qui voudrait devenir un bœuf. Les deux poings sur les hanches, il souriait et recevait ces hommages avec la digne suffisance des Nègres-Blancs de cette époque : « Oui, oui, c'est bien, c'est bien », répétait-il. J'étais là, moi aussi, et je cherchais à le toucher, à lui parler, à lui dire combien j'étais heureuse de le voir mais les adultes projetaient des coudes agressifs pour s'approcher du grand homme. Maman posa ses deux mains sur sa tête et cria :

— C'est du domaine privé ! Du privé !

— Quoi, privé, Andela ? lui demanda une grosse femme en plantant fermement ses mains sur ses hanches, défiant maman de la contredire. C'est notre Prince. Il est si important que même les corbeaux sont là rien que pour le regarder.

Je dus croiser mes bras pour ne pas éclater de rire trop haut.

— C'est privé, redit maman sans conviction.

— C'est notre Prince! cria quelqu'un, et il faut qu'il sache que mon pantalon est troué.

— Mon gosse est malade, dit quelqu'un d'autre. J'ai besoin d'argent pour le guérisseur.

— Et moi je crève de soif, renchérit un autre.

— Moi aussi!

— Moi aussi!

Awono enfonça une main dans sa poche, en sortit des liasses de billets qu'il distribua et, poussant des youyous, mes concitoyens empochèrent l'argent, firent des petits bonds gracieux, embrassèrent maman et partirent. Les mômes ne bougèrent pas. « Allez-vous-en! Allez-vous-en! hurla maman. Il n'y a rien à voir. » Les mômes restèrent à distance respectueuse, sans oser s'approcher de notre case, sans partir non plus. Ils paraissaient à bout, muets d'envie, noirs et hagards.

Awono entra dans la maison, suivi de maman. J'emboîtai mes pas aux leurs.

— Comment va la vie? lui demanda maman.

— On fait aller, dit-il. Où sont tes enfants, Andela?

— Un enfant, dit maman. J'ai pas pu en avoir d'autres.

— Pourquoi? T'aimes pas les enfants?

— Je ne suis pas mariée.

— T'as jamais eu besoin d'une autorisation pour faire ton aînée, que je sache!

— C'est le destin, dit maman.

— Le destin? demanda Grand-mère... Parlons d'autre chose, mon fils, ajouta-t-elle sans plus regarder maman. Tu aurais pu nous avertir de ta venue, je t'aurais reçu avec les honneurs dignes de ton rang. Alors que là...

— Je ne suis pas ici pour les honneurs, répondit Awono. Je suis venu vous entretenir de quelque chose de très important.

— On raconte des politesses, et après on va critiquer. Bon, puisque t'as besoin de rien, je t'écoute, dit Grand-mère.

Awono tira un tabouret et s'assit. Il jeta un regard vers moi.

On me fit sortir.

J'allai rejoindre les autres mômes qui n'avaient pas bougé d'un pouce. Ils allongeaient leurs cous de criquet pour admirer la voiture noire. « Ben ça alors, dit un môme ! C'est d'un chic ! » « C'est à mon père », dis-je. « Tu parles, répondit le gosse. Des pères comme celui-là n'existent pas. » « Il existe, puisqu'il est là », dis-je. « Il n'existe pas », insista le môme avec force. Il ajouta : « Tout ce qu'il veut, c'est... » Il fit avec son majeur un terrible bruit de succion humide et clapotant.

Une heure plus tard, Awono s'en alla mais maman ne le raccompagna pas. Elle resta accroupie sur la natte comme une marionnette sans ressort. Grand-mère passa sa chique de la joue gauche à la droite et dit : « Ça me fait des belles jambes. » Et par une étrange association d'idées, elle se caressa le ventre. « Qu'est-ce qu'il croit, celui-là ? Qu'il va s'amener comme une fleur, treize ans après, et réclamer son dû ! C'est pas ainsi, la vie. Faudrait qu'il apprenne ! » J'ignorais ce qui avait été dit, mais je n'en attendais pas moins de Grand-mère, qui aurait pu faire un excellent tireur d'élite. Néanmoins, un mélange d'inquiétude et de considération se lisait sur son visage.

De ce jour, Grand-mère se mit à parler à voix basse, juste pour dire le nécessaire, mais ses taloches faisaient toujours aussi mal. Grand-mère ne mangeait presque plus. Grand-mère ne racontait plus d'histoires. Quand je lui demandais pourquoi, elle répondait : « Je vieillis, ma fille. — Et pourquoi tu vieillis, Grand-mère ? — Parce qu'on peut pas raconter les mêmes histoires toute sa vie. » Grand-mère changea sa chique contre une longue pipe qu'elle accrocha entre ses gencives édentées. Grand-mère s'asseyait durant de longues heures dans sa chambre, raccommodait des vieux pagnes ou récurait des casseroles ou encore ses plus beaux plats qu'elle me laisserait en héritage pour mon mariage. Grand-mère maigrissait si fort que, de semaine en semaine, ses vêtements d'adulte pendaient plus bas sur son portemanteau de vieille. Aux genoux et aux coudes, Grand-mère devenait plus blanche car elle pelait et j'avais l'impression que le crépi tombait d'elle comme d'un vieux mur.

Je me demandais bien ce qui avait pu arriver à Grand-mère. Je savais confusément que ces transformations étaient liées à la visite d'Awono. J'interrogeai Grand-mère et maman sur ce qui s'était dit. Elles avaient des secrets et parlaient d'autre chose comme un changement de temps brusque. Au village, l'impression laissée par le passage d'Awono était si tenace que, deux mois après, mes concitoyens en parlaient encore comme d'une actualité et, pour reléguer cet événement au second plan, il fallut toute la joie des récoltes et des festins de maïs tendre. Moi, je les aimais grillés, Grand-mère les voulait bouillis. Aujourd'hui, je me souviens encore de Grand-mère et moi ce jour-là, assises autour du foyer. Je me souviens de nos gestes pour écarter la touffe soyeuse et libérer l'épi. Dès qu'une des cosses de l'enveloppe était dégagée, les autres se laissaient faire aisément et l'épi s'offrait avec de timides rangées de grains enfin mis à nu.

C'était un après-midi, et comme toujours à ces heures, on faisait relâche. Les vieux étaient assis sous les vérandas et fumaient la pipe. Les femmes triaient le manioc pour le repas du soir. Les chiens se disputaient pour les os. Grand-mère se leva, une main sur le dos :

— Tu peux continuer seule ? me demanda-t-elle en regardant les épis de maïs amoncelés devant le foyer.

— Bien sûr, Grand-mère.

— Tant mieux! Parce que j'ai, moi, autre chose à faire.

Elle alla dans sa chambre.

Restée seule, je jouai avec la mousse soyeuse des maïs. Je m'en recouvris la tête en m'imaginant que c'étaient des cheveux. Puis je me mis à tournoyer en riant, bras écartés, quand soudain, je butai sur une forme. « Tu ne peux pas faire attention ! » J'ouvris les yeux et découvris un militaire, affreusement beau, kakifié et képifié. Il me montra ses grandes dents blanches :

— Qui es-tu, toi ?

— Moi ? fis-je en reculant. C'est personne.

— Qui est-ce ? demanda Grand-mère sans venir voir.

Le militaire m'ignora, il traversa le salon, donna un coup de pied aux cosses de maïs, fit une perquisition un peu sommaire, retraversa le salon en quelques enjambées comme un chien de chasse sur une piste toute chaude. Il s'arrêta devant la chambre de Grand-mère, tourna la poignée.

— Entrez, fit Grand-mère d'une voix bourrue. C'est ouvert.

A la vue de Grand-mère, qui récurait de la brocante, le tuyau de sa pipe serrée entre ses gencives édentées, le militaire porta la main à son képi, puis se ravisa, se souvenant qu'il était en service.

— Où est mademoiselle Andela Berthe ? demanda-t-il.

— Je ne sais pas, répondit Grand-mère. Mais quoi que tu veuilles, dépêche-toi, j'ai d'autres chats à fouetter.

— C'est toi qui as bouffé l'argent de monsieur Awono ? demanda-t-il.

— T'es mal élevé, dit Grand-mère en jetant un coup d'œil au militaire.

— Je suis un représentant légal, moi, dit-il. Et personne y me parle sur ce ton-là.

— T'es dans ma chambre, dit Grand-mère.

— Dans l'exercice de mes fonctions, et seulement dans l'exercice de mes fonctions.

— Je m'en fous, dit Grand-mère. Je vais bientôt mourir, alors...

Le militaire resta muet, en panne comme un fusil sans cartouches. Grand-mère sourit et son sourire recouvrait son visage tel le miel noie le maïs.

— C'est-à-dire que... que..., commença le militaire.

— T'es con ou quoi? demanda Grand-mère.

— Ben, c'est que... monsieur Awono a versé une dot pour épouser Andela Berthe il y a treize ans. Comme le mariage n'a pas eu lieu, il porte plainte pour non-remboursement de dot. C'est condamnable.

Les vieux doigts de Grand-mère faillirent lâcher le kuscha à récurer. Sa pipe se mit à tressauter entre ses lèvres pincées. Néanmoins, elle dit :

— Il a tellement de sous, çui-là, qu'un centime de trop ou de moins...

— C'est toi qui le dis, Grand-mère, coupa le militaire. Mais Awono a bien porté plainte. Tu dois payer si tu veux t'éviter des problèmes.

— Je me demande bien comment qu'il va faire? J'ai bouffé l'argent. C'est même plus dans mon ventre, vu que je chie l'argent depuis cent ans...

— C'est pas de la rigolade, Grand-mère. C'est du sérieux! Sérieux!

— Moi aussi je suis sérieuse, dit Grand-mère. Comment ne pas être sérieuse quand on sait que la vie c'est pas grand-chose! Une mauvaise balle est vite attrapée, j' vous jure!

— Je te crois, dit le militaire.

— Dans ce cas, montre-moi de quoi t'es capable, dit Grand-mère en accompagnant ses mots d'une œillade vieillement aphrodisiaque. Un beau militaire comme toi doit connaître des trucs.

Le militaire hésita un instant. Il sortit son pistolet de sa poche et tira deux coups en l'air. La pipe de Grand-mère roula par terre sans qu'elle y prenne garde. Ses mains tremblaient comme dans un accès de paludisme.

Quelques minutes plus tard, toutes les grappes humaines du village étaient devant notre porte. Ils étaient tous intéressés comme des mouches-malheur. On entendit des : « Qu'est-ce qui se passe ? » et des : « Y a pas de maquisards ici », et des : « Nous sommes d'honnêtes citoyens, nous. »

Grand-mère sortit de sa chambre, flanquée du militaire.

— C'est une blague, dit Grand-mère. Rentrez chez vous !

— C'est pas sérieux ! dit un môme. Nous sommes des bons chrétiens, nous !

— Rentrez chez vous, répéta Grand-mère. Sinon, il vous embarque.

Mes concitoyens hésitaient. Le militaire pointa son flingue au plafond et fit « pan ! pan ! ». Mes concitoyens s'éparpillèrent comme une nuée d'étourneaux. Indignée, Grand-mère secoua sa vieille tête :

— Avec ce genre de comportement, comment veux-tu respecter les gens qui ont le pouvoir ?

— Je ne comprends pas, dit le militaire en reprenant son sérieux.

— C'est comme tu l'entends, mon fils. Pour tuer, il faut être vache.

C'est alors que maman entra. Elle était affublée de la robe la plus affreuse que l'on puisse imaginer. Le haut était fait de deux taies d'oreillers que lui avaient laissées ses patrons blancs quand ils avaient quitté le Cameroun. Le bas, c'était des vieilles moustiquaires arrachées à mon lit de bambou. Le militaire avait l'air content de voir maman parce qu'elle portait des boucles d'oreilles jaunes en vrai verre et qu'elle avait l'air perdue.

— Mes hommages, madame, fit-il en ôtant son képi. Permettez-moi de vous donner ceci.

Le militaire sortit un papier sans éclat, mais dûment légalisé, et le donna à maman : — Putain ! hurla maman. Salaud ! Fils d'enculée ! Ordure ! Pourriture ! Comment a-t-il osé me faire un coup pareil ?

— Ma fille..., fit Grand-mère en rallumant sa pipe. (Elle fit tressauter les muscles de ses mâchoires et ajouta :) ... fallait y penser avant. Ça ne sert à rien de pleurer.

— Ce qui est fait est fait, dit le militaire. Pas la peine de l'accabler maintenant.

— Justement, dit Grand-mère. Je pense également que c'est ridicule de pleurer. Il faut prendre le taureau par les cornes.

— D'accord, dit le militaire.

Le militaire prit maman par la main. « Où allez-vous ? » demanda Grand-mère. « Trouver des solutions », dit le militaire. Maman et le militaire discutaillèrent longtemps à l'ombre du manguier. Quand ils revinrent, je vis dans les yeux de maman cette expression que j'allais découvrir plus tard chez des doudous du port quand elles calent leurs perruques contre les oreillers et livrent leurs corps aux assauts des marins. A l'époque, quand je me baissais, deux boules apparaissaient sur ma poitrine. Quand je levais les bras, elles disparaissaient. J'avais des notions sur la vie. Je la trouvais sale : les femmes avaient leurs règles dans des vieux chiffons qu'elles lavaient et réutilisaient. Je savais aussi que les règles comme les relations sexuelles constituaient un secret impur et honteux, et qu'il ne fallait pas souiller les yeux et les oreilles par des attitudes ou des références indiscrètes à ce genre de saletés.

Le militaire et maman pénétrèrent dans la chambre. Ils refermèrent la porte. Grand-mère accusa le coup. « C'est pas possible ! » hurla-t-elle. J'étais furieuse contre maman mais aussi admirative. C'était la première fois que maman tenait tête à Grand-mère. Une vraie chiffe qui s'éveillait et cassait des pots. Grand-mère se leva, fit un pas vers la chambre, se tordit un peu et puis d'une seule masse s'effondra. Bien entendu, je m'affolai : « Grand-mère ! Ma petite grand-mère ! » A tout hasard, j'attrapai la cruche d'eau, en vidai la moitié sur Grand-mère. Elle fit mieux que le Christ, elle s'ébroua et ressuscita l'instant d'après. « J'ai failli crever ! » dit-elle, la respiration sifflante. Dois-je l'avouer ? Je me sentis mieux.

Les paysans rentraient des champs. Il faisait encore chaud. Le ciel était de plomb, comme presque toujours. Une haleine de caveau exudait du tas d'ordures sur lequel des mouches quêtaient. J'étais à bout de chaleur. Je sentais pointer un malaise indéfinissable. Sous le soleil rouge et noir de part et d'autre du sentier étroit, des cahutes fermées retenaient à l'intérieur des murs le peu de fraîcheur nécessaire à la sieste. L'enfer était dehors. Le paradis dedans. J'ignorais que, cette nuit-là, Dieu, qui s'était trompé dans la journée en ressuscitant Grand-mère, allait réparer son erreur.

Cette nuit-là, Grand-mère est morte dans son sommeil. Ce désastre fut vite consommé. Elle était chou, dans ses vêtements blancs, avec ses gants blancs. Enguirlandée comme la haute gastronomie est périssable. Chez nous, même si la cérémonie dura neuf jours, on pleura peu, car la mort de Grand-mère paraissait naturelle. A nos yeux, elle était déjà trop vieille.

Je ne pris réellement conscience de la mort de Grand-mère que le jour de l'enterrement. Je suivais les hommes qui portaient Grand-mère dans une vieille couverture. Maman marchait, soutenue par deux femmes. Elle pleurait et il me semblait qu'elle ne s'arrêterait jamais. Derrière elle, personne n'avait l'air de l'entendre. Ils suivaient en claudiquant. Le vieillard que Grand-mère avait insulté lors de l'arrivée de père Michel reniflait. Je ne comprenais pas. Une femme m'expliqua qu'ils étaient très liés quand ils étaient jeunes. Le soleil était monté entre-temps. Il commençait à me brûler le crâne. Je m'aperçus qu'il y avait bien longtemps que la forêt était silencieuse. Il devait être midi. Le sang battait à mes tempes.

Ensuite, tout se passa avec tant de précipitation que je ne me souviens plus de rien. Une chose seulement : les cris de maman lorsqu'on a mis Grand-mère en terre, la terre couleur de sang qui roulait, les nerfs blancs des racines qui s'y mêlaient, les voix, le village, le soleil qui brûlait mon crâne et mon soulagement quand tout cela fut terminé. Je me promis un sommeil de dix jours.

Je ne le pus. Car après les neuf jours de deuil, maman reprit du service chez les frères noirs. Elle y allait de sa démarche comme une vieille chèvre qui danse le slow. Elle revenait terrassée et mettait des heures à récupérer. « Je déteste les riches ! » disait-elle avant de s'écrouler sur une natte, les yeux grands ouverts. « T'étais à l'école, j'espère ? » Je répondais que oui. « Tu t'es pas baladée dans les rues, parce que la rue, c'est l'école du vice ? » Non. « Le repas est pas encore prêt ? Tu te rends compte de ce que tu me fais subir ? Je voudrais t'y voir, moi. Ereintant qu'il est, mon métier. Ereintant, et malsain par-dessus le marché ! » Je courais préparer notre inévitable farine de manioc. Maman mangeait. Elle s'essuyait les doigts dans les feuilles. « Je suis crevée. Faut que j'aille me coucher. »

La réalité était autre. Mes résultats scolaires restaient médiocres. Les raisons ? Je préférais aller dans ma maison verte regarder l'ondulation des feuilles et penser à Grand-mère. Jamais je ne l'avais aussi régulièrement fréquentée. De salle de jeux, elle s'était transformée en un refuge et le nombre de coups de pied que je donnai aux chiens pendant cette période, on ne pouvait pas les compter. D'ailleurs, je ne savais pas compter jusqu'à cent. Grand-mère me manquait, et mille fois je me remémorai sa dernière dispute avec maman.

Je me souviens.

Après le départ du militaire, Grand-mère avait refusé de manger. Elle priait nos esprits tandis que maman pelait les macabos, et moi, je récurais et ébouillantais les bocaux à conserves de la dernière saison. Brusquement, Grand-mère s'arrêta de prier et dit :

— J'ai besoin de me laver l'esprit.

— Pourquoi ? demanda maman.

— J'ai honte, dit Grand-mère.

— De quoi, maman ? D'avoir bouffé l'argent d'Awono ? C'est toi qui nous mets dans le pétrin. Et je dois me débrouiller seule pour m'en sortir !

— Pas de cette façon, ma fille.

— Que veux-tu que je fasse ? Que j'aille mendier par les rues ?

— C'est la faute du *Poulassie,* dit Grand-mère.

— Arrête de trouver des responsables ailleurs, maman ! Tu es responsable !

— Si t'avais gardé ta virginité...

— J'ai payé, maman ! Et s'il te plaît, maman, arrête de penser du mal de moi. Tu vas me porter poisse.

— Je ne veux pas de putain sous mon toit !

— Dès demain, dit maman, je quitte cette maison et j'emmène la petite.

Maman partit dans sa chambre. Je restai seule avec Grand-mère. Ses cheveux luisaient sous la lampe-tempête comme des feuilles tombées. Des aspérités et des taches verdâtres dispersées çà et là sur son visage me serraient les ventricules. Je vis que ses mains tremblaient, sa tête tremblait, saccadant ses rides à tel point que je me demandai si, à les compter, j'aurais pu déterminer son âge.

Prise d'une brusque tendresse, j'allai lui murmurer des douceurs dans le dos. Elle me prit les mains, les regarda, puis me dit, les yeux mouillés :

— T'es une brave petite, Assèze. S'il y avait pas eu le *Poulassie*...

Pour moi ses dernières paroles.

7

En ces premières journées d'août le soleil ne tombait plus d'une masse sur la terre. Il ne s'étirait plus sur l'étendue des forêts avec la pesanteur d'un bœuf qui se couche. Il ne grillait plus les tiges jusqu'à les rendre cassantes. Il ne pénétrait plus les feuillages avec les vrillements sinueux d'une vipère. Il ne portait plus jusqu'à incandescence les sentiers. Sans perdre de sa force, il devenait suggestif, il enduisait les choses sans s'y appuyer, il les prenait de biais et les abandonnait, hâtif, en laissant leur ombre s'étirer obstinément.

Dans la cuisine, je cassais des brindilles pour faire du petit bois. Maman rôdait pieds nus, un pan de ses pagnes entre ses mains, et faisait rôder le fantôme de Grand-mère en le déclinant : « Maman faisait ci, maman faisait ça. Depuis combien de temps est-elle morte ? Deux mois. Oui, c'est cela deux mois. » A la lumière du fourneau, nos ombres s'entrecroisaient et se heurtaient au plafond, telles deux épées noires. Elle regardait par la fenêtre lorsque je l'entendis dire : « Oh, non ! » comme devant un cadeau de très mauvais goût. Oh, non ! « Awono, fallait me dire que tu venais... Regarde dans quel état je suis ! »

Et elle bondit vers lui. Elle était dans ses bras, roucoulant d'émotion et de bonheur. Il l'écarta pour mieux la regarder.

— Eh bien, qu'est-ce qu'il te faut! s'exclama Awono.

— Je suis toute sale!

— Pas propre. Mais tu es toi-même, dit Awono.

— Ouf! dit maman. Tu m'as filé une de ces peurs! (Et elle appliqua ses deux mains sur sa poitrine pour simuler une forte émotion.) Mais où est ta voiture Awono? Ne me dis pas que t'es venu à pied!

— Que non! Je l'ai laissée un peu plus loin. Je ne voulais pas ameuter tout le village. Je ne suis pas la Croix-Rouge, moi!

Et, au souvenir de sa dernière visite, ils éclatèrent de rire.

— Un brin de brave fille que t'as là, Andela, dit-il alors que je me tenais sur le seuil, pieds nus, avec ma robe déchirée sous les aisselles. T'en as de la chance!

Maman sourit. Awono sortit un cure-dent, se fouilla les gencives et dit :

— Si tu voyais ma fille, Andela, une vraie chipie. C'est elle qui donne des ordres dans ma propre maison!

Maman cracha. Elle boitilla un peu sur place et dit :

— Je garderais pas chez moi une fille comme la tienne une seule nuit.

Ils se turent un moment. L'instant d'après, Awono disait :

— Je suis désolé pour ta maman. Elle avait quel âge?

— Je ne sais pas, répondit maman.

— Elle était vieille, dit-il.

J'ai compris qu'il coupait court pour aller droit au but.

— Te voilà seule avec la petite, Andela. C'est dur, hein?

— Entre nous, Awono, t'as pas fait tout ce chemin pour me parler d'autre chose, je me trompe?

— Je ne reste pas longtemps. Je voulais juste te donner le bonjour.

— Faut que tu manges quéque chose, avant de repartir.

— Ne te vexe pas, femme. Je suis un régime strict, fit-il en tapotant son gros ventre. Faut que je fasse attention à mon poids.

— C'est nouveau! dit maman en riant. Sérieux, Awono, ça prouve que tu manges pas n'importe quoi chez toi, grand! Qu'est-ce qui va te rester si t'as plus ton ventre?

— La santé, femme.

Maman claqua de la langue et dit :

— Le *Poulassie*, merci bien! (Puis elle se tourna vers moi :) Va servir une platée de kwem à Tara.

Ils allèrent au salon, tandis que je retournais aux fourneaux touiller le kwem. J'avais des sentiments confus. J'en voulais à Awono d'être à l'origine de la mort de Grand-mère mais je jubilais déjà à l'idée de raconter aux autres enfants sa venue impromptue.

Quand je revins, leur conversation était bien engagée.

— Je n'ai pas d'argent, Awono. Je ne vais pas aller voler pour te rembourser. C'est fou, l'argent que j'ai économisé! Le plus terrible, c'est qu'il faut tout recommencer. Les frais d'obsèques, le sadaka...

— Je m'en fous de l'argent! dit-il. Tu sais ce que je veux.

— Jamais je ne laisserai la petite aller faire la domestique chez toi.

— Elle ne sera pas domestique. Elle vivra avec moi comme ma propre fille. Je l'enverrai à l'école. Plus tard, elle ira travailler. Elle te sortira de la misère.

— Ce n'est qu'une femme, dit maman. Et aucune femme n'a jamais réussi à faire quoi que ce soit pour sa famille.

— Les époques changent. Confie-moi la petite... A moins que son père... Je ne sais pas, moi!

— Çui-là n'a jamais voulu rien savoir.

— Donne sa chance à cette petite.

— Pour quoi faire? Tu me dis toi-même qu'avec tout

l'argent que t'as, t'arrives même pas à maîtriser ta propre fille. Sans compter qu'une fille comme la tienne, c'est un grain pourri dans le sac. Elle te détruit une réputation comme la nôtre en un clin d'œil.

— Je veux bien te faire plaisir, Andela, mais la tienne, de réputation, je me demande bien où elle est.

— Raison de plus, dit maman.

— Comme tu veux ! dit-il tout à fait sérieux.

Maman le sentit. Elle s'inquiéta :

— D'abord, pourquoi veux-tu qu'elle aille vivre chez toi ?

— Pour servir de modèle à ma fille. Sorraya est trop blanchisée, si tu vois ce que je veux dire.

— Laisse-moi quelques jours de réflexion, Awono.

C'était tout réfléchi. Deux semaines plus tard, me voilà habillée d'une robe coupée dans un vieux pagne qui appartenait à Grand-mère. Je ressemblais à une guenon déguisée. Je partais chez Awono. Moi devant, maman derrière. « Marche un peu, que je te regarde. T'es très chic », disait maman. Je ne voulais plus que mes pieds touchent la terre meuble.

Maman aussi était endimanchée, sac à main, boucles d'oreilles en vrai verre. Mes concitoyens sortaient de leurs cases pour nous regarder.

— Où est-ce que vous allez ? demandaient-ils.

— C'est Assèze qui s'en va vivre en ville, disait maman.

Et maman s'arrêtait pour que les questions fusent. Mes concitoyens étaient comme des pétards mouillés. L'idée que j'allais vivre en ville les bloquait. Nos vêtements trop propres les estomaquaient, parce que ce n'était même pas dimanche. Les vieillards étaient les premiers. Ils bousculè-rent leurs visages qui grouillaient comme des vers emmêlés. Ils toussèrent et recrachèrent leur chiques dans la poussière, puis ils s'affaissèrent sous leurs vérandas.

Devant la boutique de Mama-Mado, les mômes étaient frappés de tournis. On aurait dit qu'on les avait posés là dans leurs haillons avec leurs ventres ballonnés, leurs genoux en crotte de bique, leurs grosses veines apparentes. Ils adoptaient des poses stupides et couicouinaient.

— Personne aurait pensé qu'un jour Assèze irait en ville, dit Mama-Mado.

— Sûrement personne ! dit maman.

— Quand j'aurai gagné assez d'argent, dit Mama-Mado, c'est en ville que je prendrai ma retraite.

— Bonne idée ! répliqua maman.

— Avec toi, au moins, on n'a pas besoin d'expliquer les choses, dit Mama-Mado. Et elle balaya d'un regard méprisant les cahutes, les oignons sauvages, les manguiers et les feuillages où s'accrochait l'eau de pluie pour avoir la vie sauve. Elle dit :

— Quand j'habitais en ville, je mangeais que du bissetèque, du fromage, des haricots et des frites authentiques.

— Toute cette bonne nourriture doit bien te manquer des fois, dit maman.

— Que oui ! Surtout qu'ici tu peux pas parler cuisine française, juste pour te mettre d'appétit. Ils n'y comprennent rien.

Puis Mama-Mado tourna son gros visage vers moi :

— Quand le fromage et la viande t'auront monté à la tête, n'oublie pas ta vieille Mama-Mado.

— Aucun danger ! C'est pas le genre d'Assèze, répondit maman en mes lieu et place.

— C'est permis de blaguer, non ? demanda Mama-Mado en remuant son gros derrière en french cancan.

— Bien sûr ! dit maman. Mais il faut qu'on parte. Le bus est à dix heures et il est neuf heures soixante minutes.

— Bonne chance, ma fille, dit Mama-Mado, tellement sûre du pire qu'elle préféra se taire.

Maman m'accompagna à la préfecture de Sâa. Elle me

recommanda d'être sage et de ne pas faire de bêtises. Le moment était solennel. Plusieurs voyageurs attendaient, aussi décrottés que moi. Les bus stationnés portaient des inscriptions magiques destinées à leur assurer prospérité et longue vie. Il y avait les *Au bonheur des anges, L'Aigle de Kuma, La Fusée d'Ohio, Par la tête de ma mère, Santana, S'en fout la vie*. Tout ça, de la ferraille dont on pouvait mesurer l'âge par la rouille. En attendant, les chauffeurs bichonnaient leurs bus. Ils les enrubannaient. Ils ajustaient leurs moteurs. Ils lavaient les roues. Puis ils s'étranglaient d'enthousiasme devant la carrosserie rutilante. Les aide-chauffeurs suggéraient des *Cent à l'heure*, des *As du volant* qui faisaient plaisir à leurs patrons.

Je choisis *S'en fout la vie*. L'aide-camionneur escalada périlleusement le bus jusqu'à la galerie et empila les bagages dans un équilibre précaire. Il les attacha avec des lianes, des fils électriques, des morceaux de tissu. A la fin, *S'en fout la vie* avait l'allure d'un vieil éléphant. Maman profita de ces longues minutes d'attente pour me rabâcher ses dernières recommandations. Elle dégoisa tant qu'elle se permit enfin de fermer sa gueule.

Je montai dans le bus et m'assis à côté d'un jeune homme qui lisait un journal d'il y a six mois. Maman sur le quai essayait de me dire quelque chose. Je ne l'entendais plus. Un monde de sourds-muets comme un Gaumont des années vingt. Le chauffeur démarra et fit demi-tour. La sous-préfecture s'éloigna. Ma main chercha mon cœur quelque part dans ma poitrine car c'était la première fois que je montais dans un véhicule. J'étais envahie par des sensations nouvelles : le siège en plastique me faisait transpirer et ma robe me collait aux fesses. La poussière des dizaines de camions devant et derrière nous ; les secousses du bus me surprenaient et j'en prenais plein les côtes, d'autant plus que les mouvements du conducteur étaient reconstitués par l'aide-camionneur assis à sa droite. Il conduisait avec un volant imaginaire et amplifiait les bruits du bus avec sa bouche, crachotait, sifflait, grinçait. « C'est du cent à l'heure ! » lança-t-il. Et lorsque nous arrivâmes à une rivière et que l'aide-camionneur cria : « Attention, ça va péter ! » je fus prise d'inquiétude et demandai à mon voisin :

— Comment le bus va-t-il faire pour nager ?

— Les roues vont marcher sur le fond, expliqua-t-il. C'est la même chose que lorsque tu traverses la rivière à pied quand elle n'est pas trop profonde.

Mais les choses pétèrent. Des trépidations féroces, des dérapages glissants, l'eau qui giclait, des débrayages et des embrayages brusques, le tout avec des grands mouvements de volant que le chauffeur tournait d'un seul coup. Puis ce fut la route goudronnée avec une ligne blanche au milieu, une nouvelle surprise qu'il fallut m'expliquer.

— Les voitures qui viennent de la ville roulent de l'autre côté et celles qui vont en ville roulent de ce côté-ci, comme ça elles ne se cognent pas.

— Les Blancs sont vraiment très forts, dis-je.

Mais le jeune homme changea de sujet :

— Maintenant, nous approchons de Yaoundé. Après cette côte, regarde en bas. Tu verras quelque chose qui vaut le coup d'œil.

Je regardai et vis une ville minuscule avec des milliers de petites maisons qui devenaient encore plus petites à mesure qu'elles s'éloignaient vers le nord-est.

— Que c'est beau ! m'exclamai-je.

— Et encore, t'as pas tout vu. La nuit, la vue est magnifique.

— La nuit ? Mais il fait nuit !

— C'est tout illuminé ! dit-il. Les lumières de la ville ressemblent à des étoiles et on les voit en dessous.

Des étoiles en dessous au lieu d'être dans le ciel ! Je voulus immédiatement qu'il y ait un miracle et que la nuit tombe. Il n'y eut pas de miracle. Alors je m'endormis.

8

Aujourd'hui, je ne sais toujours rien des fondements des inégalités parmi les hommes, pourquoi les cerveaux des Africains s'arrêtent, font demi-tour et passent à quelque chose de nouveau, mais je sais remettre mon jugement à l'endroit, du moins quant à Douala. Cette ville n'a pas d'architecture. Elle est construite n'importe comment avec n'importe quoi et qui. Elle a grandi par hoquets successifs. On y accède par des petites bourgades appelées pompeusement Douala quatre, Douala trois et Douala deux...

... Puis il y a Douala un. Elle est laide, je dois l'avouer. Faites l'effort d'imaginer une ville sans colline, sans jardin vert, où l'on rencontre rarement un battement d'aile, ou un froissement de feuille ! Il n'y a pas de réel changement de saison et le ciel y est toujours bas. La saison des pluies se différencie de la saison sèche exclusivement par une légère baisse des températures ou par les légumes que les marchandes ramènent des banlieues. Pendant la saison sèche il pleut presque autant qu'en saison des pluies. Le soleil et l'humidité incendient et moisissent les maisons, les couvrant d'une poussière poisseuse. Dans l'avenue de la Liberté, à côté d'un immeuble de six étages construit par une compagnie française de tabac, il y a le *Jungle Bar* où l'on devine, étouffés par des rideaux rouges, les mouvements des filles qui répètent un spectacle et le son nasillard d'une musique qui bat la mesure ; et en face le *Lido Bar,* à droite *Chez Dior,* aux vitrines grillagées, où s'entassent pêle-mêle, des crèmes à défriser destinées à aplatir les cheveux en trente minutes, des piles de Wax de Lomé, des cartes postales illustrées, des djellabas made in Hong Kong, des pansements pour cors du docteur Scholl. Plus loin, en face de l'immeuble de la Compagnie cacaoyère tout mangé de chiures de mouches, il y a l'hôtel *Akwa Palace* où grouille un certain monde à toute heure de la journée : des Français, grands consommateurs de boys, s'y réfrigèrent ; les Belges, à la cueillette des CFA, s'étagent comme des fraises sur les balcons ; des Américains à binocles, totalement bouffés par des terminologies javellisées, s'affalent sur sa terrasse pour, disent-ils, étudier la négrie-barbarie-moribonde. Bananisés à en crever, ces boucanés s'exposent tous vêtus en culotte courte et en bras de chemise. Frais et dispos comme Candia, les sens un peu titillés par des Négresses de petite vertu qui remuent leurs pots de derrière et chantent : « C'est l'amour qui passe ! » A part ça, ils se tapent dans le dos, ils s'accoladent « Salut ! Ça va ? » Ouais ! C'est leur manière de montrer le caractère fraternel et indissoluble de la néocolonisation.

Au bout de cette avenue, il y a un carrefour. A gauche, c'est le port avec ses bruits caractéristiques, le vrombissements des bateaux, le hurlement des marins, et par pudeur je vous épargne la description du fleuve, cette eau d'un éclat de fer très douloureux pour la vue ; à droite, en face de Monoprix et de Prisunic, il y a le *Ramsec Hôtel* où des Nègres blanchisés imitent leurs confrères blancs. Ils sont ce qu'ils sont, ni Blancs, ni Nègres, des espèces de transsexuels culturels, vaguement hommes d'affaires, voyous sur les bords, et tout au fond pouilleux. Ils singent le Blanc et affichent au milieu de leurs indigestions diverses un mépris envers le peuple du trottoir.

Sur les trottoirs justement, des types qui regardent à l'intérieur des vitrines, muets d'envie. On peut voir étager des lépreux de la gare, des culs-de-jatte de Monoprix, des manchots de la poste, des enfants-pousse-pousse, des fillettes-cacahuètes, des cireurs de chaussures. Ils se balaient les uns les autres du même regard méprisant que celui qu'ils reçoivent des Nègres en vitrine.

Mais, à mon arrivée dans cette ville, j'étais benoîte d'admiration. Des voitures, il y en avait maintenant de toutes les formes et de toutes les couleurs. Certaines comme nous se dirigeaient vers le centre. D'autres remontaient vers Yaoundé. Puis la route se divisa en plusieurs directions, et les voitures elles aussi allaient et venaient dans toutes les directions. Nous montâmes une large rue curieusement gardée par les lumières d'un poteau. Quand la lumière passait au rouge, toutes les voitures s'arrêtaient. Lorsqu'elle passait au vert, toutes les voitures repartaient. Comment ces lumières savaient-elles quand elles devaient s'allumer ou s'éteindre ?

— Elles sont dirigées par des machines, m'expliqua mon voisin.

Et quand je vis les énormes maisons à étages, les magasins dans les magasins presque entièrement en verre, avec des femmes qui faisaient leurs courses dans des brouettes, je rendis mon cœur. Quant aux Blancs, je les trouvais beaux à faire peur.

Si je n'étais pas au paradis, j'étais dans son antichambre. « C'est pas ici ? » demandai-je à mon voisin lorsque je vis le chauffeur s'arrêter plusieurs fois au feu rouge et repartir, laissant derrière nous la plus belle partie de la ville.

— Non, dit-il. Il faut aller à la station. C'est dans le quartier du bas.

Au quartier du bas : les maisons sur les bords de la route étaient construites avec les débris de la civilisation, cartons en violente décomposition, fils barbelés crochus, énormes plaques cuivrées griffées aux noms de quelques anciens combattants morts pour la France, tôle ondulée, boîtes de Guigoz, vieilles roues de bicyclette, une poubelle hérissée d'affiches publicitaires : « RIEZ PLUS BLANC AVEC COLGATE » ; « BASTOS, LA CIGARETTE DES CHAMPIONS ! » Des ampoules s'allumaient, s'éteignaient. Une bouche s'ouvrait pour vanter une marque de savonnette, une Land Rover, ou un grossiste import-export spécialisé dans la réparation des pneus. L'électricité n'allait pas dans les maisons. On y vivait comme dans mon village. On fonctionnait à la lampe-tempête ou aux bougies. On consommait au feu de bois et à la cadence du pilon dans les mortiers.

Je venais d'atteindre le partage des eaux, un cosmos bien organisé avec deux sphères superposées, dont l'une était l'antichambre du paradis et l'autre la cuisine de l'enfer.

Et moi j'allais chez Awono, dans la sphère supérieure où l'univers était parvenu à sa plénitude. Je le compris quand je descendis du bus et annonçai ma destination au chauffeur du taxi : « Bonapriso, s'il vous plaît. » « Ça alors ! » s'exclama-t-il.

C'est tout ce qu'il pouvait dire.

Ce qui m'apparut d'abord fut une concession entourée de fil de fer barbelé où venaient s'égratigner des chats. De petites maisons carrées, rectangulaires ou cubiques posées en désordre comme si on avait eu hâte de loger du monde. « Faire dans du moderne », comme m'expliquerait plus tard Awono, le propriétaire. Leurs heureux locataires les avaient agrémentées à leur goût, avec de vieux pagnes, des posters géants, des rideaux de tôle rouillée. Dans la cour, des hommes en bras de chemise buvaient du beaufort, jouaient aux cartes et commentaient la venue du général de Gaulle, un événement qui avait eu lieu trois mois auparavant. Quoi d'autre dans cette cour ? On percevait le son nasillard d'une musique qui battait la mesure. Une femme retirait du linge encore mouillé. D'autres femmes entraient et sortaient, entrechoquaient des ustensiles dans les cuisines. Trois adolescents aux membres grêles repassaient la leçon sur le pas des portes.

— On dit bien « buverai », je t' jure ! dit celui qui paraissait le plus âgé. Il continua en ces termes : Regarde, on dit bien je bus, tu bus, il but, nous buverons, vous buverez, ils buvent.

— Taisez-vous ! hurla un homme. Vous voyez bien qu'on cause !

Jusque-là, je n'avais jamais imaginé qu'il était si difficile de marcher dans l'humidité. Sous la chaleur, mes vêtements collaient à ma peau. Encore trois pas, voilà les adolescents qui levaient les yeux sur moi : « C'est drôle », dit le plus âgé en donnant des coups de coude à son voisin. L'autre tourna la tête et me regarda :

— Qu'est-ce qu'elle est noire !

— Moi, jamais rien vu d'aussi maigre. Mange pas, ou quoi, dans sa cambrousse !

— T'inquiète pas. Elle est tellement moche qu'elle trouvera vite un mari.

Et il cracha à mes pieds :

— Quéqué tu veux ?

— Je cherche la maison de monsieur Awono.

— Tu vas habiter chez lui ? demanda-t-il.

— Paraît, dis-je.

Ils me regardèrent, très impressionnés :

— C'est au bout de l'allée, mam'selle.

— Mam'selle ? demandai-je, étonnée. C'est pas mon nom !

— On se connaît pas encore... L'usage, enfin, dit-il, et il me montra d'énormes dents.

Je m'engageai dans l'allée. Je fis quelques pas et je vis un palais. Je dis bien palais car c'est ainsi que m'apparut la maison d'Awono. Elle se dressait, blanche, au milieu d'une pelouse. De style colonial, elle avait été bâtie au début du XIXᵉ siècle par les Allemands. Bougainvilliers, frênes et palmiers nains trônaient le long de l'allée. Des hibiscus dansaient la saga sous l'immense véranda. De grandes fenêtres vertes transmettaient un insistant message de confort. Je me rendais compte d'après expérience que Grand-mère avait raison. Awono était un homme important. Maman avait tout gâché. Elle s'était conduite en infecte égoïste. Dire que j'aurais pu naître dans la délicatesse, la mécanique et la dentelle! Ensuite, je me fustigeai : ce sera tellement merveilleux de vivre dans un palais!

Je frappai à la porte. Comme personne ne me répondit, j'entrai. En voyant tout le luxe, je faillis faire demi-tour. Il y avait du fric dans tous les objets. Du fric et de la puissance. Des tapis, rien que de la laine. Des doubles rideaux beige. Des meubles tout cuir. Des tableaux dont je n'aurais pu définir la couleur, pastel ou mauve. Des roses en synthétique dans une corbeille ciselée sur un guéridon. Un coffret à cigares luxueux. Une grande horloge splendide, en verre, avec un oiseau minuscule qui dansait les secondes, tic! tac! Une énorme bibliothèque remplie des photos de famille. Plus loin, l'ensemble salle à manger conçu pour recevoir douze convives, avec sa surface chromée, témoignait de la qualité de la nourriture, des sels minéraux, des glucides et des protides qu'on devait y consommer. Ceux qui mangeaient à cette table ne pouvaient qu'être potelés et en bonne santé.

J'étais émue. Je me sentais indigne et purulente. Je me trouvais bien plus pitoyable que n'importe quel malheureux. Moche! Sale! Je pourrissais de complexes. Néanmoins, je me sermonnais : « Tu n'as fait de mal à personne. Tu n'as fait de mal à personne. Tu es tranquille. »

Voilà le moment que choisit un chien pour bondir tout à

coup sans que je l'aie vu venir. Ses babines noires se retroussèrent. Il tonna comme un canon. Son apparition était d'autant plus sinistre qu'elle était inattendue. Ma gorge s'étrangla :

— Au secours ! Au secours ! A l'assassin ! A l'assassin !

J'étais convaincue que je n'aurais pas dû entrer dans cette maison et que je payais mon audace. Ce chien était coloré de juste ressentiment à mon égard : il avait bien vu, lui, que je n'étais pas de la famille.

Je sautai les marches, dégringolai un peu et me retrouvai sur les hibiscus, à plat dos. Mon cœur galopait vite. C'est alors que quelqu'un vint à mon secours :

— Mozart ! Mozart !

Le chien me renifla encore, puis s'en alla comme à regret, le museau baissé, très crabe dans la diagonale.

Je me relevai, mis de l'ordre dans mes vêtements et regardai la femme : Sorraya, seize ans. Un petit corps, ramassé, dense et vigoureux, avec cette vivacité propre à qui est mince de naissance. Elle avait la tête serrée dans un linge blanc qui lui assombrissait le visage et faisait ressortir des grands yeux noirs et une belle bouche. « On t'a pas appris à sonner avant d'entrer ? » me demanda-t-elle.

La sonnette, je ne savais pas ce que c'était. Je restai devant elle, bredouillante. Il faisait trop chaud et j'étais trop fatiguée pour des explications.

— Bonjour. Je suis Assèze.

— On t'attendait plus tôt. Qu'est-ce qui t'est arrivé ?

— Je ne sais pas.

Elle me précéda à l'intérieur, me montra d'un geste un fauteuil capitonné et moelleux comme je n'en avais jamais vu. Je m'assis tout au bout, n'osant salir les meubles. Une fois au milieu de l'escalier, elle se ravisa, se pencha, montra une rangée de dents bien blanches et dit : « C'est une nouvelle vie qui commence pour toi, ma chère ! » Elle en ricanait déjà.

Je ne tenais plus. Tout ce luxe, ces étagères garnies de

verres teintés, de fines porcelaines, de pots, de bols minces et translucides, et cette grosse horloge qui dansait toujours, n'arrêtaient de m'étourdir. Sorraya faisait couler son bain. Quand elle redescendit enfin, habillée d'importance avec son jean et son chemisier moulé sur ses seins et ses cheveux flottants, je la regardai comme je n'avais jamais regardé personne. Mes yeux larmoyaient. Comment avais-je pu croire qu'Awono allait me considérer comme sa fille ? J'étais laide et inculte. Sa fille était si belle et si cultivée que j'avais du mal à comprendre les mots qui tombaient de ses lèvres comme des pierres précieuses. Elle me demanda : « As-tu fait bon voyage ? » Je hochai la tête. « Tu dois avoir faim. As-tu trouvé facilement ? » Au début, elle ne cherchait pas à me brusquer. Elle essayait de me faire causer. Elle voulait que je me sente à l'aise. Je ne me laissai pas embringuer car son français me semblait bien compliqué et moi, on n'allait pas me prendre à raconter des bêtises. Elle frappa dans ses mains :

— Mais qu'est-ce qu'elle fabrique, celle-là ? Jamais vu une fainéante pareille ! Manger, dormir, et elle réclame un salaire, en plus ! Tiens, l'autre jour, elle m'a trempé un chemisier en soie dans la Javel. De la soie, tu te rends compte ?

Je ne savais pas ce qu'était la soie. Il n'y a pas si longtemps, mes ancêtres se baladaient nus.

D'ailleurs, la perspective de vivre dans cette maison ne me réjouissait plus. Je n'étais pas assez idiote pour penser que le palais était ma demeure, que cette bénédiction était définitivement acquise, que je pourrais en faire mon fonds de commerce, comme si poser les pieds dans les traces de pas d'une femme blanche eût pu changer mes origines autant que ma couleur ; comme si un bâton jeté dans l'eau se transformait en poisson.

— Oui, maîtresse ?

La voix venait de mon dos. Une femme encore, mais usée, noir caca, version altérée de Sorraya. Elle était agenouillée, les épaules très menues, les jambes cagneuses. Sorraya était la mangue ou la viande, Amina, l'écorce ou l'os. Elle me regardait, et il y avait quelque chose, je ne sais quoi, de pathétique dans ses yeux, et tout de suite nous fûmes en sympathie.

— Je suis là, maîtresse, répéta-t-elle.

— T'en as mis du temps, Amina, fit Sorraya irritée. Sers-nous donc quelque chose à manger.

Amina me fit un clin d'œil, ce qui suffit à me remonter le moral jusqu'à l'étape suivante, et piqua vers la cuisine.

Sorraya repartit à l'assaut de ma langue. Mais dire oui ou non était une obligation que je ne pouvais assumer. D'ailleurs, elle comprit vite que c'était à elle de parler. D'aiguille à tissu, je sus les noms des deux cents personnes qu'elle fréquentait, leurs habitudes, ce qu'elles avaient été, ce qu'elles avaient fait ; je ressentis leurs joies et éprouvai leurs peines avec la mienne, ce qui m'allégea. C'est ainsi que je vécus ces premiers moments en compagnie de Sorraya, jusqu'à ce qu'elle se décide à passer au peigne fin les détails de ma vie au village : « Au XXe siècle, vivre sans eau et sans électricité ! Quel scandale ! Tu te rends compte ? J'ai toujours tout eu, moi ! Tout ici sera à moi un jour ! »

Pour tous les bleus du ciel, elle n'aurait pas accepté de parcourir quinze kilomètres à pied pour aller à l'école. Moi, je continuais à garder ma langue. Je l'aurais déliée juste pour lui cacarder qu'il y avait bien des hommes qui vivaient cette misère-là et se torchaient le derrière avec des feuilles de macabo. Mais j'étais résolue, je ne voulais pas rentrer en conflit avec elle. Du moment qu'on est résolu, l'amour-propre est accessoire.

Amina se ramena avec son plateau rempli de nourriture. Il y avait des minces tranches de pain recouvertes de confiture et de jambon, des gâteaux au chocolat, des biscuits au caramel, des cakes fourrés aux raisins. Sorraya me servit le thé dans une tasse si fragile que je pensai qu'elle se désintégrerait dès que je la porterais à ma bouche. J'en tremblais. J'en avais les mains moites. Mon cœur s'énervait. Sorraya porta la tasse à sa bouche et la déposa sur la table. Je l'imitai, très lentement. Elle m'invita à me servir. C'était difficile de faire un choix. J'aurais voulu tout manger. Dans mon village, je ne mangeais pas souvent de gâteaux. Maman en ramenait quelquefois quand elle travaillait chez le Blanc. C'était des BN chocolat fourré. Elle m'en donnait un le dimanche parce que c'était dimanche. Je grignotais mon biscuit pendant une semaine pour jouir longtemps du délice.

— Ça ne te plaît pas ? demanda-t-elle.

Elle m'adressa mille sourires et des : « Si tu veux autre chose, dis-le », et des : « Il y a des yaourts, du lait de coco, des pommes de France, dis ce que tu veux. »

Silence et doigts grattant plus vite le dos de l'autre main. En dehors des présentations, je n'avais toujours pas parlé. Je pris un gâteau au hasard. Je mordais lentement, pour ne pas avoir à en reprendre. Il ne fallait pas qu'elle pense que j'étais gourmande. Je me dépêtrais péniblement avec mon gâteau, que je passais d'une joue à l'autre comme un enfant anorexique à qui on dit : « Avale ! Avale ! » alors qu'en temps normal, j'aurais tout englouti l'espace d'un cillement. J'en aurais redemandé une portion pour dix, tant j'avais encore faim.

— Quéqué tu as fait à cette petite ? On dirait qu'elle va chialer, dit quelqu'un.

Je sursautai et vis le visage d'une femme en chapeau de feutre s'étirer dans mon champ de vision. Elle était potelée très bébé Blédina, vêtue petite jupette en dentelle, veste et pochette. Elle avait la peau jaune banane comme en raffolent les Nègres. Ses mains boudinées étaient des merveilles douces sans marque de travaux pénibles. Ses cheveux nattés en dix ou vingt tresses s'incurvaient vers ses épaules comme des branches de palmier. De là où j'étais, je ne pouvais étudier leur texture, non plus que les sourcils, la bouche... Mais, rien qu'à la voir, on se rendait compte qu'on aurait beau s'allonger sous la caresse de toutes les mains du monde, les caresses de cette femme, on les reconnaîtrait.

— Pour ta gouverne, dit Sorraya, sache que je ne lui ai rien fait.

— Cause, cause toujours, je te connais.

— Ecoute, Comtesse, je ne veux pas avoir de problèmes avec toi. D'abord, t'es impolie ; dis bonjour à Assèze. Assèze, voilà la Comtesse, la nouvelle épouse de papa.

— Holà ! ma chère ! Arrête ton char ! Je suis sa djomba et moi, ça me suffit, O.K. ? D'ailleurs, tu peux m'appeler putain, c'est mon nom !

— Comtesse ! dit Sorraya.

— Où est le problème, ngâ ? Toute ta famille m'appelle comme ça, alors !

La Comtesse était tout sucre. Elle s'assit sans serrer ses jambes. Je me demandais ce qu'elle aurait fait si j'avais osé lui dire que ce n'étaient pas des façons de s'asseoir pour une femme. « Yes, Assèze ! Yes ! » s'approuvait la Comtesse. Elle continua :

— Je gagne mieux ma vie qu'une bourge. Que veut le peuple ?

Puis elle se mit à avaler tout sur la table. Elle s'en dilatait la bouche l'air de rien et se curait les gencives très lentement avec sa langue.

— A quelle heure il revient, ton père ? demanda-t-elle à Sorraya.

— Je ne sais pas. Il a oublié de te donner ta semaine ou quoi ?

— Oh, non ! Ce côté-là, c'est clair. Il me paye à l'avance.

— Et l'amour ?

— Sans l'argent, l'amour est impossible, dit la Comtesse en ricanant et en reprenant à son compte le couplet d'une chanson très populaire à l'époque.

— Puisque papa te paye pour coucher avec toi, t'es obligée de l'attendre, n'est-ce pas ? demanda Sorraya.

Enervée comme une puce dans l'oreille d'un chien, Sorraya se leva et me demanda de la suivre. Je grimpai à sa suite. Elle dandinait ses deux admirables pots de derrière et échotait lugubrement après la Comtesse :

— Dire que papa aime ça ! Ah, les hommes ! Je me demande ce qu'elle a bien pu faire pour le tomber ! Sûrement son cul ! Ah, les hommes ! Ils ont tous leur bangala dans leur cervelle. A moins qu'elle lui ait fait manger des trucs... Qu'est-ce que t'en penses, Assèze ?

Ces réflexions m'inspiraient un profond malaise. Peut-être aurais-je dû m'en mêler et parler ? Sur le sujet, je lui aurais décliné une vérité qui se balance aujourd'hui en fonction des pays ou du degré de développement d'une civilisation comme un épouvantail dans le maïs : « Tu respecteras toujours tes aînés. » Cela aurait fait des conflits. Ce n'était pas à mon avantage et en outre, boucler ma grande gueule me faisait du caractère.

— Elle rêve d'épouser papa, la salope ! Ça, jamais ! Jamais, tu m'entends ?

Et voilà qu'elle se tourna vers moi. Dans la semi-obscurité, ses yeux semblaient phosphorescents. Elle me cravata, me tordit tout le devant et hurla :

— Jamais !

J'aurais pu la retourner comme une crêpe, mais mon instinct me mettait en garde. Au train où allaient les choses, il y aurait trop de remises en question, et d'autres occasions ne manqueraient pas de se présenter où j'aurais plaisir à l'envoyer se dérouler comme une écharpe dans le vent.

Sorraya se calma brusquement. Elle me regarda, l'expression vide comme quelqu'un qui sort d'un cauchemar.

— Cette femme me rend folle ! Tu comprends ?

Elle soupira et prit l'air encore plus soucieux.

— Papa lui a acheté une villa. Il achète son cul chaque semaine. Tu trouves ça normal, toi ?

J'avais mon avis sur le sujet mais je pensais qu'il ne l'aurait pas intéressée. Maman disait que c'était de l'ordre du miracle qu'un riche écoute un pauvre. En outre, je ne savais pas à quoi m'en tenir avec cette fille. Elle pouvait aussi changer d'opinion comme tout à l'heure et me considérer comme une proie, changer d'idée comme de chemise et, comme disait Grand-mère, les riches, quand ils se comportent bien c'est à mille lieues de ce que font les vrais humains.

Nous nous ébranlâmes dans le couloir. Elle reparlait de mon voyage. J'étais debout sur mes jambes depuis l'aube. J'étais épuisée et si ça continuait, bientôt je ne saurais plus quelle partie de mon corps était le bras, la tête et le reste.

On passa une porte, encore une autre, une salle de bains, enfin elle ouvrit une chambre.

Ce que je vis m'acheva. La pièce était immense, peinte en rose jusqu'à mi-hauteur, le reste c'était de la chaux. Un lit en fer forgé occupait l'angle gauche. A droite, une armoire en Formica, haute de trois pouces avec une glace si claire et si neuve que seul le présent s'y réfléchissait. Et, comme une légère odeur de brûlé disparaît lorsque la fenêtre est ouverte pour laisser passer la brise, mes angoisses se dissipèrent.

— Voilà ta chambre, ma chère, fit-elle en gloussant.

Elle courut vers l'armoire. Elle l'ouvrit et exhiba ma nouvelle garde-robe.

— Et voilà tes affaires.

Il y avait deux superbes-fameuses-jupes-kaki pour l'école, deux chemisiers blancs et des sandales. Puis, dans un coin, des combinaisons, des slips, et deux robes fleuries. Je ne m'y attendais pas et mes yeux se noyèrent de gratitude.

Sorraya continuait son gazouillis comme une cheftaine de prison :

— Voilà tes serviettes, ta brosse à dents, ta crème pour le corps. Ai-je oublié quelque chose ? Si c'est le cas, tu n'as qu'à demander.

Elle me regardait, avec un air d'« alors, j'attends ». Je ne savais quelle attitude adopter. Je tremblais de reconnaissance secrète. Je regardais seulement sa figure. Finalement elle me demanda :

— Tu sais lire, au moins ?

Je hochai la tête mais on voyait à ses yeux qu'elle ne me croyait pas.

— As-tu lu Simone de Beauvoir ?

J'ignorais jusqu'à l'existence de cette *Beauvoir*. Mais l'avouer m'était aussi pénible que de boire du pipi de chat ou, pire, d'être devant Maître d'Ecole et de recevoir toute la glaiseuse horreur sur les vices embusqués au fond de ma nature. Lorsqu'il voyait que je ne comprenais pas, il me traitait de monstre, de Viet, de rose-croix, d'ailleurs j'ignorais tout de ces références et ce qu'elles signifiaient en Afrique.

J'avais déjà un passé et des appétits de couleur pour le futur. Le présent m'était aussi irréel qu'incertain. Voilà pourquoi je fis un geste de la main pour faire comprendre à Sorraya que sa *Beauvoir,* je m'en ôtais les chiques.

— Aucune femme, dit-elle, ne peut prétendre devenir une femme si elle n'a pas lu Simone.

Elle l'appelait par son petit nom. Je me dis que cette Simone devait être une copine. Puis elle oublia Beauvoir, s'en prit de nouveau à la Comtesse, carambola son mépris, maudit les mal-finies, les fainéantes, les fondantes et celles qui vacillaient pour la richesse.

Dehors, la vie continuait. Une auto passa pas loin en klaxonnant. Un homme hurlait après sa femme : « Sorcière ! Vendue ! » Sorraya causait toujours. Elle développait une théorie bizarre sur l'émancipation de la femme. Elle m'expliquait tout, lentement, pour être certaine que je comprenais. Finalement, elle n'eut plus rien à dire. Elle était sèche. Il y avait plus d'une heure que nous étions dans la chambre. Je n'avais pas l'habitude de respirer l'air confiné. Enfin, elle dit :

— Viens, que je te montre comment fonctionne l'eau chaude.

Elle m'entraîna dans la salle de bains. Elle ouvrit le robinet.

— Ça, c'est l'eau chaude. Ça, c'est l'eau froide. Fais attention à ne pas te brûler. Une fois que tu as terminé, n'oublie pas de refermer l'eau. Est-ce clair ?

Je hochai la tête.

— Autre chose encore, dit-elle en me montrant un machin noir sur le mur. Ça s'appelle un interrupteur. Quand je le baisse, j'éteins la lumière. Quand je le remonte, j'allume la lumière.

Elle éteignit et ralluma pour me montrer.

— A tout à l'heure ! dit-elle.

9

Je pris une douche. Le bonheur de ce premier bain ! L'eau giclait et débordait. J'ouvrais la bouche devant le robinet d'eau chaude, il en sortait de la vapeur. L'eau coulait dans mes yeux et dans mes cheveux. Je me savonnai à plusieurs reprises, juste pour le plaisir de sentir l'eau chaude sur ma peau. Je ne pensais plus à maman ni à ma condition. Je béais devant ce miracle de l'eau véritablement miraculeuse, même si je savais que cette magie était là depuis longtemps.

Soudain, j'entendis un cri. C'était Amina qui hurlait : « Inondation ! Inondation, wallah ! » Elle ouvrit la porte comme une furie. « Regarde ! regarde ! » C'était de l'eau sur les tapis. Elle sortit en courant pour chercher du renfort. Mes jambes tremblaient. Mes dents claquaient. J'avais gaffé. Tout cafouillait à l'intérieur. Je n'en pouvais plus. Je pissai debout, dans la baignoire. J'avais envie de gueuler. Il n'y a pas plus insupportable que la frayeur.

Finalement, je les entendis monter. Ils parlaient de la catastrophe. J'eus une convulsion du ventre. Je me mis à l'envers sur le W.-C. et je chiai la nourriture des huit derniers jours.

— Ça alors ! Oh, Seigneur ! entendis-je dans mon dos.

Je me retournai. Sorraya me regardait, et ses yeux qui me regardaient distribuaient des baffes. J'avais la main sur mon ventre. J'étais nue comme une saucisse.

— Qu'est-ce qu'on va faire de ça ? dit Sorraya.

— Faut lui laisser le temps d'apprendre, proposa la Comtesse.

— Mais regarde toi-même !

— Elle est un peu perdue, dit la Comtesse.

— Tu peux m'expliquer la manie de papa de ramasser tout ce qui traîne ? demanda-t-elle à la Comtesse.

Et, sans la laisser répondre, Sorraya s'en alla.

— Habille-toi maintenant, me dit gentiment la Comtesse. Il est l'heure de dîner. Ton père t'attend.

Elle m'aida à enfiler ma robe tant je tremblais. Elle me prit la main. Nous descendîmes.

Là-haut, Amina essuyait les dégâts en rouspétant.

J'entrai dans le salon sur la pointe des pieds. En réalité, je marchais normalement, les pieds bien à plat, mais j'avais l'impression de marcher sur les pointes tant j'avais peur.

— Te voilà, ma fille, dit Awono. Sois la bienvenue.

Je m'agenouillai pour le saluer, tête courbée, déjà prête à m'excuser, à accepter, acquiesçant à l'avance, disant d'accord, très bien, parce que j'étais convaincue que je l'avais déçu et qu'à long terme, sa déception ne pourrait que s'accroître.

— N'oublie pas de lui embrasser les pieds, pendant que tu y es, dit Sorraya.

— Sorraya ! cria Awono.

— Ça va, ça va, dit-elle.

— Assèze, ma fille, tu n'es pas une domestique. T'es ici chez toi. Tu ne dois pas t'agenouiller devant moi. Viens t'asseoir et manger avec nous.

La nourriture était belle comme la mariée du jour, ce qui m'inquiéta. Une nourriture n'était pas faite pour être jolie, mais pour remplir l'estomac et empêcher qu'on ne s'écroule en travaillant. En plus du maffé, il y avait des très très petites pommes de terre rissolées, des épis de maïs grillés recouverts d'une sauce blanche, des pieds de porc rôtis, des haricots verts bouillis. J'étais surprise. Grand-mère nous préparait le haricot vert à l'huile de palme bien pimentée. Tels que les haricots se présentaient, ils avaient une mine verte à rendre jalouse la forêt. La Comtesse me servit. J'enfournai stoïquement une bouchée. Les haricots avaient plus mauvais goût que toutes les déclinaisons du manioc que je connaissais ! Ils n'avaient aucun goût. En réalité, rien n'était bon. Ça ne passait pas. Ça restait coincé quelque part entre le gosier et l'œsophage. Je découvrais par ailleurs que se servir d'une fourchette et d'une cuillère n'était pas aussi facile que ça en avait l'air. Tout ce que je portais à ma bouche atterrissait sur ma poitrine, sur mes cuisses ou par terre. Sorraya me regardait d'en dessous. Elle savait ce qu'elle faisait, la crétine. Je me dis qu'elle était aussi vicieuse que méchante.

La Comtesse faisait l'aveugle mais ne se gênait pas pour demander son fric, l'air de rien. Elle provoquait sa chance : « T'as vu la nouvelle mode ? » demandait-elle à Awono. « C'est chou ! Sûr que tu aimeras. » Awono grognait et acquiesçait.

La Comtesse aimait parler sous. Leur histoire s'était emmanchée un soir alors qu'elle tapinait boulevard de la Liberté. Awono s'était arrêté. Il l'avait vue et s'était arrêté parce que ses chairs avaient besoin d'être aimées. Elle l'avait regardé en retour et les besoins d'Awono étaient allés au-delà de la simple satisfaction physique. C'était comme si elle lui transperçait la peau, jusqu'en un lieu où la satisfaction du désir lui était encore inconnue. Awono courtisait un grand danger et le savait. Ce qui ne l'empêcha pas de lui raconter son travail. Il lui avait dit qu'elle aurait des vrais velours à la traîne, des broderies à l'anglaise et des bijoux à la brouette. La Comtesse ne croyait pas aux sentiments. Elle jugeait au portefeuille. Finalement, ils s'étaient entendus sur le décor. Il apparte-

nait à Awono de l'amadouer avec l'argent parce qu'elle
n'avait rien à faire de sa virilité. Elle avait du cœur, au
fond. Mais la vie n'est pas une question de cœur.

Pour le moment, la Comtesse manœuvrait avec la
patience d'une pêcheuse qui sait que l'eau est poisson-
neuse. Elle prenait son temps. «Je vais passer mon
permis», dit-elle. Elle faisait des mouvements avec ses
doigts sous nos yeux pour créer des mirages. Elle se
plongeait en avant, pour qu'Awono vît bien ce qu'il y
avait sous son corsage. Il buvait coup sur coup, se
fabriquait sa cirrhose à petites doses. Durant les manèges
de la Comtesse, Sorraya avait cessé de me regarder. Elle
regardait là-bas, très loin, dans la nuit. Chien Mozart
achevait un bol de tripes de volailles sous la véranda. On
entendait des murmures, des voix de femmes des voisins,
tss! quand l'une ratait une sauce, un gémissement sourd
quand un enfant renversait une tasse, rien d'effrayant ni
de violent, juste cette éternelle et intime conversation
entre la ménagère et son quotidien. Rien ne semblait
aller de travers, sauf le visage de Sorraya. Sans y prendre
garde, la Comtesse dit :

— J'en ai vraiment marre de prendre le taxi... Une
vraie galère! D'abord, t'attends au soleil qui te cuit la
peau. Ensuite, quand t'en trouves un, ça pue le bouc!
C'est d'un triste! Et avec tous les cambroussards qui y a
là-dedans, je te dis pas.

— On aura tout entendu! dit Sorraya.

— Quéque tu veux dire par là? demanda la Comtesse.
Mon père n'était pas n'importe qui. C'était un vrai chef,
vrai de vrai!

— Pour être chef en Afrique, c'est pas bien difficile,
dit Sorraya. Il suffit d'aller planter sa cabane dans la
brousse et de se déclarer roi de son bout de cambrousse.

— Sorraya, fit Awono, je crois t'avoir priée de parler à
la Comtesse avec tout le respect dû au rang d'une
épouse.

— Elle s'ennuierait bien, la pauvre, si on la respectait, dit Sorraya.

— C'est ma femme ! cria Awono.

— Pauvre cloche ! dit Sorraya.

L'espace d'un instant, je crus qu'Awono allait éclater. Il fut pris de brutalité soudaine, d'envies de tueries insupportables. Ses orbites s'en révulsèrent. Sa voix gronda et se heurta aux murs.

— Bon Dieu de bon Dieu ! Qu'ai-je fait pour engendrer une telle vermine ?

— Des bêtises comme celle-là, répliqua Sorraya.

— Canaille ! Fainéante ! Dis-le donc ! Dis tout de suite que tu veux me tuer !

— Je t'empêcherai pas de mourir, papa.

— Ah ! vous avez entendu ? (Il nous prenait à témoin.) Elle veut me tuer ! Infecte ! Attends un peu que je te...

— Vas-y papa. Frappe-moi !

— Tu oses me défier...

La Comtesse s'interposa.

— Pierre, je t'en prie ! Je t'en prie ! Ecoute-moi, Voyons ! Tu vas te rendre malade ! Toi, ma fille va-t'en ! Monte dans ta chambre !

Sorraya ne bougeait pas. Nébuleux et bien présent, son œil agrafait son papa comme un papillon.

— S'il te plaît, Pierre. Fais-le pour moi. Pense à moi ! Quéque je vais devenir s'il t'arrivait malheur ?

Le souffle d'Awono lutta contre la menace d'un meurtre puis se calma. Il fit volte-face et passa une main sur son crâne :

— Seigneur, gémit-il.

C'est le moment que choisit Sorraya pour quitter la pièce.

— Où vas-tu ? demanda Awono.

— Dans ma chambre, répondit-elle, le dos droit comme un trait que l'on tire.

— Assieds-toi et mange ! Je veux tu finisses tout ce qu'il y a dans ton plat.

— Je préfère crever de faim que de manger à la même table que cette putain.

— Assieds-toi et finis ton plat !

Sorraya battit en retraite. Elle grimpa les escaliers. Elle hésita et se pencha :

— Pendant qu'elle y est, elle n'a qu'à te demander un avion.

— Qu'ai-je fait au Seigneur ! dit Awono en décrochant sa cravate pour se faire un peu d'air. Je l'ai trop gâtée, nul doute là-dessus ! C'est de ma faute ! J'aurais dû comme tous les pères l'obliger à cuisiner à sept ans et la fiancer à douze ans ! Oh, tu ne peux pas comprendre, chérie. Je reste des nuits entières sans fermer l'œil en me demandant pourquoi. Pourquoi ? Qu'est devenue ma fille ? Dis-moi, toi.

— Ne te fais pas de mauvais sang, risqua la Comtesse. Elle a l'âge de la rébellion. Elle va se calmer.

Awono se laissa aller sur sa chaise. Il alluma une cigarette. Quand la cigarette fut presque achevée, il éteignit le mégot et le rangea dans une boîte de Valda, habitude de l'ancien gueux.

La Comtesse se réjouissait d'être la maîtresse de maison. Elle profita de ce qu'Awono était fatigué pour lui masser les omoplates, un sourire séraphique au visage. Awono serra les paupières parce qu'il ne savait rien faire d'autre face à ces bonnes mains qui dissipaient les douleurs et les angoisses. Quand la Comtesse en eut assez de le masser, elle reprit sa place et sonna Amina :

— Veux-tu débarrasser ?

Amina ne bougea pas. Elle se contenta de regarder la Comtesse de biais. Ses yeux la fientaient secrètement. Il fallut qu'Awono se dressât sur ses babines pour qu'Amina réagisse.

Je ne m'enthousiasmais pas. Mais néanmoins, ce conflit me reléguait à l'arrière-plan. Je regardai la distance qui me séparait des escaliers. Je me levai et parcourus à petits pas cette distance. J'avais presque un pied sur la première marche lorsque la voix d'Awono claironna dans mon dos :

— Assèze !

Je me retournai d'un bloc, prise en flagrant délit de fuite, mes yeux écarquillés tout grands, noirs comme un ciel de pleine nuit.

— Viens ici, dit-il.

Awono, que j'allais découvrir, était bien sûr gros, mais vivace et précis. Il avait cinquante ans et des poussières mais en reconnaissait quarante-trois. Les dix autres années et des choses, Dieu seul savait où il les cachait. Fonctionnaire, propriétaire et fils aîné d'une famille de douze têtes... Son aplomb, son travail de directeur de Cabinet, son argent, ses connaissances livresques le mettaient à l'abri de toute controverse. D'ailleurs, il ne supportait jamais longtemps la contradiction. Il se bloquait, avalait à deux reprises sa salive et prenait lui-même le commandement des débats. Ce qu'il disait, même les choses les plus sujettes à controverse, était adjugé et vendu d'office. Il ne s'agissait pas d'y revenir.

Sorraya était le mauvais bout de sa lorgnette. Son Golgotha. Sa croix gammée. Son chapelet d'hématomes. Il en devenait grisâtre. Il s'en galvanisait, en bavait stoïquement et en chiait à tel point que même ses décorums — pour bons et loyaux services — qu'il arborait le dimanche sur son costume en pâlissaient. Dans ces moments-là, il disait qu'il se foutait des médailles ou des « Considérants » qui précédaient son nom et qu'il acceptait des titres pour faire plaisir au peuple.

Ce soir-là, je m'attendais au pire, les bras croisés sur ma robe. Je craignais qu'il me dissolve dans un trou à rat. Il s'adressa à la renégate de la cambrousse que j'étais en ces termes :

— Je t'accueille ici comme ma propre fille et à ce titre, tu me dois obéissance.

— Tout à fait, dit la Comtesse.

— Quoi qu'il en soit, tu constateras par toi-même que j'ai énormément de responsabilités.

— Très importantes, confirma la Comtesse.

— Je ne suis pas souvent là et je compte sur toi pour donner des bonnes manières à ta sœur.

— C'est une autre paire de manches, dit la Comtesse.

— Veux-tu te taire et me laisser parler ? cria Awono.

— Oh, pardon ! dit la Comtesse en jouant la sincère désolée.

La Comtesse récupéra son rouge à lèvres, toute sa vulgarité et se refit une beauté.

Il y eut un long silence qui abîma pas mal les visages. Awono déglutit péniblement, clappa de la langue et dit :

— J'espère que tu apprécies toute ta chance de vivre parmi nous.

J'appréciai l'étendue de sa générosité tandis qu'il m'énumérait les sacrifices qu'il consentait, à me faire vivre sous son toit, à me nourrir, à m'habiller et à m'envoyer à l'école. Il espérait qu'un jour je pourrais travailler et devenir une excellente épouse. J'en avais la gorge sèche. C'était tout ce que je demandais à la vie. Emerveillée, je mis quelque temps à comprendre que c'était fini. Il fut obligé de me congédier. Je laissai les amants faux comme une imagerie magique. La suite, je ne sais pas.

Dans ma chambre, j'examinai les lambris. A pas glissés, je m'affalai sur mon lit et m'interrogeai sur l'illogisme de ma situation. Et comme je ne trouvai pas de réponse, je me dis que ce n'était pas si terrible de vivre dans le luxe, que tout ceci était bien superficiel, mais nécessaire au moins une fois dans la vie et me fournirait bien des histoires à raconter, plus tard, à mes petits-enfants.

Je m'étais presque endormie, lorsque la porte de ma chambre s'ouvrit vers l'extérieur. Je regardai l'heure d'un œil clignotant sans en tirer des conclusions spéciales et compris enfin que quelqu'un entrait dans ma chambre... Je reconnus Sorraya, ce qui ne m'empêcha pas de sursauter.

— Je t'ai foutu la trouille, hein ? demanda-t-elle.

— Pas du tout ! lui dis-je.

C'était mes premiers mots depuis les présentations. Ce petit sommeil devait y être pour beaucoup.

— T'es qu'une sale hypocrite ! me lança-t-elle. T'es là pour me surveiller. Mais je t'avertis, ma chère, que je ne veux pas t'avoir dans mes pattes. Est-ce clair ?

— J'ai d'autres chats à fouetter, moi ! lui dis-je.

— Pas si vite, madame la cambroussarde. D'abord, tu vas m'accompagner au bal chaque samedi, juste pour rassurer mon père. Danse-t-on dans ta cambrousse ?

— Tu l'as dit, répliquai-je.

— C'est-à-dire...

— Ben, on fait comme on peut.

— Mmmm... je vois. C'est pas grave ! Tu n'as pas besoin de danser après tout.

Elle se tut. J'attendis avec curiosité ce qui allait suivre. Il se produisit ces mots :

— Je me demande si papa est tout à fait normal. Il doit être fou, parole ! Il se conduit comme un idiot, seul devant un mur. Les époques ont changé, il n'est même pas fichu de s'en rendre compte. Dis-moi, toi, ce qu'il attend de moi... ? La docilité ? Ben voilà, je ne suis pas docile ! Du tout ! Du tout ! Et puis la Comtesse, qu'est-ce que t'en penses ? C'est une pute, hein ? Tu as dû le constater par toi-même, n'est-ce pas ?

Je haussai les épaules, l'air de dire que je n'en savais rien.

— Tu es bête ou quoi ? Ça se voit à mille lieues que cette fille, ce qu'elle veut, c'est mettre papa sur la paille. Mais ça se passera pas comme ça, jamais ! Pas de mon vivant, je te jure ! Tu as vu comment elle s'y prend pour se faire offrir des choses ? C'est scandaleux, la manière dont elle le manipule ! Est-ce qu'il a accepté de lui offrir sa voiture ?

Elle m'encourageait. Moi, je lui regardais seulement la figure, l'endroit où ça m'intriguait, à la bouche, ce petit quelque chose de pervers. Elle fut bien obligée de continuer toute seule.

— De toute façon, ça ne lui coûte pas un centime ! Ce sont les contribuables qui payent ! Les fonctionnaires de ce pays sont corrompus. Personne n'y trouve à redire. Tout ce que je souhaite, c'est que cette putain ne prenne pas la place de maman. Je tombe de sommeil.

Elle se pencha. Elle m'embrassa, ce qui me surprit.

— Amies ? demanda-t-elle.

— Amies, répondis-je sans trop y croire.

Elle alla à la porte, l'ouvrit, hésita et se tourna vers moi.

— Tu ne mets pas de pyjama ? demanda-t-elle.

Je ne savais pas ce que c'était mais cela ne m'empêcha pas de dormir profond comme une noyée.

10

L'une des façons pratiques de découvrir totalement une ville, c'est d'essayer de savoir comment les gens y travaillent, comment ils y baisent, comment ils y rêvent. A Douala, tout cela se fait invariablement de la même façon, c'est-à-dire avec lenteur. C'est à cause du climat. Le ciel dans son état normal est toujours couvert. Il fait une chaleur humide. Personne n'y meurt réellement de faim. Des champignons poussent dans les chaussures. Et si vous avez le malheur de déposer une plante par terre, elle grandira si fort qu'elle n'aura plus de nom. Ce qui explique sans doute que la ville n'ait pas de jardins. Mes compatriotes travaillent très peu. Ils aiment par-dessus tout les affaires, convaincus que le commerce vous enrichit son homme sans se fatiguer. Ils ont des goûts simples. Ils aiment les femmes, le cinéma et la danse. Et, très honnêtement, ils préfèrent se consacrer au plaisir tous les jours de la semaine et on se demande bien quand ils gagnent leur argent. Les « affs », selon leur expression, se traitent dans les cafés, les bars ou les maquis. Ils s'y réunissent à heure fixe ou se promènent sur les boulevards. Les plus blanchisés font semblant d'amener leur famille à la mer le week-end. Quant à l'amour, je n'ai pas souvenir d'avoir entendu parler d'un drame passionnel. A Douala, les étreintes sont brèves, ou alors on s'installe dans une habitude de vie commune, terme qui n'inclut ni fidélité, ni responsabilité. Mais puisque mes concitoyens exècrent les remises en question trop brutales, qu'ils préfèrent ne pas trop se soucier, penser au présent, se souvenir du passé et souhaitent par-dessus tout rêver à l'avenir, je vais vous sortir un petit lapin de mon chapeau : l'école.

Le lendemain de mon arrivée dans cette ville, Amina vint me réveiller. Elle allait m'apprendre à disposer de ma journée, à combiner d'autres choix que le songo, le sarclage ou la cueillette des légumes. Elle s'agita autour de mon lit, me fustigea un peu, mais pas trop fort :

— Debout ! Allez, on se dépêche ! Il est un quart moins sept.

J'achevai de me frotter les yeux et il me fallut quelques secondes pour me rendre compte que je n'étais pas couchée sur mon lit de bambou, dans mon village.

— Allez, debout ! exigea-t-elle. Il y a école. T'as intérêt à bien travailler !

J'allai aux douches en bâillant. Je me brossai à peine les dents, me savonnai beaucoup parce que ça moussait. Et dès mon arrivée, il fallut acheter du savon deux fois par semaine.

L'école était une vraie école, quatre bâtisses posées les unes à côté des autres en rang comme des rouges-gorges sur une branche. Le premier bâtiment n'avait pas de marches, deux trous béants à la place des fenêtres ; le deuxième bâtiment avait deux marches, un long banc sous la véranda et un balai appuyé au chambranle. Des écoliers étaient assis sur les marches. Le troisième bâtiment avait des volets jaunes, deux fenêtres sur la cour et des potées de plantes vertes poussiéreuses avec des fleurs à cœur jaune ou rose. Au quatrième, les marches se dénombraient par sept et des feuilles de mangada qui étaient tombées en pluie sur le toit donnaient l'impression que dans cette ville se cachait une jungle. Ensuite venait un petit terrain

palissadé et au bout une cabane avec des poules cadeau-
tées par les parents d'élèves aux maîtres pour s'attirer leur
bienveillance.

Théoriquement, dans cette école on apprenait à compter et à lire. Les maîtres avaient des craies, un tableau noir
où ils dessinaient des lettres et une chaise pour se reposer
les vertèbres. Les enfants se tenaient assis sur des bancs ou
en tailleur, par terre. Les maîtres avaient des livres :
Mamadou et Bineta et la Bible. Les enfants, des ardoises et,
quelquefois, des cahiers.

Mon maître d'école avait un livre, beaucoup de révérence dans les bras et dans les cuisses et surtout des
vêtements. Il se changeait deux fois par jour. Il transpirait
beaucoup et ses chemises toujours blanches lui adhéraient
à la peau et faisaient çà et là des plaques noirâtres comme
si en dessous il y avait eu des ventouses. Ses cravates
étranglaient sa gorge et crispaient sa petite figure d'écureuil. Le premier jour, j'ai cru qu'il s'était habillé pour
m'honorer. Alors que je restais à la porte, trop timide pour
entrer, il me surprit, allongea sa lippe :

— Entrez en classe, mademoiselle Assèze. Ceci n'est
pas un cirque.

Je fus un peu déçue quand je m'aperçus les jours
suivants qu'il s'habillait toujours ainsi. Mais après tout, il
était agréable à regarder.

Maître d'Ecole avait été formé quelque part du côté de
Marseille. Il parlait comme une bibliothèque. Il avait lu
Proust, Rimbaud, Baudelaire, Zola. La langue de Maître
d'Ecole était à la fois abstraite et pleine d'esprit. Quand il
ne boudait pas après son travail, il nous disait qu'à
entendre parler un Français pure souche, il ne faisait
qu'une chose : « Tourner la tête ailleurs et cracher. »

Nous étions cent quatre-vingts en classe. Maître d'Ecole
disait qu'il « avait du pain sur la planche » avec cent
quatre-vingts mômes qui bataillaient, chahutaient et
ragotaient. Maître d'Ecole disait des choses, nous répé-

tions après lui : « Quand je serai riche, je me construirai une maison. » Nous nous donnions beaucoup de peine mais les sons qui sortaient de nos bouches étaient embrochés, les accents déformés, pimentés et bâtonmanioqués. Notre français était mis à la page au son du tam-tam, aux ricanements du balafon, aux cris des griots. Au bout d'un mois, Maître fut contraint de séparer ceux qui faisaient des louables efforts des autres. Naturellement, je fus mise au fond de la classe.

En fait je réussissais dans ce monde. Campée sur mes quatorze années, j'étais la plus vieille de la classe, et par conséquent la plus forte. Pendant la récréation, j'imposais les jeux et choisissais ceux qui y participaient. A la course, je mettais les plus jeunes devant et Chigara, qui avait douze ans, derrière. Elle ne pouvait qu'être dernière, étant partie pour boucler la course. « Alors, Chigara ? lui demandai-je. Toujours à la traîne ? Tu te crois dans ton lit, ou quoi ? » Elle baissait la tête, débraillée, tendue et fatiguée. Les élèves éclataient de rire. Cela faisait partie de la subtilité de l'exercice de mon pouvoir : me proclamer au-dessus de la mêlée et, pour plus de justice, désigner le perdant. Et pour couronner le tout, chacun s'obligeait à me donner la moitié de son goûter. Je terminais ma croissance. Et une fois habituée à la nourriture des Blancs, je m'empiffrais comme six dockers. J'aurais même pu manger la nappe si elle avait été comestible. Amina me jetait des regards assassins parce que forcément Awono disait : « Y a pas assez de sauce. » Forcément, je ne répondais pas. Je lampais l'assiette. Au bout de deux mois, j'avais doublé taille et volume. Sorraya mangeait du bout des lèvres. « Alors l'école, ça va ? Tu t'en sors ? » demandait-elle. « Ouais », répondais-je. « Tu mens, disait-elle. Ah, les Nègres ! Ah, les Nègres ! Qu'est-ce qu'ils sont cons et paresseux ! » J'essayais de me défendre, de lui dire qu'elle était aussi une Négresse. Ce à quoi elle répliquait : « Il y a Nègre et Nègre ! Les vrais Nègres sont cons ! »

Elle avait sans doute raison. Elle allait à l'école française. Ses amis s'appelaient Dupont, Durant ou Duchausson. Moi, j'allais à l'école publique et je ne m'en sortais pas. Je ne saisissais pas l'utilité de certaines choses que Maître d'Ecole nous enseignait. Jusqu'à aujourd'hui, je n'ai toujours pas compris à quoi sert le subjonctif imparfait. Il m'arrive de penser que l'école nous apprenait certaines choses pour nous faire oublier des notions plus essentielles.

Awono aurait aimé que j'apprenne plus facilement, c'était évident. « Il lui faut du temps pour s'adapter », disait-il face aux insistances de Sorraya.

Je découvris qu'en réalité, Awono n'avait pas de temps à me consacrer. Son travail l'accaparait. Il était responsable des dédouanements des marchandises, directeur des frets, président des transporteurs réunis, président des syndics de transporteurs, adjoint au maire, conseiller du directeur de banque. Aucun trafic de marchandises n'était possible sans sa signature. Le soir, il entrait dans le palais en suant et clopinait sous le poids des dossiers. Il en éparpillait sur son bureau poussiéreux, signait et contresignait, insultait les fonctionnaires, ces minuscules tâcherons : « Tous des fainéants qui se laissent vivre aux crochets du contribuable ! » Quand il en avait fini, on eût dit un gros papier froissé. Les affairistes s'amenaient par troupeaux à la maison, s'étageaient sur les escaliers et attendaient son retour. Dès qu'Awono s'extirpait de son véhicule, ils l'envahissaient : « Salut, patron ! » Awono soupirait : « Que me voulez-vous ? — C'est-à-dire que patron... » Le fond de leur argumentation consistait à dire qu'ils avaient des marchandises périssables bloquées, et que leur cas devait être sérieusement étudié. « Je comprends, répliquait Awono. Mais vous n'êtes pas le seul dans cette situation. » Mais Awono ne répondait pas toujours ainsi. Il changeait de discours en fonction des clients. Cachées derrière les doubles rideaux que nous écartions juste pour laisser passer nos têtes, Amina et moi, nous l'espionnions et gloussions. Awono pouvait se montrer beau parleur et rassurer ses clients : « Ce n'est qu'un petit ennui momentané, mon cher, soyez patient ! » ou jouer les grands patrons, sa pile de dossiers poisseux sous le bras : « Ayez l'amabilité de laisser une note à ma secrétaire. Je statuerai par la suite » ; ou les fonctionnaires traditionnels : « C'est pas de mon ressort, mon cher », et il indiquait à l'infortuné de nouvelles démarches à suivre ou d'autres personnes à contacter. Au côté de ces faux-semblants, il y avait l'accueil qu'Awono réservait aux ACC, « Association des Camerounais corrompus », comme les surnommait Amina. Ils entamaient alors des conversations rapides, avec beaucoup de rires. Ils sablaient le champagne à leur vieille amitié. Après le départ des ACC, Awono se levait avec le premier chancellement de l'ivresse et esquissait un pas de danse. Il joignait au-dessus de sa tête ses bras boudinés en les arrondissant, il s'élevait sur les pointes, cassait ses souliers et, tournant lourdement comme pour une valse à trois temps, il prenait la direction de l'escalier.

Amina venait voir le patron danser. « Ah, la corruption ! » disait-elle. Sorraya détournait la tête.

Maman écrivait, elle demandait si je travaillais bien en classe. Elle me recommandait de rester une fille sage, de ne pas suivre de mauvais exemples. Comme moi, maman n'avait pas compris qu'on ne pouvait pas métisser des univers sans que l'un étrangle l'autre. Toute tentative de transvasement est vaine. On reste dans nos compartiments et c'est dommage, mais normal peut-être.

Dans cette ville, il était impossible de ne pas contracter des habitudes. J'avais mon baluchon d'habitudes. Après les repas, j'aidais Amina à débarrasser et à faire la vaisselle parce que nous refrénions ou exprimions nos sentiments en harmonie et qu'entre nous, c'étaient des douces et folles parlotes remplies de phrases inachevées, de rêveries et de malentendus plus excitants que n'importe quelle compréhension.

Mes raisons n'étaient pas uniquement d'ordre émotionnel. Je m'aperçus avec l'expérience que dans cette maison il y avait du travail pour dix mains. Les choses n'étaient pas aussi brillantes que je l'imaginais à mon arrivée. La demeure n'était pas un palais mais des anciens bureaux de l'administration allemande et l'on devinait encore, sous la peinture verte recouvrant les portes, leurs vieilles plaques d'immatriculation : « EINWOHNERMELDEAMT-TODESFALL-GEBURT-HOCHZEIT. » Là où flottait autrefois le drapeau allemand, un néon brillait et illuminait la véranda de son œil d'insecte. Au début il était difficile d'en détecter la saleté, mais au bout de quelque temps l'attrait de la nouveauté s'effaçait et on s'apercevait alors que tout y était poisseux. Des tonnes de poussière se déposaient obstinément sur les étagères et les meubles. On les essuyait mais il en restait toujours. Elle pénétrait dans les narines. Elle donnait des rhumes de cerveau et c'était terrible, les crises d'éternuements qu'il y avait dans cette maison. Elles vous rappelaient du coup que ce n'était pas un palais, mais un ancien bâtiment d'administration. Je vis également que les couleurs n'allaient pas ensemble. Les portes bleues et les murs roses juraient avec les rideaux beiges. Il manquait des battants aux fenêtres et cela causait beaucoup de soucis. Dès qu'il pleuvait, des flaques d'eau stagnaient partout et portaient sur les nerfs d'Amina : « Riches mon cul, oui ! Sont même pas fichus de réparer leurs fenêtres ! » mugissait-elle, en passant la serpillière, en mettant les tapis au balcon pour les sécher. Je m'aperçus que la cuisine n'était pas si bien équipée. Le gros réchaud à gaz brûlait plus qu'il ne cuisait. L'énorme Frigidaire marchait au pétrole. Le lino de la cuisine rose et beige était déchiré et des trous surgissaient d'énormes cafards.

Sorraya était délicate. Elle s'allongeait sur le canapé et lisait. Il traînait des livres partout : Baudelaire, Zola, Chateaubriand et qui sais-je encore ? Elle lisait des livres sur des personnages de rêve. « La réalité est trop sale ! disait-elle. Ce qui se passe au Liban, en Palestine ou en Afrique du Sud ne m'intéresse pas du tout. » Elle ne m'obligeait pas à lire ces livres. Tout ceci pour vous dire qu'elle ne salissait pas ses mains. Elle n'épluchait pas les plantains. Elle ne lavait pas le parterre, ni ses vêtements. Elle ne faisait pas son lit.

Ce matin-là, nous commencions notre petit déjeuner, lorsque Sorraya s'aperçut qu'il n'y avait plus de confiture. Elle se tourna vers Amina :

— Tu bouffes tout dans cette maison, en plus de te faire payer, c'est scandaleux !

— J'ai rien fait, Madame, dit la pauvre d'une voix terne. Peut-être bien qu'il y a des souris.

— Une souris ? Qu'est-ce qu'il ne faut pas entendre !

Je confirmai que j'en avais vu de grosses comme ça. C'était le moins que je pouvais faire : je me levais la nuit, je m'empiffrais de sucre, de gâteaux et de confiture. Au petit déjeuner, nous étions en manque. Et forcément, Amina se faisait engueuler.

— Des souris qui mangeraient la confiture ? Alors ce ne sont plus des souris ! dit Sorraya.

— Dans mon village, dis-je, la nuit venue, les souris se transforment en humains.

— Seigneur ! Seigneur ! qu'est-ce qu'on va pouvoir faire d'elle ? gémit Sorraya.

Awono se promit d'avoir recours au service de dératisation.

Sorraya me jeta un regard criminel de mépris. En réalité, dès que l'occasion se présentait, elle culminait dans son rôle de maîtresse de maison. Amina avait plus que son panier d'ordres, de directives, d'injonctions et de critiques. Elle tourbillonnait autour de la table, s'affairait auprès de chacun, ne cessait d'aller et venir entre la cuisine et le salon à petits pas si rapides qu'on l'eût crue se déplaçant sur des roulettes. Ses joues ruminaient sa colère tandis qu'elle disposait les théières et les tasses à la façon dont Sorraya souhaitait qu'elle les dispose. Elle s'en allait en râlant après Sorraya.

— Elle se prend pour qui celle-là, hein ? me demanda Amina ce matin-là, alors que je l'aidais à faire la vaisselle.

— Je ne sais pas, moi ! Pour quelque chose en tout cas !

— Pour une Blanche. Oui, c'est ça ! C'est ça ! Regarde.

Et elle souleva sa robe, exhibant ses mollets, deux ficelles dans d'horribles « sans confiance » roses.

— Regarde mes pieds, dit-elle.

— Ils ont grandi ?

— Pas à mon âge, ma chère. Ce sont mes chevilles qui rapetissent. Elle me pompe tout ! Si je te disais qu'on a grandi ensemble, vas-tu me croire ? Ma mère a commencé à travailler ici alors que je n'avais pas cinq ans, Sorraya en avait trois. Nous étions amies (et elle croisa les index des deux mains pour montrer l'intensité de leur vie jumelée).

Même les visiteurs ne nommaient jamais l'enfant du patron sans nommer l'enfant de la domestique, affectant dans le duo de ne pas savoir qui était l'une, qui était l'autre. Mais, au fil des années, Sorraya avait plus profité qu'Amina. L'argent, le bonheur, les hommes, les vêtements et la nourriture. « Et maintenant, regarde. » Elle montrait des bras rabougris, elle tournoyait sur elle-même pour me présenter des fesses plates comme un dessous de casserole, avec une voix avortée, une voix de toute petite fille, coupée d'une respiration hachée de sanglots. L'écouter, c'était entendre pleurer une enfant épuisée de chagrin. On avait envie d'ouvrir les bras.

Heureusement, il n'y avait pas qu'Amina pour détester Sorraya. Les enfants du quartier n'aimaient pas jusqu'à sa façon de parler. Filles et garçons la haïssaient pour des raisons différentes. Les premières parce que Sorraya se croyait « supérieure » ; les seconds parce qu'elle ne daignait pas les regarder.

Dans ce groupe d'adolescents, il y avait Paul, Fanta, Etienne, Touba, Jean et bien d'autres dont le temps a lissé les noms de ma mémoire. Ils fréquentaient l'Ecole Principale et fumaient en cachette. Mon insertion parmi eux était réussie, la preuve : Paul, seize ans, voulait m'affranchir. Il m'attendait dans les recoins sombres : « Tu me plais », déclarait-il. Et, devant le regard adorateur dont il me couvait, j'étais saisie d'une émotion presque artistique : « Qu'est-ce que tu veux ? » demandais-je. Paul le savait. « Allez, sois gentille Assèze. Montre-moi juste un peu... » « Quoi ? » demandais-je innocemment. « Tes seins », répliquait-il. Affolée par ses grandes mains, je reculais : « Non, Paul. » Il suppliait : « Un jour peut-être. » Il quémandait : « Plus tard ? » Je hochais la tête et murmurais : « Ah, la jeunesse ! » Je ne disais pas non.

Trois mois après, Paul m'invita à un bal. Je n'avais jamais été danser et cet après-midi-là s'annonçait comme une épreuve. Certes, j'avais déjà accompagné Sorraya dans ces sorties où le vacarme des guitares électriques et des percussions rendent toute conversation inutile. Mais je ne me mêlais pas à la foule agitée des danseurs, constituée de Blancs ou de fils de riches Africains. Je n'étais pas Sorraya qui s'y sentait chez elle et pouvait y faire tout ce qui lui passait par la tête. J'avais conscience de ma condition, et quelquefois un tel désir de disparaître que je cessais quasiment d'exister. Quoi qu'il en soit, la boum s'annonçait comme une épreuve.

J'eus l'impression que ça serait épouvantable. Mais dès l'entrée, j'aperçus Paul, ses frères et sœurs, cheveux au vent et larges sourires. Ils agitaient les épaules, frappaient des pieds en un contrepoint enthousiaste de leurs ondulations. Paul se précipita vers moi et m'entraîna à sa suite. Mes pieds se mirent spontanément à glisser, patiner et frapper. « Tu danses bien, me complimenta Paul. Je t'aime. » Il souriait et me regardait gentiment en dansant.

Après cela, je dansai avec des centaines de jeunes gens. Trois garçons vinrent à moi et me dirent que je leur plaisais, mais je vis à leurs yeux que ça n'allait pas plus loin que plaire. Dès huit heures, je me levai. Je devais rentrer avant le retour d'Awono. Paul proposa de me raccompagner. Nous sortîmes.

Des milliers d'étoiles dansaient dans le ciel et nous cabriolons, gambadions et poussions des tyroliennes. J'étais heureuse, j'aurais voulu danser toute la nuit. Dès que nous nous engageâmes dans l'allée, Paul me prit dans ses bras :

— J'ai plus goût pour des babioles, dit-il. Décide-toi.

Il me colla ses lèvres et je sentis ses boutons. Même dans le noir, je pouvais sentir la proéminence de ces bouts de graisse. Il me couvrit de baisers passionnés et introduisit ses grosses mains sous mon corsage. Je me débattis et lui envoyai un coup de pied dans l'entrejambe.

— Salope ! lança-t-il en gémissant. Un jour tu viendras me supplier à genoux, menaça-t-il. Je ne te regarderai même pas.

— Tu peux toujours attendre, dis-je.

Je détalai en étouffant de grands rires, en me congratulant de m'en être si bien tirée. J'eus à peine le temps de grimper les escaliers que Sorraya ouvrit brutalement la porte :

— Où étais-tu ? me demanda-t-elle. Tu as vu l'heure ?

— Huit heures du soir, répondis-je. Papa n'est pas encore rentré.

— Je te demande où tu étais et avec qui tu étais ?

— J'étais seule.

— Tu mens, dit-elle en frottant son maquillage avec

l'avant-bras comme une souillure. Je t'ai vu avec ce Paul. Je vous ai vus de mes propres yeux, deux chiens que vous êtes. Que faisiez-vous ?

— Rien de mal, murmurai-je.

— Pauvre petite Assèze qui ne fais jamais rien de mal, ricana-t-elle. Tu me fais de la peine, tu sais, beaucoup de peine...

— C'est pas vrai !

— Tais-toi, hypocrite ! Avec une mère comme la tienne... Ça donne des beaux enfants, les traînées... Elles sont bonnes mères, les traînées... Et l'enfant d'une traînée doit me servir d'exemple... Ah, quand papa s'en apercevra... Une grossesse ne se cache jamais, acheva-t-elle d'une voix gorgée de haine.

Je courus vers ma chambre. Je ne descendis pas dîner. Je fus si choquée et troublée par ce qu'elle m'avait dit que le lendemain j'eus mes premières règles.

L'approche de Noël trouva l'école en pleine effervescence. Maître d'Ecole disait que le programme du trimestre était terminé et qu'il nous appartenait maintenant de fixer dans nos esprits ce qu'il nous avait appris. Des élèves rabâchaient. Des feuilles traînaient partout, des presqueécrites, des demi-écrites, des pas écrites du tout. Maître d'Ecole souriait doucement, à nous voir nous agiter. Il n'était pas inquiet. D'ailleurs, entre deux séances de révisions, Maître nous enseignait des cantiques et sensibilisait notre attention par des lectures édifiantes sur la Nativité. Il nous chantait Jésus par la voix d'une minuscule radiocassette. Mais nous étions plongés dans les études et attachions peu d'importance à la naissance de Jésus. Maître rajustait sa cravate. Il nous regardait avec peine de derrière ses lunettes car il savait que malgré tout il y aurait des zéros.

En sortant de classe le jour de l'examen, les gosses

étaient pitoyables, plus débraillés que d'habitude. Ils râlaient après Maître d'Ecole. Ils disaient qu'il les avait trahis. « Tu t'en souviens, toi, Assèze, qu'il nous a appris la soustraction ? » me demanda Chigara. Je fis mine de réfléchir. « Je ne crois pas », dis-je. « Oui, oui, dit Emmanuel, le plus jeune de notre classe avec une tache de naissance grosse comme une pièce de cent francs sur la joue. Même qu'il nous a montré l'exemple de $10 - 2 = 8$. » « C'est pas du pareil au même, fit un môme. Il ne nous a pas montré le $100 - 90$ qu'il nous a flanqué à l'examen. » « C'est de la trahison ! » cria un gosse. « Je lui coupe le kiki, moi, s'il ose me mettre une mauvaise note », dit un môme en bavant de rage. « Moi, je lui jette un sort », coupa Chigara.

Le lendemain, les choses empirèrent en classe. Un coq rouge, tête coupée, gisait sur le bureau de Maître d'Ecole. Déjà, il flairait les coupables. Il passa à la corrida et attaqua de front :

— Toi, c'est toi !... Et puis qui me dit que ce n'est pas toi... Et toi ! Et toi !

Il gueulait, nous gavait de mille injures, d'horribles jurons, d'insultes grecques, ensuite américaines. Nous étions compacts, muets comme des crabes. Finalement, il s'assit, nous regarda très chagriné et dit :

— Qu'est-ce que c'est, ces stupidités ? Ne pouvez-vous raisonner mathématiquement, scientifiquement, logiquement et ne croire qu'à ce que vous voyez et touchez ? Vos gris-gris ne servent à rien. Ce n'est pas parce que vous égorgez un coq sur mon bureau que vous allez avoir des bonnes notes. Il faut travailler ! Travailler ! Voilà le secret. Est-ce clair ?

— Oui, m'sieur ! clamèrent les élèves.

Personne n'était convaincu.

Nous fûmes condamnés à laver les latrines. Nous en étions assez heureux car la merde c'est de l'engrais. Ça fait pousser.

11

A l'époque, la mode changeait en un coup d'œil. Il suffisait qu'en France un chef de section au troisième sous-sol d'un bureau oubliât de se moucher pour qu'à Douala tout le monde marchât la morve au nez. Il suffisait qu'un Blanc omît de se boutonner pour que nous lancions la mode « fais-vite ».

C'était de la folie. On se défrisait les cheveux. Tantôt toutes les femmes portaient leur chignon sur le front. Tantôt à l'oreille gauche. Tantôt encore, on se rasait le contour du crâne et il fallait avoir du cran pour ne pas fuir lorsqu'une femme surgissait de l'obscurité tel un pirate. Quant aux vêtements, on ne savait plus ce que c'était. On s'enrubannait de burlesques, de fanfreluches et de strafou-loques. Un simulacre d'élégance où tout le monde faisait la même chose et c'était tout pareil : affreux !

Durant les six mois qui suivirent ma venue dans cette ville, j'évitai tout conflit avec Sorraya. Je satisfaisais Awono dans la mesure où je donnais l'image d'une fille correcte et bien élevée. Mon obéissance et ma fidélité absolues lui donnaient le plaisir qu'un zélote procure à son maître. Quelquefois, il me prenait à part, très inquisiteur à propos des choses qu'il mourait d'envie de savoir sur Sorraya, qu'il ne pouvait pas lui demander car, s'il se montrait trop curieux, il risquait de lui faire perdre l'appétit sur sa position de père. Je me tenais debout, très pose-dévotion, ridiculement dépendante. Il me question-nait : « Alors, ta sœur, qu'est-ce qu'elle fait ? » Je prenais ma mine d'innocence extrême : « Que veux-tu, Tara, elle ne peut rien faire de mal devant moi ! Elle a peur que je te raconte tout. » Ces mots lui plaisaient. En quittant son bureau, j'avais droit à une pièce.

La réalité s'habillait différent. Au lieu d'influencer Sorraya, je subissais son attraction. Je la trouvais bizarre et méchante, mais supérieure. Côtés pile et face, elle me fascinait. Elle se dilatait la cervelle du matin au soir. Elle imaginait une nouvelle façon de s'habiller, de concevoir un maquillage ou de résoudre un problème de coiffure. Les résultats m'éblouissaient à tel point que j'en perdais le sommeil. Je me battais contre ses idées mais elles me revenaient, captives et envoûtantes.

Peu à peu, comme un homme qui absorbe chaque jour une certaine nourriture finit par être absorbé dans sa substance, maigrit ou grossit, tire de ces mets une force ou au contraire contracte des maux, des changements inté-rieurs s'opérèrent en moi et ma résistance céda. J'étais débordée par mon propre enthousiasme, à tel point que j'y voyais triple. J'enfournais toutes les lubies de Sorraya. Mais mes envies ne dépassaient pas le stade des rêveries. Je ne pouvais pas aller loin. C'était pire qu'une prison, l'image que je voulais donner de moi, que je croyais qu'Awono attendait de moi. Gérer mes contradictions devenait un tourment et elles trouvaient une responsable : Sorraya. Je l'enviais et cette envie était aussi puissante qu'une haine ou qu'un désir amoureux.

Au mois de mars, le crépuscule s'étendit avec sa brutalité caractéristique de notre ville. On entendait au loin les rumeurs de mes concitoyens qui se déversaient dans la rue pour y boire, tourner en rond ou tout simplement trouver le soulagement après ces journées écrasantes de chaleur poisseuse. J'aidais Amina à préparer le repas. Nous inventions une nouvelle manière de cuire des beignets de maïs et nos haleines étaient sucrées de pincées de rire.

— Alors ? me demanda Amina. Paraît que ton mâle, c'est Paul. C'est comment ?

— Ce n'est pas vrai ! D'ailleurs, il ne me plaît pas.

— T'en as pas envie, vraiment ? demanda-t-elle d'une voix doucereuse en se rapprochant de moi.

Je respirai une odeur de sueur et de farine. Un doigt câlin effleura ma joue.

— Pauvre petite Assèze qui ne vois pas combien on l'aime... Qui ne connais rien de l'amour et qui attends le mariage pour le découvrir.

Amina parlait comme dans un rêve, avec des accents ronronnants et sa joue contre la mienne, sa main enfarinée s'insinua sous ma robe. Je restais stupide, incapable d'assumer l'évidence de ces mains, lorsque la sonnette retentit.

— Qui ça peut être ? demandai-je.

Amina rabattit brusquement ma robe.

— J' sais pas, dit-elle.

A contrecœur, elle reprit son travail. Elle versa d'un geste brusque le lait sur la poudre, s'en renversa sur le tablier :

— De toute façon, Sorraya est là. Elle pourra toujours s'en occuper.

Et Amina continua à vaquer à ses occupations, tout en fredonnant doucement. Ce qui venait de se passer semblait la laisser indifférente alors que moi, j'étais troublée. Etait-ce ainsi qu'on perdait sa virginité ? Je n'eus pas le temps de développer mes pensées lorsqu'à nouveau la sonnette retentit.

— Assèze ! hurla Sorraya.

Amina et moi échangeâmes un regard. Je me lavai les

mains et clopinai jusqu'au salon. Sorraya se redressa de son canapé.

— N'as-tu pas entendu la sonnette? me demanda-t-elle.

— Si, mais je pensais que tu pouvais ouvrir, dis-je sans ciller.

— Tu pensais? depuis quand penses-tu dans cette maison?

J'eus envie de lui répondre que c'était depuis que j'y habitais. Mais je me tus.

— Allez, va ouvrir, dit-elle.

Je ne bougeai pas.

— Tu as entendu ce que je viens de te dire? Va ouvrir.

Je secouai la tête :

— Va ouvrir toi-même.

— Je n'ai pas d'ordres à recevoir de toi, dit-elle.

— Tu n'as pas d'ordres à me donner non plus.

— Je suis chez moi, dit-elle.

— C'est aussi chez moi puisque j'ai le droit d'y vivre.

— C'est la maison de mon père, dit-elle. Tu ferais mieux de retrouver le tien.

Elle avait hurlé ces derniers mots et cette voix gorgée de haine arrivait droit des entrailles. « Non, crétine, t'as pas de chez-toi!... S'il ne dépendait que de moi, tu irais à l'orphelinat. A l'orphelinat! Et même plus vite que ça! »

Je sentis ma cervelle devenir rouge et palpiter. Alors je me mis à compter jusqu'à dix. La fulgurance s'éteignit, progressivement, comme au sortir d'un cauchemar.

Soudain, j'entendis dans mon dos :

— Qu'est-ce qui se passe dans cette maison?

Je me retournai. Awono était accompagné d'un gros Nègre au chapeau mou. Il nous toisait, sourcils haussés mais l'air un peu égaré. Sorraya s'empressa de le rassurer :

— Rien, papa. Je mettais certains détails au point avec Assèze.

106

— Ah, les mômes ! dit Awono.

Puis il se tourna vers le Nègre : « Excuse-moi, mon cher, mais je suis convaincu que tu n'as pas fait le nécessaire. » « Mais quoi ? » demanda le Nègre en se laissant tomber dans un fauteuil. « T'aurais dû payer... », reprocha Awono. « Payer, mais qui ? demanda le Nègre. Tous ceux qui étaient payables ont été payés, des sous-fifres aux ministres... »

Je n'entendis pas la suite. J'avais rejoint Amina à la cuisine. Je m'affalai sur un banc et pleurai.

— Ah ! les riches, dis-je à Amina, tous des saletés ! Maman le disait aussi. Je suis d'accord avec elle.

— T'es bête de pleurer, dit Amina. Sorraya snobe tout le monde. Le jour de sa mort, elle sera capable de snober son propre cadavre. Mais viendra le moment où...

Elle passa un doigt sous la gorge de manière si comique que j'éclatai de rire.

— Je suis sérieuse, dit-elle. Le bonhomme au salon, je le connais. Il est dans l'import-export. Quand il vient ici, c'est que les choses ne sont pas en règle... Un jour, crois-moi, ce pays va exploser.

Je ne voulais pas la croire. Je lui dis que tout portait à croire que notre président à vie était idolâtré, que notre gouvernement était le meilleur de l'Afrique, puisqu'il était craint par le peuple. On avait réussi notre révolution verte. Le gouvernement avait doté chaque sous-préfecture d'un bus, d'une école et d'un bar. On pouvait y boire du beaufort et danser jusqu'à l'aube.

— Tu crois à ces bobards ? me demanda-t-elle. Je te dis, moi, qu'il y aura la guerre civile dans ce pays. Ce jour-là, je demanderai à tous ces corrompus, ces sans-couilles qui nous ruinent, de se les arracher.

— T'as ma bénédiction pour zigouiller cette chipie de Sorraya à condition d'épargner Awono, dis-je en riant.

— Awono est pareil que les autres ! Rien dans les pines, crois-en ma vieille expérience, Assèze !

— Il est généreux, dis-je.

— Mon z'yeux! dit-elle. Tout ce qu'il fait c'est dans le but d'être flatté.

— Je me demande ce que vous pouvez bien vous raconter, dit Sorraya sans qu'on l'ait entendue venir.

Je me demandais ce qu'elle avait entendu de notre conversation. Elle avait son air agacé qui, lorsqu'il ne vous intimidait pas, vous réduisait à néant.

— Rien, dis-je.

— C'est ce que je me disais aussi. Bêtes comme vous êtes, vous ne pouvez rien dire de sensé!

Et elle sortit comme une déesse offensée.

12

Les jours qui suivirent, j'évitai Sorraya. Il suffisait qu'elle entrât dans une pièce pour que j'en sortisse aussitôt. Elle ne s'attendait pas à ma rébellion, ça l'avait prise de plein fouet comme un orage brusque. Hors études, hors ménage, je me baladais dans l'allée où la chaleur donnait fort. On y respirait l'odeur des fleurs mortes, de la terre et de la peinture brûlée là où le soleil couchait sur un vieux banc vert et y laissait des cloques. Quelquefois je m'aventurais jusque dans la cour où, en ces jours de chaleur moite, Paul se confrontait avec sa nature d'homme car il venait de contracter sa première chaude-pisse. « C'est la faute à la fille du port », disait-il. Il en souffrait dix mille martyres. Il fallait qu'on l'accompagne tous à l'urinoir pour qu'il ne hurle pas. « Un deux trois, partez ! » disait-on pour l'encourager. Et sa queue battait, gigotait, l'urine giclait, Paul se crispait, l'urine s'arrêtait, regiclait « Un deux trois, partez ! » Nous comprenions sa souffrance car nous étions convaincus que nous devions tous passer par cette puanteur pour nous affranchir sexuellement. Nous étions également convaincus que Paul devait assumer cette chaude-pisse comme un combattant ses blessures de guerre. Paul grimaçait : « Vous ne pouvez pas m'aider ? » Nous ne demandions pas mieux. Nous lui faisions les diagnostics gargouillades et inédits ! Nous nous passionnions pour son bangala. « C'est un gros ver comme ça », disait l'un. « Mais non, c'est un microbe », diagnostiquait l'autre. « Oui, un microbe de cent cinquante mètres qui t'entre là-dedans et te bouffe la quéquette », « Moi, je connais une tisane. »

On lui refilait des décoctions. On lui ingurgitait des mélanges bizarres de terre et de plantes. On dévalisait la Nivaquine, les aspirines et les Aspégic. Mais la chaudepisse était tenace, elle nous engloutissait dans sa spirale infernale, on en restait les bras ballants, on ne faisait plus qu'écouter les plaintes, les murmures et les hurlements, dépassés que nous étions par les événements. Finalement, ses parents s'en aperçurent, ils le frappèrent et l'amenèrent au centre vénérien.

Et par une étrange association d'idées, ce drame me fit oublier les attouchements d'Amina et me mit à l'abri. Même du vice solitaire.

Ce samedi après-midi-là, j'étais affalée sur le banc dans l'allée. Sorraya était assise sous la véranda et me regardait. Il y avait en elle quelque chose de frénétique et de coincé. En quarante-cinq minutes, elle se poudra trois fois, regarda trente-six fois sa montre et gigota des pieds sans répit. Enfin elle se leva, coupa une fleur du bougainvillier, l'accrocha entre ses dents de devant et descendit les escaliers comme une *prima donna*. Elle mit ses mains sur ses hanches et me regarda droit dans les yeux :

— J'attends tes excuses, dit-elle.

— C'est toi qui dois me demander pardon, répliquai-je.

— Finalement, t'as un sacré caractère, toi, hein ? dit-elle en éclatant de rire. Tête de lard ! Mais dis-moi, toi...

Elle s'interrompit brusquement, me saisit par les épaules et, dans le clair-obscur qui dessinait des ombres sur son visage, elle m'observa. Je fermai les yeux. Elle scruta mon visage et le soleil perçait à travers les feuillages.

— Tu es... rancunière. Et la rancune, ça vous tue un homme.

Après m'avoir traitée de si ignoble façon, je fus surprise de la voir revenir à de bons sentiments.

— Je me laisse quelquefois emporter, mais il ne faut pas m'en vouloir, dit-elle. Viens, j'ai une surprise pour toi.

Je gardai le silence, me levai d'un bond et descendis l'allée.

Sorraya me suivit et je constatai avec satisfaction qu'elle était sincère.

— Je n'avais pas de sœur, dit-elle. T'es maintenant comme la sœur que je n'ai pas eue. Maman est morte.

Elle me toucha les bras, m'obligea à la regarder et ses paupières battirent et la lumière trembla au bout de ses cils.

— Oh, tu ne peux savoir ce que c'est que de perdre sa mère! Quelquefois, je me sens si seule. Te fatigue pas. T'as gagné. Qu'est-ce que tu veux?

Une petite voix me souffla qu'elle avait procédé ainsi pour avoir le dessus sur son père. Je chassai ce soupçon de mon cœur, comme un petit papillon noir.

— Viens, insista-t-elle, j'ai une surprise pour toi.

La chambre de Sorraya était tapissée de posters géants de Sylvie, de Dalida et de bien d'autres vamps qui regardaient comme regardent les vamps, les bras croisés derrière la nuque, soulevant exagérément les cheveux. Une immense bibliothèque découvrait son contenu hétéroclite, des livres de Baudelaire, de Du Bellay, de Victor Hugo, de Sartre, des essais sur la pilosité, des précis de médecine traditionnelle, des disques, des disques, des disques!

Sorraya se dirigea vers sa chaîne hi-fi en sifflotant avec infiniment de confiance. Elle mit un disque.

— Qu'est-ce que c'est? demandai-je, surprise.

— C'est Mozart, dit-elle.

J'éclatai de rire.

— Ben ça alors, ma chère! J'ignorais que ton chien savait jouer de la musique! Pas étonnant, parce que personne ne peut danser ça.

— Justement, ma chère! dit-elle en pointant du doigt comme pour me fixer le mot à la bouche. Justement, ma chère...

Elle ôta ses souliers et prit une courte concentration : « Regarde », dit-elle en se mettant sur ses pointes. Elle releva le cou et les muscles de son corps saillirent. Elle écarta les jambes, lança les pieds et les bras comme si elle allait prendre son envol ou nager sur une plage d'illusion. Un pas par-ci, un pas par-là, voilà qu'elle recommençait. C'était de la délicatesse agressive. De la sensibilité étouffante. De l'harmonie bousculante. Aujourd'hui, avec du recul, je dirais qu'il régna dans cette chambre une ambiance très french cancan, revue et corrigée par les pom-poms girls, et relevée par une touche culturelle bien africaine. Quand la musique s'arrêta, je restai plongée dans un coma spécial.

— Qu'est-ce que t'en dis?

Je réussis juste à murmurer :

— Encore, Sorraya. Danse encore.

— Tu te crois où, toi? demanda-t-elle, agressive. Il faut payer pour me voir danser, moi!

— Personne n'a jamais payé pour voir quelqu'un danser! C'est gratuit, même dans mon village.

— Tu crois que je vais perdre mon temps à danser pour des Nègres, moi? Ils ne savent même pas se moucher correctement!

— Pour qui alors?

— Pour les Blancs, ma chère! Ils savent apprécier les artistes, eux!

— C'est un métier de griot, fis-je, méchante.

— Ne t'inquiète pas. Je sais ce que les Nègres pensent

de la danse classique. Ils disent que ce sont des singeries de Blancs qui connaissent de la danse autant qu'un chien ! Rassure-toi, ma chère ! Je ne vais pas donner de la confiture aux cochons ! J'irai en Europe !

— As-tu demandé son accord à papa ?

— Son avis ne compte pas. D'ailleurs, tout ce qui l'intéresse, c'est d'avoir la paix pour s'occuper tranquillement de ses magouilles !

— Il ne faut pas parler ainsi de père, fis-je.

— C'est mon père. Je parle de lui comme je veux, O.-K. ?

— Je te dis quand même que je ne suis pas d'accord. Quelle que soit ta situation, tu dois respecter ton père.

— Ton avis ne compte pas. Je veux devenir célèbre, un point c'est tout !

— Je me demande bien comment tu vas faire. Tu es noire, tu es femme... Trop de handicaps pour ta route.

— Blanche ou noire, cela n'a d'importance que pour les imbéciles.

Je m'apprêtai à lui répondre lorsqu'on sonna à la porte. « C'est pour moi », dit Sorraya en courant ouvrir. Quelques instants plus tard, j'entendis une voix d'homme.

— Sûr qu'il ne va pas rentrer, ton père ?

— Certaine. Y a que la cambroussarde. Je l'ai dans la poche !

Le petit papillon noir sur mon cœur voleta. Sorraya m'avait manipulée. Je sortis voir et à la dernière marche, je m'arrêtai et regardai comme quelqu'un qui s'est trompé de route.

L'homme, je ne le connaissais pas. C'était un superbe métis, avec une peau de noisette, des yeux splendides aussi profonds que minuit, ourlés de cils fournis, longs, bouclés, impressionnants, la chemise déboutonnée jusqu'au nombril, avec une chaîne en or, déjà un peu obèse mais si beau qu'il en était effrayant.

— Comment va l'amour joli ? demanda-t-il.

— Océan mon chéri, murmura Sorraya.

Elle se pressa contre l'épaule du garçon, qui la flaira amoureusement et palpa la douceur de ses bras...

Rien qu'à le voir, je sentis que cet homme était né pour la douceur, le sucre et la confiture. Je fis demi-tour, allai dans ma chambre, et revêtis ma plus jolie robe. Elle était rouge et froncée à la taille. Je l'enfilai parce qu'il y avait un halo autour du jeune métis, ou peut-être parce que sa beauté était comme une lumière sortie des yeux.

Quand je redescendis, ils étaient assis l'un en face de l'autre dans le magnifique salon. L'homme ne me regardait pas. On aurait pensé que quelqu'un m'avait enfermée dans un sarcophage d'invisibilité. Je me dis qu'il ne devait pas avoir une observation très aiguisée pour ces choses-là. Alors je décidai de m'asseoir là et de bavarder avec eux.

— Tu as du travail, que je sache! gronda Sorraya, dépitée.

— Non, dis-je.

— Des leçons à étudier, peut-être.

— Non.

Elle soupira et se laissa aller sur le canapé en disant : « Quelle poisse, Seigneur ! » Ils se mirent à parler comme si je n'existais pas. Je compris qu'Océan était musicien-parolier-compositeur-chanteur. Pas moyen de garder les pieds au repos quand il chantait. Sa musique ? Mettez dans une boîte de sardines James Brown, Johnny Halliday, Cloclo, un zeste de balafon, mélangez, et soukouss.

— L'avenir de la musique est dans le brassage culturel, amour joli, dit-il...

— Eh oui ! tu rapproches les univers par ta musique, le flatta bassement Sorraya.

Je ne sais si Océan rapprochait les univers par la musique, mais ce qui était certain, c'est qu'au fur et à mesure qu'il parlait, il se rapprochait de Sorraya tel l'unique rescapé d'une catastrophe, les mains moites, les yeux ardents :

— Senghor l'a prédit, le métissage c'est l'avenir ! dit-il.
Je ne t'ennuie pas, amour joli ? Tu dois être occupée...
Et de l'entendre parler ainsi à Sorraya, mon cœur frémit
comme s'il m'avait dit adieu.

— Non, chéri..., répondit Sorraya.

Je respirai. Ils se regardèrent éblouis. J'étais jalouse,
mais je ne voulais pas qu'Océan parte. Et je ne savais quoi
faire pour le retenir. J'allai dans la cuisine, ramenai de la
limonade que je décapsulai. « C'est par le ventre qu'on
garde un homme », disait Grand-mère. Il faisait si chaud
que le liquide moussa dans le verre que je lui présentai.
« Non, merci », dit-il, tel un dîneur qui à la fin d'un repas
rejette le dessert comme le petit trop, trop riche, trop
copieux. Ecœurant. Ma limonade restait sur le bord de la
table tandis qu'Océan s'amusait avec d'autres gâteries. Je
m'affalai dans le fauteuil, la transpiration m'imbibait les
aisselles, la sueur coulait dans mon dos, entre les omoplates, et une flaque d'eau, là, au creux de ma gorge,
dégoulinait, intarissable, vers mon nombril. Je me sentais
misérable. Littéralement. La porte d'entrée s'ouvrit brutalement derrière moi et je tournai la tête. Awono franchit le
seuil. J'aurais dû entendre son pas, depuis l'escalier, mais
non, rien. Il s'ébroua comme un chien mouillé et bondit
sur Océan. Il respirait court, les yeux exorbités, soulevait
ses bras et on voyait les marques de transpiration sous ses
aisselles.

— Qu'est-ce que tu fabriques chez moi, espèce de va-
nu-pieds ! Réponds, connard ! hurla Awono.

Océan fit mine de se lever. D'un mouvement brutal,
Awono le repoussa dans le fauteuil.

— Tu partiras quand je te le dirai.

Océan croisa les bras. Il semblait au bord de perdre ses
eaux. Il avait perdu sa langue, tout du moins.

— Tu couches avec ma fille, n'est-ce pas ? questionna
Awono.

— Papa ! cria Sorraya, scandalisée.

— Boucle-la, toi! hurla Awono. Qui me dit qu'elle n'est pas enceinte, hein? Et maintenant, qu'est-ce que tu feras? Tu l'épouseras? Allez, réponds! Je veux tout entendre!

Océan était voué à la déroute. Il essayait de se faufiler hors de la tempête. Mais c'était difficile. Elle le prenait de plein fouet. Il ne pouvait plus parler. Il crachouillait:

— Je... C'est-à-dire que... Sûrement que... Avec votre permission, monsieur...

Awono éclata d'un rire terrible qui résonna à des kilomètres, tripota ses bourrelets et s'arrêta brusquement:

— Et comment vas-tu la nourrir? demanda-t-il. Avec ta musique, peut-être?

Et là, Awono fit une petite diversion qui m'amusa fort à l'époque et je le remercie de m'avoir donné matière à traduire ses mots. Il s'exprima en ces termes:

— Il n'y a que les Noirs américains pour réussir dans la musique. Pour être chanteur noir américain, il faut avoir été esclave. Parfaitement, mon cher. En plus, il faut se coiffer d'incroyables chapeaux, se ruiner en alcool, se droguer, se geler les couilles sous les fenêtres d'une femme blanche et se faire lyncher en chantant alléluia! Malheureusement, mon ami, ici à Douala ce n'est pas possible. Etre esclave, c'est dans l'ordre du possible. Mais se geler les couilles... Impossible. Il fait trop chaud. Et les femmes blanches pour qui tu peux te faire lyncher, il y en a pas.

Nous gloussions. J'étais soulagée de voir comment Awono avait tourné les choses. Je me trompais. Il lança brusquement à Océan:

— File, et que je ne t'y reprenne plus.

Océan s'en alla, très Anglais.

— A nous deux, maintenant, dit Awono à Sorraya.

Il s'assit et tira son pantalon sur ses mollets poilus luisants de transpiration.

— Je t'écoute, papa, dit-elle.

— Ma fille, dans nos sociétés, quand une jeune fille

souhaite fréquenter un garçon, elle doit demander la permission à sa mère qui en réfère à son père.

— Maman est morte. Tu sembles l'oublier, papa !

— Oh, que non ! Il se passe pas un jour sans que je pense à elle. Elle serait tellement malheureuse de voir comment sa fille se comporte, Dieu aie son âme !

— Les comètes évoluent, papa. Ouvre les yeux !

— Non, ma fille. Tu te mets le doigt dans l'œil. Tu penses que les gens ne jacassent pas quand ils te voient aujourd'hui avec tel garçon, demain avec tel autre ?

— Te soucies-tu, toi, de ce que les gens pensent de toi, papa ? Alors ? Pourquoi devrais-je m'en soucier, moi ?

Awono la cravata et la gifla. Paf ! parce qu'elle s'était permis de lui répondre. Paf ! parce qu'elle traînait son nom dans la boue. Paf ! parce qu'elle allumait des yeux d'hommes d'étreintes aguichantes. Paf ! Paf ! Paf ! Paf ! pour respecter le célèbre adage : « Tape ta femme et tes filles. Si tu ne sais pas pourquoi, elles le savent. »

J'essayai de m'interposer. J'avais peur qu'il la tue :

— Fous le camp, toi, me dit-il. T'es ici pour la surveiller, et tout ce que tu sais faire c'est manger et dormir !

C'était injuste. Sorraya était incontrôlable. Et si lui, son père, avait été incapable de la maîtriser, ce n'est pas une cambroussarde qui aurait pu contenir ce tourbillon furieux.

Il continuait à la battre comme plâtre. Sorraya hurlait : « Maman ! Maman ! Aide-moi, maman ! Maman, je t'en prie ! » sanglotait-elle.

Awono se calma soudain. Il se laissa tomber sur un fauteuil et prit sa tête entre ses mains. Il pleurait doucement : « Seigneur ! Seigneur ! Qu'ai-je fait, Seigneur ! » Je m'en allai à la cuisine pour ne pas pleurer moi aussi. « C'est triste ! » dis-je à Amina. « C'est la corruption », dit-elle. Je dis : « Tu as vu comment elle parle à son père ? Si je parlais comme ça à mon père, j'irais me pendre. » Je me rembrunis en revenant à ma réalité : je n'avais pas de père. Et si ça avait été le cas, comment me serais-je comportée ? « Si on se mêle des affaires des gens de cette maison, on finit en asile », fit Amina, suivant une logique implacable.

Cette nuit-là, je ne dormis pas. La lune jouait dans les persiennes. Mon esprit était obnubilé par la scène du salon. Je n'étais pas d'accord avec Sorraya, pourtant son comportement me fascinait. Comment en était-elle arrivée à tenir tête à un homme comme Awono ? Cela dépassait ma logique. A moins que quelqu'un lui ait glissé le secret. « C'est parce qu'elle a tout eu », me disais-je en me retournant dans mon lit. « Elle est belle. Elle sait danser. Elle a tout et toi tu n'es rien du tout ! Jamais tu n'auras sa beauté. Jamais tu n'auras son assurance. Tu n'as que deux choix possibles : chanter obstinément je t'aime, je t'aime, je t'aime. Ou la tuer. » Cette pensée me fit peur. Je me levai, ouvris un cahier et mon stylo répéta à l'infini le même nom tracé d'une écriture indocile : « Océan ». A la fin, il y avait des kilomètres d' « Océan », galopant serré le long des lignes, et ce jusqu'à la fin du cahier dont la couverture intérieure était soumise à la même incantation.

Je me rallongeai dans mon lit et tout s'éboula.

13

La coutume et la mode, c'était d'aller à l'église le dimanche. Awono sortait toutes ses médailles, qu'il accrochait sur son poitrail. Elles dégringolaient jusqu'aux cuisses, de part en part, et bruissaient telle une colonie de zébus lorsqu'il marchait. Clin, clin, clin ! Il parachevait la mise par un chapeau à large bord cassé.

Moi, je m'habillais au maximum de mes moyens. Les préparatifs étaient doux. La veille, accroupies sur une natte, Amina et moi nous enduisions sur le visage du beurre de karité froid et grumeleux sans le moindre souci du monde. On sentait le beurre glisser, coller, enduire les cheveux, on le regardait sourdre des doigts. Ensuite c'était le grand bain, les bigoudis. Le résultat n'était pas fameux, mais c'était néanmoins extraordinaire, comparé à ce que j'étais.

Sorraya ne tenait pas à ce « cirque », selon sa propre expression. Il se trouvait toujours quelque ragoteur pour parler de sa jupe trop courte, de son pantalon trop moulant, de son maquillage de bateleuse de foire désœuvrée... Elle avait à sa disposition une demi-douzaine de prétextes pour ne pas aller à la messe : des devoirs à achever, un pique-nique avec Durand, Dupond ou Marlyse, et c'était à chaque fois une question de vie ou mort.

Awono n'insistait pas et j'étais heureuse que Sorraya ne

vienne pas. Je prenais toute la place à l'arrière de l'auto, en unique mademoiselle Awono. Tandis que la voiture roulait, je sortais ma tête par la vitre baissée pour que tout le monde vît que j'étais la fille d'Awono, que j'appartenais à cette famille puissante et que je faisais partie intégrante de ses gènes exceptionnels. Mais en fin des fins, j'espérais revoir Océan. Je luttais désespérément pour ne pas avoir à y penser, mais il suffisait que je ferme les yeux et Océan apparaissait. Océan n'était plus revenu à la maison et Sorraya s'intéressait à un petit Blanc, un certain Durand avec des cheveux rouges. A les voir ensemble, on les croyait versés l'un dans l'autre. Ils se poursuivaient, ils luttaient pour rire, ils se tordaient sous des chatouilles et, bras dessous, bras dessus, ils disparaissaient. Quand ils revenaient, Sorraya me regardait, émettait un bruit sourd de gorge comme si j'avais commis une erreur, oublié d'éteindre la lumière, salé un peu trop une sauce, quelque chose de ce genre. Je me bornais à prendre mon souffle.

Sur le chemin du retour, forcément elle disait : « Qu'est-ce que t'as à me regarder comme ça ? » « Je regarde où je veux », répondais-je. « Si t'oses seulement en parler à papa... D'ailleurs tu ne le feras pas. Tu as des choses à cacher toi aussi, n'est-ce pas ? » Je ne répondais pas, ce qui ne m'empêchait pas de penser qu'elle était absolument dégoûtante.

Le curé était un colosse rouquin avec des poils dans les oreilles. Il était traité en véritable divinité par mes concitoyens et acceptait cette situation avec l'humilité pleine de suffisance des prêtres de cette époque.

La messe, c'était toujours les mêmes histoires. Le prêtre officiait derrière un autel nappé de blanc, entre deux bougies, deux bouquets de bougainvilliers qui nichaient dans des bouteilles de Contrex coupées au goulot et la fumée des encens. Il répétait inlassablement les Evangiles et mes concitoyens extasiés les reprenaient en chœur. C'était toujours le même office, les mêmes répétitions, un office immuable, comme le climat, et il n'était pas rare de voir un fidèle se réveiller au beau milieu de la messe, se frotter les yeux et demander, hagard : « Quel jour sommes-nous ? »

A la fin seulement, la messe devenait intéressante. Le prêtre se transformait en quelque chose qui pourrait s'apparenter au sorcier vaudou, à un prédicateur, à un pacificateur, à n'importe quoi qui soit profitable parce que attendu par une foule qui raclait le plancher ou l'arpentait dans la jubilation ou l'angoisse. Des femmes tout habillées de blanc dansaient le *tenk-a-kouk* tandis que les bouches s'ouvraient et que les paumes claquaient l'une contre l'autre pour leur donner la mesure. D'autres Négresses tout aussi hardies tiraient des cochons glapissants par des laisses et les offraient au prêtre. Entre cochons couinants et femmes dansantes, des parents pleins de verve tiraient leurs enfants vers le curé en pleurnichant : « Mon bon père, faites quelque chose pour mon enfant. Il écoute pas ce que je dis. » Ou encore : « Il vole, il fait que voler. » Ou encore : « Il pisse au lit, mon père. Il est possédé par le démon, faites quéque chose, mon père, je vous en supplie. » Le prêtre était fatigué, mais se désossait pour ses fidèles paroissiens. Qu'on soit ou non coupable de sorcellerie, le curé s'en souciait comme du monde : « Laissez venir à moi les petits enfants désobéissants ! » disait-il. Et les enfants tremblants s'avançaient, s'agenouillaient. Le prêtre sortait sa croix, la mettait sous le nez du présumé coupable de sorcellerie et criait : « Sors de ce corps, démon ! » Et comme les enfants ne réagissaient pas, le curé les attrapait par le collet, les jetait par terre, les battait jusqu'à ce qu'ils formulent quelque chose qu'ils n'avaient pas en tête : « Je suis guéri ! » C'était évident : le prêtre faisait des miracles, car après de telles taloches, des taloches d'une main blanche, la peur cinglait tellement leur cœur que les enfants ne recommençaient plus.

Nous nous apprêtions à repartir à la maison ce dimanche-là, juste après les vacances de Pâques, lorsqu'on entendit une voix :

— Monsieur Awono ! Monsieur Awono !

Nous nous retournâmes et je vis Maître d'Ecole. Il était habillé au mieux de sa forme, définitivement en blanc, avec costume, cravate et chapeau. Il tendit une main très obséquieuse à Awono.

— Ça va, mon cher ? demanda Awono. Elle se débrouille bien, la petite ?

Maître d'Ecole loucha vers l'air, mais ce n'était pas vers le vent qu'il louchait, il avait vraiment du regard dans les yeux. Puis je l'entendis dire que je n'étais même pas bonne pour le CE1 mais qu'en conduite j'avais vingt sur vingt. Si je continuais dans la fainéantise et ce, malgré ma bonne conduite, on allait me mettre à la porte, ou au mieux me faire redoubler. Awono soupira et demanda :

— Maître, est-ce vrai que tu aimerais t'acheter une Mobylette ?

Maître d'Ecole ouvrit grandes ses paupières et rit comme un enfant qu'on vient d'attraper les doigts dans le pot de confiture :

— Bien sûr, monsieur ! Comment l'avez-vous su ?

Awono s'alluma une cigarette et dit :

— Ça ! Ça mon cher ! Secret professionnel.

— Précisément, je voulais vous en parler mais j'ai pas eu l'occasion jusqu'ici, dit Maître d'Ecole.

— Je comprends. Soyons brefs et précis, mon cher : j'ai un ami qui vend des engins. Si tu te donnes la peine de passer à mon bureau, je verrai ce que je peux faire.

Maître d'Ecole le remercia avec effusion.

Sur le chemin du retour, Awono me fit des reproches circonstanciels :

— Je ne serai pas toujours là pour intervenir, me dit-il.

Dès le lendemain, Maître d'Ecole me plaça au premier rang. Deux semaines plus tard, sa Mobylette klaxonnait en faisant des embardées dans la cour. A la fin de l'année scolaire, je passai en classe supérieure. J'étais consciente de ce qui s'était passé. Mais mon indépendance tcha-tcha était prisonnière de mon confort. Si j'avais été indépendante, j'aurais décliné le problème de la corruption sous divers angles et j'aurais compris qu'à long terme, j'en serais morte comme un oiseau qui se perd dans le ciel. J'aurais dès lors proclamé la suppression de l'éventail ! J'aurais réclamé la solution finale pour les escrocs, les imposteurs et les magouilleurs. Aujourd'hui, je ne m'en veux pas. J'étais de mon temps, dans le coup. Je vivais comme les autres, dans l'absurdité des politiques. A l'époque, les hommes normaux étaient les voleurs, les corrupteurs, les super-faussaires, les mouchards, les trouillards. Et ils se gavaient par petits groupes, par sectes, par mouvements mièvres, par clans, par orgasmes et organismes. Voilà la crème de la nation, et moi, je m'en délectais. Amen.

Entre-temps, la Comtesse avait obtenu sa voiture. Une Mini Minor rouge qu'elle conduisait en tamponnant sa face en nage. Elle avait toujours peur de renverser quelqu'un avec son cheval emballé. « Quelle puissance ! disait-elle. Quelle nervure ! » Et, en transe, elle racontait ce que sa voiture avait fait ou n'avait pas fait. Elle ne voulait plus causer à ses ex-copines du trottoir. La voiture faisait trop de rumeurs, voilà pourquoi.

Un jour, c'était deux nuits après les grandes vacances, je parlais avec Paul, l'après-midi, sous un soleil clair. Il était assis sur une pierre cuite par la chaleur mais la fièvre dans son corps était plus brûlante encore.

— J'ai envie de toi, Assèze... Vraiment !

Et moi, souriante, je lui débitai les arguments pour lesquels je refusais de coucher avec lui, que nous étions trop jeunes, que nous n'étions pas mariés, que je pouvais tomber enceinte. C'est alors que je tournai le regard et vis la Comtesse, sur des tiges hautes. Elle allait, elle venait, ses allées et venues le long de l'allée ne me disaient rien qui vaille. Elle devait avoir mal quelque part, peut-être à la conscience, car elle agitait ses mains comme si elle écartait des toiles d'araignées devant ses yeux. J'étais dans le mille, car dès que je quittai Paul, elle m'appela tout de suite pour se soulager.

— Faut qu'on se parle, me dit-elle en se dandinant sur ses hauts talons.

Je levai la tête et vis Sorraya qui nous observait depuis la fenêtre.

— J'ai mal au ventre, dis-je pour couper court.

— J'en ai pour une minute. Voilà... Voilà... Est-ce que tu penses que j'ai ensorcelé Awono? me demanda-t-elle.

— Je n'en sais rien, dis-je.

— Que te dit ta conscience?

— Rien du tout! C'est ça le problème.

— Psst! Psst! dit-elle. Ils comprennent rien à l'amour. Ils font que de me calomnier. C'est tout ce qu'ils savent faire. Des doubles langues! Des pourris!

— Tu n'as qu'à leur prouver ton amour pour Awono.

— Et pourquoi? Mais regarde-le donc... Il est vieux, il est laid, il baise comme un canard. Je subis tout ça, pour quoi? Quel intérêt il y aurait s'il payait pas?

— Alors, ils ont droit de dire que tu ruines Awono. Tu n'as qu'à accepter l'évidence.

— Mais c'est pas vrai! Pas vrai du tout! Quéque t'aurais fait à ma place si t'avais été pauvre?

— Je suis pauvre, Comtesse. Ne l'oublie pas.

— Pardonne-moi, mais cette histoire me bouffe la tête. Je... je... Je voulais dire que si t'étais arrivée en ville sans personne pour t'aider? Il faut s'adapter, ma chère, sinon tu crèves!

Elle me regarda et éclata de rire, tête rejetée en arrière. Elle se calma brutalement et tourna les yeux vers la fenêtre où Sorraya, penchée de tout son buste, nous regardait. La Comtesse peigna ses cheveux avec ses doigts et dit :

— Celle-là, elle me comprendra quand elle sera totalement femme. C'est pas facile ! pas facile du tout !

— C'est difficile pour elle d'accepter une autre maman.

— Elle est obligée. Son père peut pas vivre sans femme !

— Elle croit qu'on le lui vole, voilà ! Il faudrait que quelqu'un lui explique.

— Awono l'a fait. Il lui a déjà dit qu'il s'agit pas de choisir quelqu'un plutôt qu'elle. Il s'agit de faire de la place à quelqu'un à côté d'elle.

— Alors ?

— Rien. Tu vois toi-même. C'est ainsi, Assèze ! C'est ainsi. Je ne peux rien ajouter...

Elle s'en alla.

Je pénétrai dans la maison, passai devant Sorraya et montai directement dans ma chambre. Lorsque Sorraya y entra, j'ôtais mes chaussures. Elle pinça son nez. « Qu'est-ce qui pue comme ça ? » demanda-t-elle. Sa grimace était horrible. Elle savait bien ce qui puait ainsi. C'étaient mes pieds. Ce n'était pas de ma faute. Le climat de cette ville, sa moiteur, déposait de l'humidité sur tout et pourrissait le cuir, les pieds et le reste. J'attaquai courageusement :

— Allons, cela ne te ressemble pas de tourner autour du pot. Qu'as-tu à me dire ?

Elle me fixa dans les yeux et la couleur de ses yeux me devint insupportable.

— Très bien, dit-elle. Je voulais savoir ce que vous vous racontiez, la Comtesse et toi.

— Conversation privée, dis-je.

— Que disait la Comtesse ? insista-t-elle.

— Rien.

— Ça ne m'étonne pas que tu la défendes, dit-elle en sanglotant de rire. Au fond, vous venez du même monde !

— Toutes les femmes sont les putes de quelqu'un, dis-je sans réfléchir. C'est une question de circonstances et de nécessités d'adaptation.

— Maintenant que je sais ce que je voulais savoir...

— Ne te vante pas. Tu ne sais rien.

— Penses-tu ! Cette phrase ne peut être que de la Comtesse ! Adaptation, circonstances... C'est elle qui parle comme ça. Toi... bof...

Elle fronça les sourcils, réfléchit et dit :

— Je suis d'accord qu'il faut s'adapter à l'environnement. Mais s'adapter dans le bon sens. Jamais je ne serai une pute, quelles que soient les difficultés que je rencontrerai dans la vie. Mais lorsqu'on est habituée à être une poupée entretenue, comme la Comtesse, on finit par trouver la chose naturelle. Alors, on est prise au piège.

J'avais l'air de m'en foutre. En réalité, j'étais bouleversée. Ne m'étais-je pas laissé prendre au piège comme la Comtesse en vivant dans le luxe ? Je tremblais d'humiliation coléreuse.

— Tu t'en vas dans ton village demain ? me demanda-t-elle.

— Ouais.

— Enfin, je pourrai respirer de l'air pur !

Elle s'éclipsa.

Mes bagages étaient prêts. Demain, je m'en irais d'ici. Demain... J'aurais voulu revoir Océan. Je n'avais pas de ses nouvelles.

Le lendemain, je pris l'autobus aux aurores. J'étais heureuse de m'éloigner de cette maison, de retourner chez moi, dans mon village. Awono avait fait quelques emplettes. J'emportais plusieurs sacs de bonne nourriture. J'en étais fière. J'imaginais déjà l'accueil que le village me réserverait. La perspective m'amusait. Je m'étais habillée de dentelles. Ces cambroussards étaient fascinés. Les couleurs qui s'enchevêtraient, les reflets qui sautillaient même si c'était du toc. Tout ce qui brillait leur sortait des clameurs.

14

Ce qui m'accueillit d'abord au village fut l'odeur. Elle m'accueillit dès le sentier, à cinq cents mètres des habitations. Avec les vents contraires, elle disparaissait et me revenait subitement lorsque le vent tournait. Elle me tenait les narines et la tête. Je me demandais ce qui avait pu crever pour puer ainsi. C'était atroce à respirer. Ça m'abrutissait à tel point que je butai sur un gosse qui tenait un sac : « Tu peux pas faire attention, saligaude ! » hurla-t-il. Puis il me reconnut. « Assèze ! Assèze est de retour ! » cria-t-il.

Aussitôt, je fus entourée par une foule de mômes, tous plus nus que vêtus. Les robes étaient en lambeaux. Les seins ballaient. Des petits garçons en haillons se bousculaient, se renversaient pour me voir de plus près. Entre les visages réjouis de ceux qui étaient au premier rang, d'autres visages tout aussi réjouis pointaient, se haussaient, s'accointaient, disparaissaient ici pour réapparaître là, installaient un ballet de figures noiraudes. Il y en avait même qui avaient grimpé dans les arbres pour mieux me contempler.

L'odeur seule me préoccupait. Eux ne semblaient même pas s'en apercevoir. Finalement, je demandai : « Qu'est-ce qui peut bien puer ainsi ? » « Les avocats ! » hurlèrent-ils en chœur. J'aurais voulu qu'ils m'expliquent. Mais non. Ils regardaient mes sacs avec envie. « Quéque tu nous as apporté, Assèze ? T'as apporté des bonnes choses ? T'as les pantalons, hein, dis ? T'as les costards ? »

Je réussis à me dégager. Je me frayai un chemin jusqu'à la boutique de Mama-Mado. Impossible de trouver un endroit où poser les pieds. On était tenté de ne pas arriver jusqu'à la boutique. Des tonnes d'avocats s'amoncelaient dans la cour et sous les fenêtres. Même les murs étaient verts. Des grosses mouches à tête de citron bourdonnaient.

— T'es là, ma fille ? demanda Mama-Mado.

Depuis dix mois que j'étais partie, elle avait changé d'allure, mais pas de volume. Ils avaient tous changé, surtout les vieillards. Ils s'étaient un peu ratatinés et racornis.

Mama-Mado ne posa pas beaucoup de questions. Elle voulut savoir si je me débrouillais bien à l'école, si je comprenais le français quand les Blancs parlaient vite. Je balbutiai de vagues réponses. Mama-Mado n'en demandait pas plus. Elle regardait avec fierté ses tonnes d'avocats pourris. Je ne comprenais pas le sens de son orgueil face à des avocats pourris.

— Ça marche bien les avocats, dans l'import-export, lui dis-je. Paraît que les Blancs en raffolent.

— J' sais, fit-elle. C'est pour ça que le juge me l'a demandé. C'est pour revendre et faire du bénéfice.

— Le juge ?

— T'es pas au courant, ma fille ? Il nous emmerde, çui-là, dit Mama-Mado. C'est à cause que la compagnie cacaoyère veut qu'on dégage le village.

— Mais c'est notre village ! dis-je.

— T'as compris comme moi, ma fille. Ils veulent qu'on aille s'installer ailleurs, à vingt-cinq kilomètres, parce qu'ils ont besoin de nos terres pour l'industrie agromala-dive. Mais moi j'ai dit comme ça : « Pas question ! On peut pas laisser nos morts ! » Ils ont envoyé le décret. Et moi j'ai dit comme ça : « Le décret je m'en tape ! » Je suis allée voir le juge en personne à la sous-préfecture. Il m'a dit : « Amène un avocat pour vous défendre. »

— Un avocat ?

— Comme tu l'entends, ma fille ! Un avocat ! Un seul avocat ! Elle éclata de rire : « Un seul avocat ! »

Elle se tut un moment, frappa ses paumes l'une contre l'autre et continua :

— Je m'ai dit comme ça, que si on avait besoin d'un seul avocat pour nous défendre, on pourrait s'arranger nous-mêmes.

Elle hocha la tête et ricana :

— Ils pourraient pas traverser avec tous ces avocats...

— Ce n'est pas un avocat-fruit qu'il te demande, Mama-Mado, dis-je. C'est un homme de loi qui s'appelle avocat.

— Je sais ce que j'ai entendu, ma fille. J'étais là et mes oreilles ont bien saisi avocat...

— Hum... hum..., dis-je, voulant couper court car j'étais étonnée que maman ne fût pas là pour m'accueillir. Mama-Mado me renseigna aussitôt :

— Andela est un peu malade depuis quelque temps.

Elle jeta ses énormes tresses dans son dos.

— Mais quelle grande fille tu fais ! Tes seins ont bien poussé, dit-elle en me les pinçant.

Je grimaçai, mal à l'aise.

— Quand pouvons-nous espérer manger le bœuf ? demanda-t-elle.

— Compte pas dessus, dit un vieillard. (Il se tourna, cracha sur un avocat et ajouta :) Ces filles de la ville ne sont pas du genre à nous apporter un gendre. Et même si elle en trouvait un, l'homme demandera vite à reprendre son bœuf.

J'eus horreur de ces réflexions. Je hâtai le pas vers notre demeure, suivie de la horde cacaquetante des mômes : « Tu nous as rien amené, Assèze ! T'es méchante ! Méchante ! » chantaient-ils.

Notre case avait une mine piteuse et le plus déprimant c'est qu'il n'y avait aucune raison qu'il en soit ainsi. Le toit de chaume s'était cassé la tête en plusieurs fractures ouvertes. De grandes brèches béaient au mur. La maison pourrissait debout. Elle exhalait la moisissure et les avocats. Des champignons logeaient dans le bois. J'entrai directement dans la chambre où maman reposait. Elle se redressa sur ses oreillers dès qu'elle me vit :

— T'es là ma fille ? C'est bien toi ? Je croyais pas que tu m'aurais trouvée vivante.

Je l'examinai de plus près tandis que j'embrassais ses joues gonflées de plaisir. Elle n'avait pas l'air malade. Elle avait même pris quelques kilos.

— Qu'est-ce qui se passe ici ? Tu ne nettoies plus la maison ou quoi ? demandai-je.

Maman haussa les épaules et me donna un bon conseil :

— Fais-le toi-même.

C'est ce que je fis dès le lendemain. « Laisse ça, dit maman en m'arrachant le balai. Tu vas t'abîmer les mains ! » Aux yeux de maman, la ville avait fait de moi un être supérieur qui revenait au village pour frimer. Après quelques coups de balai, maman se redressa, mit une main sur sa hanche, et de l'autre dégagea quelques gouttes de sueur qui perlaient sur son front :

— Seigneur ! que je suis fatiguée !

— Qu'est-ce qui te fatigue, maman ? Pourquoi es-tu si fatiguée, maman ? demandai-je.

— Je t'expliquerai tout une autre fois, ma fille. Laisse-moi jouir de ta présence. Qu'est-ce que t'as grossi !

Justement, j'avais doublé de volume et mes concitoyens étaient éberlués du poids que j'avais pris. Je ne pouvais plus entrer dans les vêtements de maman, même en le souhaitant très fort.

Sotteria, notre voisine immédiate, celle qui ramassait les ragots, s'était déplacée exprès pour se rendre compte de ma métamorphose : « Sa maman peut en être fière, dit-

131

elle. La ville l'a transformée. » Elle éparpillait ma réussite partout. Mes concitoyens se déplaçaient dans un rayon de cinq kilomètres alentour pour me voir de leurs propres yeux. Ils me demandaient des informations sur la manière de vivre des Blancs-Nègres, ce qu'ils mangeaient, si j'avais rencontré Sylvie Vartan, était-ce vrai que c'était une travestie avec d'énormes nichons, si j'étais montée dans ces voitures Coccinelle qui avaient leur moteur dans leur dos et roulaient toujours en marche arrière ? Tout ça entre des allusions et des fausses choqueries.

Mais ce qu'ils voulaient par-dessus tout, c'était la certitude que je parlais français comme les Blancs, et qu'en leur parlant ils en soient si étonnés que d'énormes flammes, grandes comme des crêtes, leur sortent de la cervelle. Ce n'était pas bien grave s'ils n'y comprenaient pas grand-chose. Ils recherchaient les effets, les flammes grandes comme des crêtes. Ils voulaient entendre l'accent français, des nouveaux mots dont ils ignoraient la signification, mais la signification des mots, ils s'en fichaient complètement. Je me taisais parce que, sur-le-champ, les choses ne me venaient pas mais plus tard, en me promenant seule au bord de la rivière, là où les fougères flottent vers l'eau en filets d'argent bleuté et où les rayons de soleil sont les plus bas et les plus affaiblis, je me rendis compte que je connaissais **douze** nouveaux mots et je n'étais même pas certaine qu'ils ne les connaissent déjà : « Inanition. Exhibitionnisme. Intellectualisme. Apartheid », et quoi d'autre ? Je revins au village en courant. Mais dès que je vis tous ces yeux qui clignotaient comme des insectes, toutes ces oreilles impatientes de capter mes mots comme si d'eux dépendaient leur avenir, je refermai ma bouche. Mes concitoyens s'en allèrent, déçus, et racontèrent partout que finalement, ils perdaient leur temps et que je ne valais pas plus qu'un bâton de manioc.

Maman s'en chagrina : « Tu me fais honte, ma fille ! Tout ce sacrifice pour quoi, hein ? » demanda-t-elle tandis que nous mangions. Et elle imbibait sa nourriture de larmes. Mais quand même c'était une mère et, quatre jours après mon arrivée, maman invita douze voisines pour fêter mon retour. Elle tua un coq en mon honneur, le seul mâle du poulailler.

Après le repas, accroupies sur une natte, elles commentèrent les mérites d'une nouvelle marque de savonnette arrivée depuis peu dans la boutique de Mama-Mado. Ensuite, maman se tourna vers moi, tout sourires, et roucoula : « Alors, ma fille ? Qu'est-ce que t'as étudié à l'école ? » Elle souriait et je voyais la menace au fond de ses yeux : « Gare à toi, ma fille, si tu me déçois ! » Il fallait que toutes ces râleuses sachent que nous, les descendantes d'Oukenk, mort par balle lors de la conquête allemande, étions d'une classe au moins supérieure à celle de mes compatriotes. Mes concitoyennes attendaient tout ouïe, et c'était moi qu'elles attendaient sans pli du doute. L'une des villageoises me tendit le couteau pour les épater, même pour les écrabouiller. Elle s'exprima en ces termes : « Ah, Douala ! » dit-elle avec un appétit gourmand. « C'est le moins que l'on puisse dire ! » m'exclamai-je. Et la verve me vint d'un coup. Douala c'était le paradis, la maison d'Awono, le palais. Mes descriptions étaient en puissance dix au-dessus de la réalité. C'était un besoin d'accabler la pouffiasserie, de remettre les esprits dans leur mort et la mort dans les esprits. Je venais d'entrer dans cette race de girafes qui, pommelées de complexes, se montent le cou pour mâchonner quatre feuilles au sommet du snobisme.

Quand j'achevai mon récit, ces dames étaient en paupières baissées. Je me laissai aller avec satisfaction sur la natte :

— Oh ! là ! là ! on crève d'inanition dans cette maison !

— Ça veut dire quoi, ça ? demanda une des paysannes.

— Comme tu l'entends, ma chère, dit maman. C'est le *Poulassie*.

133

Puis elle se tourna vers moi :

— Quéque tu veux, ma fille ?

— On crève d'inanition dans cette maison. Cela signifie que j'ai soif.

— Ah oui ? demanda maman. Ça alors ! Toi, ma fille, t'iras loin.

— Tu ferais mieux d'apprendre aut'e chose à ta fille, dit Sotteria. Les diplômes d'une femme n'ont jamais servi à rien, j' te jure !

— Oh, pardon ! dit maman. Ma fille est formée.

— Faut pas être sûre, insista la femme aux cheveux secs. J'en ai vu de drôles, moi, revenir de la ville. Elles croient qu'elles sont libres, mon cul ! Etre femme est un lourd fardeau, faut pas l'oublier.

— Ça va, ça va, dit maman.

— C'est tout ce que tu trouves à dire ? C'est du propre, Andela ! Tu dois vraiment tout refouler. J' voudrais pas être à ta place !

— Quéqu'il faut pas entendre, dit maman.

— Ce qu'il faut comprendre, c'est que ces femmes des livres, c'est comme des femmes qui deviennent des hommes à force de faire du sport, tu piges ?

— Y a des femmes qui travaillent et qui restent de véritables épouses, conclut maman.

Le lendemain, mon attitude se transforma. Je devins non pas moins bêcheuse, mais plus conciliante. Je voulais neutraliser ces mauvaises langues. J'étais debout avant l'aube. Je balayais notre case. Aux premières lueurs du jour, j'étais en route pour le marigot. Je rentrais par le sentier au milieu des arbres qui passait devant d'autres cases, au moment où les autres femmes commençaient seulement à se réveiller. Elles bâillaient en me voyant, s'étiraient et s'exclamaient ainsi : « Quelle fille ! Andela a de la chance ! » Je devenais le modèle type pour toute la raclure. On n'entendait plus que des « Je meurs d'inanition » à la fin de chaque phrase, dans toutes les bouches.

Mais par ailleurs, mes efforts de réintégration tombaient morts. Mes amies d'enfance me balançaient des réflexions et toutes les cargaisons des fous rires, des injures et des compliments violents y trouvaient un terrain propice : « Tu crois que t'es meilleure que nous ? Différente de nous ? Tssss ! Tssss ! Ton cul pue la femme. » Quand elles ne m'attaquaient pas directement par transe verbale, elles demeuraient froides et silencieuses. Grâce à elles, j'appris que rien n'est petit en ce monde. Les méchancetés comme les microbes peuvent avoir la virulence du nombre. En gros comme en détail, elles voulaient que je paie pour avoir osé étendre mes frontières au-delà de notre village. Cela crevait les yeux de pas trop loin.

Ce jour-là, je m'apprêtais à entrer dans le marigot lorsque mes camarades d'enfance se hâtèrent d'en sortir. Elles bourdonnaient comme des frelons et envoyaient les mêmes dards exaspérants : « Qui va se laver dans la même eau qu'une Blanche ? » demanda la première, les mains sur les hanches. « Pourquoi qu'elle n'a pas transporté ses robinets jusqu'ici ? » questionna la seconde. « Paraît qu'ils ont une voiture. C'est même rien les voitures, moi j' vous dis ! Ça coûte que dalle ! Mon père dit qu'en vendant un sac de cacao, on peut s'acheter jusqu'à onze voitures ! » affirma Maria-Magdalena. « Ça alors ! » s'étonnèrent les autres. « Si, insista Maria-Magdalena. Papa a vu un magasin de voitures et c'était marqué Simca 1100 ! Je vous jure ! » « 1100 francs pour une bagnole ? Mais pourquoi qu'elle vient nous pomper l'air alors ? » conclurent les autres.

Leurs visages étaient saturés de haine. Elles me regardaient, les jambes mouillées et luisantes, tenant d'une main leurs sandales de plastoche, leurs pagnes relevés de l'autre. Elles voulaient me battre et je prenais mon temps. Deux femmes lavaient leur linge. Je brassai d'un bout à l'autre de la rivière, me disant qu'à force, elles finiraient par partir. Je fus surprise par la rapidité avec laquelle l'ennemi se replia. J'entendis leurs pas décroître entre les feuillages et leurs voix s'affaiblir. Je sortis en hâte de la rivière et, sans m'habiller, je pris la direction opposée. J'avais un peu mal au ventre, c'était tout. Un peu plus loin, là où un ruisseau faisait angle avant de disparaître, je m'arrêtai pour m'habiller. J'enfilais ma robe sur ma tête et la baissais quand mes yeux s'écarquillèrent du double. Elles étaient là, armées de bois, de gourdins et de chicotes. Maria-Magdalena s'approcha de moi. Je reculai. Mais quelqu'un dans mon dos me poussa vers mon ennemie. Maria-Magdalena sauta brusquement sur moi comme une grosse pieuvre, me jeta par terre et s'assit à califourchon sur mon ventre. Je lui enfonçai les doigts dans les yeux. Elle poussa un hurlement mais réussit à me plaquer les bras au sol. Je me débattais comme une chatte affolée. Elle se pencha en avant pour m'étrangler avec ses genoux. J'avais ses seins sur la bouche et j'en profitai pour les mordre. « Assassin ! Assassin ! » hurla-t-elle. Les autres se précipitèrent. Elles me frappèrent à tel point que je ne pouvais plus répondre. Elles me crachèrent dessus et s'en allèrent.

Au bout d'un instant, je me relevai. Je n'arrivais plus à marcher. Ma vessie se dilatait. Je pissai dans mes vêtements. Je n'arrêtais pas de me dire que je l'avais eue. « Tu l'as eue, hein ? » Ma tête virevoltait. Je choquais dans les arbres, je faisais un bruit de sanglier malade, j'avais des haut-le-cœur, je vomissais, je ne tenais plus debout, je m'affalai dans l'herbe.

Je dormis deux jours d'affilée. J'avais de la fièvre et la tête douloureuse. C'était du sommeil par à-coups. Maman me tamponnait le visage en gémissant : « Ah, les méchantes ! Ah, les méchantes ! » Dès que je reprenais conscience, maman était assise et recousait des robes. Je m'assoupissais, quand je me réveillais, elle me lavait les pieds et les bras. Après chaque toilette, elle me recouvrait d'un édredon et remettait une autre eau à chauffer dans la cuisine.

Quand je me réveillai totalement, elle m'aida à m'asseoir sur un banc et, avec deux bassines d'eau différentes, elle me nettoya l'entrejambe et le ventre. Elle me plongea la tête dans un baquet d'eau de gingembre et de palétuvier où je restai de longues minutes. Je me promis de ramener un pistolet pour venir les tuer. Enfin, je fus sur pied, mais je n'osai plus m'aventurer loin de notre case.

Le soir, maman et moi nous asseyions autour d'un foyer. Et tandis qu'elle tisonnait le bois, cassait les brindilles pour alimenter le feu, elle allait dans les confidences et les ragots au village. Ces médisances me faisaient du bien car si maman jugeait bas, elle jugeait juste : « Tous des ratés ! des jaloux ! Ils m'ont lancé un fibrome, c'est pour ça que je suis fatiguée. Un fibrome, tu te rends compte, ma fille ! Il doit bien peser trois kilos ! » A l'écouter, mes concitoyens préparaient la fin de l'univers. Ils étaient sournois et hypocrites : « Ils crèveront de jalousie le jour où ils verront la maison que tu me construiras. N'est-ce pas ma fille ? » « Bien sûr, maman ! répliquais-je. J'ai des bonnes notes à l'école. » « Je reconnais là mon sang combatif », concluait-elle.

On ruisselait toutes les deux avec nos rêves devant le feu de bois. On avait du choix dans l'imaginaire. On en éparpillait autour. On se pavoisait. On voyait déjà la maison que je lui construirais, avec des buissons de candélabres, des rivières de tulle brodé, des cascades empaillées, des horreurs de Chine, des fourbis qui n'ont pas de nom et des trucs qu'on ne saura jamais. On restait là de longues heures à se duper l'une l'autre. Quand on en avait marre, on se bisoutait pour se souhaiter bonne nuit avec plein de promesses...

... Jusqu'à la fin des vacances.

Je sais aujourd'hui que j'aurais dû lui dire la vérité, au lieu de quoi, je me vautrais dans l'illusion, ajoutant en cela un peu de la mort sur la mort.

15

Revenant du village, avec quelques cloques laissées par la bagarre, avec mon sac d'avocats, avec mon panier d'arachides et mes vêtements qui s'étaient bien abîmés durant ces vacances, je m'attendais à être reçue par un coup de balai de Sorraya. Pas du tout. Elle avait l'air content de me voir. Elle était seulement surprise : « Je croyais que tu te sentais si bien dans ton bled que t'allais y rester », me dit-elle. Même le chien Mozart, accablé, gisait à ses pieds. Sorraya me tira par la manche : « Viens, il y a quelque chose d'étonnant qui se passe chez nous. »

La surprise était une réunion familiale, une de ces dictatures de couilles où les hommes, croyant que tout leur appartenait, la terre, le ciel, les étoiles, reléguaient les femmes à l'arrière-plan et s'épouillaient les testicules. Les douze frères et sœurs d'Awono étaient accompagnés de leurs épouses, de leurs maris, de leurs fils et de leurs filles. Tout ce monde avait la tête engloutie de soucis énigmatiques.

Il n'était pas commode de se trouver une place dans cette foule et l'air était irrespirable, tant il faisait chaud. Je m'accroupis en tailleur à l'entrée et Sorraya s'assit à côté de moi.

Awono était habillé d'une vaste djellaba blanche. Il avait les pieds dans un baquet d'eau salée. Il les faisait macérer et s'exprimait en ces termes :

— Ah! je sais qu'il y a des problèmes dans cette famille. Toi, Ngala, tes enfants ne produisent pas les résultats scolaires escomptés, ton travail, Dieu seul sait ce qu'il devient. Mais cela dépend de ce que tu dois faire et que tu n'as pas fait!

— Tara..., commença le dénommé Ngala, frère d'Awono, moins gras qu'Awono, des yeux laiteux et des grosses lèvres roses.

— Sur l'honneur, mon frère, tais-toi, dit Awono. Cette putain, comme vous dites, n'a rien à voir avec les malheurs de la famille!

— Elle t'a presque ensorcelé, Tara, dit Ngala. Comment peux-tu t'expliquer que tu ne t'occupes presque plus de la famille? Cette année, tu ne nous as pas donné un mouton comme tu le fais chaque fois. Je ne dis pas que tu es devenu presque avare, Tara. Je dis que c'est la faute de cette femme. Tu lui as acheté une voiture!

— Ngala traduit presque nos pensées, approuvèrent les autres.

Ngala leur crotta un gentil sourire :

— Regarde ta fille, Tara. On dirait qu'elle n'a presque plus toute sa tête. Elle marche presque nue dans la rue. A qui la faute?

— Je refuse qu'on parle de moi à la troisième personne, cria Sorraya.

— Je venais presque de le dire, reprit Ngala en crachant.

— Bande de lèche-bottes! hurla Sorraya. Dites franchement vos pensées! Arrêtez un peu vos *presque*! Hypocrites!

— Tais-toi, Sorraya! hurla Awono, tu me couvres de honte.

— Très bien, dit Sorraya. Je m'en vais. Tu viens, Assèze?

Je fis celle qui n'entendait pas. Je ne voulais pas rater une miette du débat.

— Je disais donc, reprit Ngala, qu'il fallait une straté-
gie puissante pour déjouer les plans de cette femme.

— Tu traduis presque nos sentiments, dirent les autres.

— Je tiens à mettre les choses au point, dit Awono.
Cette femme, je la connais mieux que quiconque. Je sais
qu'elle est dangereuse...

— Ouais ! approuvèrent les autres. Dangereuse !

Et tout ce monde cracha en même temps.

— Je n'ai pas fini, dit Awono.

Il sortit ses pieds du baquet d'eau salée. Une femme
apporta aussitôt une serviette et les lui essuya jusqu'à la
naissance des mollets.

« Ah ! ces rhumatismes ! Ces rhumatismes ! » se plai-
gnit-il. Il voulait faire diversion, mais personne n'était
aveugle. Il le comprit, soupira et reprit :

— Ai-je jamais dérogé à mes obligations vis-à-vis de
vous ?

— Presque jamais, Tara !

— Puisque vous l'avez vous-mêmes reconnu, le débat
est clos, dit-il.

— Qui lui a offert la voiture, Tara ? demanda Ngala.

— Un autre de ses djobas, dit Awono. Il n'existe pas
encore un chronomètre du cul. Alors je ne peux pas savoir
tout ce qu'elle fait avec ses autres amants !

Awono avait beau s'évertuer, ses frères n'en démor-
daient pas. Ils étaient certains que c'était de la faute de
la Comtesse si Awono se montrait moins généreux. Et
s'ils ne mettaient pas un terme aux amours d'Awono et
de la Comtesse où allaient-ils se retrouver ? Dans la
gadoue.

— Maintenant qu'on est d'accord, on va trinquer, dit
Awono pour conclure.

— Je suis là ! hurla une voix depuis l'allée.

C'était la Comtesse, vêtue comme la dernière princesse
africaine, grand boubou bleu brodé d'or, plusieurs rangées
de perles dégringolant jusqu'aux genoux, bracelets

d'ivoire excessivement aux poignets. Elle avançait et les plis de sa robe bougeaient comme des vagues sur la mer, sa silhouette grossissait à vue d'œil, elle était à dix mètres, cinq mètres, elle montait les escaliers, elle était devant Awono, énorme, toute dressée, les poings sur les hanches.

— Je n'ai rien fait, cria Awono.

— Cette histoire me concerne, dit-elle. C'est moi que vous traînez dans la boue.

— Personne ne dit du mal de toi, fit Awono.

— Lâche ! T'es qu'un sale menteur ! Ça dépasse toute indignation ! Ah, tu me déçois.

— Comtesse, murmura Awono, en essayant de lui prendre la main.

— Je t'interdis de me toucher. Je t'interdis de prononcer mon nom, tu m'entends ? D'ailleurs, je m'appelle pas Comtesse. Je m'appelle Marie-Antoinette Abelé. Est-ce clair ?

— Qu'est-ce qu'il faut pas entendre ! fit Ngala, scandalisé.

La Comtesse se tourna vers Ngala :

— Toi, si t'as un problème à régler avec moi, lève-toi et réglons-le !

En quelques enjambées, elle le rejoignit. Elle se pencha au-dessus de sa tête :

— M'as-tu déjà vue sur le dos d'un hibou, toi ? Tu racontes partout que je suis une sorcière et que j'ai ensorcelé ton frère. Dis-le devant tout le monde ainsi présentement ! M'as-tu croisée chez un sorcier ? Réponds !

Ngala se taisait et d'autres voix s'élevèrent depuis le fond de la pièce, s'enflèrent ; on entendit des : « Quelle garce ! » et des : « Quel culot ! » et des : « Personne y va loin, sans amabilité, surtout une femme. » La Comtesse n'avait pas fini :

— Vous êtes tous des parasites ! dit-elle. Vous n'en

fichez pas une rame. Vous vivez comme des oiseaux ! Vous ouvrez votre bec pour que la nourriture tombe dedans ! Inutile que je gaspille ma salive à parler avec vous.

— Tais-toi, dit Awono. Ne dis pas des choses que tu pourrais avoir à regretter.

— Regretter quoi ? demanda la Comtesse. Regarde-moi bien, Awono. Et elle souleva son boubou, exhiba son essentiel, ses cuisses charnues et bien jaunes. Moi, je pourrais être la maîtresse de n'importe quel homme, même du président.

— Laisse mon frère tranquille ! dit Ngala. Personne ne te retient !

— Je le savais, dit-elle.

Très solennelle, la Comtesse laissa tomber son boubou, se tourna vers Awono, le pointa d'un doigt et acheva son discours en ces termes :

— Et devant témoins, j'interdis à cet homme de mettre ses pieds chez moi.

Elle sortit en agitant son énorme croupe, et les plis de ses vêtements qui flottaient piégeaient tous les vents. Awono en resta interloqué comme une carpe malienne. « Mais... mais... », commença-t-il. Il voulut la suivre mais retomba dans son fauteuil, brisé par les regards désapprobateurs de ses frères. Ngala se racla le gosier et dit :

— Après la démonstration qui vient d'être faite, il convient...

— Rien du tout ! dit Awono de méchante humeur. La séance est levée !

Les jours suivants, Awono mangea peu ; il jardinait après le travail ou se promenait dans l'allée, les mains dans le dos. A table, il repoussait son plat et lâchait entre ses dents : « Dire que je me suis laissé aller, moi, à de tels excès pour une... pour une... Ah, la salope ! »

Sorraya, grave, répliquait : « Louons le Seigneur, papa.

Tu as retrouvé ta raison. » Awono protestait vaguement, c'était de pure forme, il n'avait plus besoin de la Comtesse, du moins le croyait-il. Les voisins se passionnaient pour son drame. Ils s'en gargotaient le soir. Ils n'écoutaient plus la radio. C'était des : « Alors ? » « Ben rien », répondais-je. Ils étaient déçus. Ils voulaient du sang, du drame, des étripements ou des suicides.

Leur séparation dura trois semaines. Trois jours après le début de la quatrième semaine, le téléphone sonna. Sorraya prit la communication. Ngala l'informa qu'il avait vu la Comtesse au volant d'une Mercedes grise. Elle avait feint de ne pas le reconnaître. Quand Sorraya raccrocha, elle me dit :

— La Comtesse fait la grande putain à bord d'une Mercedes.

— Mais peut-être bien qu'elle s'est trouvé un travail, dis-je.

— Tu veux dire un gros poisson ? Je veux que tu comprennes : ce n'est pas la Comtesse en tant que personne qui est en question. C'est le système, et le système est partout. Comment veux-tu qu'elle lui échappe ? Le processus est irrémédiable dans ce cas d'espèce.

— La Comtesse a de la chance, après tout ! dis-je. Son cul, c'est son fonds de commerce !

— Ça, c'est son problème. Papa ne l'aime plus, louons le Seigneur !

Sorraya crut bon de transmettre la nouvelle à Awono. Selon ses plans, le fait que la Comtesse ait un nouveau djoba guérirait définitivement Awono de ses fantasmes de putes. Awono lui fit répéter les choses trois fois. « Merci », dit-il. Il se retira tout en transpiration dans sa chambre.

Avant de m'endormir, la tête à nouveau pleine d'Océan, j'entendis la Mercedes noire démarrer en trombe et disparaître au bout de l'allée. Awono revint le lendemain soir. Il tenait tendrement la Comtesse par la taille.

Leur séparation avait duré trois semaines et trois jours, mais c'est une Comtesse métamorphosée qui nous revenait. Elle avait plus d'assurance et semblait avoir perdu tout intérêt pour le physique d'Awono. Il aurait bien pu marcher nu qu'elle ne s'en serait pas souciée. D'ailleurs, elle n'arrêtait plus de se moquer de lui publiquement. La Comtesse me faisait penser à un objet qui se vendait sans laisser l'acquéreur en prendre possession. Et Awono, absolument sous-déchet : « Ma chatte », disait-il, la figure viandée de tendresse. « Ne m'appelle pas ma chatte, vu ? » répliquait la Comtesse. Awono en tremblait. Il disait : « Bien sûr, poussin ! » « Ne m'appelle pas poussin non plus ! »

Au lit, ils parlaient désormais affaires, projets, retraite. D'ailleurs, la Comtesse me dirait un jour : « Il m'aime si fort qu'il ne pense même plus à me baiser ! »

16

La rentrée s'annonçait extraordinaire. Nous avions un nouveau maître d'école, formé à Moscou. Le nouveau maître d'école était noir et maigre, portait des boubous et des sandales. Il n'avait ni Mobylette ni bicyclette. Il venait à l'école à pied et arrivait en nage. Il puait. La classe elle-même faisandait et il était difficile d'écouter Maître d'École formé à Moscou jusqu'au bout, même si les portes étaient grandes ouvertes. Les odeurs qu'on reniflait me coupaient quelquefois l'appétit pendant trente minutes.

Les élèves n'étaient pas appliqués naturellement, mais l'aspect de Maître d'Ecole formé à Moscou décourageait les meilleures bonnes volontés. Dès la troisième semaine de cours, les parents vinrent se rendre compte de leurs propres yeux : un maître d'école avec des sandales, des boubous, qui se traînait à pied pour venir à l'école, et puait par-dessus le marché, ça ne se faisait pas !

Pour la cause, Awono se déplaça. Il resta dans sa voiture et poussa sa climatisation à fond. Il était comme dans une boîte refrigérée. Sa figure énorme adhérait aux vitres telle une plaque noire. Il donnait des ordres par signes pour qu'on lui dégageât la vue. Sur un signe, un enfant reculait, une femme dans la précipitation renversait sa bassine de beignets. Il ne voulait pas bouger, il ne voulait pas qu'on le touche.

Les autres parents se sacrifièrent. Ils s'étaient agglutinés devant le portail de l'école et guettaient le nouveau maître d'école. Trois cent soixante parents, plus les mômes qui couicouinaient. Je les trouvais tous horribles et avec la chaleur, ils sentaient plus que cent trente-six hyènes gâteuses.

— Paraît qu'il connaît la science de l'enseignement, dit un parent conciliant. Alors, on n'a qu'à fermer les yeux et se boucher le nez !

— Ça dépasse l'indignation, dit une dame énorme avec un chapeau de paille en se ventilant.

— C'est la mode, là-bas, en Occedent, dit un père qui ne sentait pas la rose.

Il expliqua en deux mots à ces frustes qu'ils ne pigeaient rien. Vraiment tarés quant aux influences de l'Occident ! Qu'en Russie, tout particulièrement, il fallait être absolument crade ! Il ne fallait plus se laver, se peigner, sinon une fois par semaine, le dimanche ! Parce que vous comprenez, bande de cons, les Russes passaient leur temps à réaliser d'impénétrables prodiges par milliers, par milliards ! Là-bas, c'était le monde d'effrayants miracles, d'inventions de bombes atomiques, de cosmonautes à avions télécommandés et d'espions russes avec des parapluies bulgares. Et vous, qu'est-ce que vous faites, hein ? Vous communiquez avec rien, vous vous empiffrez, vous dormez, vous perdez du temps pour vous laver et vous n'êtes même pas propres ! Oui ! Macabo, Patate, Banane et Beignet ! Et la vie vraie, avec des inventions telluriques, des étoiles filantes qui électrisent le ciel, vous passe sous le nez, flûte !

L'énorme dame à chapeau prit la parole et un cercle se forma autour d'elle.

— Ici, on parle de chair, dit-elle. Là où nous sommes, nous sommes chair ; chair qui pleure, chair qui danse, chair qui rit. Qu'est-ce qu'un homme qui n'entretient pas ses chairs ?

— Rien ! hurlèrent les autres parents.

Et sans en dire plus, elle tordit ses énormes hanches et dansa le reste que son cœur n'avait pas dit. Les parents applaudirent et s'éparpillèrent en répétant que n'importe où, pour gagner honnêtement sa vie, il fallait d'abord de l'élégance et ce nouveau maître d'école n'en avait pas.

En classe nous n'avions pas d'opinion déterminée sur les mathématiques, la géométrie, l'histoire ou la grammaire, mais sur lui, nous étions fixés. Un après-midi, alors que l'école s'achevait, le petit Emmanuel se leva, suça sa morve et demanda à Maître d'Ecole :

— Maître, pourquoi que tu ne mets pas de costume comme tout le monde ?

— Parce que nos vêtements traditionnels sont plus confortables sous notre climat, répliqua-t-il.

L'ennui avec ce que disait Maître d'Ecole, c'est que ses réflexions ne correspondaient à rien de vu, d'attendu, d'entendu. Il lisait *L'Humanité*. Sa façon de s'habiller lui ôtait tout son prestige. Et quant à expliquer que nos vêtements étaient plus confortables !

La classe gloussa.

Chigara se leva, s'avança lentement au milieu de l'allée centrale, se tourna vers nous et fit une petite révérence.

— Où vas-tu ? demanda Maître d'Ecole.

— Je rentre chez moi. Parfaitement, Monsieur. Je suis venue apprendre le ménage, et qu'est-ce que je vois ?

— Allez vous asseoir immédiatement ! cria Maître d'Ecole.

Chigara minauda :

— Je divorce, Monsieur.

Les élèves applaudirent pour l'encourager. Certains se levèrent et se coursèrent entre les bancs. D'autres chantèrent *La Marseillaise*. Une fille sortit ses beignets aux haricots et hurla : « Deux beignets pour dix francs ! » Maître d'Ecole tenta d'interposer sa faible voix : « Taisez-vous ! Taisez-vous ! » Les enfants hilares, que l'attitude de Chigara avait mis en train, ne demandaient qu'à hurler. Cent quatre-vingts mômes qui n'avaient aucune considération pour cet instituteur débraillé. « Qu'est-ce qui se passe ici ? » demanda ex-Maître d'Ecole en pointant son nez. Il frappa dans ses mains et le silence se fit immédiatement.

— Quelle racaille ! cria Maître d'Ecole Russe.

— Laisse tomber, gars, dit ex-Maître d'Ecole.

Maître d'Ecole Russe le regarda comme s'il sortait d'un rêve dur.

— Je me demande comment ils ont fait pour se retrouver au cours moyen. Ils ne savent même pas faire une soustraction.

— Mon vieux, dit ex-Maître d'Ecole, nous ne sommes que de paisibles citoyens qui ne demandent qu'à dormir, manger et arriver sains et saufs à la retraite.

— C'est pas l'idée que je me faisais de l'enseignement !

Le temps d'accuser le coup, de humer l'air pour récupérer, ex-Maître d'Ecole alla à l'assaut :

— Les idées que t'as, je les ai eues avant toi. Et qu'est-ce que ça a donné ? Rien du tout ! Autant accepter l'évidence : l'Afrique est fichue !

— C'est ce qu'on verra, dit Maître d'Ecole Russe.

Et le nouveau Maître d'Ecole tenta de relever le défi. C'était atroce, le mal qu'il se donnait. Parfois, le dégoût de ses tentatives ratées le prenait comme une convulsion. Il devenait malade, malheureux et méchant. Toute son impuissance en giclant le déchiquetait. Il s'agitait, il battait des pieds, des bras, ses yeux sortaient de leurs orbites et, surtout, il criait très fort, jusqu'au hurlement, des choses que nous ne comprenions pas : « Shit ! shit ! A la fin du trimestre, vous serez tous renvoyés ! » disait-il. Les élèves détestaient le nouveau Maître d'Ecole car ils se trompaient sur ses mobiles, ils ne voyaient pas sa souffrance, ils ne comprenaient que les insultes, ils ne voyaient que les zéros étalés gros comme des œufs de Pâques. S'ils avaient vu, ils auraient compris que les insultes de Maître d'Ecole, sa ténacité à répéter inlassablement les mêmes choses avaient pour cause le souci de leur avenir. Les enfants auraient alors tendu leurs bras et fait autour de Maître d'Ecole une écharpe d'amour et il aurait senti la force de cette joie, comme les dieux au sommet des libations, comme une mère lorsque l'enfant se dresse sur ses jambes et esquisse ses premiers pas.

A l'école principale, c'était le règne de la haine et cette haine cernait le nouveau Maître d'Ecole. Au fil des semaines, cette haine s'était communiquée aux parents et prenait des proportions vertigineuses, surtout au lendemain des remises de devoirs. Les parents rôdaient autour de l'école et ils regardaient vers notre classe, les yeux ardents comme des loups. « C'est pour votre bien, disait le nouveau Maître d'Ecole. Un jour, vos parents me remercieront. »

17

Je ne me préoccupais pas trop des menaces dont le nouveau Maître d'Ecole était victime. J'avais d'autres soucis. Le fibrome de maman s'était avéré de sexe masculin. Il pesait trois kilos sept cents grammes et avait les joues comme une mangue mûre. Le messager nous trouva à table. Ivre de l'information qu'il transportait, il se dandinait sur place. Awono s'essuya la bouche et jeta la serviette :

— Bonne nouvelle ou mauvaise ? Si elle est bonne, je t'écoute. Si elle est mauvaise, ne me coupe pas l'appétit.

Le messager sourit.

— Par cette belle soirée, je ne peux que vous annoncer une bonne nouvelle. Andela a accouché.

Awono applaudit :

— C'est merveilleux, dit-il. Assèze, t'as un frère ! Un frère, tu te rends compte !

— Félicitations, Assèze, dit la Comtesse.

— J'aimerais bien que ce soit toi qu'on félicite, dit Awono à la Comtesse. J'espère qu'un jour, tu me feras ce plaisir.

— Moi ? Tu me vois mère, toi ?

— Et pourquoi pas ?

— Parce que..., commença la Comtesse en cherchant des arguments contre la maternité. (Elle n'en trouva pas et fit :) Bon, très bien.

— C'est ainsi, dit méchamment Sorraya. Si elle doit choisir... Bon, elle n'a même pas le choix.

— Ta fille t'a donné la réponse, dit la Comtesse.

Awono invita le messager à partager notre repas. A l'extérieur, la nuit était remplie de mouvements, de croassements, de reptations. Avec des soupirs et des gémissements, Douala haletait. A la vue des étoiles et de la lune qui brillaient comme des lampes, un chat poussa un miaulement de plaisir. Il y avait là tellement de vérité naturelle que cela coupa l'appétit à Sorraya. Elle quitta la table et j'entendis ses pas se précipiter dans les escaliers.

— Qu'est-ce qu'elle a ? demanda Awono, en enfournant un morceau de poulet.

— Tu oses poser la question ? demanda la Comtesse.

— Je sais qu'elle n'est pas bien facile. Que veux-tu ? Elle vit mal la mort de sa mère.

— A moins que tu l'aies simplement mal élevée, suggéra la Comtesse, en tripotant sa serviette avec une expression inquiète.

Je ne trouvais pas le repas aussi bon que prévu, il se passait quelque chose en moi. J'essayais de donner mon meilleur profil. C'était du racolage qu'auraient pu voir ceux qui me regardaient vraiment. A la fin du repas, Awono proposa au messager de le raccompagner.

Je me levai et aidai Amina à débarrasser, à faire la vaisselle et à nettoyer la cuisine. J'étais accroupie à frotter le lino, Amina sur mes talons avec les chiffons à sécher et la Comtesse assise à l'angle de la table à se curer les dents, lorsque Sorraya apparut et dit :

— C'est un scandale que ta mère accouche, à son âge et dans sa situation ! Elle n'est pas mariée !

— Elle n'est pas si vieille, dis-je. A peine trente-deux ans.

— Après tout, c'est son droit, répliqua la Comtesse.

— Et qui va élever cet enfant ? Mon père, peut-être ?

Qu'elle ne compte pas là-dessus, tu m'entends ? Qu'elle ne compte pas sur papa. Un bâtard, c'est déjà trop !

— Je n'ai jamais voulu venir, dis-je. C'est ton père qui a insisté !

— Tu peux toujours repartir, dit Sorraya. Personne ne te retient ici !

— Tu devrais avoir honte, dit la Comtesse. Moi à ta place, j'irais me pendre si je sortais des trucs pareils !

— On te regrettera, tu sais, Comtesse, fit Sorraya, ironique.

— Là n'est pas le problème, fit la Comtesse. Ma vie vaut que dalle ! Mais cette femme a choisi d'avoir un fils et ce que femme veut, Dieu le veut !

— Ouais, mais moi tu comprends, j'en ai assez ! C'est chez moi qu'Assèze habite. C'est mon père qui la nourrit, et de là à ce qu'il décide de récupérer aussi son frère, il n'y a qu'un pas ! J'ai envie d'être enfin chez moi, tu comprends ?

Je sortis. Je marchais le long de l'allée et il me venait des souvenirs, des nostalgies. Je m'assis sur le banc. J'y restai longtemps, à contempler la lune, à me demander ce que Grand-mère aurait dit. J'aurais voulu obtenir d'elle quelques indications quant à ce qu'il convenait de faire dans cette situation. C'est alors que je sentis une main peser sur mes épaules. Je me retournai. C'était Awono. Il me souriait.

— T'as pas l'air en forme, ma fille, me dit-il avec une grande bonté. Pourtant, tu devrais te réjouir ! Ce n'est pas tous les jours qu'on a un frère !

— Je pouvais m'en passer, Tara, dis-je.

Il me scruta. Ce serait la seule et unique fois où j'aurais des relations si proches avec lui. Il dit :

— Tu m'inquiètes, Assèze ! Pourquoi parles-tu ainsi ?

Je fus sur le point de tout lui raconter : les persécutions insidieuses de Sorraya, ses attaques de biais qui étaient là en permanence comme un robinet qui coule, et dont on s'aperçoit qu'il a geint jusqu'à vous rendre malade quand il s'arrête et que vous vous retrouvez dans la stupeur du silence.

— Allons, viens, dit Awono. Réjouissons-nous ! Une naissance est toujours l'occasion de réjouissances !

— Ce n'est pas l'avis de tout le monde, dis-je.

— Assèze, je voudrais tellement que tu sois heureuse ! J'ai mis longtemps avant de trouver le bonheur. D'abord la mort de la maman de Sorraya. Ensuite la déception que j'ai connue avec ta mère. Mais aujourd'hui, tout cela est oublié ! J'aimerais tant que tous ceux qui vivent sous mon toit soient heureux !

Je le dévisageai. Il portait un chapeau noir que je n'aimais pas.

— Qu'as-tu ? Es-tu heureuse ici ?

— Oui, Tara, merci.

— Tu me le dirais, si quelque chose n'allait pas, n'est-ce pas ?

— Bien sûr !

— Je sais que ta mère ne se comporte pas tout à fait comme les autres femmes, mais...

— Je la hais !

— Je ne veux pas t'entendre parler de la sorte, dit-il. Ta mère s'est sacrifiée pour toi et tu devrais la remercier !

— Je n'aurais pas dû naître. Je ne l'ai pas demandé.

Awono prit une profonde inspiration.

— Non, bien sûr ! Personne ne demande à naître. Le plus dur, c'est de vivre. Demain... Demain, je te ferai une proposition. Aujourd'hui, tu es trop fatiguée.

Awono s'éloigna d'un pas lent vers notre demeure. Je restai longtemps dehors, sous l'ombre de la lune, à épouser les ténèbres et leur pullulation aveugle. « La femme ne vaut rien », pensai-je. Je me mis à pleurer sans bruit, laissant mes larmes couler le long de mes joues sans les essuyer. J'entendais les sarcasmes de Sorraya : Bâtard ! bâtard ! bâtard ! Tout m'était égal à présent et je pleurai longtemps.

Le lendemain quand je me réveillai, une fine pluie batelait le sol et Awono étalait copieusement du beurre sur une tranche de pain.

— Je vais à Yaoundé pour la journée, dit-il. Je crois que tu souhaites voir ta mère. Je pourrais te déposer.

— Non merci, dis-je.

— Je ne comprends pas ton comportement, dit-il. Il faudrait pourtant que tu ailles souhaiter la bienvenue à ton frère !

— Je n'ai pas le temps, mentis-je.

— Tu es presque en vacances de Noël. Ça ne changera rien, que tu manques trois jours de classe ! Allons, ne t'inquiète pas. J'expliquerai moi-même la situation à ton maître. Allez, va te préparer.

La chose ne permettant pas la discussion, je fis ce qu'il demandait.

Au village, maman me reçut à la porte d'entrée, le soleil en biais, son fibrome aux mamelles, ses mains recroquevillées sur lui comme des sabots aux pattes d'une jument.

— Il est beau, hein ? me demanda maman tout sourire, hébétée comme si elle venait d'enfanter le ciel. J'ai enfin un fils ! Tu te rends compte ? La misère est terminée. Une nouvelle vie commence.

— Ça m'étonnerait, dis-je.

— Tu sais, je vois, dit-elle. Je vois l'avenir depuis que ton frère est là.

— Ce n'est pas mon frère ! D'abord, qui t'a fait ça ? Qui t'a fait ce bébé ?

Elle fit celle qui n'entendait pas.

— Quoi que tu penses, ma fille, je vois un jardin merveilleux où les souffrances s'arrêtent.

— C'est permis de rêver, maman ! Je ne vois pas en

quoi un enfant, dans ta situation, va changer quoi que ce soit, au contraire... !

— T'es trop jeune pour comprendre certaines choses, fillette. C'est un fils, et c'est bien.

Dans un geste venu du branle de l'originel, elle caressa le fibrome. Je compris qu'elle était désormais avec lui, et que moi, elle m'avait effacée. Elle avait dit que c'était un fils, donc un homme, et un homme peut faire ce qu'il veut : rester immobile pendant trente-six heures d'affilée et attendre que la nuit tombe ; combattre victorieusement un pangolin à mains nues ; regarder rôtir les tripes d'un frère au soleil sans pleurer, pour que ce frère sache ce qu'est justement un homme, et c'est bien ; bien tout ce qu'il fera, bien tout ce qu'il dira, bien tout ce qu'il ne fera pas, bien le mal qu'il fera. Je claquai la porte et sortis en courant.

Dehors, le ciel était bourbeux. Les avocats jetés par les villageois pour conjurer le sort s'étaient dévêtus de leur peau et germaient, sous l'œil narquois du soleil.

Ce matin, à une dizaine de kilomètres de mon village, j'avais rencontré les ingénieurs de l'industrie agroalimentaire. Ils étaient habillés de cirés jaunes, ils portaient des casques et des bottes. Ils donnaient des ordres aux paysans-ouvriers qui coupaient des arbres. Ils avaient pour mission de rendre la terre plus lisse que la paume d'une main. Ils bêchaient dur parce qu'ils étaient payés à la tâche. L'industrie n'avait pas besoin de se démener pour trouver des ouvriers. Les villages leur fournissaient avec joie une main-d'œuvre spontanée, déjà rompue au travail de la terre, stable, et presque gratuite. Beaucoup de paysans avaient abandonné leurs terres. Ils travaillaient pour l'industrie. Ils rasaient eux-mêmes leurs champs. « Pour ce que ça rapportait... », disaient-ils. Et ils rasaient en chœur, en cadence, sans un regard pour les grands oiseaux roses qui s'enfuyaient dans un mouvement d'ailes, pour les gazelles légères qui n'approchaient plus de la rivière pour boire, ni pour l'éléphant qui dressait la trompe devant la beauté du monde qu'ils détruisaient. Pour leur prouver sa satisfaction, le gouvernement les avait dotés d'un bar à proximité des chantiers.

Je me promenai dans mon village en regardant une dernière fois ses arbres, ses futaies, ses buissons et m'aventurais jusqu'à ma maison verte, ce dont j'avais terriblement besoin surtout en ce moment, car l'inquiétude m'épuisait. Mais des ronces avaient envahi l'entrée et je fus contrainte de m'asseoir devant, les genoux relevés sous mon menton. Le soleil traversait les feuillages et me prenait en pleine figure. C'était mon adieu au refuge de mon enfance, car j'étais certaine que la résistance organisée par Mama-Mado s'évanouirait, comme des paroles une fois prononcées.

Dans la soirée, il déferla chez nous une véritable armée de vieillards venus nommer le fibrome et nommer est une chose très importante chez nous. Les vieux étaient si entassés, embistrouillés sur les nattes et les chaises, qu'on ne pouvait plus entrer ou sortir de la maison. L'un d'eux se leva, le dos brisé, les jambes cassées, et prit la parole. Il avait une voix caverneuse difficile à dominer. Il chanta les louanges de ma famille. Notre arbre généalogique avait perdu tellement de feuilles qu'il y déambulait au gré de sa fantaisie. Je voulus lui demander quelques explications, mais il s'exprimait par rafales et il m'appartenait de saisir au vol des sachets de phrases entortillées, avec des nœuds, des guirlandes et des retours à l'expéditeur. Quand il se tut, une vieille femme édentée demanda : « C'est tout ? » « J'y viens », dit-il. Il fouilla dans sa mémoire et, d'une voix devenue tonitruante, vanta les mérites de mon arrière-arrière-grand-oncle mort par balle lors de la conquête allemande. Il conclut en proclamant que l'enfant s'appellera Oukenk, comme l'arrière-arrière-grand-oncle.

On poussa des youyous terribles. « C'est le sauveur ! » dit une vieille en s'agitant comme une anguille.

Maman triomphait. Sous la lumière jaunâtre de la lampe-tempête, elle s'agitait et ses pagnes mouillés de transpiration dessinaient ses seins ; dans ses bras, le fibrome luisait comme une masse d'or ; elle se sentait la force de parcourir le monde. Je voulais mourir.

Le lendemain, je fis mes bagages et retournai en ville. Maman ne s'étonna pas de ce retour précipité. Elle était trop préoccupée par son bonheur. Elle allaitait le fibrome sur le pas de la porte. Elle dit simplement : « Très bien, ma fille. » Et pour le principe elle ajouta : « Prends soin de toi. »

18

A la maison, Awono demanda des nouvelles du nouveau-né. Je répondis comme une personne bien élevée qui connaissait le prénom de Jésus et l'appelait par son nom, comme quelqu'un qui crachait toujours dans un mouchoir blanc, comme quelqu'un qui détestait une maison, mais s'acharnait à la fleurir de roses rouges pour avoir le courage d'y habiter. Sorraya me regardait d'en dessous. Elle ne disait rien. C'est vrai que je m'étais attendue à des représailles, car avant de partir au village, Awono avait fait des emplettes pour le fibrome de maman. Quand je montai dans ma chambre, un mot était posé sur mon lit. Je pris le papier et le lut : « Quitte cette maison, sinon il t'arrivera malheur. » Je froissai le message, m'allongeai et m'endormis aussitôt. Je me réveillai brusquement, consciente d'un bruit proche. Je remuai dans mon lit et m'adossai sur un oreiller. Je demeurai immobile et tendis l'oreille. Au bout d'un moment, le plancher craqua et des pas furtifs s'éloignèrent dans le couloir. J'allumai, quittai ma chambre, fis quelques pas et m'arrêtai devant la porte de Sorraya. Elle était entrouverte. Sorraya était en pyjama et lisait, enfoncée dans ses coussins.

— Que veux-tu ? demandai-je. Qu'es-tu venue chercher dans ma chambre ?

— Moi, dans ta chambre ? demanda-t-elle. Je ne savais

pas que tu avais une chambre dans cette maison. Je te l'ai déjà dit : tout ici est à moi !

— Personne ne veut te prendre quoi que ce soit, dis-je.

— On dit ça, dit-elle. T'es qu'une hypocrite. Tout ce que tu veux, c'est ta part d'héritage.

— C'est toi, n'est-ce pas ? C'est toi qui as mis le mot sur mon lit !

— Tu es folle, ma chère. Totalement givrée, comme ta putain de mère !

Il y eut un grand massacre dans mon cœur. Je bondis sur elle et la frappai de mes deux poings :

— Sorcière ! Sorcière !

— Tu es cinglée, cinglée ! hurlait-elle en se protégeant des deux mains.

Quelques instants plus tard, Awono m'attrapa par le collet et m'envoya m'écraser contre le mur.

— Qu'est-ce qui se passe ? Quelles sont ces manières ? demanda-t-il, furieux.

J'étais ivre de violence. Je voulais démolir Sorraya, sa beauté, son assurance et cette méchanceté qu'elle trimbalait partout, à tracasser, à vous rendre folle. Les hurlements d'Awono se firent plus virulents : « Vous allez arrêter ça, oui ! » Il me souleva, me jeta vers la sortie et se tourna vers Sorraya :

— Est-ce une façon de vivre ? demanda-t-il.

— C'est elle qui a commencé, dit Sorraya.

— Menteuse ! hurlai-je.

— J'étais tranquillement dans ma chambre, elle est entrée et s'est mise à me frapper.

— Assez ! hurla Awono. Taisez-vous !

— C'est elle, dis-je. Elle m'a insultée !

— Tais-toi, Assèze ! dit Awono. Je n'admets pas un certain type de comportement sous mon toit. Retourne dans ta chambre. Demain on parlera de tout ça à tête reposée.

Le jour me trouva les yeux grands ouverts. « Patron t'attend », dit Amina en ouvrant la porte de ma chambre. Je tremblais de tous mes membres. Après tout, j'avais frappé sa fille, il ne me pardonnerait jamais, j'en étais sûre. « Regarde-moi », dit Amina. Je refusai de tourner les yeux vers elle. « Regarde-moi », insista-t-elle et, les mains sur les hanches, elle me dit que je ne devais garder qu'une seule chose en mémoire : ma victoire sur Sorraya.

Je pris ma valise et me mis à ranger mes affaires. Puis je me rappelai qu'elles ne m'appartenaient pas. Je les remis à leur place. Il n'y avait rien à faire, il était donc temps de déposer les armes. Je descendis, car l'avenir ne m'intéressait plus.

Et, avant que je ne prenne place à table, Awono s'essuya la bouche avec sa serviette, jeta un regard nébuleux à la Comtesse et se tourna vers moi :

— Je sais que Sorraya n'est pas d'un caractère facile. Aussi, je comptais sur toi, sur ta compréhension, pour que les choses changent. Et pourtant tu m'as déçu.

— J'étais obligée de me défendre, Tara.

— Tais-toi pendant que je parle.

— Oui, Tara.

— Quoi qu'elle fasse, quelles que soient ses attitudes à ton égard, en aucun cas tu n'aurais dû lever la main sur elle. Après tout, c'est ta sœur aînée !

— Elle ne m'aime pas, dis-je.

— Tu me fais honte, Assèze. Je commence à me demander jusqu'où va aller ton ingratitude.

— Pardonne-moi, Tara.

— Etant donné que tu reconnais humblement ta faute, je serai généreux quant à la peine qui te sera infligée. Pendant deux semaines, tu seras privée d'argent de poche. Tu peux t'asseoir et manger.

Les semaines suivantes, Sorraya jubilait. Ma punition avait, semble-t-il, pansé ses haines pour un laps de temps. La Comtesse me disait que c'était comme ça depuis la création du monde : avant il y avait eu le paradis, entre-temps le péché et l'expiation. J'avais commis une faute, j'étais en train de réparer ma faute et après j'allais retrouver l'amour d'Awono, le paradis. En attendant, elle me refilait en cachette de quoi payer mon goûter à la récréation.

Maître d'Ecole semblait avoir perdu tout espoir quant à l'idée qu'il se faisait de l'enseignement. Il devenait un génie qui pourrissait sur place. Il ne nous imposait plus de contraintes. On faisait en gros tout ce qu'on voulait... Même la discipline. Quelquefois, Maître d'Ecole se réveillait, les yeux laiteux comme quelqu'un qui avait du mal à expulser son rêve. Il disait d'une voix très, très basse, très interne : « Tout ça ! Tout ça ! » Il y avait alors un long moment de silence pendant lequel ses yeux gardaient une fixité hallucinée. On entendait un hoquet, puis : « 180 − 30 égale... Egale... » Et son index pointait n'importe quoi, dessinait un grand cercle, et comme personne ne trouvait la réponse, il disait : « Vous le saurez le moment venu ! » Il reprenait place derrière son pupitre et il hurlait : « Dessinez-moi quelque chose ! » On travaillait d'arrache-pied, sans bruit, sans mot. Quelquefois, une voix s'élevait pour demander un taille-crayon ou une feuille. Maître d'Ecole passait entre les bancs, silencieux. « Finish ! disait-il. Apportez vos feuilles. »

Cela aurait pu continuer longtemps si, à la fin du deuxième trimestre, Maître d'Ecole n'avait décidé de procéder à un nettoyage systématique de l'école, de séparer, selon son expression, « le vrai de l'ivraie ».

C'était un jour comme les autres. Rien n'annonçait l'orage. La classe avait parloché comme d'habitude, rien d'extravagant. Toute la journée, le soleil avait donné, normal. La ville puait, comme toujours en cette période.

Et, vers quatre heures, il régnait dans la classe une ambiance de savane, sans grandeur mais pleine de paix et d'espérance. J'étais dans mes songeries, très profondément préoccupée d'inutilités, lorsque j'entendis soudain, venant de très loin, la voix de Maître d'Ecole :

— Notre trimestre arrive à sa fin. Ayant pris soin de vous observer les uns et les autres, j'ai constaté que certains d'entre vous rencontrent de sérieuses difficultés scolaires. J'ai donc décidé que pour ceux-là, il est inutile de continuer dorénavant. Néanmoins, pour eux, la vie ne prend pas fin. Il existe des centres de formation en mécanique, en arts ménagers, en coiffure. Ils pourront apprendre un bon métier et devenir de braves citoyens. Aussi, ceux que je vais appeler viendront se mettre à ma droite !

Je fus prise de tremblements. La classe était silencieuse. L'appel commença. J'étais certaine qu'il ne me louperait pas, qu'à tout moment, j'allais entendre Assèze Christine ! Je croisai les doigts et me pinçai les cuisses, pour éloigner la malchance.

— Voilà, dit Maître d'Ecole. C'est fini.

Il ne m'avait pas appelée. Je n'en revenais pas d'y avoir échappé. Je respirais, libre. Je regardai les appelés, condamnés à l'errance ou, mieux, aux travaux manuels. Ils étaient en frousse, remplis d'ombres et laissaient leurs pieds bouger sans volonté. Le petit Emmanuel était grisâtre. Une tache brune se dessina dans son entrejambe. Au bout d'un moment les gouttes coulèrent le long de sa jambe et s'étalèrent sur le plancher. La classe gloussa.

— Taisez-vous ! cria Maître d'Ecole.

Tout le monde se tut. Maître d'Ecole dit :

— Nous allons passer aux choses sérieuses.

Il eut un hoquet et déclara :

— Tous ceux qui sont assis sont renvoyés !

Il y eut un choc. Décidément, ce maître d'école était d'une intelligence obtuse, faisait tout à l'envers, le contraire du prévisible. Il renvoyait les cent cinquante élèves assis et gardait trente élèves, les appelés de Dieu dont il se faisait le prophète.

C'était l'explosion finale et je faisais partie des maudits, définitivement exilés de la connaissance. Nous étions troublés. Déconfits. Nous protestions. Nous essayions de faire comprendre à Maître d'Ecole qu'il s'était trompé sur notre compte, de fond en comble. Maître d'Ecole se fâcha : « Vous étiez prévenus. Vous n'y couperez pas ! » « Prévenus de quoi ? » demandèrent les élèves. « 180 − 30 », répondit Maître d'Ecole.

Il ramassa ses feuilles et s'en alla.

Nous sortîmes en grognant. Nous pensions que Maître d'Ecole devait avoir honte de son existence. Il fichait notre vie par terre, nous anéantissait et ruinait notre carrière. Nous ruminions de terribles vengeances, des vieilles bricoles de magie, mais nous y croyions. Nous l'aurions bien à l'arrivée. Telle était du moins l'ambiance générale dans la cour.

Finalement, chacun partit de son côté, honteux de ses pas lourds dans la poussière parfaite. Une fois seule, le drame me saisit : qu'allais-je pouvoir dire à Awono, à Sorraya ? Surtout à Sorraya ? Elle allait décréter que ma cambrousse était encore trop bonne pour moi.

C'était l'heure de la sortie des séances de cinéma et les trottoirs n'étaient pas assez larges pour contenir le flot humain que déversaient les portes des salles. Je pensais à l'avenir et je n'avais pas envie de retourner à la maison. Je pris des chemins que je connaissais, l'avenue Amadou-Ahidjo, l'avenue de la Liberté, l'avenue du Général-de-Gaulle. Je marchais les jambes cotonneuses. J'avais peur de ce qui restait derrière moi et de ce qui m'attendait devant. Secouée par une nausée contenue, j'essayais d'ensevelir dans l'oubli ce que ma vie comportait d'absurde. Me répétant : C'est triste. Me répétant : Tout a un sens. Me répétant encore : Je suis bête. Puis pensant :

Je suis seule au monde. Et aussi : Je suis stupide. Ressentant : Je me sens humiliée. Désirant : Ne pas être seule. Craignant : Demain. Je n'arriverai jamais à savoir ce qu'il faut faire pour réussir, je resterai toujours en marge. Affirmant : C'est de ma faute. Affirmant encore : Quelque chose ne va pas dans ce pays et ce n'est pas seulement moi.

Je traversai des rues pleines de circulation et un nombre considérable de piétons parmi lesquels les premiers ivrognes de la nuit se répandaient déjà en propos grossiers. Un pas après l'autre, je me retrouvai au quartier du port.

Avec le crépuscule, ce quartier jette bas ses masques et exhibe son gonocoque comme on porte ses médailles. C'est le quartier des doudous fauchées, des tantouzes graveleuses, des marchands de cigarettes, des antiquaires Banania, des truands en mal d'idées mais habillés comme des comptables. Tout ce peuple s'agglomère sur les trottoirs et se pavane sous les néons. Il y en a pour tous les goûts et exigences. Patients, ils attendent que surgissent des marins ou des touristes et, d'un bond, ils se jettent sur le pigeon et offrent leurs services. Puis, toute la rangée se recompose dès que le pigeon s'est envolé. Ils recommencent à attendre, toujours un peu agités, une main en visière car à chaque instant peuvent jaillir de l'ombre des patrouilleurs militaires si étincelants de décorations qu'ils ont le droit de tirer les doudous, les tantouzes et les truands par les cheveux et de les jeter derrière les barreaux. Paf! Terminée la journée de travail!

Je remontai le trottoir. J'étais fatiguée. J'avais un peu sommeil. Je détonnais au milieu de cette faune enguirlandée, avec ma superbe fameuse jupe kaki et mon cartable sous le bras. Des doudous m'interpellaient, l'air inquiet : « Où vas-tu, toi? Qui est ton père? Qui est ta mère? » Puis elles murmuraient. J'avais l'air de les intéresser. Epuisée, je m'assis sous un réverbère. Une énorme doudou surgit, retroussa sa minijupe, lança les bras en l'air et cria au-dessus de ma tête : « C'est ma place ! » « Fous-lui la paix, dit une autre doudou hérissée de paillettes lumineuses. Tu vois bien que c'est une gosse ! » « Une gosse, mon œil ! dit la grosse doudou. Quand on a un sexe, même s'il est grand comme ça, expliqua-t-elle en formant un rond de l'index et du pouce, on est une bête sexuelle. J'ai pas envie de me faire voler la clientèle, moi ! » « Je ne suis pas une prostituée, dis-je. » « On dit ça, répliqua la doudou. On dit ça », répéta-t-elle. Les autres doudous gloussèrent. Pas longtemps, je dois le reconnaître. Deux marins blancs à la panse pleine de soupe s'amenèrent et ce fut comme un courant électrique. Les doudous, les tantouzes, les antiquaires, tout ce monde prenait position. Les marins s'arrêtèrent devant les deux doudous, tirèrent sur les bretelles rouges de leurs pantalons et les inspectèrent :

— *How much ?* demandèrent les marins.

— Mille francs, répondirent les doudous.

— *Much, much expensive !* hurlèrent les marins.

— Cinq cents la statuette, dit l'antiquaire.

— *Much, much expensive !* crièrent les marins.

— Et les cigarettes, patrons, c'est que cent balles !

— *Much, much expensive,* dirent les marins.

— Allez-vous-en ! hurlèrent les patrouilleurs mobiles qui avaient brusquement surgi de l'ombre. C'est pas un bordel ici ! Attentat à la pudeur ! Détournement sur voie de fait ! Corruption ! Tout ça va chercher dans les combien ?

— Hé ! patron, tu vas pas nous gâter le marché, dit une doudou boudeuse. On a réglé le stationnement, que je sache !

— Manque cinq mille, dit un patrouilleur. Cinq mille rubis sur ongle. Quéqué c'est que cinq mille à côté des services qu'on vous rend ?

— C'est l'argent de la sueur de notre front, dit la doudou.

— De votre cul, dit le patrouilleur.

— C'est du pareil au même, répliqua la doudou sans cesser de bouder.

— Puisque t'es pas contente j'exige dix mille ! dit le militaire.

— Faut pas parler ainsi, patron !

— Parole en l'air, parole mortelle ! Si t'as pas ce que je demande, tu montes dans le mobile.

— Plus d'argent, patron, supplia la doudou. *Tomorrow in the same hour,* je te règle, juré !

Pendant ce temps, les deux marins essayaient de se frayer un chemin entre les doudous, les tantouzes, les faux antiquaires et les marchands de cigarettes. Mais ce microcosme s'était constitué en rangs serrés et empêchait les pigeons de s'envoler. Ils couicouinaient : « *Very beautiful, darling ! Very best fuck ! Fuck ! fuck ! Supreme extra-quality !* » Il régnait une telle solidarité dans cette tribu que les marins finirent par tout acheter : les patrouilleurs, deux paires de doudous, deux paires de tantouzes, deux statuettes et deux paquets de cigarettes, au double du prix.

Je restais accroupie, ne sachant que faire de mes jambes, de mes bras, ni même de mon cerveau, si bien qu'il se mit automatiquement à penser à Océan et il y pensa si fort qu'il apparut devant moi.

— Tu ne me reconnais pas ? me demanda Océan.

Comment ne pas le reconnaître !

— Je veux bien un verre de limonade aujourd'hui, dit Océan. J'ai une de ces soifs !

Il fit le geste de desserrer sa cravate.

— Mais qu'est-ce que tu fabriques dans ce coin ? me demanda-t-il.

— Pourquoi ? Tu veux surveiller ma conduite ?

— Non mais... O.K. Tu vas me tenir un peu compagnie.

— Jamais ! dis-je. Je préfère être seule.

— Tu es cruelle, dit-il. Quand tu verras ce qu'est l'amour !

Je me mis à marcher au hasard, Océan me suivait. La nuit était sereine, je m'éloignai du port, je remontai le long du fleuve puis me reposai dans les palmeraies qui bordaient la ville. Océan se laissa tomber à genoux, devant moi. « Je... », commença-t-il. Les bracelets argentés des palmiers brillaient dans la nuit, et les phares des voitures balayaient les berges, la ville ruisselait de lumière, crépitait de bruit. « Je... », répéta-t-il. Soudain, je ne vis plus, je n'entendis, je ne compris plus. Je me relevai d'un bond.

— La conversation est terminée, dis-je.

— On se revoit ? demanda Océan.

J'avançai dans le noir, dix mètres, vingt mètres, trente mètres, mis mes mains autour de ma bouche pour faire de l'écho et criai : « Le bon Dieu seul le décidera ! » J'avais dit l'inverse de mes pensées. Dit l'inverse de mes pensées parce qu'une femme noire, jamais, ne devrait mettre son âme à nu. Dit l'inverse de mes pensées parce que c'était dangereux. Dangereux pour une femme noire d'aimer très fort ; surtout si c'est un homme qu'elle avait décidé d'aimer. Le mieux, je le savais, c'était d'aimer un petit peu, juste un petit peu chaque chose, pour que le jour où la chose s'en irait ou trouverait meilleure que vous, eh bien, il vous resterait peut-être un peu d'amour pour ce qui viendrait après.

Dès que je franchis le seuil du palais, Awono me regarda avec la détermination de Dieu et demanda :

— D'où sors-tu ? D'où sors-tu à cette heure ?

Impressionnée, je me tus.

Sorraya se régalait de fruits rouges. Elle tourna la tête dans ma direction, ramassa son verre et but avec de grands spasmes de la glotte. J'entendais la limonade couler avec un bruit profond, large et régulier, qui me fit mal. Elle déposa son verre, tortura son visage d'un mépris prodigieux et déclara :

— Je l'avais prédit !

La Comtesse plia sa serviette et dit :

— Aujourd'hui, dans la rue, j'ai vu un chien aller mettre un coup à une chienne qui traînait par là et je me suis dit : Que la vie est simple !

— Chassez le naturel et il revient au galop, dit Sorraya.

— Quoi ! cria Awono. Vous voulez dire qu'elle est enceinte ?

— Personne n'a dit quoi que ce soit, fit la Comtesse.

— Personne ne peut répondre à sa place, suggéra vicieusement Sorraya.

— Si tu lui demandais d'abord ce qui lui est arrivé ? proposa la Comtesse.

Ils se consultèrent du regard. Je me sentis soudain étrangère à cette famille. Je n'avais plus rien à perdre.

— J'ai été renvoyée de l'école, dis-je.

Une stupéfaction intense se peignit sur les visages.

— Quoi ? murmura Awono. Quoi ? Ai-je bien entendu ?

— Il fallait s'y attendre, dit Sorraya en se laissant aller sur sa chaise. Un monstre n'accouche pas de Jésus, ajouta-t-elle.

— Assèze n'ira plus à l'école ? demanda la Comtesse, et elle tapota la nappe avec l'index. Et alors ? demanda-t-elle. Assèze n'ira plus à l'école, comme soixante-quinze pour cent d'enfants de ce pays. Que dis-je, aux dernières nouvelles, plus de quatre-vingt-dix pour cent des enfants de ce pays, si l'on considère que les enfants des Saraccolés sont aussi des enfants. Elle n'ira plus à l'école comme tous les vieux de ce pays, pourtant ils sont reconnus comme des sages. Elle n'ira plus à l'école comme les femmes mariées, les jeunes filles qui sont sacrifiées au profit des garçons. Elle n'ira plus à l'école comme les putes de ce pays que tu baises, Awono et tu voudrais l'y envoyer comme l'infime minorité de femmes que t'arrives pas à baiser. Y a pas de quoi fouetter un chat, conclut-elle.

— Mais... Mais qu'est-ce qu'elle va devenir ? demanda Awono.

— Comme tout le monde, dit la Comtesse qui en avait marre de parler. Une femme, une femme, tout simplement.

— Demain, dit Awono, j'irai voir ce connard qui a osé... Tu te rends compte ? Il a osé mettre ma fille à la porte... Demain.

19

Le lendemain, nous partîmes tôt. Le soleil cuisait. Nous traversâmes la ville du haut. Awono conduisait avec beaucoup de nerf. Et quand nous nous engageâmes le long d'une route de terre qui crevait çà et là, entre les cases où la tôle ondulée toute rouillée s'entremêle avec des branches nouées et d'énormes roues de camion, je sus que pour la première fois, j'entrais en plein cœur du partage des eaux. Nous roulâmes un moment encore entre les morceaux de tout, les bouts de ceci, les tranches de cela, les matériaux de récupération, et nous arrivâmes devant une décharge publique. « On peut pas aller plus loin », dit Awono. Et il freina.

Il sortait à peine du véhicule que nous fûmes assaillis par une masse d'oubliés du développement : des paysans en manque de terre, des ouvriers diplômés tous azimuts sans qualification ni boulot, des expéditeurs, des chercheurs de diams, des femmes qui tiennent pignon sur rue en attendant... Un quartier-salle d'attente. « Plus tard, vous verrez... » était l'expression la plus populaire ici. « Salut, patron ! » lançaient-ils en se dandinant d'un pied sur l'autre. « Bonjour, patron ! » disaient-ils en rajustant leurs pantalons. « Que veut le patron ? » demandaient-ils, le pouce enfoncé à la taille. Awono redressait la tête : « Je cherche... » et balaya ces dégradés d'un regard absent. A chacun ses plumes, ses tatouages, ses cauris, même chez les sauvages. J'avais les miens. J'étais respectée parce que j'accompagnais le patron... « Vous cherchez qui ? » demanda un oublié de la vie. « La maison du nouveau Maître d'Ecole. » « Antoine, il s'appelle », dit un expéditeur en rajustant ses binocles qui faisaient sérieux. Il fronça ses lèvres jusqu'au nez. Il pointa une main en direction d'un sentier boueux et dit : « Vous prenez là, ensuite vous bifurquez à gauche, vous voyez un manguier. Là vous voyez plusieurs petits studios en carabote verte, alignés. Son studio est le deuxième en partant de la gauche. »

Awono regarda ses souliers, puis le sentier boueux, les ordures jetées tout le long, revint à ses chaussures. Les oubliés s'agitaient, éblouis et satisfaits. « On peut vous accompagner, patron », proposa un ex-futur-ouvrier musclé. « Ouais », approuvèrent les autres. Vous comprenez, c'est ainsi qu'on recevait les hommes de la haute. Ils le hissèrent et les mains d'Awono s'enroulèrent d'elles-mêmes sur leurs épaules. « Attention ! Faites attention ! » cria Awono. « Craignez rien, patron. » « Oui, Dieu est grand », dit Awono. « C'est ça, patron. » Moi, personne n'avait proposé de me porter. Je dus marcher dans la boue. Tout heureux, ils déposèrent Awono devant le studio. Awono mit de l'ordre dans ses vêtements. « Merci », dit-il. Les oubliés restèrent silencieux, les bras le long du corps, pas pour prier mais pour reprendre souffle, recueillis de fatigue devant Awono. « Merci, gars ! » répéta Awono. Ils attendaient, épuisés. Finalement, Awono tâta ses poches et demanda : « Qu'est-ce que l'argent, hein ? pouvez-vous me le dire ? » « Un tas de problèmes, patron, répondit un ex-futur-ouvrier. C'est pourquoi on veut vous en prendre un peu pour vous soulager. » Awono refila un billet à chacun des ex-futurs-ouvriers. Ils s'éparpillèrent avec la frénésie d'une classe après l'école.

La porte du studio de Maître d'Ecole était ouverte. Awono frappa et entra. La petite fenêtre laissait filtrer une maigre lumière. Il y régnait un désordre à faire pâlir de jalousie une tornade. Il y avait de la paperasse dans tous les coins. Des assiettes sales jonchaient la table en bois marron. Des mouches achevaient un repas de corned-beef et de *bobolo*. D'abord on ne vit pas Maître d'Ecole. Sur le fauteuil de Skaï marron, je reconnus la djellaba de Maître. « Maître d'Ecole... », appela Awono. C'est alors qu'on vit d'abord la tête, couchée à l'autre bout de la table. « Il doit avoir bu », dit Awono en fixant la bouteille de jojoba sur la table. « Maître, Maître, Maître », appela Awono en le secouant. Soudain, il poussa un hurlement. Il bondit vers moi, me prit dans ses bras : « Ne regarde pas, non, ne regarde pas. » Il cacha ma tête sur son ventre. Mais j'avais vu la gorge de Maître d'Ecole ouverte de part en part. Son dos avait été brisé à plusieurs endroits. Du sang coulait en rigole jusqu'au fond de la pièce. Awono m'entraîna vers la sortie. Les voisins de Maître d'Ecole étaient devant la porte et demandaient tous à la fois : « *Qu'est-ce qui se passe ? Qui a crié ?* » « Il est... Il est mort, balbutia Awono. On l'a tué. Il faut... Il faut prévenir la police. »

Les voisins se mirent à crier. Bientôt tout le quartier fut présent. Ils se bousculaient. Ils discutaillaient. « Qui ? Qui a fait ça ? » demandèrent-ils. « C'est vous qui allez me le dire », fit Awono. « Nous, nous ? » demandèrent-ils. Ils écarquillaient les yeux. Ils n'avaient rien vu, rien entendu. Ils ne le connaissaient pas. Pourquoi d'ailleurs tueraient-ils un zouave pareil ? Moi, je savais pourquoi. Plusieurs élèves de ma classe habitaient ce quartier. Ils n'osaient pas s'approcher. Ils se tenaient loin, hors de la concession. J'en avais repéré quelques-uns. On ne pouvait pas impunément jeter cent cinquante élèves dans la rue, leur briser leurs rêves, leur avenir, sans entraîner la catastrophe.

J'étais dans tous mes états. J'avais déjà vu des morts,

mais des morts en bonne santé. Je tremblais. Je croyais tomber en épilepsie. J'avais envie de vomir. J'allai à la décharge rendre ma nourriture des deux derniers jours. Il commençait à pleuvoir mais le soleil brillait toujours. Awono faisait les cent pas sous la pluie, sans plus se soucier de ses habits.

Quand je repris mes sens et me retournai, la police était là.

— Alors ? demanda Awono à l'inspecteur.

L'inspecteur enfonça ses mains dans son imperméable gris, regarda le ciel et dit :

— J' sais pas, moi ! Faudrait d'abord faire une autopsie.

— Pour quoi faire ? demanda Awono. Ça se voit à l'œil nu qu'il y a pas plus mort que ça !

— Ouais, mais faut déterminer les causes du décès avant d'ouvrir une enquête. Pour l'instant, personne n'a rien vu.

— Ce n'est pas du travail, ça ! dit Awono. Il faut des coupables.

— Quels coupables, patron ? dit l'inspecteur. Peut-être bien qu'il se l'est fait tout seul !

— Tout seul ! Un homme qui s'ouvre la gorge avec un couteau ? Même les Américains ne peuvent pas y arriver !

— Ben, dans ce cas, patron, je suis obligé de vous boucler. Après tout, c'est vous qui l'avez découvert...

— Vous osez m'accuser ?

— Pas accuser, patron. Je fais que suggérer. Je dis simplement que s'il faut suivre les instructions dans les règles...

— Très bien. Qu'est-ce qu'il faut faire maintenant ? demanda Awono.

— Faire quoi, patron ?

— Mais avec le corps ! On ne va pas le laisser bouffer par les mouches là-dedans !

— Justement, je pensais que votre voiture...

Awono se décomposa net.

— Pas question ! Pas question ! Pas dans ma bagnole !
Tu veux ma mort ou quoi ? Jamais ! Absolument pas !

— C'est pas patriotique, votre comportement ! dit le
policier.

— Patriotique ? Cette mort n'est pas patriotique, après
tout ! Qu'est-ce qui nous dit qu'il n'était pas un brigand ?
Un règlement de comptes entre brigands ?

L'inspecteur menaça, dit qu'on allait tous être obligés
de rester là tant que le corps n'était pas en lieu sûr ! Que
cela pouvait bien durer deux, voire trois jours, mais qu'il
n'était pas pressé. Finalement, ils tombèrent d'accord
pour trouver un autre moyen de transport. Ils s'en allèrent
tous les deux et revinrent deux heures plus tard avec un
pousse-pousse, le seul qui avait consenti après mille
discussions à donner son engin, contre dix mille francs
qu'Awono paya cash et à la condition qu'on le lui rendît le
jour même, totalement javellisé.

On mit une grande couverture militaire par terre. Paf !
On fit rouler le cadavre de Maître d'Ecole. Oh ! Hisse ! On
le hissa dans le pousse-pousse. Le sang suintait. Quatre
litres de sang qui gouttaient dans la boue, que la pluie
liquidait aussitôt. Deux hommes devant, deux hommes
derrière, comme pour un gros chargement, et au pas de
course. Il fallait faire vite. Un cadavre dans cet état-là
était pire que celui d'un chien. Hop ! Hop ! Hop ! Deux
colonnes d'enfants de l'école principale s'étaient formées
le long du sentier qui menait à la grande route. Ils
entonnèrent : « Frère Jacques, frère Jacques, dormez-
vous ? Dormez-vous ? Sonnez les matines, sonnez les
matines, ding-ding-dong ! »

— C'est émouvant, dit l'inspecteur, en essuyant une
larme furtive.

— C'est ça, dit Awono qui en avait marre de toute cette
histoire.

A la maison, sous la véranda, Sorraya croisa ses petites jambes, cligna des yeux devant le rideau de pluie et demanda :

— Alors ? Tu l'as eu, papa ?

— Non, répliqua Awono. Quelqu'un d'autre est passé avant nous. La mort. On l'a tué !

— Finalement, ce pays est rassurant, dit Sorraya. Rien ne changera jamais !

Et elle sourit.

— Faudra que tu aides ta sœur en attendant..., dit Awono.

— Moi, aider cette sauvage ? demanda-t-elle d'un mouvement de menton qui me désignait.

— Bien sûr, dit Awono. Il ne faut pas qu'elle perde du temps. Il y a encore un trimestre.

Il achèterait le matériel dont Sorraya aurait besoin pour me donner des cours. Puisqu'elle devenait ma maîtresse, il écoutait ses suggestions. D'abord, dit-elle, les mains sur les hanches, ça ne sera pas facile. Ça, Awono le savait. Secundo, il faut qu'elle maîtrise la langue. Ça va de soi, dit Awono. Tertio, qu'elle écoute tout ce que je lui dirai. O.K., fit Awono. Toute trempée, j'entrai dans la maison. Dans mon dos, je sentais le regard méprisant de Sorraya. Je marchai d'abord un peu pliée, comme honteuse, puis je me redressai, qu'importe ! « Frère Jacques », entonna Sorraya.

20

Les jours suivants, j'expérimentai l'humiliation de rester à la maison tandis que d'autres enfants allaient à l'école. Je faisais ce que j'avais à faire en compagnie d'Amina, c'est-à-dire rien, le repassage, le ménage, la vaisselle. « Pas facile, hein ? demandait Amina. Quand je pense qu'il me donne dix mille francs en tout et pour tout ! »

Amina se vengeait. Elle brûlait les chemisiers de Sorraya, trempait de la soie dans de la Javel, lavait blanc et couleur dans un même bain. Il en sortait des couleurs à tueurs d'oiseaux, des roses perroquet, des bleus rouge-gorge qui se balançaient sur la corde à linge et semblaient défier l'imaginaire de Sorraya : « Que vas-tu faire de nous, hein ? » Sorraya regardait ses vêtements tout en douleur : « T'es folle ! » disait-elle, ses cheveux étaient auréolés de lumière, et des larmes perlaient à ses yeux. « La prochaine fois, je te renvoie ! » Amina s'en allait dans la cuisine et s'attelait aux fourneaux avec plus d'entrain. Elle entonnait : « On ne vit pas sans se dire adieu. » Elle savait qu'elle ne risquait rien. On ne pouvait pas la renvoyer sans créer un scandale dans l'opinion publique.

Pour l'opinion publique justement, Sorraya m'en créait une fameuse. Elle me rattrapait scolaire, après dîner. Elle se donnait tant de mal que je lui coupais l'appétit. Elle avait maigri de trois kilos, souffrait de malaises le matin et disait qu'à ce rythme je finirais par la tuer.

La vérité, c'est qu'elle me parlait de l'existentialisme, du cubisme, de Kant et de Hegel. Enfin, de choses dont j'ignorais jusqu'à l'existence. Assise en face d'elle au bureau, je l'écoutais avec la frénésie d'un vent qui se lève. Mais elle créait des abîmes, surtout quand il y avait des invités à la maison. Elle en profitait pour ébruiter mes lapsus. Elle me regardait dans les yeux, souriait et disait : « Aujourd'hui, nous allons réviser... » Elle tournait un peu les pages de ses livres. Depuis qu'elle était chargée de ma scolarisation, elle chaussait des lunettes. « Qui a été à l'origine de l'existentialisme ? » demandait-elle. Et elle me regardait à travers ses verres et les visiteurs, que ses manières avaient mis en appétit, ne demandaient qu'à m'écouter. A l'instant même, je perdais mes capacités, je charriais mes défaites, j'avais beaucoup trop de misères pour exalter des prouesses. Sorraya démontrait encore sa très bonne volonté. Elle commençait : « C'est... c'est... c'est... Jean... Jean-Paul... Jean-Paul... » Je bafouillais et les visiteurs, déçus, baissaient la tête. Sorraya prenait feu : « Jean-Paul Sartre ! Elle est d'une bêtise ! »

Ce soir-là, Sorraya ne mangea ni les très petites pommes de terre rissolées, ni le bœuf sauce d'arachide ni le poulet grillé. Elle repoussa son assiette d'un geste théâtral : « Je suis épuisée... Non, non vraiment ! Assèze est tellement bête qu'elle me coupe l'appétit. » Elle se leva, toute dressée, et Awono faillit s'étouffer avec un os de poulet. Il cracha, toussa pour reprendre son souffle et me regarda. Ce n'était pas nécessaire qu'il ouvre sa bouche car ses hurlements, ses colères passaient dans son regard. Seule la Comtesse semblait bien. Elle trônait en maîtresse de maison tout en violet excessivement, grand boubou, turban de satin broché d'or, un collier de dollars et des bracelets de francs. Elle caressa mon bras et dit : « Elle s'en sortira. J'étais comme elle. Mais regardez, regardez ce que je suis devenue. » Et elle était à l'aise, très assurée

qu'après elle, il y ait moi, sa sœur jumelle plus jeune, symbole de sa pauvreté et de son ignorance. « Un jour, dit-elle... Un jour, qui sait ce que nous réserve l'avenir ? »
J'avais de l'espoir.

— Hé ! Assèze, je sais tout à propos de la maladie de Sorraya. J'ai découvert le pot aux roses.
C'était la Comtesse qui venait de franchir le seuil de ma chambre, pieds nus, enveloppée dans un drap de bain blanc. Elle souriait et c'était la joie, la vraie, qui sortait de sa bouche.
— Elle est amoureuse ? demandai-je, pensant au petit Blanc.
— Non, pire que ça.
La Comtesse s'en doutait depuis longtemps. Elle voulait d'abord en avoir la preuve. Sorraya vomissait l'autre jour dans les toilettes. La comtesse avait reconnu les symptômes. Les malaises du matin. Sorraya est...
Et la Comtesse fit un geste arrondi et triomphant devant elle. Ça poussait. Voilà pourquoi elle ne supportait personne et qu'elle ne mangeait plus.
— Comment va-t-elle faire ? demandai-je.
— Ça ! dit-elle en levant les bras au ciel. Ça ! D'abord, la première chose, c'est d'en être certaine. Je l'affronte ce soir.

La Comtesse avait raison, Sorraya était enceinte. J'avais escompté plus de résistance de la part de Sorraya. Mais elle avoua sa forfaiture en se massacrant le maquillage devant la glace de sa chambre. Elle tourna vers la Comtesse un physique du dernier pathétique :
— Je ne voulais pas, je te le jure !
— Aucune jeune fille ne souhaite tomber enceinte, dit la Comtesse. Mais le mal est là.

— L'enfant d'un Blanc, c'est quand même un enfant, dis-je.

La Comtesse pouffa. Sorraya rangea ses cheveux.

— Ce n'est pas drôle, dit-elle.

— Personne dit que c'est drôle. Mais si seulement tu m'avais demandé pour les précautions ! fit la Comtesse.

— Tu n'es pas ma mère.

— Pour l'amour du ciel, Sorraya ! dis-je. Aie au moins, pour une fois dans ta vie, quelque chose qui ressemble à de la dignité !

— C'est pas grave, fit la Comtesse. Je suis pas sa mère mais je dois la protéger...

Selon la Comtesse, il ne fallait en parler à personne, pas même au principal intéressé, Awono. C'était un secret de femmes, une solidarité entre femmes, il fallait se serrer les coudes et s'entraider dans un monde où nous comptions autant que des poulets perchés sur une branche. Je parle de ce moment parce qu'il fut unique. C'était la suppression de l'élite, l'admission de belles choses, la gaieté, la complicité, la sympathie entre les classes, la distinction dans tous les domaines.

Trois jours plus tard, nous prenions la route de la faiseuse d'anges, amie intime de la Comtesse. La Comtesse conduisait. Assise à ses côtés, Sorraya se perdait en remerciements. « Tu es une personne formidable », disait-elle. Moi, flanquée à l'arrière, rassasiée par un copieux petit déjeuner, je ne bronchais pas. J'étais désormais détentrice de ce secret, Sorraya me foutrait un peu la paix. Du moins le croyais-je.

Bientôt, nous quittâmes la grande route et nous nous engageâmes sur un sentier poussiéreux et tortueux. Il grimpait au milieu d'arbustes rabougris dont les branches s'entrelaçaient au-dessus de nos têtes. Quelques singes nous observaient, curieux, poussaient des cuik-cuik, et je pensai qu'il y avait bien longtemps que je n'avais pas mangé un bon singe à l'étouffée.

179

Le sentier bifurqua et nous tombâmes sur une rivière. La Comtesse arrêta le moteur et le silence nous enveloppa.

— C'est ici, dit la Comtesse en ouvrant la portière.

— Personne n'habite là, constata Sorraya.

— Pas là, expliqua la Comtesse. De l'autre côté de la rivière. Il faut continuer à pied. On y va.

J'emboîtai mes pas dans les siens tandis que Sorraya attendait, mains sur les hanches. Nous parcourûmes l'espace en terre battue qui nous séparait de la rivière. Nous enjambâmes deux énormes pierres. La Comtesse se retourna :

— Mais qu'est-ce que t'attends ? demanda-t-elle à Sorraya qui faisait le piquet sur place.

— Je... je ne peux pas, dit Sorraya en faisandant.

— Allons, ne fais pas l'enfant.

— Non ! hurla Sorraya. Qui... qui... me dit qu'il n'y a pas de serpents, là-dedans ?

La Comtesse fit demi-tour et poussa Sorraya :

— Allez ! avance ! Et plus vite que ça !

— Quand on va rentrer..., menaça Sorraya.

— Pour l'instant, tu la boucles et tu avances, dit la Comtesse.

— Je te hais ! cria Sorraya. Tu veux me tuer pour hériter de ma maison. Voilà pourquoi tu m'as amenée ici. Vous êtes complices, toutes les deux.

La Comtesse la gifla. Sorraya en vit des étoiles puisqu'elle tituba et se mit à avancer à l'aveuglette.

J'étais à l'aise, loin de la civilisation. Le bruit de la rivière était apaisant et la danse du soleil sous les branches était indubitablement caressante et valait toutes les amours à peau rapprochée que j'avais connues. J'eus soudain une violente nostalgie de mon village. Que deviendrait-il après le passage des ingénieurs de l'industrie agroalimentaire ? J'eus une pensée effrayante : Les hommes ne valent rien. Ce qui compte, ce sont les lieux et les choses.

La faiseuse d'anges nous attendait devant une cabane enfouie au milieu d'arbres. Rien qu'à sa façon de se tenir au chambranle, prudemment vêtue de noir, son fichu sur la tête, on voyait que cette femme avait renoncé depuis longtemps déjà au maniement provocateur de quelque partie de son corps que ce fût, ne plaçait ses espoirs qu'en ces jeunes filles qui se laissaient entraîner dans les ergastules érotiques et buvaient de la Nivaquine pour ne pas tomber enceintes.

A nous voir, elle ne put s'empêcher de sourire et, à voix basse : « Qui est la malade ? » La Comtesse désigna Sorraya. La Faiseuse fit craquer ses doigts biscornus comme mille cacahuètes, s'autovirgula le dos et ausculta le ventre de Sorraya « Hum ! dit-elle comme devant une bonne surprise. Le bébé est déjà bien gros ! »

La pièce où nous introduisit la Faiseuse était faite de planches un peu gondolées par l'humidité, mais lisses dans l'ensemble. On avait bouché les fentes entre les panneaux avec des vieux chiffons afin de rendre la chambre étanche. Trois cages artistiquement disposées en quinconce contenaient une radiocassette, une stéréo, un tourne-disque et quelques posters, et réalisaient une distribution harmonieuse des creux, des lumières et des ombres, comme dans une pinacothèque dont le propriétaire — excessivement riche — a acheté plus de tableaux qu'elle ne pouvait en contenir. Sur le sol, gisait un lit en bambou sur lequel la Faiseuse pria méthodiquement Sorraya de s'allonger. Elle reprit ses auscultations. Sorraya ne bougeait plus, ventre tendu. Elle attendait là comme sa propre momie, dans cette cabane, c'est à peine si on l'entendait respirer, c'est à peine si son cœur battait encore... Et moi, je regardais tout cela avec une intensité et dans des débordements insoupçonnés.

Enfin, la Faiseuse se releva en poussant un gémissement orgasmique :

— Je m'en occupe, dit-elle. J'ai sauvé plus de cinq

181

cents filles dans ma longue et brillante carrière. Aucune ne s'en est plainte.

La Faiseuse nous laissa seules. Elle sortit longtemps et quand elle revint, son visage s'éclairait comme celui d'un explorateur qui venait de découvrir un trésor enfoui sous les catacombes. Elle fit asseoir la Comtesse sur le ventre de Sorraya tandis qu'elle lui administrait un breuvage de composition secrète qui ébouillanta la voûte palatale de la future mère; à l'aide d'une cordelette de natte, elle comprima l'abdomen de Sorraya, l'entourant plus fortement à mesure que la corde descendait vers le bassin; puis, ayant ôté la corde qui avait enlevé un lambeau de peau à l'extrémité des os iliaques, elle massa des deux mains la zone intéressée, en faisant de rapides mouvements de haut en bas, énergiquement poursuivis jusqu'à ce que Sorraya eût envie d'expulser excréments et urine; elle plaça une bouillotte d'eau chaude sur le ventre de Sorraya et introduisit dans son utérus une pâte à base de feuilles de cactus et, tout en sueur mais pas vaincue, elle affirma que la nature devait suivre son cours, comme l'aurait fait n'importe quel illustre médecin du xviiie siècle.

21

Je passai le reste de la journée dans la chambre de Sorraya, une journée de convalescence, d'angoisse et de silence.

Sorraya était allongée et lisait. Toutes les dix minutes, je lui demandais si elle avait mal au ventre. « Pas du tout ! répondait-elle en ricanant. J'ai accepté ces simagrées pour faire plaisir à la Comtesse. C'est un charlatan, cette vieille, si tu veux mon avis. »

Et elle retombait sur ses oreillers. Je retournais dans les récitations de rosaires ainsi que des prières à sainte Eugénie qui, selon la Faiseuse, était spécialisée dans les maux de ventre. En dehors de ces restes de médecine primitive, je louvoyais en rond et percevais les bruits des pneumatiques quand ils se décollaient des pavés ou les voix coléreuses des jeunes gens qui se déversaient dans les rues.

Quelque part en ville, le pays connaissait ses premières manifestations. Voilà plusieurs jours que cela durait. Awono disait que c'étaient des masturbations de ratés. Le gouvernement laissait ces porcs hargneux couiner parce qu'ils étaient d'incapables braillards. J'avais eu l'occasion de voir ce ramassis de larves. Ils n'étaient pas plus d'une centaine à brandir des banderoles et à cracher leur mécontentement ! Ils réclamaient l'assainissement de la vie politique, le rétablissement de la démocratie et l'égalité pour tous dans tous les domaines. L'égalité pour quoi faire ? demandait Awono. Personne ne pouvait aller à l'encontre d'un principe simple et universel : Dieu avait mis en ce bas monde les mers et les fleuves, les marigots et les ruisseaux. Il en allait ainsi des hommes et des femmes, des pauvres et des riches. Quant à la démocratie, le peuple l'avait, jusqu'au bout de la corruption. C'était l'Evangile selon saint Awono. D'ailleurs, tout prouvait qu'il avait raison. A peine les manifestants se regroupaient-ils que la police les dispersait. J'estimais que ce n'était pas mon problème. J'avais assez de soucis. Et qui pouvait dire combien d'autres encore restaient à venir ? Je ne souhaitais qu'une chose : que l'avortement se passe avant l'arrivée d'Awono. J'ouvris la porte.

— Où vas-tu ? me demanda Sorraya, les yeux brillants.

— A la cuisine.

— Tu ne penses qu'à t'empiffrer ! On t'a dit de ne pas me laisser seule !

— Que veux-tu qu'il t'arrive ?

— N'importe quoi ! Je pourrais mourir. Au fond, c'est de ta faute si je suis dans cet état.

— Ma faute ? Ce n'est pas moi qui t'ai fait l'enfant, que je sache ?

— Oui, de ta faute et de la faute de cette putain !

— Tu es ingrate, Sorraya ! La Comtesse voulait t'aider.

— Me tuer, tu veux dire. Mais, s'il m'arrive quoi que ce soit, vous n'y couperez pas ! Papa se vengera. Je n'aimerais pas être à votre place.

D'un pas lent, je me dirigeai vers la cuisine. J'étais inquiète. Sorraya était capable de retourner la situation à son avantage et de me laisser accuser Dieu seul savait de quoi, surtout que la Comtesse, prétextant des courses urgentes, nous avait abandonnées devant la porte, et n'était pas revenue. Je me sentais responsable de Sorraya et de ce qui pourrait lui arriver. Quand j'entrai dans la cuisine, Amina m'accueillit froidement.

— Je n'aurais jamais dû te faire confiance, dit-elle.

— Pourquoi ?

— Tu es devenue son amie. Tu n'es qu'une sale hypocrite.

— Ce n'est pas ce que tu crois, dis-je. Un jour, je t'expliquerai tout.

— Garde tes explications. Je ne crois que ce que je vois.

J'étais déçue par la réaction d'Amina mais je ne pouvais décemment pas lui retourner sa désapprobation sans briser en elle l'orgueil infini des maltraités. Par ailleurs, je ne pouvais effacer son sentiment de trahison en divulguant le secret de Sorraya. Je marchai dans un silence compact jusqu'au frigo et me servis une tranche de jambon que je mangeai debout. Amina, boudeuse, me regarda dévorer ma tranche de jambon et, au lieu de soupirer, elle lança brusquement :

— T'es sûre que c'est du jambon que t'es en train de manger ?

— Bien sûr !

— Moi, à ta place, je ferais gaffe. Paraît que le gouvernement transforme les manifestants en jambons. C'est ce qu'on vend sur le marché.

Je regardai mon jambon bien rose. Je le mis dans la poubelle sans regret.

Dehors, la lumière déclinait, dépouillant les arbres. Le paysage devenait pareil à une photo jaunie. Il n'y avait pas un souffle.

— Tu ne m'aimes pas ! dit Amina.

— Si, bien sûr ! répondis-je.

— Tu mens comme un homme, lança-t-elle en pleurant.

Je m'approchai d'elle. « Ne me touche pas », dit-elle. Puis elle se cantonna sur un banc, aussi solitaire qu'une montagne, et presque aussi froide, à dire que tout le monde avait quelqu'un sauf elle ; à rabâcher qu'on lui refusait tout, même la compagnie d'un chien.

D'un pas lent, je remontai dans la chambre. Le spectacle dont j'avais été témoin dans la cuisine me faisait honte, parce que le choix entre Amina et Sorraya était fait d'avance.

Juste devant la chambre, j'aperçus Sorraya. Elle avait lâché son livre et grelottait sous les draps. Je m'approchai d'elle et épongeai son front dégoulinant de sueur. Je tirai les draps. Une énorme tache de sang souillait le linge.

— Si je meurs, ça sera de ta faute ! accusa-t-elle.

— Boucle-la, dis-je, sinon je t'abandonne.

— Essaye, et je dirai tout à mon père.

Pour le moment, sa méchanceté n'avait pas d'importance. S'il lui arrivait quoi que ce soit, je serais accusée. J'allai dans la salle de bains. Je ramenai une serviette chaude. Je lui essuyai le visage. « J'ai mal ! gémissait-elle. Je vais mourir ! Je vais mourir ! C'est de ta faute ! » Je la débarrassai des draps souillés. J'en fis une boule et les cachai sous le lit. Ensuite, je mis des feuilles de persil entre ses cuisses parce que leur odeur, selon la Faiseuse, était censée attirer le fœtus. Mais, manque de chance ou tout simplement parce que à un âge si tendre l'odorat n'est pas développé, le fœtus resta accroché à l'utérus maternel. Je protégeai Sorraya à l'aide de deux énormes serviettes hygiéniques, la rhabillai proprement et m'assis.

Autour de nous l'ombre commençait à s'épaissir. Je n'osais plus lever la tête et jeter un regard par la fenêtre. Awono ne saurait tarder et j'avais peur. Sorraya haletait, soufflait et m'insultait. Je n'aurais pas dû l'aider. Je n'aurais pas dû les accompagner. Je la fixais sans savoir quoi faire, luttant contre les larmes.

Soudain, Sorraya se plia en deux, tourna sur elle-même et tomba au pied du lit en gémissant. Un caillot de sang pocha la serviette hygiénique. Du sang, encore du sang dégoulinait, sang de fœtus ou sang de mère, coulait en filatures, en ronds avec des rebords gluants, et formait une masse sombre qui s'élargissait sur la moquette. J'avais peur. Sorraya allait mourir et c'était de ma faute. « Je vais mourir... Je vais mourir... », et ses gémissements se faisaient de plus en plus faibles au fur et à mesure que s'amplifiait la perte des liquides vitaux. Ses yeux se révulsèrent. Elle perdit connaissance.

Ma crainte de ce qui m'attendait si Sorraya mourait fut plus forte que mon ignorance. De toute façon, elle n'était pas encore morte. Son cœur battait. Je la traînai sur son lit. Sa robe de chambre était toute trempée. J'eus du mal à la lui enlever tant elle était lourde et inerte. J'aurais voulu que quelqu'un soit là pour prendre Sorraya en charge. J'avais très peur de la voir mourir.

Je lui massai toute la partie basse du ventre. Malgré son immobilité totale, j'insistai. J'appuyai de toutes mes forces. Je transpirais. Comme des boyaux, le fœtus jaillit, suivi du cordon ombilical. Sorraya continuait à saigner. J'étais trempée de sang. J'allai dans la salle de bains et ramenai une bassine d'eau chaude. Je l'essuyai. Lorsque j'entendis son haut-le-cœur, je la regardai, affolée, croyant entendre un mort. « Ça ira, lui dis-je. Ne t'en fais pas. » Sorraya avait les yeux ouverts. Mais son regard était vague. On tambourina à la porte et la voix d'Awono se fit entendre : « Ouvrez ! Ouvrez immédiatement cette porte. » Paniquée, j'allai ouvrir. « Mon Dieu ! gémit Awono. Qu'est-ce qui se passe ? Que lui as-tu fait ? Qu'as-tu fait à ma petite fille ? »

Je crois que, dès cet instant-là, je n'existai plus. Awono se précipita vers Sorraya, la Comtesse sur ses talons. « C'est un bébé, constata Awono. C'est mon petit-fils. » Tout se passa très vite. Il prit le fœtus, le mit dans une boîte à chaussures et le recouvrit : « On s'en occupera plus tard », dit-il. Il souleva Sorraya, l'enveloppa dans une couverture et la hissa sur son épaule. « Ferme la porte de sa chambre à clef », dit-il à la Comtesse.

Ils sortirent. La Comtesse ouvrit la portière de sa voiture. On allongea Sorraya sur la banquette arrière. Elle avait les yeux fermés. Pendant tout ce temps, je demeurai immobile, sur le pas de la porte. Personne ne m'avait appelée ni regardée. Amina souriait avec malice. Au loin, le tonnerre gronda. Le ciel se couvrit.

Ils revinrent trois heures plus tard. La pluie tombait serré. Leurs vêtements étaient mouillés. « Sorraya est hospitalisée », me dit simplement la Comtesse. Je lançais des coups d'œil furtifs à Awono. Il fronçait les sourcils tout en se mordant les lèvres. J'aurais préféré d'autres reproches à ce silence. Finalement, vers minuit, il alla au débarras et ramena une pelle.

— On ne peut pas s'en occuper demain ? demanda la Comtesse.

— Devant tout le monde ? répliqua Awono.

Ce n'était pas une question, mais le rappel aux réalités d'un homme d'honneur, inspiré par la défense de la famille et du statu quo présent, qui voulait réussir à tout conserver suivant les meilleures règles instituées pour le plus grand bien de l'homme et des peuples depuis la nuit lointaine des temps pour des siècles et des siècles, Amen.

On enterra le fœtus cette nuit-là sous le bougainvillier, sous la pluie, avec le néon sous la véranda comme un grand œil accusateur. Nous restâmes quelques minutes bras ballants le long du corps, immobiles devant cette petite fosse recouverte d'une terre qui contenait racines, larves, germes et petits vers blanchâtres, tout l'élément nécessaire à une riche putréfaction, non parce qu'on priait, tout simplement parce qu'il n'y avait rien d'autre à faire que d'accompagner un peu le fœtus. Je crus entendre un sanglot sortir de la gorge d'Awono mais je n'en fus jamais certaine.

Nous retournâmes à la maison. Awono alla se changer tandis que la Comtesse lui préparait un verre de scotch. « Il a eu un choc », dit-elle. Et moi? eus-je envie de lui demander. Personne ne semblait s'apercevoir de mon calvaire, ces heures à veiller Sorraya et à la soigner. Je ne dis rien. Je l'observais à la dérobée. Elle était détendue et, quand Awono sortit de sa chambre, voûté et presque honteux, elle se précipita sur lui :

— T'inquiète pas, mon amour, dit-elle. Tout va s'arranger.

Awono l'écarta gentiment, se laissa tomber dans un fauteuil et prit sa tête entre ses mains.

— Tu penses que ce que tu as fait est bien? me demanda-t-il.

— Je n'ai rien fait, dis-je.

— Je ne parle pas de ça, mais du fait que tu m'as caché des choses. As-tu pensé qu'elle aurait pu mourir?

— Ce n'est pas de ma faute, Tara.

La Comtesse se garda de tout commentaire. Elle semblait aussi choquée et offusquée qu'Awono. Elle soupirait, tordait sa bouche de manière étonnée et hochait la tête. Je tentai en vain de croiser son regard. Elle détournait la tête aussitôt.

— Je n'aime pas les menteuses, dit Awono. Monte te coucher. On verra ça plus tard.

Awono me bouda deux jours. Il me croyait responsable de son malheur dans un pays où les pères portaient la virginité de leur fille comme blason de leur autorité. Selon Awono, j'étais complice de meurtre. Il ne le disait pas clairement, il faisait allusion à la femme adultère et à son « complice »; au voleur et à son « complice » et le mot « complice », lancé comme ça au-dessus de ma tête à la façon d'Awono, répété jusqu'à ressassement, puis modulé, psalmodié, m'accablait. J'étais complice et on me traitait en complice. Même Amina, sur qui je croyais pouvoir compter, cette fille-sœur qui m'avait jusque-là tout donné en abondance : cœur qui s'emballe, rêverie, compagnie et beauté, semblait avoir regagné les gens portés au conseil moral et cynique qui se contentent de dire : *I no be talk ! Je l'avais bien dit !*

La Comtesse se faisait un devoir d'aller à l'hôpital dès l'aube. Elle revenait le soir, éreintée mais toujours prévenante. Elle se reposait dans les bras d'Awono comme la reine des fourmis au grand ventre jaunâtre — et la douce et ineffable Comtesse prenait les doigts d'Awono, lui faisait des agaceries, l'encourageait et invariablement gémissait comme si elle avait mal :

— Si seulement je l'avais mieux surveillée, disait-elle, tout cela ne serait pas arrivé.

— Non, répliquait Awono en lui caressant le bras. Non, je ne veux pas que tu te fasses des reproches. Il n'est pas question de blâme ni de responsabilité. Si c'était le cas, je serais le premier à te condamner.

Et Awono me regardait et je luttais contre la perte irréparable qui m'attendait. « Seigneur, faites qu'il oublie », me murmurais-je. J'aurais pu accuser la Comtesse. Je ne le faisais pas. J'avais des principes, je n'allais pas faillir à mes principes. A mon insu, je devenais comme les belles-de-jour, ces petites fleurs qui cherchent ouvertement le soleil et se referment bien serrées quand un doigt d'homme s'approche.

Trois jours après l'accident de Sorraya, j'allai promener ma tristesse. Je m'assis sur le pont du Wouri et contemplai au loin cette ville géante, laide par elle-même, mais néanmoins radieuse sans la nécessité d'aucun effort architectural, radieuse dans l'éclat du soleil et la splendeur d'un ordre minutieusement maintenu par des êtres minuscules qui sont les maîtres de ce monde. D'autres images me venaient aussi, celle de la ville où chaque recoin était un cache-marginal, où personne ne pouvait néanmoins se perdre même s'il le désirait, parce que d'autres hommes l'identifiaient et lui permettaient de retrouver son milieu naturel : la prison, les bidonvilles ou la morgue. « Que le monde est injuste ! » me dis-je, au bord de la nausée, tandis que les voitures me lançaient leurs vomissures à la figure. Puis je me levai, pénétrai le cœur de la cité affligée par son église close, ses bars grands ouverts, ses lumières électriques oscillantes et ses voitures qui se lançaient à toute allure au confluent des grandes artères, comme conduites par des candidats au suicide. D'autres automobiles tout aussi puissantes cheminaient lentement derrière une tribu de femmes aux déhanchements lascifs qui venaient de sortir d'un bar à la mode. Devant la porte du *Akwa Palace,* une chaleur vint me frapper, mais je n'y pris pas garde, tant j'allais, plongée dans mes raisonnements de ce qui m'apparaissait injuste dans cette ville. C'est alors que j'entendis, venant à ma droite :

— Mais qu'est-ce que je vois là... On dirait que Dieu est favorable à nous deux, petite peste !

— Océan ! D'abord, je ne suis pas une peste. Et secundo, je suis une femme, dis-je.

Pour le prouver, je pris la pose que je croyais féminine, mains aux hanches, cambrure exagérément renforcée, paupières s'ouvrant et se rabattant très vite. Océan se mit à me raconter des belles choses, une liturgie séductrice sur le visage :

— Quand je serai célèbre, je t'amènerai avec moi, en France. Nous voyagerons en avion, devant. Tu veux ?

— Pas si vite !

— Si, justement ! J'ai envie de crever d'infarctus par toi.

— Je ne suis pas preneuse !

— Je t'aime, moi !

— Sans blague ! Et où me feras-tu vivre ?

— Sur des étoiles.

— C'est ça. On mangera les étoiles mortes.

— Et on aura un chat rouge.

— Si tu veux, je t'envoie une femme, demain.

— Pas une femme... toi. On aura de la tendresse. On se serrera l'un contre l'autre. Ça nous empêchera d'avoir le paludisme.

— Puis, avec ta permission, on se mêlera des injustices. Et on changera le monde, fis-je, moqueuse.

Pourtant, je souriais déjà au passé. J'ignorais encore qu'après, Océan userait de son charme pour me nuire.

Océan m'amena dans un café très huppé, au centre de la ville. Dès l'entrée, je compris que je m'étais trompée, que je n'avais pas la moindre envie de venir à ce café, que j'aurais préféré continuer à évoquer mes inégalités. Toute la fine fleur de la ville était présente. Enfin, si on pouvait appeler ainsi ces imitations de Johnny et de Sylvie ridicules qui avaient en commun cette espèce de violence à la gomme, de fausses politesses, de faux enthousiasmes. Nous traversâmes le chaos sonore, la fumée de cent mille cigarettes, le pédantisme accumulé qui se déversait par gros bouillons, les ongles soulignés de bleu, la pingrerie ou la pauvreté qui réservait son unique pièce au petit verre de limonade donnant droit de rester dans ce temple où le miel du snobisme rendait poisseux jusqu'au bois des guéridons.

Je suivais Océan comme je pouvais. Il poussait sa face pour qu'on le reconnût, on levait le bras, Océan s'approchait, saluait, écoutait, faisait un mot d'esprit et semblait heureux de me présenter. Il nous trouva une place au fond, près du comptoir. Il tira une chaise et sursauta :

— Regarde, c'est la fille de Himona... Elle vient de Paris. Elle vaut la peine.

— C'est vrai? demandai-je, faisant mine de m'intéresser.

— Cesse de la regarder. Tu vas la gêner.

— Elle ne demande que ça, dis-je en détaillant de plus

belle la grosse Négresse aux lèvres cramoisies et son chemisier jaune citron.

— Qu'as-tu? demanda Océan. T'as honte de tes fringues?

— Avoir honte devant cette..., hurlai-je.

Les regards convergèrent vers moi. Les filles soupirèrent et se mirent tout à fait à leur aise.

— Je ne crains personne, dis-je.

— J'en suis heureux, dit Océan.

On s'assit. Le garçon, d'un coup de serviette, chassa de notre table une mouche qui n'était pas sur ses gardes. Océan commanda un Coca et une bière.

Dès que nous fûmes servis, Océan piqua aux confidences. De nature, il était extrêmement pudique. Et, personne ne le croirait, mais, dans un certain nombre de cas, timide. Il m'avait remarquée tout de suite et ma belle robe rouge froncée aussi. Il n'avait pas osé me le dire parce que ça se faisait pas, le premier jour, de mouiller son pantalon devant une femme. Est-ce que je comprenais? Enfin aujourd'hui, il pouvait quand même s'enhardir.

— T'as déjà embrassé un homme?

Je sentis une goutte de sueur perler au trou que j'ai, là, juste au-dessus du nez. Je piquai une crise d'indignation. Et comment? En fin de compte pour qui me prenait-il? Pour une arriérée mentale? Je ne tenais plus à discuter. « Tu es si jeune, bafouilla-t-il. Je pensais naturellement que... » Que quoi? Il devint plus tragique encore, rapport à son tempérament et à sa sensibilité. Il me dit qu'un homme était toujours maladroit, si je voulais bien l'excuser.

— Je te pardonne, dis-je. Mais la prochaine fois...

— Je te promets. Viens.

Nous descendîmes un escalier en colimaçon et fîmes quelques pas dans un réduit ténébreux où l'on foulait un matelas, des bouteilles et des paperasses jetés en vrac. Je me reculai pour sortir mais Océan me prit dans ses bras et murmura : « Assèze. » Dans ce réduit sale et ténébreux, je pris conscience d'une vérité qui m'affola d'abord : j'étais seule avec Océan, nous étions seuls, là. J'entendais des bruits étranges, c'était l'émotion qui battait librement dans nos souffles. Déjà nos mains s'étaient prises et c'est plus tard que je sus que nous nous étions laissés tomber, enlacés au milieu des photos des amants morts qui riaient aux éclats.

— Je t'attends ici demain à la même heure, dit-il en me remerciant d'un baiser. Tu viens, c'est sûr ?

Je ne répondis pas. C'était absurde puisque je donnais tout. Je découvrais un autre aspect de mon caractère : celui de tout donner, tout de suite.

22

Sorraya ne mourut pas. Huit jours après, elle était de nouveau à la maison. Ses joues arborait la nuance cadavre, mais son menton se promenait devant elle, plus menaçant que jamais. Quelquefois, elle s'arrêtait devant la fenêtre et contemplait le bougainvillier. C'est sous ce bougainvillier que le fœtus gisait. Elle restait de longues minutes les yeux dans le vague. Quand elle les tournait vers moi, mes nerfs éclataient.

Elle ne m'avait pas remerciée. Elle ne s'était même pas donné la peine de m'observer. J'aurais voulu lui demander ce qu'elle avait ressenti, si réellement elle avait eu très peur, si elle avait pensé à la mort, et ce dont elle se souvenait en se réveillant. « J'ai failli mourir, avait-elle dit le premier jour. J'ai fait une hémorragie. Les médecins disent que j'ai eu de la chance. »

Elle ne comptait pas imprimer un tour différent à nos relations. Je m'apercevais que d'elle à moi, rien n'avait changé. Nul raccourci. Nulle réelle familiarité. C'est elle qui décidait, voilà. Elle redéciderait, point à la ligne. Jusqu'à ce que mort s'ensuive, point final.

Trois jours après son retour, elle tint à s'assurer que son pouvoir demeurait intact. Elle vint en furie dans ma chambre et m'agressa :

— Il me manque deux serviettes hygiéniques.

— Ah oui ? demandai-je sans lever les yeux du roman-photo que je lisais.

— C'est toi qui les as prises.

— J'en avais besoin, dis-je.

— Quand on prend les affaires des autres sans leur permission, ça s'appelle du vol. Tu les as volées.

— Dans l'état où tu étais, il m'était difficile de te demander la permission de prendre tes serviettes pour te les mettre, dis-je.

Après déjeuner, Sorraya regarda Awono dans les yeux, et attaqua :

— Je m'aperçois que ta fille n'a rien révisé durant mon absence. Si c'est ainsi qu'elle compte s'en sortir... ma foi.

— Nous étions tous trop préoccupés par ta maladie pour faire quoi que ce soit, répliqua Awono.

— Ce n'est pas une raison ! Je suis guérie, et, s'il faut qu'elle travaille sous mes directives, elle a intérêt à s'y mettre immédiatement.

— Elle le fera, dit son père.

— Je doute fort qu'elle ait la tête aux études. Tous les après-midi, elle sort. T'a-t-elle dit où elle allait ?

— Toi non plus, tu ne me dis pas où tu vas, ma fille. Sans ce stupide accident...

— Ce n'est pas une raison pour laisser la maison aller à vau-l'eau !

— Je suis heureux que cet accident te fasse changer, dit Awono. D'ailleurs, je me proposais de vous faire part à toutes les deux des dispositions que j'ai prises pour la rentrée prochaine.

Il s'essuya la bouche et nous regarda, l'une, l'autre.

— Dès la rentrée prochaine, Sorraya, je t'envoie en France continuer tes études. C'est un gros sacrifice que je vais consentir. J'espère que tu en es consciente et que tu ne me décevras pas. Quant à toi, Assèze...

Awono se mit à mâcher ses mots. Ses mandibules firent un bruit de chèvre qui broie de l'herbe...

— Quant à toi Assèze, tu prendras des cours de couture.

Awono expliqua qu'il avait forgé ce plan non sur des aléas, mais sur du solide. Ce programme, selon lui, me ferait un titre, une raison d'être, et c'était capital dans la société actuelle. Je serais célèbre, des aiguilles aux gencives, agenouillée en raccommodages de fanfreluches ! « Ah, tu sais, Assèze, ce que tu vas gagner ? Tu seras riche ! Riche ! Et tu ne reconnaîtras même plus le pauvre vieil Awono ! Oui, riche ! c'est moi qui te le dis ! »

J'avais l'air nigaude, mais je connaissais mon monde. N'importe quel imbécile savait que la couture, le commerce, tous les métiers manuels étaient réservés aux résidus. Il n'allait pas m'y prendre, mais pour l'instant je dérobais ma colère et mon refus sous des mines réjouies : « Formidable ! superbe ! fabuleux ! Oh, merci papa ! Mille mercis ! » Que voulez-vous ? ce n'était pas le moment de montrer ma désapprobation.

— Je suis ton père, dit-il. Je ne fais que mon devoir.

— T'es un homme formidable, dit la Comtesse en se balançant, indolente et coquine. N'est-ce pas qu'il est formidable ? demanda-t-elle à Sorraya.

— Je sais, répondit Sorraya avec une rancune mielleuse. Des hommes comme papa n'existent plus.

Et elle quitta la table.

Dès que l'occasion se présenta, le lendemain en début d'après-midi, Sorraya vint me voir et me savonna la tête :

— Moi partie, tu aurais au moins pu refuser la proposition de papa de te payer des cours de couture. Tu manques de dignité !

— Tu as intérêt à me foutre la paix, Sorraya ! Sinon...

— Tu me menaces ?

— Exactement !

— Ah oui ? Comment t'y prendras-tu ? Je suis ici chez moi. D'ailleurs, quoi que tu dises de moi, personne ne te croira. Tu n'arrives même pas à écrire correctement ton nom. Madame va faire de la couture! Madame se voit déjà dans la haute couture... Il y a bien longtemps que le ridicule ne tue plus!

— Si tu continues, je vais parler de ce qui est en train de pourrir là-dehors... Je raconterai à tout le monde! Tu ne pourras plus sortir dans la rue, je te jure!

— Ce n'est pas de ma faute!

— C'est quand même ton bébé.

— Pauvre malheureuse! cria-t-elle. Que je t'entende répéter ça une seule fois...

Elle se dandinait haut devant moi, montée en cobra coléreux :

— Mais qu'est-ce que tu crois, pauvre petite maniaque!... Toi, ta mère et toutes tes cochonneries!... (Elle me souffla à la figure :) Et toi? Tu penses que je ne sais pas ce que tu fais? Tu penses que ça n'arrive qu'aux autres? Mais qu'est-ce que tu t'imagines? Que tu es à l'abri d'une grossesse?

Je vacillai sous l'attaque. Je n'avais plus rien à dire. Elle me forçait à reculer. J'eus juste le temps de mettre mes chaussures.

Je sortis. Dehors, l'air brûlait. Le ciel était blanc hypnotique. J'avais envie de respirer, un besoin d'accalmie. Je me dirigeai vers le quartier du bas, là où vivait Océan. Dans la cour, des gosses dépenaillés jouaient. Une femme vigoureuse s'efforçait de faire briller un bout de parterre en faïence écaillée.

— Bonjour, Manga, dis-je.

— Bonjour, Assèze.

— Il est là? demandai-je sans spécifier de qui il s'agissait.

— Mais qu'est-ce que vous lui trouvez, toutes? Même pas fichu de gagner sa vie ou de nettoyer sa chambre! Qu'est-ce qu'il peut bien apporter à une femme çui-là, hein?

Je sentis la chaleur d'une grande honte s'abattre sur

moi devant cette énorme Africaine, devant le monde, devant moi-même et ma virginité enlevée.

Finalement, elle dit : « Il est là. »

Je m'approchai de la porte et frappai. Océan ouvrit, tout ruisselant de transpiration dans une culotte courte et en bras de chemise. Il sourit et je me sentis brusquement transportée par la force de mon amour. « Je t'aime », dit-il d'une voix rauque. Il m'ouvrit ses bras et quand ses lèvres se détachèrent des miennes, il répéta : « Je t'aime. » Il prit ma nuque d'une main et renversa ma tête, tout en arrière :

— Comment vas-tu ? demanda-t-il.

— Sorraya est de retour, dis-je.

— Et c'est elle qui te met dans cet état ! T'es idiote !

— C'est sa maison. C'est son père. Elle a peur que quelqu'un les lui vole.

Océan ne se dépensa pas en chansonnettes. « Et moi je vais te faire oublier tout ça », dit-il. Il s'inclina vers moi, m'entoura de ses bras, caressa mes cheveux ébouriffés et m'embrassa avec violence. Les dragons du désir me frappaient furieusement de leurs ailes rouges et des langues de feu enflammaient mes mèches noires tandis qu'un mini-ventilateur ronronnait et crachotait un petit air frais. Chaque geste d'Océan m'éloignait de Sorraya, de cette existence où tant d'interdits s'érigeaient. Alors que je gisais toute vêtue sur un dessus-de-lit à fleurs, que j'entrais peu à peu dans un état somnambulique, Océan dit :

— Faudrait qu'on dorme toute une nuit ensemble... Ça te plairait ?

— Oui mon amour, dis-je.

C'est alors que la porte s'ouvrit sur madame Manga. Dès qu'elle se fut introduite dans notre sphère magique, le royaume de la raison entra en concurrence avec celui de la passion effrénée et déjà, par sa manière de s'asseoir sur le lit, juste à mes côtés, on devinait que, quoi qu'elle fasse, elle briserait l'atmosphère mystique que jusque-là nous avions partagée.

— Bonsoir. Comment allez-vous? (La stupeur nous empêcha de répondre.) Quelle journée! J'ai une de ces soifs! Océan, t'aurais pas quelque chose à boire? demanda-t-elle.

— Tout de suite, dit Océan en lâchant mes épaules, montrant ainsi la crainte que madame Manga lui inspirait.

— Quelle époque! soupira madame Manga en soulevant son pagne pour s'éventer. Je ne sais même pas comment j'arrive à supporter ça. Tu ne peux pas savoir le nombre de femmes qui passent par cette chambre. Quelle insolence, mon Dieu! Quel vocabulaire! Surtout cette grande négrillonne, celle qu'on lui voit tous les os des côtes. Tu y es?

— Non, je ne la connais pas, dis-je.

— C'est pas bien grave. Celle-là, chaque fois qu'elle est ici c'est comme si elle n'y était pas. Quand on veut un homme, il faut des capacités, que diable!

— Peut-être qu'elle ne l'aime pas! dis-je.

— Ah, ne m'en parlez pas, celle-là, elle n'aurait même pas un chien abandonné pour homme. Mais moi, de mon temps, j'étais quelqu'un!

— Ton Coca, dit Océan d'un ton adulateur.

— A votre santé. En veux-tu? demanda madame Manga, et elle commença à ingurgiter la spirituelle boisson au rythme des oscillations de sa pomme d'Adam. Bon, ben je vous laisse.

Puis elle se tourna vers moi :

— Sois prudente.

Et dans un déhanchement excessif de la croupe, elle sortit.

— Madame Manga me déteste, dis-je.

— Qu'est-ce que tu dis? émit la bouche d'Océan à la recherche de la mienne.

— Elle est amoureuse de toi, Océan. Elle t'aime.

— Comme une mère, susurra-t-il. C'était l'amie de

maman. Toutes deux tapinaient au port, avant ma naissance. Et quand maman est morte, elle s'est occupée de moi.

— On voit bien que..., commençai-je.

— Assez parlé, femme. Passons aux choses sérieuses. Ne sais-tu pas que l'existence n'occupe que le temps de la rose entre deux équidistances des astres ?

Je ne le savais pas. Et pour ce qu'on avait à faire, il y avait du temps.

C'est dans la joie que s'écoulaient mes jours. J'atteignais la plénitude de l'extase dans ces jeux surprenants de l'amour. C'étaient des paniers d'osier où l'on jouait à la montgolfière, c'étaient des ascenseurs lancés vers les hauteurs d'un gratte-ciel de caoutchouc dilaté. Entre Sorraya et moi, c'était toujours la haine, mais une hostilité silencieuse, des regards au couteau. Il m'arrivait de penser qu'elle aurait dû mourir. J'aurais dû la laisser mourir. Une sueur froide m'envahissait à l'idée de ma propre méchanceté. Et bien qu'elle se consacrât dès lors à son départ, qu'elle ne s'occupât plus de moi, j'avais peur de ses pensées et il m'arrivait de surprendre son regard appuyé sur moi comme si elle voulait découvrir ce qui s'était passé au palais, en son absence.

En cette fin d'après-midi, le soleil s'en allait dormir. Des couples traînaient leur ennui comme certains leur jambe de bois. La situation politique s'aggravait et devenait l'affaire de tous mes concitoyens. Ils s'attablaient encore à la terrasse des cafés. Ils échangeaient plus de plaisanteries que de lamentations sur ce qui se passait dans le pays. Ils faisaient mine d'accepter avec bonne humeur les minuscules dégâts provoqués par les manifestants, vitres brisées, magasins pillés, et Douala donnait plus que jamais l'impression d'une ville en fête.

J'étais exténuée de béatitude car, bras dessus, bras

dessous, Océan et moi nous promenions sur l'avenue de la Liberté. Plus bas, au quartier du port, une file de jeunes gens descendaient et braillaient leurs choqueries équivoques face aux filles en minijupes. Nous nous apprêtions à emprunter cette rue pour une promenade le long du fleuve quand une voix interpella Océan. Nous nous retournâmes.

Sorraya s'avançait vers nous. Son visage était déformé par un sourire qui se crispait au fur et à mesure qu'elle s'approchait. Ses paupières battaient vite et pourtant, les provocations machinales de son corps ne traduisaient aucune pensée.

— Mais que je suis contente de te voir ! dit-elle en rallongeant d'une main sa jupe trop courte. Ça fait bien longtemps... (Et, la bouche perversement ingénue, elle me regarda et piqua une crise d'indignation comme si elle venait seulement de remarquer ma présence :) Mais qu'est-ce que tu fais là, toi ?

J'avais encore de la volonté mais j'avais des doutes. Je me demandais si mes pieds ne puaient pas, si je ne transpirais pas trop dans ma robe avec nœud dans le dos. J'avais une sorte de honte. Je me sentais vaguement coupable. Je n'osais plus bouger. Je ne tenais pas beaucoup de place et pourtant, j'aurais voulu pouvoir rapetisser.

— Comme tu le vois, réussis-je à dire.

— C'est-à-dire rien, compléta-t-elle.

Elle ajouta qu'à force de traînailler médiocrement, j'avais raté mes études et que je raterais mon avenir le reste du temps.

— Je t'interdis de me parler ainsi, dis-je.

— Comme tu veux, ma chère ! Ne t'inquiète pas. Je me consolerai vite de ton échec.

Il y avait tant de violence dans ses mots que j'en restais sans réplique. Océan aussi fondait comme un cachet d'aspirine.

— Viens, viens, dit-elle en tirant Océan. J'ai à te parler. C'est très important.

Ils firent quelques pas. Océan hésita, fit le mou, mais son intelligence périclitait à vue d'œil. Il me regardait. « Mais qu'est-ce que t'attends ? dépêche-toi ! » dit Sorraya. Océan me fit signe de les suivre. Je ne bougeai pas, même si je trouvais terriblement humiliant d'être une poterie à l'entrée du four. Je fabriquai un sourire radieux à mon amant. Plus que tout, je voulais suivre Océan et que tout soit comme avant. Mais ce n'était pas possible. Pas avec Sorraya qui semblait à nouveau s'intéresser à lui. « C'est fini », me dis-je. « C'est fini », me répétai-je. Océan attendait toujours. « Mais qu'est-ce qui te prend ? lui demanda Sorraya. Viens. De toute façon, ce que j'ai à te dire ne la regarde pas. » Je restai un moment immobile, le visage au soleil, tandis qu'ils s'éloignaient. Grand-mère disait qu'un homme n'est qu'un homme. Ils vous encouragent à déposer un peu de votre poids dans leurs mains et, dès que vous commencez à éprouver une délicieuse légèreté, ils étudient vos cicatrices et vos tribulations. Après quoi, ils font ce qu'avait fait papa : ils abandonnent femme et enfants.

23

Dehors, il faisait encore clair. Dans ma chambre, non. Quelques rais de lumière perçaient à travers la fenêtre mais une fois dedans, ils étaient trop affaiblis pour rayonner.

La porte de ma chambre s'ouvrit en grand fracas. Je ne pouvais voir où se tenait Sorraya, mais je savais que c'était elle.

— Tu t'es permis de sortir avec un de mes amis. Tu oses me défier ?

Je ne répondis pas.

Sorraya alluma et fit un repos de principe. Je veux dire qu'elle s'adossa au chambranle de la porte, bras croisés et me toisa.

— Laissons cela. En principe, tout m'appartient. Même ce que tu peux dérober en mon absence, je le retrouve et je le reprends. Je veux savoir exactement ce que tu as dit à Océan à mon propos.

— Rien du tout !

— Ah, tu protèges ce joueur de nvet ? Ne me dis pas que tu l'aimes ! Ça, c'est le comble ! Si seulement c'était un poète, je comprendrais. Mais c'est tout simplement un raté. T'as-t-il dit au moins qu'il t'aimait ? Oh ! ne réponds pas. Il te baise, un point c'est tout.

— Nous nous aimons et quand on s'aime, rien n'a vraiment de l'importance.

— Penses-tu ! Il m'a dit qu'il m'aimait. Avec toi, il se vide les couilles... Imagine pourquoi...

Le soir à table, Sorraya insista sur ma façon de manger beaucoup et trop vite. Elle dit que je me détruirais l'estomac, à ce rythme. Elle se montra hypocritement gentille. A la fin du dîner, elle proposa de m'offrir une paire de chaussures rouges. « Je suis heureux que vous vous entendiez si bien ! » dit Awono en se laissant aller sur sa chaise. Awono ferma les yeux : « Maintenant, nous sommes une vraie famille. » La Comtesse éclata de rire.

Cette nuit-là, j'eus le sommeil léger. Je sursautais au moindre bruit. Je laissai la lumière pour chasser l'angoisse. Je ne sentais pas le sommeil. Mes yeux discernaient les moindres détails de l'après-midi et les couleurs me sautaient à la cervelle comme des braises. J'étais prête à renoncer à tous les couchers de soleil, à des étoiles grosses comme des plats, à tous les verts de pluie et à accepter le vert le plus pâle, pourvu que j'aie Océan. Mais Sorraya me l'avait pris. Et moi, cet être de terre qui ne savait pas penser, qui savait à peine lire, qui ne savait pas se conduire avec le monde, je revoyais les images lamentables de mon existence, étalées au long des années, sous beaucoup d'échecs.

A l'aube, des bruits de canon me sortirent des cauchemars de la nuit. On entendait des rumeurs, des grondements, des hurlements. Tout bouillonnait et faisait un raffut horrible.

En bas dans l'allée, les locataires des environs s'étaient agglutinés. Ils étaient en feu, ils s'agitaient, lançaient de frénétiques coups de pied en l'air et parlaient en bloc.

— Qu'est-ce qui se passe ici ? demanda Awono en surgissant dans une robe de chambre à ramages et des chaussons brodés avec des petits oiseaux qui voletaient alentour.

— Ce qui se passe...

Les locataires répondirent tous à la fois : Les camarades ont pris d'assaut la radio. Ils demandent l'assainissement de la vie politique, la démission du président à vie...

Le temps qu'ils achèvent leur phrase, Awono soupira et dit :

— C'est du bruit pour pas grand-chose ! L'ordre va revenir avant la fin de la journée.

— Que non, patron ! s'exclamèrent-ils.

Ils en avaient marre de la corruption, des vaches maigres qu'ils s'enfournaient tandis que d'autres grossissaient. Awono était absolument isolé, ramassé dans la bourrasque entre ciel et terre. Les locataires ne se gênaient plus. Awono avait perdu toute importance à leurs yeux. Ils n'avaient plus peur de lui.

— Mais que font les militaires ? demanda Awono. C'est à eux de maintenir l'ordre.

— Sais pas, répondirent-ils. Sais pas...

Et les locataires tournèrent le dos à Awono : Sais pas...

En attendant le renouveau, les locataires se surpassaient. Ils n'avaient plus de bornes. Ils attaquaient directement Awono. Tout lui était défavorable.

Quand je revins à la maison, Awono était plongé dans la dégustation répétée d'un verre de cognac. Il se sentait calfaté et prêt à accomplir des traversées difficiles. C'était la première fois que je le voyais dans cet état. « Ils seront tous pendus, dit-il, pendus jusqu'à ce que mort s'ensuive ! » Il tenta de se lever et renversa un vase chinois. Mozart reçut un coup de pied dans l'échine et alla se flanquer sous la table en gémissant. « Ils verront de quel bois on se chauffe », hurla Awono. Il tituba jusqu'aux fenêtres et aux portes qu'il blinda : « Ils me font pas peur ! Pas peur du tout ! » Il roula des yeux furibonds, s'alluma une cigarette qu'il n'acheva pas, farfouilla dans les tiroirs : « Quel bordel, cette maison ! On ne retrouve plus rien ! Rien ! » D'un mouvement de la main, il renversa les dossiers et alla dans sa chambre retrouver la Comtesse.

Je choisis d'aller à la cuisine m'adonner à quelque tâche qui occuperait mon esprit vagabond. Amina était assise sur un tabouret. Elle s'était fait du café crème. Elle jouait avec la tasse qu'elle faisait tournoyer lentement dans ses mains crasseuses. Elle me sourit, je lui souris : « On va leur couper les couilles », dit-elle, et elle but une gorgée de thé : « On les mettra dans leurs bouches jusqu'à ce qu'ils avouent où ils cachent notre argent. » Elle fit claquer sa langue : « Non, on les fera cuire et on les assaisonnera avec leur pipi et leur caca. » Elle but encore une gorgée : « On leur arrachera les ongles, les cheveux et on leur crèvera les yeux. » Elle vida sa tasse et la déposa, théâtrale, sur la table : « Mais avant tout, il faudra leur arracher les cils et les sourcils. »

J'étais si fascinée par tant d'audace dans la torture que j'en restai bouche bée.

— Et toi, qu'est-ce que t'en penses ? me demanda-t-elle brusquement.

— Moi ?

Elle hocha la tête.

Je n'avais pas d'opinion. Il est vrai que certains taxis menaçaient le silence de leurs cornes jaunes toutes proches, au rythme de leur klaxon ; il est vrai que de grosses mamans aux lèvres charnues passaient pas loin en hurlant ; il est vrai aussi qu'à travers la ville, de grandes flammes s'élevaient avec leurs rafales et leurs nuages et, malgré ces événements qui se déroulaient dans mon univers réel, j'étais comme plongée dans une autre existence, celle-ci plus basse, dont les bords n'étaient pas coupants, mais émoussés. Je me fis un thé et montai dans ma chambre. Une fois seule, assise sur le lit, la tasse dans la main, s'insinua en moi l'idée que la mort physique ou sociale d'Awono conduirait Sorraya à sa perte. « Il faut qu'il lui arrive quelque chose, me dis-je. Il faut qu'Awono meure. » Cette pensée me retournait tout entière. Elle m'embrasait de si douce tendresse que j'en vacillais. Ce n'était pas de la méchanceté. Je ne réfléchissais pas à la douleur d'Awono, mais la suffisance de Sorraya, ses prétentions exorbitantes, son mépris, tout semblait exiger qu'elle abordât des lendemains difficiles. J'aimais Awono et je n'avais aucune goutte de méchanceté à son égard et cela me poussa à me demander si une partie de Sorraya, « la haine engendre la chute », n'avait pas déteint sur moi, ce qui eût expliqué pourquoi je ne tenais aucun compte des sentiments d'Awono. Je m'écroulai sur le lit, bras en croix. Je transpirais.

C'est alors que Sorraya ouvrit la porte de ma chambre. Elle était comme je ne l'avais jamais vue : un étourdissement !

— Papa ! Papa ! Viens vite !

D'un mouvement brusque, je me retrouvai assise sur le lit. « Quoi, papa ? » demandai-je. « Viens », dit-elle comme une guitare mal raccordée dont les fils ne donnaient plus que des notes atroces.

Awono était écroulé sur la moquette bleue de sa chambre. Il transpirait à grosses gouttes et son âme semblait sortir de sa bouche à chaque respiration. La Comtesse, drapée dans une robe de chambre cramoisie, regardait d'un œil épouvanté l'homme qui était étendu comme s'il se fût brusquement transformé en un scorpion menaçant.

— Je vais appeler une ambulance, dis-je.

Sorraya se blottit près du bidet qui laissait échapper une interminable complainte et se mit à pleurer : « Seigneur, Seigneur que vais-je devenir ? » La Comtesse s'habilla et d'un mouvement de retraite se retrouva devant la porte sur ses longues tiges : « Il vaut mieux pour lui que je sois pas là », dit-elle. « C'est qu'une maladie comme une autre », dis-je pour la rassurer. Elle me regarda, les yeux ronds : « Ah, que non ! ils vont m'accuser. » Et elle s'éclipsa.

Quelques minutes plus tard, on entendit les sirènes de l'ambulance. Un médecin gras, jovial, habile connaisseur du corps humain et des multiples espèces de vermine, se pencha tout écumeux sur Awono. « Mais... Mais... Il n'est pas tout à fait mort ! s'exclama-t-il. Vous m'avez dérangé pour rien ! C'est qu'une crise d'apoplexie ! » Ayant allégué que ce n'était pas dans ses attributions, il alla fumer une cigarette dans l'ambulance tandis que les garçons d'autopsie soulevaient Awono pour le mettre sur un brancard. Puis ils marchèrent en procession jusqu'à l'ambulance. Sorraya grimpa à leur suite. Je demeurai sans bouger. Les locataires suivirent le convoi jusqu'à la grande route.

— C'est la maladie des riches, dit quelqu'un.

— Vaut mieux pour lui qu'il crève de maladie, je vous assure ! dit un autre. Au moins, il échappe à la pendaison.

Dans l'ensemble, ils ne pariaient pas gros sur les chances de survie d'Awono. La mort était préférable parce que, vous comprenez, avec la révolution, sa carrière refroidissait déjà à la morgue.

En attendant le renouveau, les locataires allèrent se planquer dans leurs préfabriqués.

Je m'allongeai sur le canapé au salon. La maison était silencieuse. L'atmosphère était poisseuse. J'étais convaincue que j'avais tué Awono. J'avais souhaité sa mort, et lorsqu'on désirait vraiment quelque chose, cela finissait toujours par arriver. Comme la variole. J'étais là tel un assassin avec son couteau à la main, tout dégouttant de sang. C'est alors que certaines paroles de la Bible me revinrent : « Tout ce qu'on fait aux autres se retourne contre nous. » J'avais peur que cela ne se retournât contre moi.

Soudain, je m'agenouillai : « Seigneur, pardonne-moi.

Faites qu'il n'arrive rien à Awono. Je te promets que j'irai à l'église tous les jours... Pitié, mon Dieu ! Oh, si tu savais combien je regrette ! »

Je demeurai agenouillée. J'avais mal aux genoux. J'aurais voulu sortir, courir au soleil.

— Qu'est-ce que t'as ? demanda Amina.

Je sursautai.

— Tu pries maintenant pour ce chien ? demanda-t-elle.

— Non ! Enfin... je veux dire...

— Je sais beaucoup de choses de toi, tu sais ?

— Ah oui ?

— Par exemple que t'es une lèche-bottes !

— Ce n'est pas vrai !

— Si, c'est vrai. Sinon, pourquoi prierais-tu ? Oh, ne dis rien. Je sais. T'es qu'une profiteuse.

— C'est pour d'autres raisons.

— Quoi alors ?

— Je ne veux pas te les dire.

— Menteuse !

Je grimpai quatre à quatre les marches des escaliers qui conduisaient aux chambres. La voix d'Amina me poursuivit :

— Tes prières n'y changeront rien ! Il va mourir ! Il va mourir !

Je claquai la porte de ma chambre.

Non, Awono ne mourut pas. Il eut l'immense vulgarité de tenir à la vie. Sorraya nous en informa en arrivant de l'hôpital. « Il est hors de danger. Le médecin me l'a dit. » Et elle reprit sa moue mépriseuse.

« Il aurait dû mourir », pensai-je.

24

Le lendemain, dès l'aube, je quittai la maison. Il y avait du peuple dans les rues. Il moutonnait le long des avenues. Des jeunes, des vieux, des hommes, des femmes et des enfants et cette multitude se répandait en un désordre Doualanien, tantôt en se tournant à droite, ou en se dandinant sur place au son d'un flonflon prétendument révolutionnaire. Sur une estrade en bois, un jeune homme torse nu disait pourquoi la révolution avait éclaté. Il remontait en arrière, au temps de la colonisation. Il vilipendait, éructait et fulminait. Il tordait sa bouche de manière étonnante, la dilatait et l'évasait comme une baudruche.

J'avais les idées flottantes. Je ne savais pas très bien pourquoi j'étais là. J'étais abrutie et regardais cette agitation qui ne me faisait rien éprouver d'autre que de nouvelles difficultés à traverser la chaussée. J'étais loin de tirer une valorisation efficace de ce moment historique. J'avais chaud et l'homme sur l'estrade continuait à haranguer la foule en s'exprimant plus ou moins en ces termes :

— Mesdames *(pause)* messieurs *(pause)* chers camarades *(nouvelle pause)* dans ce pays *(pause)* tout appartient aux mêmes familles *(pause)* depuis des générations *(grande pause)*. Cependant, il est temps d'œuvrer pour que les choses changent *(très longue pause)* et cela n'est possible qu'en unissant nos forces et... *(pause, pause, pause)*... et en disant non à la dictature *(sensation)*.

Son public n'était pas encore remis de l'effet de cette révélation que les militaires cabriolèrent en tenue de combat. Les pans de leurs kakis frétillaient dans le soleil. Des mitraillettes luisaient dans leurs mains. Ils se jetèrent dans le tas comme un fardeau, écrasèrent et piétinèrent cette masse viandée. On entendait des vlom ! des cris, des hurlements horribles. La multitude commençait à s'éparpiller. Il y avait des : « Ne reculez pas, camarades ! » et des : « Avancez ! ils ne peuvent plus faire taire la liberté ! » des : « Fils de chiens ! » et des : « Il m'a arraché un bras ! » des : « Ma jambe ! Ma jambe ! » et des : « Il m'a eu ! » Les canons sifflaient et lançaient des étincelles comme des confettis. Une odeur de fumée montait, on n'y voyait rien. « Bande de salauds », grinçai-je entre mes dents, m'imaginant que j'allais partir en compote. Les gens couraient dans toutes les directions. Les passants qui se trouvaient dans la ligne des tirs plongeaient pour se mettre à l'abri. Ceux qui étaient plus loin se précipitaient sous les portes cochères pour suivre le spectacle. Mais ceux qui étaient derrière les militaires, et ne risquaient rien, se joignaient à la chasse aux hommes. Je galopais comme je pouvais et une voiture qui descendait l'avenue Amadou-Ahidjo freina brutalement pour m'éviter ; les freins grincèrent avec un bruit écœurant. Je continuai à courir et, je ne sus comment, je me retrouvai au quartier du port.

Au quartier du port, la vie continuait. Les passants traînaillaient et jetaient aux rescapés des regards dénués d'expression. Des doudous gloussaient après les marins qui les pressaient dans les petites portes. Un vieillard aux mains jointes rêvassait bouche bée. Nous n'étions plus qu'une petite cinquantaine. Et tandis que les uns pansaient leurs blessures, l'homme sur l'estrade se recomposa une personnalité sociale, grâce aux diverses nuances expressives de son visage. Il prit place sur une vieille marmite trouée et s'exclama :

— Camarades! Il faut battre le fer pendant qu'il est chaud.

L'homme sur l'estrade avait des idées bien arrêtées quant à son idéal social, dont il réitéra l'exposition sans un atome de vergogne et sans la moindre pudeur. Je lui attribuai illico le titre de Commandant en chef. Les rescapés souriaient de manière tout à fait stéréotypée et disposaient leurs restes dans les attitudes les plus variées. Il fallait prendre d'assaut l'ambassade de France. Comment?... Comment? Voilà mon plan.

On réquisitionna un pousse-pousse. On ramassa une petite fille bien vivante. On l'obligea à se mettre dedans. On la tacheta de sang.

— Tous à l'ambassade de France!

— Ouais! applaudit la foule.

On entonna : « Au Cameroun, berceau de nos ancêtres. » Nous chantions en chœur, très faux. Les doudous regardaient notre procession, ébahies. Elles n'avaient pas l'habitude. C'était de l'inédit. Je me sentais mieux. C'était la magie d'un monde nouveau. Il me semblait que le destin ne me rattraperait plus jamais. Ma vie antérieure devenait un souvenir.

C'est alors que je vis Sorraya. Elle portait un bermuda bleu à rayures blanches et dandinait sur ses hautalonnés. Notre Commandant en chef s'arrêta : « Halte! » dit-il. Il haussa ses sourcils très fournis comme ceux d'un ogre. Il s'approcha vivement de Sorraya, une gourde à la main. Il stoppa devant elle et éclata de rire, plié en deux, les bras ballants, le corps secoué.

Tous les rescapés le rejoignirent et se massèrent autour de Sorraya.

— Dieu du ciel, chef! Qu'est-ce qu'on fait, chef? demanda quelqu'un.

— Dans toute révolution, il faut un martyr, dit le chef.
Les rescapés se regardèrent et s'esclaffèrent. Je riais moi
aussi.

— Celle-là va servir d'exemple, dit le chef en désignant
Sorraya. Cette femme est l'épouse d'un corrupteur !

— Vous mentez ! hurla Sorraya.

De panique, les poils de Sorraya se dressaient comme
des cheveux sur la tête. Le chef expliqua qu'une telle
insolence exigeait réparation. Pour montrer notre détermination, il fallait brûler Sorraya. Pliés sous l'effet du fou
rire, quatre garçons l'attrapèrent.

— Lâchez-moi ! hurla-t-elle. Je n'ai rien à voir avec la
corruption dans ce pays ! Lâchez-moi !

— Mensonge ! vociféraient les rescapés. Tu es infidèle à
notre cause ! Infidèle.

— Non, dit-elle. D'ailleurs, y a ma sœur parmi vous !...
Assèze... Assèze, dis-leur. Dis-leur... Ne les laisse pas me
tuer !

Tous les regards convergèrent vers moi.

J'avais mes sens en révolution. Je croisai les yeux
terrifiés de Sorraya. Je serrais mes poings comme si je
tenais un pieu. Je détenais la vie de Sorraya, là, entre mes
mains. J'étais maîtresse absolue de la situation. Un oui ou
non de moi et sa vie basculerait. Je la regardai l'espace
d'un moment. « Je peux en faire ce que je veux, tout ce
que je veux. Je peux la faire tuer, me dis-je. Désormais, il
n'y a rien que je ne puisse lui demander, rien qu'elle ne
puisse m'accorder. » Sorraya suppliait :

— Mais pourquoi, pourquoi tu ne le leur dis pas ? Je
suis ta sœur !

Je demeurai silencieuse et regardai autour de moi ces
visages de femmes et d'enfants en pleine euphorie ; grâce à
la révolution, le ciel gris se teintait de bleu, et les maisons
crasseuses en gratte-ciel rouge fraise.

Je secouai la tête de gauche à droite.

— C'est ma sœur, dis-je.

J'avais suffisamment appris ces dernières années pour comprendre que mon pouvoir ne pouvait qu'être temporaire. Même morte, Sorraya trouverait encore le moyen de retourner la situation à son avantage.

J'abandonnai la cérémonie et rentrai à la maison.

Le jour suivant fut consacré au ramassage des cadavres. Il régnait dans la ville une ambiance de fête. Toutes les boutiques étaient bouclées. Au quartier du port, les doudous se réveillaient, hors assiette. Le couvre-feu avait été décrété. Elles ne gobaient pas ! C'était trop injuste ! Elles avaient des envies farouches. Une nuit de travail par terre, pour rien. Et le gouvernement voulait remettre ça ? C'était de la persécution ! De la crevaison en direct.

— Mais qu'est-ce qui leur a pris ? me demanda une doudou en pressurant un bout de graisse sur sa joue, qui jaillit comme un asticot.

Elles ne savaient plus où donner du cul.

— C'était un pays tranquille ici ! ajouta la doudou.

— Ça, tu peux le dire, répliqua une autre doudou. Je deviens folle !

— C'est de la merde ! De la merde ! aboyait une grosse doudou que j'avais déjà eu l'occasion de rencontrer.

— Ça, je veux bien le croire, dit la doudou qui pressait ses boutons.

Des Patrouilleurs militaires passèrent. Ils étaient pleins de sang. Les doudous en les voyant se contractèrent de contrariété et gueulèrent en saccades : « Bande de voyous ! Enculées de vos mères ! On vous paie pour quoi ? On vous paie pour quoi ? Même pas fichus de faire régner l'ordre ! Canailles ! Saligauds ! Voyous ! » Mais ces messieurs passèrent leur chemin, silencieux. Ils avaient trop de cadavres à enterrer.

J'étais venue là, l'air de rien, dans le but de rencontrer Océan sans le rechercher mais il n'était pas là. Il fallait que je continue ma route. Je piquai vers le quartier du bas. Les dégâts laissés par le passage des manifestants étaient ravissants. « C'est une bonne chose finalement, dit un bonhomme en faisant claquer les bretelles de son pantalon sur son ventre. Le Japon est devenu la troisième puissance économique après avoir reçu deux bombes sur la tête. » Grand bien nous fasse !

Dans le quartier du bas, les oubliés du développement se mettaient par petits groupes. Dix millions de morts, hurlaient certains. Quinze millions, criaient d'autres. Personne n'était d'accord sur le nombre exact des morts. La situation était d'autant plus saugrenue que le Cameroun ne comptabilisait que 7,5 millions d'habitants. Un petit chauve à binocle, expéditeur de son état, ouvrit les paris. Immédiatement, il eut des amateurs. Un flux, un raz de marée, et, à regarder la populace gesticuler, rire sans raison, ou frissonner de volupté, je pensai que la vie a beau être dure, les gens du peuple ont la chair ferme. Les dix millions de morts posaient leur mise à gauche, les quinze millions à droite. Ils voulaient avoir des informations, des vraies, des toutes fraîches.

Il faut reconnaître que le contexte donnait à confusion. On disait que le président à vie s'était enfermé chez lui. On disait que le président à vie s'était réfugié à l'ambassade de France. On disait que le président à vie avait embarqué à bord d'un avion personnel, en direction de la France. C'était des informations magouilles, bouillabaisses et Banania. Même les journaux naviguaient à vue. Des tracts avaient été distribués dans la nuit. Ils émanaient du même organe de presse et contenaient des informations contradictoires. Les constructeurs de ces diverses versions devaient s'y perdre eux-mêmes.

Seules les doudous avaient à mes yeux quelque cohérence : elles allaient où les poussait leur ventre.

Finalement, on décréta que le cul-de-jatte qui officiait à Monoprix serait à même de mieux informer la population.

Dieu lui avait ôté ses jambes pour mieux lui donner l'intelligence, la sagesse, la clairvoyance et, ne pouvant plus vivre de ses jambes, il ouvrait son cœur. Du moins, telle était la croyance populaire. En plus, cette chenille pouvait pénétrer les secrets les mieux gardés sans attirer l'attention.

On le fit venir.

Il regarda le vendeur de paris, qui lui fit un clin d'œil et rien que leurs regards avaient plus de poids qu'un complot chuchoté dans l'antichambre du Président.

Le cul-de-jatte fronça les sourcils. Il demanda le silence. Il agita ses moignons et prit l'expression d'un visionnaire :

— Je déclare que c'est... que c'est... qu'il y a eu... qu'il y a eu douze millions cinq cent mille morts !

— Vous avez tous perdu ! hurla le vendeur de paris.

— Rends-nous notre argent ! crièrent les oubliés du développement. Rembourse-nous !

— Pas question ! dit le vendeur de paris. Tout cet argent est à moi. J'ai pris des risques, moi !

— C'est la loi ! dit Cul-de-jatte. Et la loi, c'est la loi ! On n'est pas des sauvages, nous !

Le vendeur de paris s'éloigna avec son pactole. La foule s'éparpilla par gouttes en crachouillant son fiel. Je m'apprêtais aussi à m'en aller lorsque j'entendis : « Hé ! hé ! Assèze ! »

Le jour jaunissait, j'y voyais clair et la chaleur donnait dès six heures du matin. Et la personne qui m'appelait était Océan. Il n'était pas habillé pour cette température, mais somme toute, j'aurais dû lire dans son pantalon de laine et son col roulé le signe d'un départ.

Océan se faufila vers moi. Je restais silencieuse et grave, les traits laqués de lumière. « Pourquoi ? » murmurai-je. « Pas ici, amour adoré », dit-il. Et tandis qu'à travers le monde les guerres s'éternisaient, que la science perdait son temps, qu'à l'Unesco se succédaient génies et dictateurs en retraite, que les modes faisaient trois petits tours et puis s'en vont, que la vie crevait dans la magie hallucinatoire des bidonvilles, Océan m'amena chez lui.

Il n'eut pas le temps de s'excuser pour le désordre de sa chambre. Parce que le désir, cette cécité partielle, voulait que seul saute à nos yeux l'endroit où l'on se couchait et que le reste, boutons de braguette, bretelles, agrafes, tristesse, ne fût qu'interférences. Je m'allongeai dans son lit, parce que c'était là que la chose se faisait, c'était là que la fièvre montait, c'était là que le plaisir assurait une carburation maximale jusqu'au vide absolu. Il roula sur le côté. Il s'alluma une cigarette :

— Au fait, t'es au courant, je crois, dit-il.

Un pressentiment m'étreignit.

— Cause toujours, réussis-je à murmurer.

— Je pars.

— Quoi ?

— Je pars en France. Il est temps que j'enregistre un disque.

— Quand ? fut ma réponse. Du moins, la première.

— Début septembre.

— Sorraya part aussi.

— Et alors ?

— C'est clair.

— Je ne vois pas la liaison. En ce moment, tous ceux qui le peuvent quittent le pays ! C'est plus vivable par ici !

— Tu pars avec Sorraya.

— T'es folle !

Non, je n'étais pas folle. Meurtrie, calcinée, expulsée, oui ! Je m'habillais et m'apprêtais à franchir le seuil quand je perçus un souffle proche, tournai la tête et reconnus madame Manga, dans une robe résolument années soixante, les yeux béants d'extase, employant toutes ses forces à nous espionner. Un méchant rire ébranla son gros corps-ventouse, elle se jeta sur moi :

— Toi, ma petite, t'es bien triste. Pourtant, je t'avais prévenue.

— Oui, oui, je sais.

— Quel ennui que l'amour ! On ne sait jamais qui entre dans notre lit. C'est ça le drame avec les hommes...

Je regardais cette énorme femme, les pattes-d'oie au bord de ses yeux, les points noirs sur son front.

— J'ai été belle, tu sais...

— Je n'ai pas dit...

— Détrompe-toi. Touche un peu voir... Elle souleva sa robe et me montra ses cuisses : Elles sont dures encore. Ah ! si tu m'avais vue autrefois. Et Océan m'aimait. Allons, fais pas cette tête-là... C'est pas bon d'être de ces femmes possessives qui disent tout le temps : tu es à moi, à moi, à moi... Qui veut me le prendre ? Ah ! Ah !... Mais qu'elle est jolie, cette mignonne !

Sans lui répondre, je m'avançai vers le soleil et, au moment de pousser la petite porte en bois qui servait de portail, madame Manga m'appela une nouvelle fois :

— Que cela soit dit entre nous, le mieux c'est qu'Océan parte en France. Là-bas, il pourra étudier pour de bon et trouver ce qu'il cherche car c'est de la France que lui viennent tous ses besoins. Qu'il s'en aille, bon Dieu, et qu'il nous laisse pourrir dans la crasse.

Je marchai longtemps, au hasard, indifférente au lieu où me conduisaient mes pas. Epuisée, je me laissai tomber sur un banc. Les larmes gouttaient sur mes mains. J'aurais voulu être enfant dans mon village et grimper aux arbres avec l'agilité d'un écureuil. J'aurais voulu être près de maman, je ne le pouvais plus. Autrefois, maman me prenait dans ses bras et disait que j'étais tout ce qui lui restait au monde. Ce n'était plus vrai à présent. Elle m'était devenue une étrangère depuis la naissance de son fils.

Finalement, j'hésitai. Aller voir Awono à l'hôpital ou rentrer directement ? Je ne l'avais jamais vu malade, ni souffrant. J'ignorais de lui cette humilité du corps qui se plie aux exigences de la souffrance, cette condition d'épave qui mendie la guérison. Qu'était-ce, au fond, la vie d'un être humain ? J'aurais pu faire assassiner Sorraya. Oui, Sorraya, j'aurais pu te faire tuer, au lieu de quoi je t'avais sauvé la vie. Tu ne m'avais pas remerciée. Tu m'avais attendue en terrain miné, ta maison.

Je me souviens.

Au loin, le jour bleuissait. Je distinguais encore les formes des arbres. Les jambes croisées, la tête plus droite que la justice, tu avais déclaré :

— Le moins que l'on puisse dire, c'est que tu ne brilles pas par ton courage, Assèze !

— Je t'ai sauvé la vie, Sorraya.

— Tu n'as fait que ton devoir. N'attends pas des remerciements.

— Personne ne t'en demande.

— Il ne manquerait plus que ça. En outre, laisse-moi te dire une chose : s'il m'arrive quoi que ce soit, tu seras tenue pour responsable.

— Je ne t'ai rien fait.

— C'est ce que tu dis ! Penses-tu que je sois idiote ? Tu avais monté ces hommes contre moi. Non, ne te justifie pas. Mais, quelles que soient tes responsabilités dans cette malheureuse histoire, je ne veux pas en parler à papa. Il en mourrait.

Un désagréable silence suivit cette déclaration. Sorraya le meubla de sourires divers destinés à elle-même et à moi. Elle s'en fut sans rien ajouter.

— Je t'avais prévenue, glapit Amina.

— Que veux-tu que je fasse ?

— Pour l'instant, rien. Attendre et voir venir.

Oui, attendre et voir venir. Tout ce que je venais de voir, c'était mon homme que Sorraya emportait avec elle dans ses bagages. Grand-mère aurait dit : « Courage ! »

25

Du courage justement, mes concitoyens en eurent besoin.
Il faut comprendre. Les opposants avaient promis la
destitution du président à vie sous quarante-huit heures.
Les banderoles des manifestants annonçaient : « A bas les
voleurs ! » et : « Dehors les corrompus ! » et : « Mort au
Président ! » mais également : « Santé pour tous ! » et :
« Scolarité pour tous ! » et : « Nourriture pour tous ! »
Sans compter que, les jours qui suivirent, l'opposition
déclara Douala « ville morte ». Mes concitoyens, qui en
avaient assez de souffrir, consentirent ce *sacrifice*. Ils
n'allèrent plus au travail. Ils n'allèrent plus au marché.
Ecoles, administration, boutiques, marchés, agences, tout
fut fermé. L'opposition avait-elle compté sans les spéculateurs ou au contraire s'étaient-ils mis d'accord pour
partager les bénéfices ? Tout était possible. Quelles qu'en
fussent les raisons, les spéculateurs s'en mêlèrent et
proposèrent au marché noir des produits de première
nécessité à des prix faramineux. Les riches pouvaient se
procurer ces produits. Ils pouvaient manger du caviar,
boire du champagne et commander des Daimler depuis
l'Occident, qui arrivaient à Douala en paquets-cadeau.
Mais les pauvres se retrouvèrent dans une situation
difficile. Alors que la révolution dans son essence aurait dû
renforcer l'égalité, elle rendait plus aigu dans le cœur des

hommes le sentiment de l'injustice. Il restait bien entendu l'égalité devant la mort mais ça, il ne fallait même pas y songer. Les riches trouvèrent le moyen d'envoyer leurs enfants en Europe, de se doter de commandos personnels pour garder leurs maisons. Si bien que la mort restait dehors et fauchait ceux qu'elle trouvait sur son passage. Les pauvres qui souffraient ainsi de la faim et de la mort se retournèrent vers le passé, ils y virent plus de lumière et en conçurent une nostalgie. Si bien qu'un mot d'ordre finit par courir, qui fut placardé sur les murs ou hurlé lors des meetings des opposants : « De l'air ! »

Certains essayèrent bien de raviver la flamme patriotique : « Mourons pour la liberté ! » On n'en demande pas tant, disaient les femmes. Elles ne se sentaient pas taillées pour mourir libres, vivre tout court leur paraissait suffisant, elles ne voyaient pas plus loin, elles ne voyaient pas si haut. Quant aux hommes, ils restaient debout et figés comme des arbres foudroyés. Tout ce sacrifice pour rien ! Les boutiques rouvrirent. Douala redansa son indépendance tcha-tcha comme elle put. C'était quand même quelque chose, vu que de nombreux touristes parlent encore de cette époque, la nostalgie à l'âme. Ils en gardent un si bon souvenir ! C'est vrai qu'ils ne pouvaient voir l'autre aspect des choses : une ville transformée en relais de sauvagerie intérieure, de mutisme hargneux et d'applaudissements hésitants.

Awono croupissait toujours à l'hôpital quand Sorraya partit en France, Océan dans ses bagages. Je ne me battis pas, c'était la volonté de Dieu et face à cette volonté je n'avais rien à faire, exactement comme une femme enceinte n'a rien d'autre à faire qu'à laisser pousser le fœtus.

Brusquement, il se mit à faire chaud. Et pourtant, j'avais déjà eu chaud dans ma vie. J'étais née et j'avais grandi sous les tropiques. J'avais entendu parler du grand désert du Sahara, mais ce fut à Douala que j'appris la chaleur. Il ne se passa rien d'autre. Ce fut un véritable événement qui relégua au second plan l'actualité politique. Pendant plusieurs semaines, la ville fut en proie à un incendie sans flammes. Le soleil brûlait. Même Dieu n'en demandait pas tant. On annonçait une température de 50° à Douala, 60° à Ngaoundéré. Les fonctionnaires dormaient dans leurs bureaux pour profiter de la climatisation. Les oubliés du développement couchaient à la belle étoile. Des oiseaux mouraient sur les arbres et les arbres eux-mêmes n'étaient plus que bois mort. Les grenouilles se déshydrataient dans les puits. Les poissons pourrissaient dans le Wouri et on parla d'eux dans les journaux. Le goudron fondait. La poussière recouvrait les bassines de beignets. L'harmattan devenait fou. Et l'amour, j'imagine, était banni de la ville. Selon les statistiques, pas un enfant ne fut conçu durant cette période. Même les chiens devaient attendre des journées plus clémentes. Le sang fraternel coagulait sur les murs. L'intelligence faisait faillite. La raison purgeait sa peine en enfer. On ramena Awono à la maison, parce que, disait-on, la chaleur, à l'hôpital, favorisait la propagation des microbes. Il n'était plus le même. Une partie de son corps ne servait plus. On aurait pu la découper et la donner aux vautours, juste pour leur donner une colique. Il était d'une extrême maigreur. Il s'était ranci, grisonné, froncé des paupières et des joues, tout ridé autour des yeux. Une fois bien installé dans son lit, il ne me lâcha plus :

— Assèze, mes médicaments !

Ces médicaments lui soulevaient le cœur. Il repoussait le verre. Il me traitait de fainéante. Il crachait. « Donne-moi mes pilules. » Il remuait la tête du mauvais côté. « Non, finalement, je veux une tisane. » Je lui en apportais un bol. « Non, non ! J'ai demandé du chocolat. » Je ne m'en offusquais pas car, d'une certaine façon, je le voyais fondre. La mémoire qui s'effilochait. La langue qui bavait. Les yeux mangés, creux. Le regard le plus profond que je lui aie jamais connu. Il restait dans sa nature invincible. Son point de départ avait été la consommation. Il devenait un produit qui se digérait sur place.

Les membres de sa famille venaient le voir.

— Comment va Tara, aujourd'hui ? me demandaient-ils.

Je n'avais pas à répondre. Awono hurlait depuis la chambre :

— Qui c'est ? Qui vient encore contempler un mourant ?

— Ce sont tes frères, Tara, répondais-je.

— Dis-leur que je ne mourrai pas !

— Personne ne souhaite ta mort, Tara ! s'indignaient ses frères.

— Je l'espère bien !

Les yeux d'Awono brillaient d'une lueur machiavélique.

— Mets-moi un coussin sous la jambe, ordonnait-il.

Ensuite, il réclamait des radios miniatures supersoniques, des ficelles électriques, des commissions paritaires, des trucs fous. Il voulait se rendre un peu compte, une curiosité de chouette qui le poussait à vouloir comprendre, interpréter les attitudes pour voir ce qui se passerait après sa mort.

La famille s'empressait dans une agitation spasmodique, un peu comme des singes guetteurs, inquiète de l'avenir, toujours à attendre, toujours agitée, à se décarcasser, aux petits soins d'Awono. Je soupçonnais Awono de leur faire gagner chèrement leur part d'héritage. Sa méthode était extraordinairement atroce. « Donnez-moi mon pot ! hurlait-il. Dépêchez-vous sinon je vais les mettre dans les draps ! » L'instant suivant, il grognait : « Trop tard ! Vous allez devoir me laver ! » On se démenait. C'était pathétique. C'était la vie. Et puis, avec toute cette chaleur, personne n'avait la tête à voir plus loin que le bout d'héritage.

Seule la Comtesse trouvait grâce aux yeux d'Awono. De but en blanc, il devenait aimable. Il se mettait en frais pour la séduire : « Viens, viens près de moi, ma chérie. » Et dès qu'elle était à portée de son bras valide, il attrapait ses fesses à pleine main :

— Ah, le cul d'une femme !

— Même en ce moment où..., gloussait la Comtesse en remuant ses plumes.

— En ce moment quoi ? demandait Awono.

— Les médecins disent que...

— Au diable les médecins ! Si t'es dans mes bras, je veux bien crever en enfer.

L'enfer, justement, battait son plein dehors. Cela ne pouvait plus durer. Ma peau craquelait. Je crevais de soif. Deux mois après l'arrivée d'Awono à la maison, un soir, le ciel se couvrit brusquement. L'orage éclata. Les enfants nus couraient sous la pluie, heureux. Toute la nuit, il plut. C'était horrible, la quantité d'eau déjà tombée. Ce n'était pas une averse, mais un orage de saison sèche. Au point que les gens écoutaient l'eau s'engouffrer dans les gouttières. Les femmes se précipitaient au salon avec des seaux et des bassines. Elles les mettaient par-ci, par-là, partout où le raphia et la tôle ondulée se perçaient.

Et l'eau cognait contre les murs. Pendant toute la nuit, elle rebondit sur les grosses planches. Les ponts bougeaient aussi. Le torrent dévalait avec son argile boueuse. Dans la soirée le Wouri s'était élargi à force d'essayer de contenir l'eau qui descendait. Il en faisait une indigestion. Et de surcroît, il continuait à pleuvoir comme vache qui pisse. Les poteaux électriques tombaient morts. Les lignes téléphoniques ? On ne savait plus ce que signifiait une communication. Tout était noir.

Le lendemain, les ponts n'étaient plus au-dessus de l'eau, mais sur l'eau. Et cette eau était boueuse. De chaque côté de la ville, on entendait des cris, des appels. Une case nageait sur son toit de raphia. Une mama-déjeuner criait au secours ; des beignets passaient tout enflés, un tonneau tout de travers, un bébé, le plus potelé qu'on ait jamais vu, des chiens, des chats et des manguiers, et des manguiers... Les oiseaux volaient bas.

J'allai porter son déjeuner à Awono. Il était allongé, un bras hors du lit, le regard révulsé. « Papa ! » Il ne bougea pas. Mort ! Mort ! Mort ! Je hurlai. Les voisins accoururent. Ils poussèrent des cris, c'était l'effet de chaîne. Bientôt, la moitié de Douala était présente et on pouvait la classer selon divers critères en : parents et non parents, experts en médisances et non-experts dans ledit art, voisins provenant des préfabriqués et ACC, hommes qu'unissait une obscure solidarité et femmes unies par l'espoir de voir la Comtesse enterrée avec Awono, et, pour conclure cette ordonnance dichotomique, ceux qui savaient que c'était la Comtesse qui avait tué Awono et ceux qui soupçonnaient cette évidence.

Pendant ces neuf jours de deuil, je me recroquevillai dans le malheur. Je me décomposais, pas uniquement à cause de la mort d'Awono mais parce que j'ignorais ce que j'allais faire désormais de ma vie. Cette angoisse me tenait en état de veille. Jamais une minute d'accalmie. Je ne pouvais pas retourner au village les mains vides. D'ailleurs, que deviendrait le village après le passage des ingénieurs agro-alimentaires ? J'attendis.

La terre était bien glaiseuse quand on enterra Awono. Ce dernier hommage lui fut rendu dans une danse d'orgueil, de haine, de condamnation, car selon son testament, la Comtesse héritait d'un million de francs et Sorraya des maisons construites avec les deniers publics. La famille d'Awono déchanta. A peu près tout le monde souhaita qu'Awono abordât des temps difficiles dans le pays des morts. C'était atroce ! Ngala était en écœurement et allait pleurnicher partout : « C'est la vérité. Mon frère m'a dépouillé ! Pas une miette il a laissé ! Et avec tout le mal qu'on s'est donné. J'en reviens pas ! J'en tiens plus debout ! Regardez vous-même ! » Il dépoussiérait son vieux pantalon pour qu'on vît bien de quelle infâme injustice il était victime.

Quant à moi, le testament ne me mentionnait même pas.

— Que vas-tu faire ? me demanda Amina, inquiète.

Je ne répondis rien. Je pris une carte du monde. Je l'étalai devant moi. Je ramassai un stylo rouge. Je traçai une ligne droite Douala-Paris.

— Voilà ce que je vais faire ! dis-je.

— Tu pars en France ? me demanda Amina, les yeux comme deux étoiles mortes.

— Ouais !

— Félicitations !

Deuxième partie

1

Pour un Nègre, Paris a toujours rimé avec soie, dentelles, bijoux, galeries — et encore des robes, des tuni-
ques, des manteaux, des gadgets qui donnent aux filles
l'allure Rose Géante. Une constellation d'écrivains,
d'acteurs, de savants, de tout et de rien. Puis de la
musique qui éclate à la mesure des paillettes, des frou-
frous et des tchin-tchin à la vieille amitié.

Paris m'avait coûté mes jambes, le taxi, l'âne, le vélo,
le taxi-brousse, les petits trains de cambrousse, puis le
bateau, ce n'était pas grave car je ne demandais qu'une
chose à l'avenir : un petit pas. J'avais traversé des villes
incapables de parler leur propre langue. Des villes
pleines d'un ingénu contentement de soi, parce que
chichement peuplées de vieilles familles. Des villes qui
tournaient radicalement le dos à tout progrès jusqu'à ce
que les mairies éplorées du Nord leur cèdent la surpro-
duction des monuments aux morts qu'elles avaient
acceptée, reconnaissantes. Des villes ivres d'elles-mêmes
et qui étalaient leur dérisoire pauvreté parce que, en
d'autres temps, elles avaient pour vassales des capitales
étrangères. Les villes traversées m'avaient légué leurs
fièvres, leurs tristesses ou leurs sourires. J'avais quitté
Douala, fait un détour par Ngaoundéré, Garoua, j'avais
remonté, Ndjamena et Bardjal, grimpé le Kilimandjaro,

bifurqué par Edjeleh, Hadssi Rhat, Tripoli, Tunis et accosté à Marseille.

J'avais laissé un peu de mon sang, beaucoup de sueur. Il y avait eu des jours de découragement, où la lutte en moi était féroce. « T'es folle, totalement cinglée, de partir dans un pays où tu ne connais personne ! » Assise sous un arbre pour dormir ou me reposer et faire le point, j'étais prise d'angoisses. J'avais l'impression d'être sortie du monde, que je ne m'y retrouverais jamais et que je pourrais mourir sans que personne ne me recherche. D'ailleurs, maman me croyait toujours à Douala. Je pleurais doucement, longtemps, puis, épuisée de fatigue, poussiéreuse et affamée, je m'endormais où je pouvais, à même le sol, sur une natte prêtée par quelque villageois, au bord d'une rivière. Quand je me réveillais, je m'encourageais avec de drôles de mensonges : je me construisais des gros salaires et des indemnités incalculables que j'exigeais d'un seul coup et je revenais au pays, rutilante de diamants.

A Dakar, j'avais rencontré un drôle de bonhomme à la peau noire et luisante et au sourire étincelant d'or. Il avait, lui aussi, l'ambition d'aller au pays où quand on dit : « Je veux », une tornade de cent millions de francs vous tombe du ciel ; où quand on dit : « J'ai besoin », on se nourrit de sucs riches en vitamines et en extraits de protides, mixérisés de matières premières diverses ; le pays où on se vêt, s'éduque dans les nefs lumineuses des bâtiments construits de neuf ; un pays de gens généreux qui t'amènent à des expositions, de savants qui jouent au golf, d'hommes d'affaires qui mangent des sandwichs, d'hôpitaux qui ressemblent à d'énormes salles de bal où le paludisme se décompose dès qu'on le touche et fond comme chocolat au soleil. Le bonhomme Fall connaissait des adresses dans tous les pays du monde où on pouvait se planquer, se blanchir sans histoire et parlait très mal douze langues. Je l'avais rencontré dans un bal. Il m'avait invitée à danser. Il n'était pas beau, mais quand il dansait, ses longs doigts recherchaient les zones les plus secrètes du corps. Il prenait possession de la chair par des pressions impérieuses, légères et souples à la fois. Il m'entraîna magiquement et me fit goûter à petites lampées la joie de l'amour à peau rapprochée.

Durant deux semaines nous habitâmes une parenthèse dans sa cabane au bord de la mer, si bien que je commençais à croire que j'atteignais l'aboutissement, que ma vie s'arrêterait ici, qu'avec lui j'achèverais mon temps de femme, de mère et de grand-mère.

Le matin de la troisième semaine, alors qu'il était torse nu à contempler l'océan, je vins dans son dos et dis :

— Fall, toi et moi ce n'est pas possible.

— Pourquoi ? murmura-t-il.

— Je dois continuer ma route. Prête-moi un peu d'argent et je m'en irai. Il faut que j'aille en France.

— Qu'est-ce que tu vas faire là-bas ?

— Tout ce que je sais, c'est qu'ici, ce n'est pas un endroit pour moi.

— File si tu veux, Assèze. Je ne te retiendrai pas.

Il cracha par terre et me dit :

— Si tu sais pas quoi faire, spécialise-toi dans la voyance.

— Mais je ne sais pas le faire !

— Personne ne sait le faire. Il suffit que tu dises que tu sais, et voilà ! Avec la tête que t'as, t'auras aucun mal.

— Sans rancune, Fall ? fis-je en touchant son bras, mais il ne réagit pas.

— Pars, dit-il. Pars tout de suite.

Il m'avait griffonné l'adresse de madame Lola sur un bout de papier. « Tu verras, il paraît que c'est chouette ! On ne s'y sent pas perdu. »

J'arrivai à Paris un après-midi du mois d'octobre dans un quartier proche de la gare du Nord dont je tairai la situation exacte pour ne pas gêner les honorables personnes qui y vivent. Je débarquai à l'adresse indiquée et crus m'être perdue. L'ancienneté des lieux me fit penser que j'étais arrivée dans un monde nouveau. Un grand portail rouge en fer rouillé gardait l'accès de l'immeuble. L'immeuble lui-même, bourgeois en son temps, n'aurait plus abrité un clochard des temps modernes. Les murs dégringolaient, les fenêtres brinquebalaient, la cour puait le pipi de chat. L'atmosphère était hagarde et poisseuse. Des Nègres allaient, venaient, se souriaient et dévoilaient leurs racines africaines, si longues qu'elles traînaient dans la cambuse. C'était l'immeuble des durs qui n'atteignaient jamais la maturation nécessaire, et même quand ils se sacrifiaient à quelques travaux rétribués, ils ne parvenaient jamais à obtenir un statut stable et demeuraient exilés dans la société ; c'était aussi l'immeuble des Africains à la conquête de la modernité qui y faisaient halte avant de s'avancer respectueusement pour se perdre dans Paris. Plus tard, on pouvait revoir des Africaines que Paris laissait tomber de son cotillon, comme une belle qui secoue les miettes de son goûter. Elles arrivaient, le visage sculpté mille fois plus cruellement par leur vie à Paris que par le passage des ans qui érode les bronches sans épargner robes de lamé ou velours cramoisi.

J'agrippai un Nègre lippu au teint gravelé qui était accoudé à l'entrée. Il leva sur moi un regard mou de convoitise.

— Quéqué tu veux à madame Lola ? me demanda-t-il.

— On m'a dit qu'elle louait des chambres.

Il m'inspecta en mâchonnant un cure-dent. Je portais ma petite robe rouge avec un nœud dans le dos. Je tenais mon baluchon. Il faisait froid. Je grelottais. Je sautillais sur place et mes doigts gercés étaient bons à jeter. Le brouillard était bien compact, mais je distinguais les formes et les visages. D'ailleurs, en France, j'allais m'en apercevoir, on s'habituait vite à trébucher.

— C'est pas ici, dit-il.

— Par hasard vous ne sauriez pas où c'est ?

— Non, dit-il.

Les autres Nègres me fixaient, les yeux dénués d'expression. Ils remontaient le col de leur manteau jusqu'aux oreilles et disparaissaient dans l'escalier. Un chien pelé flaira mes pieds, s'y coucha, me tenant chaud. Je savais que la dureté de l'homme en face de moi était trompeuse. Il était de caractère facile. Voilà pourquoi j'éclatai en sanglots. Il fit alors le geste attendu, le grand geste vers celle qui avait cheminé toute la nuit et depuis tant de mois : il entoura mon cou d'un bras puissant et fit choir ma tête sur sa poitrine : « Pleure pas. Pleure pas. Tout va s'arranger. Viens... Suis-moi. »

L'escalier sentait le moisi et des bouteilles vides achalandées le long des marches jusqu'au cinquième étage indiquaient clairement qu'il servait de snack-bar à ses heures. On arriva devant une porte peinte de rose avec une plaque de cuivre où était inscrit : « CHEZ MADAME LOLA ». Le Nègre frappa. Il y eut un bruit de verrous repoussés et la porte s'entrouvrit de quelques centimètres, maintenue par une chaîne de sûreté.

Madame Lola était une sorte de girafe obèse toute pâlotte. Elle donnait l'impression d'être une de ces grand-mères godemichées qui invitent, pour boire la coupe de la vie, tous ceux qui se traînent jusqu'aux franges de sa jupe et, prostrés, embrassent sa main chargée de bijoux, puis ses porte-jarretelles violets, et enfin ses dentelles noires.

— Qui c'est celle-là ? demanda-t-elle en ouvrant sur moi des grands yeux lavande.

— C'est-à-dire, expliqua le Nègre, il faut qu'on se parle.

— Une minute, dit madame Lola.

235

Elle referma la porte, dégagea la chaîne de sécurité et l'ouvrit à nouveau. « Entre », dit-elle au Nègre. Je m'avançai, mais la porte me claqua au nez. Je restai sur place. J'avais de vilaines pensées et des sensations sinistres. J'avais l'impression qu'un grand poisson argenté m'avait glissé des mains dès l'instant où j'avais saisi sa queue. Qu'à présent, il filait regagner les eaux noires, disparu, hormis le miroitement qui marquait son passage.

Au loin, par la lucarne, je voyais des voitures s'arrêter, puis redémarrer avant de disparaître dans un crissement de freins. Moi aussi j'allais disparaître. J'avais des sentiments à la noix et je commençais à me demander si les Français de France n'étaient pas plus vaches que ceux d'Afrique.

Je m'assis. Le long du couloir, les portes s'ouvraient et se refermaient. Je vis passer successivement un grand Blanc aux cheveux sombres ; deux Noirs jeunes très minces à la figure enduite de fond de teint et aux cheveux crépus lustrés ; deux autres Noirs accompagnés de femmes blanches ; deux Négresses en robes du soir blanches qu'accompagnait un Blanc trapu aux cheveux coupés en brosse ; une énorme Africaine en boubou brodé d'or avec six mômes geignards. Je ne peux pas vous dire combien de temps je restai là. Enfin, madame Lola et le Nègre ressortirent. Elle tenait un gros chat noir qu'elle caressait d'une main distraite. Elle me soupesa puis demanda :

— D'où tu viens ?

— De Douala.

— Je veux pas d'Antillais chez moi !

— Je suis africaine, moi !

— T'as tes papiers ?

Je sortis ma carte d'identité scolaire.

— C'est pas réglementaire, dit-elle.

Le Nègre me regarda, désolé, et dit : « Bonne chance. » Puis il s'en alla en sifflotant, mains dans les poches.

Madame Lola s'apprêtait à retourner dans ses appartements quand, mue par une force calculatrice, je bondis et m'agenouillai à ses pieds.

— Qu'est-ce que tu veux? Y a plus de place, me dit-elle, un peu énervée.

Je baissai la tête et lui expliquai que j'arrivais d'Afrique, que je n'avais pas de famille mais que j'avais de la volonté.

— Vous causez, vous causez, et pour le travail, vous en foutez pas une noix, dit-elle en faisant sauter le gros chat noir qui retourna à ses parties de chasse dans l'immeuble. (Elle déploya l'éventail plissé de ses paupières et continua :) Depuis trente ans que je tiens cet endroit, j'en ai vu du monde, moi! Qu'est-ce que tu crois, petite? Ah, que non, on ne me la fait pas.

— S'il vous plaît, madame... Je vous en supplie.

— Très bien, dit-elle. Mais...

Elle se tut. J'attendais toujours. Ce n'était pas encore gagné. Elle dit :

— C'est deux cents francs le loyer. Payables d'avance.

— Je n'ai pas d'argent mais je suis quelqu'un d'absolument honnête! dis-je.

— Ma foi, ils disent tous ça, alors! Allez savoir!

— Je vais trouver du travail...

Elle éclata de rire. C'était la crise partout. Il n'y avait rien en perspective. Bientôt, on retrouverait Rothschild en personne sur les trottoirs. Est-ce que je me rendais compte? Elle avait pris ses mesures. Elle économisait sou à sou depuis vingt ans pour se faire une retraite en confettis. Elle ne voulait rien prendre à crédit. C'était son label. Sa distinction. Mais maintenant qu'elle y pensait, elle avait un ami au Sentier. Il avait dépanné plusieurs filles qui passaient par là, juste pour se faire un peu la main. Elle me recommanderait personnellement à lui, mais seulement si j'étais d'accord avec les conditions. Il payerait directement mon loyer et ma nourriture. Sans compter que j'aurais cinq cents francs par mois d'argent de poche !

Je sentis que je pleurais de reconnaissance. Aucun soupir ne sortait de ma bouche, mes yeux n'étaient pas au bord des larmes et ma poitrine n'éprouvait aucune oppression, mais il me semblait que j'avais mystérieusement cessé de respirer et que je restais là, immobile, dans cet espace immergé tandis qu'on m'amenait les aliments et l'air par un tube. Madame Lola jeta brusquement :

— Il est interdit de pisser dans le couloir.

— Oui, madame.

— Il est interdit de gribouiller sur les murs.

— Oui, madame.

— Il est interdit de faire du bruit.

— Oui, madame...

— Il est interdit de faire l'amour dans l'établissement.

— Oui, madame.

— Suis-moi.

Nous redescendîmes l'escalier. Madame Lola boitillait du pied gauche. En marchant, elle s'acharnait à ramasser les bouteilles le long des marches et à les empiler sur le palier suivant. « Des cochons, me dit-elle. C'est pas une vie, ça ! » Elle m'expliqua que, sans sa vigilance extrême, personne n'aurait plus où loger. Les locataires cassaient les fenêtres, les sonnettes ne fonctionnaient plus et les chiottes étaient bouchées. Et puis aussi, cette manie qu'ils avaient de produire des mômes ! Chaque fois, il y en avait des nouveaux, et de moins en moins habillés, quelquefois nus, qui couchaient dans les armoires. « C'est pas une vie, ça ! »

Nous arrivâmes devant une porte. Elle fouilla dans ses jupes et sortit un trousseau de clefs. Elle en choisit une et l'enfonça résolument dans la serrure. La porte s'ouvrit.

La chambre était reprisée à plusieurs endroits. Les soupentes, le par-terre, les tuyaux, les lampes étaient en lambeaux. Il était indéniable que des générations d'humains, de rats, de cloportes et de souris avaient vécu là. Elles avaient fait chacune leurs trous et, à force de souffrir, la chambre était devenue une vraie passoire. Quatre lits superposés et trois d'entre eux, défaits, indiquaient qu'elle était déjà occupée. A droite, un bidet fendillé où s'empilaient des fers à repasser, des fers à défriser les cheveux, des pots de crème capillaire, des crèmes à éclaircir la peau « Vénus », des reconstituants bivitaminés 666 et 999, des sulfates de cuivre pour la destruction des poux. A gauche, un lot d'ustensiles usés et un réchaud. Madame Lola me montra un lit.

— Ça te plaît ? me demanda-t-elle.

Ce n'était pas le Paris dont je rêvais, mais c'était Paris et je ne demandais pas de miracle à l'avenir, juste un petit pas. Je remerciai madame Lola. Elle sortit. Je tournai un peu dans la pièce et regardai dehors par la lucarne.

La nuit venait. Dans la rue, des gens swinguaient le long des trottoirs. Sous les becs électriques, des femmes débordées de pétrins retombaient dans la gueule des blancs-becs et des petits vieux toujours alertes. Des punks et des funks boursouflés de décibels partaient dans leurs paradis. Des clochards, une race de philosophes très inactifs, se délectaient sans souci.

Une sirène de police retentit dans le lointain. Au début, ce fut comme la plainte angoissée d'une âme en peine. Elle s'amplifia jusqu'à devenir une clameur stridente. Il caillait dans la chambre. J'étais à Paris.

2

— Qui es-tu, toi?
— Quéque tu fabriques ici?
— Qui t'a donné les clefs?
— On t'a pas dit que c'était privé, ici?

Trois types de femmes africaines me soumettaient à cet interrogatoire et on voyait à la lueur méchante de leurs yeux que la perspective de partager cet espace exigu avec moi ne leur plaisait pas.

Le premier type était représenté par Yvette, une énorme Zaïroise aux cheveux blonds et à la peau blanchie par la Vénus de Milo. Elle avait une superbe allure et correspondait au genre « c'est moi qui commande et vous qui obéissez ». Elle possédait une intelligence rompue à juger les hommes, mais pouvait, quand l'intérêt primait, se fondre encore en sourires. Elle se tenait les jambes écartées et raides et se distinguait du second type par une proéminence de la poitrine.

Le deuxième type se trouvait complètement obscurci par la toute-puissance de la Zaïroise, malgré son physique imposant, ses bonnes mains fortes, et ses cheveux pour cinq têtes. Il était représenté par Reine Fathia, une Sénégalaise venue spécialement de Dakar pour détrôner Régine. Elle avait un caractère de chatte, passait sa vie à jouer aux femmes trompées, à la fille à qui il fallait refiler des conseils et elle étalait une coquetterie d'un demi-siècle trop vieille, alors qu'elle était parée à la mode du troisième millénaire.

Le troisième type ne ressemblait en rien aux précédents, si ce n'est dans le langage, les expressions, le vocabulaire que cinq ans de vie commune lui avaient nécessairement légués. Elle possédait au naturel cette féminité que les deux autres recherchaient, était emplie de tendresse et de surprise. Elle s'appelait Princesse Suza, avait été élue Miss Ouagadougou, conformément à l'article cinq de la Constitution, mais c'était bien avant que son maquereau de copain ne lui casse les trois dents de devant.

Pour toutes trois j'étais une intruse. Je déclinai mes identité, lieu de naissance et date. Elles ne semblèrent pas s'en satisfaire.

— T'as donc pas de frères, de sœurs ou même de cousins chez qui tu peux aller habiter?

— Je n'ai personne, dis-je.

— Pas de fiancé?

— Personne!

— Comment t'es venue? Qui t'a amenée?

— Je suis venue à pied.

— Comment t'as eu cette adresse?

— Je l'ai eue, voilà!

— Qui te l'a donnée?

— Arrête de l'asticoter, Fathia, dit Yvette. Y a plus urgent.

Déjà, elles ne me regardaient plus. Elles se précipitaient vers leurs valises et je dus me replier pour ne pas me faire écraser. Elles déballèrent leurs affaires, comptabilisèrent leurs robes, leurs chemisiers, leurs caleçons, sans oublier les crèmes et l'argent. Je ne bronchais pas et attendais comme dans un quelconque rancart, qu'elles en finissent, lorsque la voix de Fathia rugit soudain comme deux vaches :

— Ma broche! T'as pas vu ma broche?

— Où c'était? demanda Yvette.

— Je l'avais mise dans son écrin avant de l'enfoncer dans la poche de mon imperméable! Elle a pas pu partir toute seule.

— Ça que non! elle n'a pas de pieds!

— A moins que quelqu'un l'ait chipée!

— Cherchons d'abord, conseilla Princesse Suza.

Et pour confirmer l'hypothèse semi-éclairée du vol, elles tripotèrent leurs doublures, se déshabillèrent et secouèrent leurs vêtements. Elles bougeaient comme des folles. Toute la soierie, tout le velours, le viscose et autres tissus se confondaient, s'emberlificotaient à l'infini dans une orgie de couleurs. Elles ne parlaient plus en femmes, mais en femelles, avec des énormes aboiements, des renvois de travers, des rots... C'étaient des chattes, des tigresses, des léopardes qui me griffaient sans en avoir l'air. Brusquement, Fathia hurla : « Ça y est! Je l'ai!» Ses yeux flamboyaient, ses mains tremblaient. Elles se regroupèrent et admirèrent l'objet ciselé comme si c'eût été un grand sortilège.

Je respirai. J'en avais besoin. Elles s'affalèrent et rirent au milieu du désordre. Elles venaient d'avoir la preuve que je n'étais pas une voleuse mais gardaient quelques appréhensions. Yvette se leva, s'approcha de moi :

— T'as des économies, ma chère? demanda-t-elle.

Après l'orage que je venais de traverser, je n'avais pas envie de parler. Elles s'en doutaient, mais insistaient parce qu'elles n'étaient pas rancunières. Après les pires engueulades, elles trinquaient, se souhaitaient la bonne année, au bon cœur, à l'erreur, à la complaisance. Ces filles que plus tard je surnommerais les Débrouillardes étaient sans scrupules : elles avaient l'habitude de tout mélanger, la marmelade avec les émotions magiques.

Fathia me le fit comprendre, la bouche enrobée d'un gros sourire : « Tu ne nous en veux pas, hein? Un vent de folie! Un vent de folie! Pas de quoi fouetter un chat. »

Peu à peu, de fil à aiguille, elles me dirent tout ce qu'il fallait savoir sur Paris. Elles m'informèrent des aléas, et me recommandèrent des choses indispensables : redouter les portières des métros ; ne jamais traverser sur les voies ; ne pas suivre d'inconnus ; ne pas baisser les yeux devant la police. Et comme je me taisais toujours, elles me regardèrent, navrées, et la Yvette dit :

— Paris c'est difficile, ma chère.

— C'est le moins qu'on puisse affirmer, fit Fathia.

— J'en sais quelque chose, renchérit Princesse Suza.

— Ta peau est trop noire, dit Yvette.

— Les hommes préfèrent les femmes couleur banane mûre, dit Fathia.

— Tu t'en sortiras jamais si tu changes pas, reprit Yvette. Faut faire quelque chose.

Yvette savait, apparemment. Elle tenait ses informations de Miss Bamy en personne, la reine de la beauté black. La première règle était la propreté de la peau. Elle devait être javellisée, désinfectée, râpée. Elle me recommanda tout ce qui décolore, nettoie, blanchit, tout ce qui gomme et efface...

— Sans oublier de mettre l'*ambi* pour adoucir la peau et accentuer le blanchissage, dit Fathia.

— Sans oublier le lait caillé, mélangé à du tapioca, des œufs durs et un porcelet pour le petit déjeuner.

— Et les haricots à l'huile rissolés pour la forme.

— Et du beurre de karité pour pas devenir japonaises.

— Pourquoi les Japonaises ? demandai-je.

— Elles n'ont pas de poils, ma chère ! dit Yvette, absolument dégoûtée.

Elles continuèrent leurs conseils par la beauté des ongles, des cors qu'il fallait couper, poncer, et achevèrent par les cheveux. Elles s'agitaient autour de moi, elles attrapaient ma tignasse à pleines mains. Mes cheveux, selon les Débrouillardes, étaient d'une nature honteuse et s'apparentaient à certains pelages d'animaux comme les chèvres du Mozambique, les zébus du Sénégal, les gazelles de Centrafrique, les gorilles du Gabon, à moins qu'ils n'appartinssent par leur crépelure aux caoutchoucs du Cameroun, au herbes folles de l'Equateur, aux buissons du Sahel. Elles se marraient vachardes. Non, cette sauvagerie, dit Yvette, avait besoin d'être domestiquée, un coup de hache, un baume de « Skin Success », de défrisant « Capi Relax », de « Gentel Traitment », de gel, de brillantine.

J'avais l'impression angoissante d'être dans les mains de la couturière d'Ava Gardner, de la maquilleuse de Greta et de la chambrière d'Audrey Hepburn. A les écouter parler, le programme de mise en beauté était infernal et je mesurais par sa complexité le handicap d'être africaine à Paris. De gros nuages passaient sous mes yeux et exprimaient ma fatalité d'être femme noire. Elles parlèrent aussi de l'amour, des enfants, mais ce qu'elles me demandaient avant tout, ma mise en beauté, était à vous faire éclater les os.

Quand elles eurent peur de m'agacer, elles me firent des gâteries. Yvette avait bien un manteau qu'elle ne portait plus. Suza une robe de laine. Fathia une paire de bottes. Quoi d'autre ? Après la nourriture spirituelle, la nourriture terrestre.

Le réfectoire était une grande salle aux murs lézardés et au décor pénible. Il puait la sauce tournée, la sueur de quelques dizaines de corps empilés. Derrière un énorme fourneau noir crasseux, une femme à la face rougeaude habillée comme une cuisinière de n'importe quel restaurant poussiéreux servait des platées de riz aux habitants du clandé qui, une fois servis, s'attablaient à trois longues tables recouvertes de ciré rouge. Madame Lola conduisait sa maison avec une autorité implacable. Assise sur un tabouret à la droite de la cuisinière, en chapeau et en voilette, elle marquait personnellement les noms de ceux qui étaient déjà servis sur un bout de carton. Selon la terrible discipline des prisons, tout le monde devait se mettre à la queue leu leu, ne pas se bousculer et ne pas dire de gros mots. « Vous êtes à l'école de la vie, ici, disait-elle. Ne l'oubliez pas. Vous devez être disciplinés. » En attendant, les élèves se tortillaient, les mômes enfonçaient leurs doigts dans leur nez, s'arrachaient des morceaux de morve qu'ils essuyaient sur leurs vêtements et les adultes qui étaient déjà attablés engloutissaient leur riz et lorgnaient avec envie les assiettes de leurs voisins.

Une fois servie, je m'assis avec ma platée de riz-sauce tomate au milieu des Débrouillardes. Elles consommaient avec un silence prudent, leurs bouches s'ouvraient avec réserve et laissaient échapper, en mâchant, de légers bruits de mandibules. Elles penchaient la tête en arrière pour boire du Fanta comme avec une gargoulette, bien que la cuisinière l'eût versé dans un verre en plastique. Je mangeais avec la rage des jours de marche et à mesure que le riz disparaissait dans ma bouche, une réconfortante chaleur s'emparait de mon corps resté froid jusquelà.

— Alors ?

Madame Lola venait d'apparaître dans notre dos, souriante mais l'air sévère derrière sa voilette. Elle continua :

— Voilà donc notre amie Assèze. J'espère qu'elle va se plaire parmi nous. Tu verras que le centre de la rue de la Ferronnerie, ta nouvelle famille, est une auberge d'harmonie.

— Bon appétit ! dit la cuisinière qui s'était glissée dans son dos.

— Fiche le camp, Mauricette, dit madame Lola. (Puis elle se tourna vers nous :) Pour la séance de thérapie défoulatoire, j'ai une surprise.

— Qu'est-ce que c'est, Lola ? demanda Yvette.

— Madame Lola, je m'appelle, O.K. ?

Yvette opina du menton.

— *Oui, madame Lola,* reprit madame Lola, si cela ne te fait rien.

— Qu'est-ce que c'est, la thérapie défoulatoire? demandai-je.

— C'est un bal que j'organise en l'honneur de tous mes pensionnaires chaque premier samedi du mois afin qu'on puisse tous se retrouver et s'amuser. Et pour le prochain, il y aura une surprise!

Elle tira une chaise et s'assit. Cette présence très autoritaire amenuisa les Débrouillardes. Elles attendaient que la généreuse patronne du clandé s'en aille pour rétablir la plénitude de leur dignité. Elles usaient pour l'instant d'une candeur d'adolescentes. Elles parlaient à mots imparfaits et attendaient le départ de madame Lola pour sortir de leur chrysalide.

Elles contaient mille choses innocentes qui ne m'intéressaient pas et auxquelles madame Lola acquiesçait: « Excellent-Fameux! Ça alors! Très bien. » A une table au bout de la pièce, trois Nègres bavardaient et nous regardaient avec cette crudité significative des mâles en rut. J'entendais des histoires qui me troublaient. Il était question de faux papiers, de haschisch servi entre deux biftecks, de l'ami d'un ami qui travaillait chez Cardin et approvisionnait la communauté en vêtements griffés à prix Tati. Madame Lola nous donna sa bénédiction et s'éclipsa. Le réfectoire applaudit. Ousmane, l'un des Nègres, accoutré bizarrement d'une veste jaune à carreaux et de chaussures pointues, vint me présenter sa main comme une raquette, heureux de m'accueillir rue de la Ferronnerie au nom de tout le clandé.

Les Débrouillardes gloussèrent. Le Nègre souriait tranquillement et serrait le tuyau de sa pipe entre ses gencives rouges. Il mesurait dans les un mètre quatre-vingts et pesait cent cinq kilos. Ses cheveux d'un blanc neigeux étaient coupés très court et ramenés en arrière. Il avait la bouche lippue et des paupières argentées dans une figure noir pruneau.

— Alors, ma belle dit-il. On a donné sa langue au chat ?

— Moi ? demandai-je.

— Je vois personne d'autre, dit-il.

— Mollo, gars, minauda Yvette. Nous sommes là, nous aussi ! Je vais me fâcher, gars !

— Moi aussi, dit Fathia. Parce que depuis que t'es avec ta bourge blanche, on te sent plus !

— Ma bourge, elle, c'est une poétesse. Je l'amène regarder la Seine. Elle me coûte pas un centime ! Pas un ! La seule fois que je lui ai offert quéque chose, c'était un sachet de bonbons, même qu'elle n'a pas voulu parce qu'elle craignait des caries pour le reste de ses dents, alors ! C'est une femme comme celle-là qu'il faut en période de crise !

— Ben, alors... Fous-nous la paix si t'as déjà quelque chose d'économique ! dit Yvette.

— C'est pas à toi que je parle, moi ! C'est pour la toute nouveauté jolie. Comment tu t'appelles, ma belle ?

— Assèze.

— Oh, quel joli prénom ça ! Tout à fait troublant. T'as une joue que j'aimerais manger, ma belle ! Et un teint noir et un parfum céleste qui m'empoisonne. Aie pitié de mon âme céleste !

— Là, là, là ! dirent les Débrouillardes. Arrête ton char, Ousmane !

— Soyez pas jalouses, mes belles, dit Ousmane. Faut que j'en profite tant que je fonctionne en un certain lieu de mon corps. Parce que après, quand l'homme est affaibli, les femmes sifflent les domestiques et disent : « Occupe-toi de cet invalide ! »

— Mais tu es tout à fait en bonne santé, hurlèrent les Débrouillardes.

— Va savoir, va savoir, dit-il très mystérieux.

Déjà horrifiées, les Débrouillardes se bouchèrent les oreilles.

— On veut pas savoir! On veut pas savoir!

— Ben alors, laissez-moi lire la poésie à la belle nouveauté. Qui sait si c'est pas la dernière fois?

— Ne te laisse pas avoir, me dirent les Débrouillardes.

— De toute façon, répondis-je, c'est interdit de faire l'amour dans l'immeuble. Madame Lola m'a prévenue.

Les Débrouillardes se plièrent en deux et éclatèrent de rire. Pendant près d'un quart d'heure, elles ne firent rien d'autre. Elles me regardaient, elles se convulsaient, et quand je leur demandais ce qui se passait, elles battaient l'air de leurs quatre extrémités comme des épileptiques. Enfin, Yvette se leva et s'exprima en ces termes :

— Maintenant que t'es de la famille, qu'on te fait tout à fait confiance, on te montrera quéque chose.

— Quoi? demandai-je.

— Oreille pressée perd le sens, répondit-elle mystérieusement.

Entre-temps, le réfectoire s'était vidé. Tout le riz avait disparu et les ossements luisants de bœuf étuvé gisaient, repoussés en tas dans les assiettes.

Ousmane me fit un baisemain très retentissant, valsa vers la porte, fit une pirouette et me dit :

— Je suis le plus ancien clandestin de l'immeuble, et à ce titre j'ai une chambre à moi tout seul. Alors, belle beauté jolie, n'oublie pas de penser à nous deux, dit-il.

— Compte sur moi!

Nous sortîmes du réfectoire. Les Débrouillardes m'amenèrent au dernier étage, là où se trouvaient les appartements de madame Lola. Nous prîmes un petit escalier qui menait, me dirent-elles, au pigeonnier. D'en haut, la vue était splendide. Les jours d'éclaircie, on pouvait voir tout le panorama de la Seine, les lignes de chemin de fer et les bateaux qui passaient. Mais voilà : Paris caillait, immuable comme sa légendaire beauté. Le vent chargeait contre le mur, rugissait ses rafales, s'affolait sous les robes et gelait les rhumatismes. Je strampolinais sur place, mes lèvres renvoyaient de la vapeur.

Les Débrouillardes s'agitaient comme des grosses souris grises et se bousculaient dans le noir.

— Ça chauffe! hé! hé! dit Fathia, l'œil collé à un trou dans le mur.

— Y a rien qui vaut d'être regardé là-dedans, dit Yvette. Lola est trop vieille pour ça.

Elles se relayaient à tour de rôle et collaient leur œil de Judas au trou. Elles gloussaient, murmuraient, se tapaient dans les mains. Finalement, Yvette me fit signe d'approcher. J'ajustai ma figure.

— Alors? demandèrent-elles.

— Rien, dis-je.

— Tu vois vraiment rien?

Je n'étais pas voyeuse de nature, mais j'étais remuée. Je revoyais la bouche de madame Lola, les yeux de madame Lola, était-ce cela l'amour? Une hébétude qui n'a jamais été historiée ou peinte. Cette impression d'être suspendue au point mort du passé et du présent, la sensation et l'image, la perception et la pensée. Mais le reste n'était qu'un simple lambeau de viande.

— Alors, pourquoi tu continues à regarder si tu vois rien? demanda Fathia.

Elle me bouscula et prit ma place.

— Oh! là! là! gémit Fathia.

— Allez, debout! dit Yvette.

La Fathia voulait suivre les gambillages jusqu'à la fin, c'était périlleux et il fallait se faire une raison.

Nous descendîmes. Les Débrouillardes m'expliquèrent que l'amoureux de madame Lola s'appelait Samba, un Nègre dont personne ne connaissait ni les appartenances, ni les origines. Madame Lola le possédait comme elle avait tout pris autrefois, la voile et la vapeur. Elle avait bourlingué en Suisse, au Canada, à Genève et même en

Allemagne où, disait-on, elle avait connu un officier allemand pendant la guerre. L'officier était mort par balle et madame Lola en avait conçu un tel chagrin qu'elle en vomissait encore rien que d'y songer. Elle s'était retirée du commerce et avec ses économies avait ouvert le clandé pour manger jusqu'à la fin de ses jours.

3

Les semaines suivantes, je m'adaptai à Paris. Dès l'aube, je me traînaillais au travail, dans la grisaille parisienne. Je connaissais déjà tout du froid, les bruines tenaces du matin, les constellations de gouttelettes qui morcelaient le paysage ou la brume naissant de la Seine, ce grand froid pour paumés qui vous obligeait à vous déplacer de mémoire. J'allais au Sentier, chez monsieur Sadock, un juif, ami personnel de madame Lola.

Monsieur Sadock tenait un atelier de couture clandestin. Je l'avais vu six fois en six mois, pour la paye. Le petit futé restait dans son bureau, derrière ses binocles, à ciseler la crise. C'était le plus grand spécialiste du genre. Un innovateur de cinquante-six ans, l'air très savant dans ses costards toujours trop larges en prévision d'un grossissement intempestif. Ses confrères de la rue jugeaient audacieuse sa façon de réduire les coûts de production : il prônait la main-d'œuvre efficace payée à moitié prix et adaptable selon les besoins. Pas question de refuser les heures supplémentaires et de réclamer des congés payés.

Nous étions treize filles usées dans l'entreprise, sous la haute surveillance du contremaître, monsieur Antoine. C'était le genre dur à gober, les épaules en armoire, le nez rond, les yeux bleus encastrés dans deux trous, le front bas, sillonné de trois profondes rides horizontales, et des cheveux blonds. Les filles s'attelaient à l'ouvrage de six heures du matin à sept heures du soir. C'étaient des sommeils de retard, des bâillements à s'arracher la mâchoire, des yeux qui tombaient bas comme des oreilles de chien, des aiguilles qui piquaient les doigts, des mètres et des mètres de tissu, de la poussière à éternuements. C'était Paris, car les filles trouvaient encore la force de regarder monsieur Antoine à travers des brumes hébétées. Elles le désiraient parce qu'il était le contremaître mais, plus que tout, parce qu'il était blond et qu'elles avaient pour la blondeur et les yeux bleus une soumission qui leur venait du bas-ventre. Leurs nerfs s'électrisaient à imaginer son sexe d'un blanc rosé qu'elles rêvaient d'éveiller. Mais leurs tentatives de séduction se cassaient les dents.

Pourtant, les filles se donnaient du mal. Yvette s'amenait au travail habillée comme un arbre de Noël, scintillante d'or, de guirlandes, les mamelles remodelées dans des combinaisons qui les larguaient au moindre mouvement vers l'extérieur comme des comètes. Le regard du contremaître descendait lentement vers la poitrine d'Yvette. Quelques secondes encore et ses yeux se détournaient, froids, durs et calculateurs, et tout retombait dans l'ennui du travail.

Un jour, Yvette fit un rêve dont l'interprétation nous parut favorable. La mort annonce un heureux événement, les perles, le mariage, les mouches, c'est l'argent — l'horoscope annonçait soleil et miel sur l'amour. Yvette avait toutes les chances de son côté. Elle s'enhardit :

— Bonjour monsieur Antoine ! Connaissez-vous le maffé ?

— Non. Allez, au boulot !

— Pourquoi ? Vous n'aimez pas le maffé ?

— Non.

— A cause ?

— Parce que ça s'appelle maffé ! Allez, au travail !

Il fit virevolter ses petites lèvres minces. Personne ne

pouvait imaginer que d'une si belle bouche puissent sortir des horreurs aussi exquises. C'était une merveille, cette bouche humaine. Elle n'y allait pas avec des pincettes. Elle cravachait rauque : « Dépêchez-vous ! » Elle hurlait après notre fainéantise, pointait nos retards et exigeait un rendement sans défaillance. Les filles aimaient se faire gronder par le contremaître ; ses cris leur rappelaient les idylles orageuses des romans-photos et étaient la preuve éclatante d'un désir refoulé, d'un amour secret. Elles en rajoutaient dans l'erreur, les machines qui bloquaient, les vices de fabrication, juste pour que le contremaître se penche un peu, qu'elles respirent ses effluves chauds et dorés qui se mêlaient aux odeurs poussiéreuses des tissus. Elles l'adoraient autant que la Seine est pourrie, elles se mouraient de poésie et s'échangeaient des recettes de séduction. J'en avais marre de voir changer de coiffures et de vêtements autour de moi. Jupes longues, robes courtes, fendues, rétrécies, le résultat demeurait immuable : monsieur le Contremaître demeurait monsieur le Contremaître.

— Finish ! me dit simplement Yvette boudeuse en se glissant derrière sa machine.

— Alléluia ! dis-je.

— Il m'aime. J'en suis certaine. Il veut pas me le montrer, dit-elle.

— Alléluia ! répétai-je.

— Si c'est pas malheureux, un homme qui n'a pas le courage d'avouer ses sentiments !

— Et encore, ne te plains pas. S'il était méchant, il t'aurait déjà foutue à la porte, avec tout ce que tu l'embêtes !

Malgré le programme de mise en beauté, j'étais effacée dans l'entreprise. Yvette avait tondu mes cheveux et cela m'avait fait un long cou sur une tête d'adolescent. Je l'avais remerciée avec effusion. Fathia avait décoloré mes cheveux avec un mélange spécial d'eau oxygénée, de henné et de « blonde » de l'Oréal qui me laissa des crottes et me donna des cheveux de paille, avec des reflets roussâtres un peu comme ceux d'une queue d'hyène. Et je l'avais remerciée avec effusion. Le lendemain à l'atelier, monsieur Antoine ne m'avait pas regardée. Il ne se souvenait même pas de mon nom. Je faisais partie des murs, du fonds de commerce, silencieuse et fermée comme un vieux colis.

Je n'en éprouvais ni regret, ni amertume. Mais certains jours, j'étais dans un paradis, et ce paradis avait le goût de l'Afrique de mon enfance. J'aurais pu déterminer sur une carte l'emplacement de mon village. Je revoyais l'arbre à palabres, énorme et rouge en saison sèche, vert et majestueux en saison de pluie. J'entendais les caquètements des poules qui grattaient la poussière, des gros lézards qui donnaient la chasse à leurs petites femelles. Le bonheur était dans la bouche des vieillards qui chiquaient, dans les mains des femmes qui attrapaient un pou qu'elles tuaient entre leurs gencives. Un paradis d'ouïe et d'odorat, je sentais l'eau et la terre mélangées sous les racines des palétuviers, le fourmillement de la jungle, les grognements qu'échangeaient les vendeurs de bétail les jours de marché, l'odeur de la boue lorsqu'on la tassait dans les fissures du mur des poulaillers, les frémissements des poussins lorsqu'on les réchauffait sous nos pagnes.

Ces moments étaient aussi pleins de pensées pour Grand-mère, maman et Awono. C'était déjà loin, le temps où je boustifaillais chez Awono et il me traçait un destin dans la dentelle. Je pensais aussi à Mama-Mado, à mes camarades d'enfance, à Amina, et je me demandais si toutes ces personnes avaient réussi à se laver l'esprit. Il n'y avait pas urgence, mais je pensais aussi à Sorraya. Je me demandais ce qu'elle était devenue. Plus de trois ans que je ne l'avais pas revue. Quelquefois, je regardais bien, par-ci, par-là, si je ne la reverrais pas par hasard. Ces illusions me venaient toujours le soir, à la sortie du travail.

Quelquefois, il me semblait la reconnaître dans le métro, chez le boucher. Elle s'était peut-être mariée avec Océan ? A moins qu'elle ne soit quelque part en train de courir après ses plaisirs. Ou sa croûte. Peut-être que je ne la reverrais plus jamais ? Peut-être avait-elle disparu tout entière, était-elle rentrée corps et âme dans les sordides histoires de journaux à scandales ? J'étais assaillie d'horribles pensées. Je m'apercevais que, dans une vie, on perdait des gens comme on perd ses cheveux ou ses dents, des amis, des ennemis, qu'on ne reverrait plus jamais, qui disparaissaient comme des rêves ou des cauchemars. Mon passé s'évanouissait et j'avais conscience qu'un jour je m'en irais moi-même me perdre aussi comme les oiseaux dans le ciel dans l'atroce torrent des formes, des couleurs, des méchants, des gentils, des connards, tous ces marais de choses qui s'en allaient pour ne pas revenir ! C'était si exquisément triste que me venait le désir de courir par les rues et de demander aux choses de ne point se perdre.

La séance de thérapie défoulatoire était dans trois jours et depuis déjà une semaine, le clandé était en ébullition. On ne parlait plus que de la soirée où madame Lola nous ferait des surprises. Certains s'imaginaient qu'elle offrirait un voyage dans des îles lointaines ou, qui sait, une Renault 5 comme à la télévision.

Le grand jour arriva. Dès l'aube, un électrophone tricota des airs de samba, de salsa et de rumba. On lava le réfectoire. On empila tables et chaises ainsi que les ustensiles de cuisine dans un coin pour improviser une piste de danse. A vingt heures, la fête battait son plein. Beaucoup de Nègres hilares et de Blancs paumés s'adonnaient à un gazouillis strident, se contorsionnaient au rythme de la musique. Ils buvaient de la bière, fumaient et, à les voir s'agiter, ils donnaient l'impression d'une multitude d'oiseaux rutilants de coloriage où l'œil accrochait des casquettes et des nœuds papillon qui semblaient vivants. On remarquait la robe cramoisie de madame Lola, très entourée, très fêtée, et d'autres femmes du clandé. Une Négresse, à qui on pouvait voir les os dans le jour, passait entre les hommes et vendait des billets de tombola : « Pour la cavalière de votre soirée », criait-elle. « Qu'est-ce qu'on gagne ? » demanda un Nègre. « Une femme pour la nuit », dit-elle, aguichante. » « Et si je prenais tout ? » demanda le Nègre. « Ah, non ! une fille par bonhomme », dit-elle. « Au hasard. Donnez-moi le 13, dit-il. Ça porte bonheur. » D'autres Nègres se précipitaient et achetaient leurs billets. Quand les tractations commerciales prirent fin, la musique s'arrêta brutalement et la pièce fut plongée dans une lumière rose. Le réfectoire prit un aspect poétique. Même les ustensiles de cuisine repoussés dans un coin pouvaient ressembler, sous les ampoules roses, à des animaux domestiques blottis et ronronnants.

Madame Lola s'avança, très solennelle, au milieu de la piste. Elle eut quelque difficulté à calmer la foule qui s'impatientait. Elle prit un micro :

— Résultat de la tombola, déclara-t-elle.

L'excitation était à son comble.

— Calmez-vous, dit madame Lola. Y a pas de perdant ce soir.

D'autres billets portant le nom de la fille et le numéro qui lui correspondait avaient été réunis dans une boîte vide de lait Guigoz. Madame Lola ferma les yeux et sortit un billet. La foule se taisait, impressionnée. Elle déroula le papier et lut :

— N° 3 !

— C'est moi ! hurla un Nègre géant aux pieds plats en s'avançant comme une locomotive.

— Cher ami, dit madame Lola, ta compagne de ce soir c'est... c'est mademoiselle Iriga, conclut-elle en faisant des yeux le tour du réfectoire.

Une femme bondit de son siège, comme piquée par mille clous. Grande et maigre, elle portait une robe de jersey rose et se mit à se secouer frénétiquement. Les hommes accueillirent son exhibition par des éclats de rire et commencèrent à se trémousser eux aussi.

— Du calme, les enfants ! cria madame Lola. C'est pas fini !

Elle continua à lire des numéros et les noms des femmes correspondant aux numérotations. Peu à peu la piste s'emplit. Les Nègres étaient contents et madame Lola atteignit ce soir-là toute sa grandeur. J'avais pour cavalier Ousmane qui, exalté par l'ambiance, jouait les amoureux transis.

— Dommage ! Oh, que c'est dommage ! Parce que je t'aurais donné moi mes mille baisers qui sont des merveilles d'artifice.

— Garde-les, tes baisers, dis-je.

— D'acc ! Mais je te donne licence et permission de venir chez moi goûter mon excellent thé.

— Ne me prends pas pour ce que je ne suis pas, dis-je.

— Moi, mais pas du tout, chérie amour adorée. Ma salive et ma poésie, je ne les gaspille pas pour n'importe qui ! Même que je te propose des épousailles en bonne et due forme dès que ma situation s'éclaircira.

— Non merci, dis-je.

— Pourquoi ?

— C'est déjà clair, mon vieux ! Tu ne vois pas qu'il fait beau ?

— Il fera meilleur quand je serai nommé président à vie de sa république, le Sénégal !

— C'est ça, mon vieux menteur !

— Je reconnais que je mens, dit-il.

Il fit craquer ses énormes mains et ajouta :

— Mais toi, tu mens plus profond que moi, alors !

— Chez moi, le mensonge est bien innocent. Je ne compromets personne ! Toi, tu as femmes et enfants en

Afrique. Tu fais toujours du mal à quelqu'un quand tu mens.

Je ne sus pourquoi la chose se passa, mais elle se passa. Peut-être à cause des ampoules roses qui exacerbèrent en nous un reste de sentimentalisme ou tout simplement à cause des paroles d'hydromel des uns et des autres. Toujours est-il que des couples se fabriquaient. Madame Lola hurlait : « Pas d'imprudences ! Faites gaffe ! » tandis que des mains d'homme se déposaient sur la croupe de la femme gagnée pour une nuit. Je me retrouvai avec Ousmane dans sa chambre. Ensuite, étrangers l'un à l'autre, étonnés presque de notre présence, moi, encore nue mais protégée par l'épaisseur de l'indifférence, et lui, déjà vêtu, bavardâmes d'un air las de ces riens toujours les mêmes qu'un homme récite jour après jour : Il fait froid cette année, tu ne trouves pas ? Tu es drôlement jolie, tu as des beaux yeux ; quand le temps change, j'ai toujours mal à cette jambe que je me suis cassée quand j'étais môme...

Quand je sortis, aux divers étages les époux d'un soir se séparaient, elles la main gauche encore appuyée sur la taille de l'homme, enroulées dans leurs robes de nuit, encore rougissantes et humbles, elles prenaient poliment congé, et eux, renfrognés, les oreilles enfoncées dans leurs manteaux, fuyaient en silence sans un regard en arrière, comme si une malédiction les poursuivait et que seule la nuit noire pouvait les laver comme la mer.

Les Débrouillardes étaient assises par terre quand je franchis le seuil de notre chambre et semblaient en deuil.

— Alors ?

— Alors quoi ? demanda Yvette en me jetant un regard glauque. C'est pas une vie !

— C'était marrant, dis-je.

— T'appelles ça marrant, toi ? Ben ma pauvre chérie, à ce rythme tu te trouveras jamais un mari.

— Qui sait ?

— En tout cas, je sais que c'est pas en restant ici qu'on se trouvera ce qu'il faut, dit Yvette. Il faut sortir.

— Mais... pour aller où ?

— Dans la rue, dit Fathia sans hésitation. C'est là que se trouve la chance d'une femme.

— Faut pas qu'on se prenne le premier venu, après tout. Il faut qu'il convienne à ce que nous sommes venues chercher dans ce pays. Donne-moi une feuille, dit Yvette.

Yvette tint lieu de greffier tandis que nous énumérions les qualités de nos futurs époux :

— Faut forcément des défauts, dit Yvette en mâchonnant le capuchon du Bic dès que l'on eut fini.

— Ah que non ! dit Fathia. Moi je veux des roses sans épines, ma chère.

— C'est pas raisonnable, très chère, dit Yvette.

— Est-ce que, pour un milliard, t'oserais épouser un borgne édenté, puant l'hyène et le chacal et t'oserais sortir avec lui dans la rue, bras dessus, bras dessous ?

— Certaine ! dit l'énorme Zaïroise. Qu'importe ce que les saligauds pensent de moi ! Battez-moi, jetez-moi de la merde, enfermez-moi, tuez-moi, pour un milliard, d'ailleurs je trouve que tu vas chercher trop gros, je me contenterais bien d'un petit million, je l'épouse, cette pourriture. Vous pouvez toujours rigoler, vous moquer. En attendant, je deviens millionnaire ! Je l'épouse un million de fois s'il le désire, je reçois des millions, je fais un pied de nez aux détracteurs et je disparais dans la nature.

Après mille conciliabules et des théories plus ou moins brinquebaleuses, nous arrivâmes à la conclusion suivante : La beauté, c'était un cadeau du diable. L'époux idéal devait être doux et dur comme le mil. Son amour devait être calme comme un fleuve capable d'énormes crues. Il devait être vrai comme la rosée, intransigeant comme le soleil et généreux comme la pluie.

En attendant des heures exquises, en imaginant longuement les bienfaits et les merveilles du luxe dévorant, il fallait faire comme ce soir : nous contenter de quelques positions horizontales et profiter de proccubentes pénétrations dans ces chambres misérables où les êtres, ignorants de leur intime compagnie, demeurent bouclés dans la solitude.

Nous fûmes heureuses de ces résolutions et dormîmes au petit matin avec le sommeil profond d'une nuit blanche.

Paris ne pue pas le matin mais, comme une vieille prostituée, étale toutes ses senteurs le soir. Ce qu'on sent à Paris n'est pas nauséabond de prime abord. Non. Ça se mâtine en eau de Cologne, en « Must » de chez Yves Saint Laurent, en « Poison » de chez Dior, en « Byzance » de chez Machin-chouette. Un relent de dix millions de sueurs humaines qu'on aurait recueillies dans un petit flacon, bien agiter avant l'emploi.

Dès le lundi suivant, à la fermeture des ateliers, et pendant un mois, nous nous lançâmes dans les rues de Paris à la recherche de l'époux idéal. Par la force des parcours, je visitai la tour Eiffel et La Villette, Notre-Dame et le Panthéon. On s'arrêtait devant les églises pour nous signer et mettre toutes les chances de notre côté. *Notre mari qui êtes quelque part...* « La chance d'une femme, c'est dans la rue », répétait Fathia pour nous encourager. « Enferme-toi et tu passes à côté de ta chance », ajoutait Yvette. Nous arpentions tous les sentiers et les ruelles. Les magasiniers du coin, à force de nous voir passer, nous reconnaissaient. Nous prospections au petit bonheur. Nous farfouillions toute la Rive Gauche. Nous faisions et refaisions de fond en comble les boulevards, les caves des Halles, les sous-sol de Beaubourg jusqu'aux confins de la Bourse. Nous passions la Rive Droite au peigne fin. Nous exhibions notre sentimentalité un peu calculée, notre naïveté et notre gentillesse, car nous avions de grandes joies ensoleillées à proposer.

Côté propositions justement, on pêchait les compliments de quelques cocos, quelques cocus et quelques malades de la bite, des névrosés de Négresses, des accros du fouet, des dopés des lianes, tous témoignaient de la baise comme combustible pour froids d'hiver.

J'en attrapais des ampoules aux pieds, à force. Quelquefois, je m'asseyais à même le trottoir, relevais la robe sur mes bas qui godaillaient et je massais mes mollets décharnés. Le régime était une obligation chez madame Lola et je ne pouvais que maigrir.

— T'es douillette, toi alors ! disait la Fathia.

— J'aimerais t'y voir, moi, avec des chaussures pareilles ! C'est du 39 1/2, moi je chausse du 40 !

— Faut souffrir pour gagner son confort, ma chère ! ajoutait la Yvette.

— C'est ça le bonheur, disait la Fathia.

— Et c'est quoi le bonheur ? demandai-je un jour à la Fathia.

— Le bonheur ? Ma chère, c'est d'être toutes les trois ensemble à le chercher.

Ce jour-là, nous décidâmes de prospecter boulevard Saint-Germain. Nous quittâmes l'atelier et nous aventurâmes rue des Saints-Pères, rue de l'Université, rue du Bac. Il n'y a pas pire coin pour se faire écraser que ce quartier. Les tuyaux d'échappement nous lançaient leurs rots à la figure. Les ventres trémulants des mécaniques gémissaient leurs entrailles où palpitaient des pistons, des roues dentées, des courroies. On s'en foutait car cette pollution préludait à l'immémoriale conquête de la puissance et de l'amour.

Au Drugstore, nous regardions des passants défiler, toutes ces figures, ces manteaux qui s'enfilaient, se désenfilaient, tous ces pieds, ces gens qui entraient et sortaient, des couples avec leurs rires qui tonnaient, des serveurs qui criaient, des portes qui tintaient, des courants d'air qui brassaient les odeurs. Nous n'avions pas d'argent. Nous restâmes dehors à attendre. Deux vieilles femmes apparurent. Elles étaient tout en mauve avec des milliards de bijoux au cou. L'une tenait un caniche par une laisse. Je les vis s'installer confortablement sur une banquette, échancrer leurs fourrures et jeter un sort à d'énormes sorbets.

— C'est ça, le bonheur, dis-je.

— Quoi ? demanda la Yvette.

— Ça, répétai-je.

Je sentis tout le poids du chemin qui nous restait à parcourir avant d'atteindre cette perfection. Les bras des Débrouillardes en tombèrent de lassitude le long de leur corps.

— Perdons pas notre temps, dit la Yvette.

— *Time is money,* dit la Fathia.

Ma réflexion les avait découragées, elles ne m'en gardaient pas rancune mais, sur le chemin du retour, Yvette me fit des recommandations sur le ton le plus affecté : il faut continuer à se battre malgré tout. A être courageuse face à l'adversité. Tenace, scrupuleuse... Toujours me souvenir que j'avais déjà traversé bien des galères et que celle-là n'était qu'une étape comme une autre vers la réussite. Elle nous parla une fois de plus de Miss Bamy, la reine de la beauté noire, comment elle était arrivée clandée comme nous, **avait** épousé un Français, avait ouvert son propre salon, avait ses propres marques et faisait aujourd'hui dans la Cadillac et l'avenue Foch. La Yvette raconta toute cette histoire avec plein de magie et d'esprit. Nous savions qu'il y avait pas mal de bobards dans ce qu'elle disait, mais nous avions besoin de ces mensonges pour continuer à rêver de réussite monumentale avec compte-chèques à la Banque de France, et des directeurs poussiéreux à notre disposition. Et dans le pire des cas, on pourrait toujours se contenter d'une rente de cent cinquante mille francs par mois, léguée par quelque mari riche mais un peu radin. On irait vivre à la campagne trois cents jours et le reste du temps, avec un peu de volonté et beaucoup de caprices, on rendrait visite aux magasins parisiens où on s'habillerait sans regarder aux dépenses.

Nous étions heureuses comme les rescapées d'une catastrophe. Nous nous tapions les épaules, nous nous donnions des coups de poing dans le ventre, nous riions à gorge déployée et chantions à tue-tête des airs de méringué tchatchatcha et esquissions des pas de danse. Nous étions si agitées que les Français se démanchaient le cou pour nous regarder. C'était quelque chose qui les intéressait, qui méritait qu'ils se suçotent les dents quelques minutes, voire même qu'ils aient un air un peu surpris. « Allez, ouste ! circulez... », braillait la Yvette. Gênée, la Fathia rectifiait : « S'il vous plaît, monsieur... »

Yvette nous proposa d'aller nous rafraîchir. Bras dessus, bras dessous, nous allâmes chez Loulou de Pigalle où nous étions sûres d'avoir un verre, *gratuit*.

Chez Loulou, on trouvait toutes les catégories de Nègres, Maliens, Camerounais, Haïtiens, Sénégalais, Congolais, Ivoiriens, tant et tant qu'on ne pouvait pas tous les énumérer, échoués là à la recherche de quelle illusion ? De quel trésor caché ? Poursuivant quel mirage, fuyant quel cauchemar ? Ici, chacun s'imaginait qu'un jour naîtrait la grande fédération africaine, une fédération d'hommes de même race, ayant traversé les mêmes galères, mené les mêmes combats. Bon ! c'était pour nous remonter le moral que nous étions là.

Yvette poussa la porte du café.

Dans une salle étroite et longue aux tables recouvertes de cirées jaunes, des dîneurs mangeaient délicatement à la fourchette un foufou sauce ngombo. Il y avait une table de sept Blancs, plusieurs couples de Noirs, et trois Négresses accompagnées de trois Blancs. Ils étaient tous très bien habillés. Le mur était couvert des photos de tout ce que la communauté noire comptait comme célébrités et demi-célébrités. Les musiciens dominaient, à neuf contre un. Une dizaine d'hommes seuls étaient accoudés au comptoir. Un pianiste dodu à la peau noire et au sourire étincelant d'or, vêtu d'une djellaba bleue, était assis devant un piano coincé entre la dernière table et le comptoir, et jouait des nocturnes en sourdine. Nous avançâmes le long de l'étroit passage entre les tables. Au comptoir, les hommes nous regardaient traverser la salle enfumée, bouche bée. On sentait leurs hoquets.

Le barman, un grand bonhomme aux pieds plats, attendait sa commande.

— Nous sommes venues en passant, dit Yvette. Nous voulions sentir l'Afrique. Y a pas mieux que chez vous.

— Beaucoup de gens viennent ici pour retrouver l'Afrique, répliqua le barman d'un ton sous-entendu.

— Salut, beautés ! On vous offre quelque chose ?

C'était un type avec des yeux comme des mouches. Il faisait des bruits de succion avec sa langue en nous reluquant.

J'avais soif et mal aux pieds. Mais, comme dit Yvette, il fallait toujours faire attendre les hommes pour qu'ils apprécient toute la chance qu'ils ont à dépenser leur argent pour la huitième merveille terrestre dont nous portions si haut le flambeau.

— On t'a pas dit qu'on manquait d'argent, dit Yvette.

— Ni qu'on n'avait pas les moyens de se payer une bouteille de champagne si on le désire, dit Fathia.

— Alléluia, dis-je.

— Vous n'allez pas refuser à un frère le plaisir de vous faire plaisir, dit le monsieur.

— Si tu le prends ainsi..., commença la Yvette.

— Tout à fait... Pasque les filles, moi, j'en ai à la pelle ! Elles me sucent tout mon sang, que ma mère dit. Recta au tombeau, parole ! La nuit dernière, douze paires, elles étaient en bas à attendre chacune leur tour. Une partait, l'autre montait. Au bout de la vingt et unième, j'en pouvais plus, nom de Dieu !

— T'as qu'à pas les recevoir, proposa moqueusement Yvette.

— J'ai bon cœur, moi ! Je peux pas laisser des filles dans le besoin. Ah, que non ! Je veux pas crever en enfer.

Il pointa un doigt au plafond.

— J'en veux à maman de m'avoir fait si beau !

Je pensais que, décidément, ces femmes avaient des goûts étranges car le bonhomme était laid à rire. Il était édenté, de taille échantillon, la bouche comme une tasse où quelqu'un aurait jeté quelques pièces de vingt centimes. Je me retournai pour mieux regarder ses vêtements pas très appétissants.

— Ne me regarde pas de cette façon, gonzesse. T'es déjà accro ou quoi ?

Fier de lui, le bonhomme se mit à blablater :

— Regardez là-bas, vous voyez ces trois filles ? Non, ne vous retournez pas... Faites comme si... Voilà, lentement. Ben elles m'aiment autant que Le Pen est un con, parole ! Elles se causent l'air de rien, comme vous les voyez. La vérité c'est qu'elles se détestent par amour... Mais cesse donc de me reluquer, me répéta-t-il. Ma foi, je l'ai dit, les femmes y résistent pas.

— Ce sont tes habits que je regarde, dis-je.

Il éclata de rire.

— C'est du fait exprès. Je vais pas mettre du neuf comme ces foutus négros, dis donc !

— Pourquoi ? demanda la Yvette.

— Suis pas bête, moi ! Vous l'avez vu tout de suite, dites ? Je vais pas mettre des vêtements neufs pour attirer la police, tout de même.

— T'as quelque chose à te reprocher ? demanda la Yvette ?

— Moi ? Pas du tout ! C'est par mesure préventive,

pour les flics et pour les femmes. Moi je veux pas être assailli. Je tiens à ma tranquillité !

C'est alors qu'un grand blond fit son entrée, s'approcha de nous et arbora, en guise de sauf-conduit ou de sésame, la plaque de police.

Le Nègre ne bougea pas tout d'abord puis, d'un mouvement, fit un geste vers la sortie.

— Allons, c'est seulement pour vous poser quelques questions, dit le policier, paternel et rassurant. N'ayez pas peur. Puis, il insista, d'une voix professionnelle et caressante : Ne faites pas de bruit ; ça vaut mieux pour vous, je vous l'assure.

Ce policier était si aimable, si peu semblable à ses collègues, que lorsqu'ils sortirent bras dessus, bras dessous, ceux qui entraient ne purent distinguer sur le visage du Nègre d'autre émoi que l'habituelle bouffée de satisfaction africaine.

Finalement, un autre Nègre s'avança et nous pria solennellement de bien vouloir accepter un verre.

Nous commandâmes des jus de fruits, que nous sirotâmes à petites lampées à ses frais et plaisirs. Il nous baratina avec les mêmes mots que le Nègre qui venait de se faire boucler. Tout ici puait la solitude. Je compris brusquement que tous, épaves, exilés, mystiques, révolutionnaires, Blancs, Noirs, nous poursuivions désespérément la même chimère.

4

Rue de la Ferronnerie, on rêvait en groupe. Les rêves nous accaparaient. On avait la tête ficelée par les balivernes, comme un seul paquet. On ne savait plus où se trouvait la réalité. Pourtant, on avait le nez dans la fange, la peur des contrôles d'identité, le froid et un peu de faim, mais on continuait à rêver. Oui, comme dans les livres, l'imagination éclairait nos espoirs d'immigrés. Comme dans la chanson de Paris ! Paris ! il suffisait de se pencher pour se retrouver au sommet de la tour Eiffel.

— Quand nous serons riches, nous voyagerons beaucoup, disait Yvette.

— Pas en seconde classe, ma chère renchérissait Fathia. En *first !*

— Non, devant l'avion, disait Yvette.

Pour Ousmane, le rôle de fiancé d'un soir que lui avait attribué le hasard de la surprise défoulatoire de madame Lola lui convenait tant qu'il eut le désir de transformer cette mystification en réalité. Il n'avait de cesse de me coincer dans les recoins sombres pour me faire des déclarations enflammées. Certaines nuits, il sillonnait les escaliers, arrivait devant notre chambre, me guettait par la fenêtre ou collait ses lèvres charnues par la vitre pour m'embrasser. Il n'y avait pas que lui pour errer dans les couloirs la nuit. Le clandé avait ses nomades, ses noctambules et ses fantômes. Je croisais quelquefois madame Lola en personne et la prenais en filature. Malgré sa jambe gauche, elle marchait à petits pas rapides, comme s'il était urgent d'arriver quelque part, empruntait des allées et rebroussait chemin avant d'arriver au bout et, grisée par mon audace, je ne la redoutais plus, rêvant d'aborder cette femme et de lui demander quel rêve la portait si loin de sa chambre.

A Noël, l'immeuble était secoué par des rafales. Nous pataugions dans la neige fondue et notre sapin était géant. Il n'y avait pas de cadeau sous l'arbre, ni de guirlandes sur les branches, ni de dinde, ni de marrons. Nous riions tant et si bien que tous les autres Noëls en pâlirent de jalousie.

La nouvelle année fut célébrée à l'unisson. Madame Lola nous proposa comme il se doit d'indexer nos dates de naissance ainsi que tous les saints sur le nouvel an afin d'éviter des gaspillages de temps et d'argent, et on fêta trois cent soixante anniversaires en même temps.

Aux approches de Pâques, notre humeur qui ne demandait plus à s'améliorer explosa avec l'arrivée des premiers rayons de soleil.

Le second samedi après Pâques, Ousmane se mit en tête de m'amener aux Halles contre mon gré. Il me poursuivit tant de son assiduité, disant que j'étais toujours enfermée, que pour une fois qu'il me sortait... Qu'il en avait une folle envie. Que pouvais-je faire d'autre? Il faisait un peu frisquet. Des jeunes garçons, casquette relevée, se défendaient du froid en remontant le col de leur veste qu'ils tenaient serrée sur le devant contre les taches bigarrées d'un foulard Monoprix. Elles, c'étaient quelques jeunes pouffiasses maniérées à l'air concupiscent, les épaules engoncées dans des blousons de cuir. Par-ci, par-là, des orchestres massacraient des tangos démodés, ou noyaient sous une épaisse couche de flonflons parisiens quelque makossa impossible à identifier. Nous les écoutâmes un

peu, mangeâmes des hamburgers, bûmes trois Coca.
Pendant l'ingurgitation de nos boissons, il se montra
grand pourfendeur de la métaphysique, l'œil brillant. Et
pourquoi son œil était-il si brillant? Pour mieux te voir,
mon enfant! Pourquoi sa corne était-elle si haute? Pour
mieux t'encorner. Je ne desserrai pas les dents et, victimes
de nos désirs opposés, nous pensâmes au même moment
qu'il était temps de rentrer.

Quand je revins, la chambre transpirait le chagrin.
Princesse Suza était en boule Quiès. Ses yeux étaient fous,
plus rien d'humain n'y subsistait. Elle semblait couverte
d'écorchures et d'irritations. Les Débrouillardes, assises
sur leurs lits, regardaient leurs montres et semblaient
s'attrister de l'éphémère, du passé qui se dissipait et du
futur qui grisonnait. Des visions de soleil couchant.

— Qu'est-ce qui se passe? demandai-je, inquiète.

— Rien, dit Yvette.

— Tout, dit Fathia.

— Nous sommes tristes, reprit Yvette.

— Par solidarité, ajouta Fathia.

— Il ne faut pas trop en faire, dis-je. Regardez tous ces
types de SOS Racisme, à force les Français ne font plus
d'enfants tellement ils naturalisent!

— Sans compter qu'ils attirent l'attention sur nous, dit
Yvette.

— Sans compter que pour bien vivre, vivons cachés, dit
l'adage, ajouta Fathia.

— Vous avez la nostalgie ou quoi?

— Nous, pas forcément, mais Suza, oui.

— Son type l'a larguée, dit Yvette.

— Et nous, on pense que c'est peut-être pas une
mauvaise chose, après tout!

— C'est parce que c'est pas vous qui souffrez, pleurni-
cha Princesse Suza.

— Tu es absolument à plaindre, dis-je.

— Je me plains pas, dit-elle.

— Tout va bien alors !

— Pas du tout ! Vous pouvez pas comprendre. J'ai tout donné à ce mec. Mon corps, mon temps, mon sang. Vous pouvez pas comprendre...

La Princesse sanglotait et disait que c'était le comble de la malchance. Après tout ce qu'elle avait fait pour son maquereau, des cravates de chez Dior qu'elle lui offrait, des montres de chez Cerruti, des parfums de chez Laroche. C'est bien vrai qu'elle avait sacrifié sa vie pour son maquereau, elle avait dédaigné pour lui des tas de bons partis, des messieurs très bien et très riches qui avaient voulu l'enlever, qui l'avaient poursuivie de leurs assiduités à pied, à cheval et en automobile. Mais rien à faire. Elle ne pensait pas à la bagatelle, elle, toute à soigner, à couver et à aimer son ingrat de maquereau. Il l'avait même foutue à la porte. Elle l'avait supplié. Il n'avait pas bougé, il n'avait rien dit. Même un cadavre aurait eu plus de sentiments !

— Il va revenir, dis-je.

— Arrête de me donner de l'espoir, répliqua-t-elle. C'est définitif !

— Je te jure qu'il va revenir.

— Laisse tomber, Assèze. Je sais que je n'ai plus d'avenir. Il a une autre femme !

— Veux-tu que je lise dans tes mains ?

— Tu y connais rien, que je sache !

— Je n'y connais rien, moi ? Tu ne sais pas encore qui est Assèze Christine. Laisse-moi lire dans tes mains et tu y verras clair comme le jour.

— Non !

— Ecoute-moi s'il te plaît ! Aurais-tu peur de mes révélations ? Tiens, je pourrais te jeter les cauris. C'est extraordinaire les cauris. Tu y verrais l'avenir comme si tu y étais déjà.

— Et j'aurais plus qu'à tendre la main pour le prendre ? C'est ça ? demanda-t-elle moqueuse.

— Tu es pingre ! Dix francs et je te jette les cauris.

— Dix francs ? Donne-les-moi, et tout mon chagrin s'envole sur-le-champ. Si t'étais dix francs, je t'empocherais tout de suite.

— Tu es bien conne, de pas croire à la science.

— Mais qu'est-ce que ça peut me foutre ? Au Mali, on fait que jeter les cauris et les sorts, et où ça mène ? A rien du tout ! Vaut mieux pleurer.

Les Débrouillardes étaient désolées. Elles ne croyaient pas à mes dons de voyance mais c'étaient des filles auxquelles il n'était pas nécessaire de faire un dessin pour qu'elles comprennent. Des filles capables de vous écouter, de vous aider si nécessaire, même si elles avaient rencart avec Delon.

Je me rappelle que la Yvette plongea ses mains dans son sac et extirpa dix francs qu'elle jeta par terre.

— Donne ta main, dit-elle à la Princesse.

Je m'assis bien confortablement face à la Princesse. Je me délassai. J'inspirai. Je respirai. Je pris des yeux de visionnaire. J'étais très concentrée sur son cas. En réalité, j'étais très fatiguée. Les moments passés avec Ousmane dans les rues m'avaient épuisée. Je regardais un peu mon lit. La Princesse était tout ouïe et se laissait manipuler. Je lui parlai des petits sillons dans ses mains, la ligne du cœur nette, comme tracée au couteau, présageait une bonne réussite familiale. La ligne de la vie, très longue, sûr qu'elle finirait grabataire. Quoi d'autre ? Ah oui, la ligne professionnelle : elle promettait, vu que la Princesse torcherait des mômes toute sa sainte vie.

Les Débrouillardes me regardaient, bouche bée. La Princesse était ébahie. Je ne lui avais prédit que du bon, des chiens de garde sans dents, des militaires sans fusil, des zébus sans cornes et des yeux dont les pleurs ne sauraient se traduire dans aucune langue responsable. Et si on lui avait ouvert le cœur en ce moment, il s'en serait dégagé un tel parfum de rose que toute la cour en aurait été embaumée.

— Ça alors ! dit Yvette.

— T'avais bien caché ton jeu, dit Fathia.

Sournoise et menteuse comme quatre soutiens-gorge, je dis :

— C'est un don que j'ai depuis ma naissance. Ce genre de choses ne se clame pas sur les toits.

Je venais de trouver leur corde sensible. Elles voulurent du coup me montrer leurs mains, toutes à la fois. Je rechignai un peu, car j'étais épuisée. Je le fis quand même. Je leur fignolai leur destin, très scrupuleusement. Elles étaient bien d'accord sur ce que je disais, alors que moi-même je ne comprenais rien à ce que je racontais. Enfin, c'était fini de l'avenir. Il était bien temps de revenir au présent.

Présentement, les Débrouillardes ne me regardaient plus de la même façon. Je n'étais plus la même personne. J'étais transfigurée. J'étais le présage et, d'ailleurs, je les soupçonnais de me croire capable de modifier leur destin ou, pire, de leur cacher des choses ignobles, les crasses et les poisses de l'avenir. Tant pis !

Deux jours plus tard, le maquereau de la Princesse Suza était de retour. Pour cette performance inouïe, je fus immédiatement fêtée par la chambrée comme une immense rénovatrice. On m'attribua le nom d'extralucide. Les Débrouillardes en parlèrent tant et tant que, quelques heures plus tard, tout le clandé était au courant.

Au début, mes concitoyens firent comme s'ils ne savaient pas. Ils ne parlaient pas directement de mes dons. Mais les gosses du clandé me vouaient un respect craintif. Ils saluaient mon arrivée par des applaudissements. Ils me regardaient quand leurs parents leur posaient des questions. Durant les repas, les adultes faisaient des allusions au surnaturel, à Dieu, au diable et aux esprits. Je répondais par ellipses véritables. J'étais en demi-teinte, tout en mystère. Puis, je m'en allais à petits pas, la tête haute, l'air très ailleurs. On murmurait dès que j'avais le dos tourné. Moi, ça ne m'avançait à rien d'être extralucide. Je devenais un problème pour moi-même. Je savais que, tôt ou tard, il me faudrait affronter tout ce monde et leur lire l'avenir comme sur du papier.

5

Cette passion pour l'avenir que je fis naître chez mes compatriotes du clandé, je le sais aujourd'hui, venait à un moment où, malgré nos bouquets de joie collective, nous nous apercevions que nous croupissions et mourions aussi sûrement que si nous étions atteints d'une épidémie. Nous riions beaucoup, certes, mais — je le sais pour l'avoir entendu — c'était une manière de ruser avec l'avenir et de toujours garder les yeux au-dessus du présent. L'affronter de face eût été programmer un suicide collectif, ou alors réintégrer nos peaux de futurs cadavres et voir la tête qu'on ne manquerait pas de faire quand la mort frapperait notre âme. Cette position nous obligeait à vivre dans le passé, lequel perdait chaque jour un peu de sa consistance. Les nouvelles de l'Afrique glanées çà et là dans les journaux renforçaient notre sentiment d'exil. Je ne parle pas de l'exil physique que nous expérimentions tous, mais de l'exil moral, ce nœud au creux des gorges qui réveillait en nous le désir irraisonnable de revenir au passé ou, au contraire, d'accentuer la marche du temps. Si très souvent nous nous laissions aller à l'imagination, et nous plaisions à attendre le moment propice pour nous en sortir, si même les quelques réussites de Noirs africains à Paris nous confortaient dans la patience, si même certains s'amusaient à susciter des jalousies en racontant qu'ils avaient leurs papiers en règle, ces jeux ne pouvaient durer. Le passé se mourait. Les titres des journaux étaient explicites : « L'Afrique au bord du gouffre » ; « L'Afrique, un continent en sommeil » ; « L'Afrique soumise à la corruption, à la malnutrition et au Sida ». Oui, l'Afrique était au sommet de sa déchéance. Les feux de la rébellion matés quelques mois plus tôt à Douala rejaillissaient tel un volcan. C'était la même situation au Zaïre, au Congo, au Gabon, au Mali, au Sénégal. Le continent s'enflammait et les banquiers du monde nous guettaient. On prétendait qu'on procéderait à la dévaluation du C.F.A., ce qui reviendrait à brader l'Afrique sur le marché des capitaux. Nous voyions déjà nos villages, nos cases et les tombeaux de nos ancêtres vendus aux plus offrants. Même si certains Africains pensaient que ça serait une chance car, enfin, l'Afrique accéderait à l'indépendance.

Dès lors, rêver au passé devenait totalement absurde. Dès lors, l'engouement pour mes prédictions trouvait un terrain propice.

Les jours suivants, je fus assaillie par un troupeau de clandestins désireux de se prémunir de l'avenir. Assis par terre, ils me tartinaient de confidences par-dessus la natte. L'angoisse de savoir les tenait de longues minutes devant moi. Je bredouillais à chacun des avenirs. Ils haletaient comme des petits chiens dans l'effort de m'écouter. J'étais généreuse car je leur donnais des raisons de vivre tout de suite. Ils acquiesçaient à tout ce que je disais. Ils s'en allaient en me jetant une pièce de dix francs.

Même madame Lola en chair et en os me rendit visite. Elle commença par un discours d'un scepticisme de bon goût et se trouva férue de voyance.

— Je pense à un truc, dit-elle. Ça te dirait pas, un petit coin tranquille ? Tu pourrais t'installer et recevoir la clientèle en bonne et due forme. Qu'est-ce que t'en dis ?

— Je n'ai pas les moyens. Et puis, je suis juste de passage ici.

— Tout le monde est dans ton cas. N'empêche ! J'ai toujours encouragé l'esprit d'entreprise, moi !

— Je vous admire, madame Lola. Parce que moi, chaque fois qu'on m'a proposé des situations peinardes, cela cachait toujours quelque chose.

— Des femmes généreuses comme moi, tu peux faire le tour de la Terre sans en trouver une qui vaille.

— C'est rare, effectivement.

— Tu peux le dire ! Je prends le risque de t'installer à mes frais. Je ne te demande pas trop, vingt pour cent des recettes me suffisent largement.

— Dix, dis-je.

— Que t'es dure, toi alors !

— Dure, non, madame Lola ! Prudente comme vous, certainement !

— Très bien. Mettons quinze.

— Douze.

— Va pour douze et demi. Mais c'est pas tout.

— Quoi d'autre, madame Lola ?

— Une visite gratuite tous les jours pour le réglage de mes problèmes. Tant qu'à faire, je ne veux plus avoir de surprises désagréables !

— C'est une sage décision, madame Lola.

Cela dit, cela fait. Elle m'installa sous la cage d'escalier une petite table sur laquelle trônait une photographie de l'arche de Noé. Elle fit imprimer des cartes de visite fabuleuses qui me firent rêver :

Madame Assèze, voyante spécialisée dans haute
magie noire. Travaux occultes, vous aide à résoudre
vos problèmes financiers, santé et bonheur
retrouvés, retours d'affection. Satisfait

ou remboursé. Consultation vingt-quatre
heures sur vingt-quatre.
Téléphonez au 23-26-76-10 pour R.D.V.

J'avais tellement acquis d'influence dans le clandé que les jeunes se mobilisèrent pour éparpiller les cartes à travers Paris, Toulouse, Marseille, et même à l'étranger. Je me mis à rêver. Je voyais déjà mon nom connaître d'autres gloires, d'un genre un peu plus relevé, et j'imaginais que j'allais pouvoir prendre du large. Qu'il faudrait dans un futur très proche avoir rendez-vous six mois à l'avance pour me voir. Cet empire grandissant faisait néanmoins enrager madame Lola qui, malgré ses douze pour cent, se voyait dérober ses prérogatives de cheftaine. Mais elle avait beau fureter, recalculer les sommes que je lui versais, interroger, rien chez moi ne donnait prise à son autorité ou à sa méchanceté. Et tout cela, on allait bien se rendre compte, pour pas grand-chose ! Je m'étais trompée. Mes dons d'extralucide restaient accrochés au 14, rue de la Ferronnerie. Ils ne voulaient pas s'étendre dans la rue. Ils restaient pour le « clandé ». Heureusement qu'il y avait l'immense plaisir de découvrir les travers de mes concitoyens et de rapporter les faits divers aux Débrouillardes. Finalement, on se marrait bien !

6

L'été flamboyait. Une chaleur plombante comme les sécheresses africaines, ces chaleurs si lourdes que les paysans disent : Ça pèse. L'orage au ciel moutonnait sans éclater, noir et cuivreux sur une ville oubliée des vents.

Je me réveillai ce matin-là avec une angoisse inexplicable. Les Débrouillardes dormaient encore. Je tournai quelques minutes en rond et me cognai le pied droit. Cela présageait une mauvaise journée. Je me fis un thé que je bus du bout des lèvres. Quand les Débrouillardes ouvrirent les yeux, j'étais assise par terre et regardais la sueur perler à mon avant-bras.

— T'en fais une tête, dit la Yvette. T'as été embarquée dans une aventure ou quoi?

— Ça a l'air d'aller, dis-je.

— Je vois pas ce que tu veux. Tu gagnes maintenant pas mal de fric avec ta voyance, t'es logée, t'es nourrie, que veut la femme?

— Justement...

— Quoi?

— Ce truc... l'argent. Ça mène le monde mais tu peux rien acheter avec, en dehors des conneries.

— Tu pourrais t'en débarrasser, l'envoyer à ta maman par exemple.

— J'y ai pensé. Mais elle n'a pas de boîte postale, où

veux-tu que je le lui envoie ? A moins de trouver quelqu'un qui la connaisse et qui aille là-bas, j'ai pas de solution.

— Faut trouver.

— Ouais. Mais avant, je voudrais faire quelques courses, lui acheter des habits et des chaussures. Ces trucs qui viennent de France cotent chez nous, même si c'est de la fripe.

— Tu voudrais faire des courses aujourd'hui ?

— Pas plus tard.

— Mais qu'est-ce que t'as ? T'as la mauvaise humeur ou quoi ?

Je n'eus pas le temps de répondre. On entendit Police ! police ! police ! Je me penchai et vis un môme du clandé qui s'agitait comme un fou.

— Qu'est-ce qui se passe ? demanda Fathia en se bougeant. La maison est cerclée ou quoi ?

— Je n'en sais rien. On a intérêt à se dépêcher si on ne veut pas finir au commissariat.

Déjà, j'étais sur le palier. Des autres chambres, des Nègres surgissaient à moitié nus comme s'ils voulaient s'offrir des têtes de Négresses. Ils finissaient de mettre, qui un pantalon, qui une djellaba. Les bébés pleurnichaient. Les femmes ramassaient leurs enfants à la sauve-qui-peut, l'un sur l'épaule, l'autre sous le bras, le troisième par la main tout en chassant le quatrième de leurs cris jusqu'à la cave. Un Nigérien en sandales et costume trois-pièces fuyait, agrippant ses baffles hauts de six pouces comme un faucon dans ses serres avant de prendre son envol. « A l'aide ! », criait-il quand ses griffes lâchaient la ferraille. Mais personne ne l'écoutait. La cadence était nerveuse. L'escalier était embouteillé.

— Doucement, doucement, dit madame Lola qui déboucha de l'ombre, attifée comme une folle. Ça sert à rien de se bousculer !

— Cause toujours, dit quelqu'un, c'est pas toi qui risques ta peau ! En attendant, nous on veut se planquer.

— On va pas se quereller dans des moments pareils!
dit quelqu'un d'autre.

— Du calme! dit madame Lola. Ne vous inquiétez pas!
Je vais tout arranger!

Nous étions tous empilés dans la cave. Le Nigérien, pris
dans l'urgence, avait abandonné son matériel sur les
escaliers. Il sanglotait, plus indigné par cette perte que par
la perturbation de sa paix. D'énormes transpirations
suintaient le long des joues, sans qu'on y prenne garde.
Dans la semi-pénombre, les dents luisaient et cette horde
si habituellement bruyante avait la muselière à la bouche.
On pouvait entendre les minutes s'égrener aux battements
des cœurs. Au bout, on ne savait plus rien du temps que
nous passâmes à regarder ce qu'il y avait à regarder, le
Nigérien miaulant, assez d'yeux de Nègres, yeux de petits
garçons ouverts dans l'obscurité, yeux de petites filles
écarquillés entre des doigts poisseux qui leur prenaient les
joues pour les rassurer. Et le pire, c'était les yeux des
mamans, on aurait dit qu'elles n'en avaient plus. Leur
blanc avait disparu et ils étaient aussi noirs que leur peau.
La porte s'ouvrit brusquement. Il y eut des sursauts, des
signes de croix et des prières à la déesse des mers pour que
l'arbre de l'igname demeure à la vie.

— Ces Nègres, alors! dit madame Lola en éclatant de
rire.

— Où est la police? demanda quelqu'un.

— Ils se cherchent d'autres chats à fouetter, dit
madame Lola. Je me demande qui a bien pu monter cette
farce?

— Si c'est une blague, elle est vraiment pas marrante!
dit quelqu'un.

Nous étions très en colère, mais soulagés. Il y eut
quelques rots, quelques craquements de vertèbres et des
coups de poing dans le ventre du voisin : « Tu l'as senti,
çui-là? Et ça? Et ça? » pour expulser le trop-plein
d'angoisse. Nous sortîmes au soleil. On se partagea

quelques colas et on décréta que c'était une très bonne journée chômée et impayée.

Les Débrouillardes m'accompagnèrent faire des achats. Fathia dit que c'était une bonne journée et qu'on n'avait rien à faire dans la populace de chez Tati. Le mieux, par une journée aussi excellentissime, vu notre classe, était d'aller chez les grands couturiers.

— On n'a pas d'argent, dis-je.

— Ils ne le savent pas, dit Fathia. C'est pas inscrit sur notre visage.

— Et puis on pourra essayer des robes de chez Dior, Yves Saint Laurent, Sonia Rykiel, comme ça on saura comment se fringuer quand on sera milliardaires, dit Yvette.

— On n'a pas le droit d'essayer des robes sans les acheter, dis-je.

— Si, justement, ces robes sont faites pour être essayées, dit Yvette. Parce que les riches, ils essayent pas. Ils achètent et après ils voient s'il faut jeter ou mettre.

Nous allâmes faubourg Saint-Honoré. J'ignorais jusqu'alors que des magasins pouvaient être aussi impressionnants. Je commençais à regretter de les avoir écoutées. J'avais bien mille francs d'économies mais il m'aurait fallut travailler près de deux ans encore en vivant au minimum pour m'acheter une de ces belles robes. La Yvette était tout à fait à son aise. Elle marchait en tenant son sac comme la reine d'Angleterre. Finalement nous choisîmes Dior pour nos emplettes. Yvette sortit son bâton et se fit les lèvres. La Fathia se regomina les cheveux dans la vitrine d'un magasin. « N'oubliez pas que nous sommes des princesses », dit Yvette en guise de dernière recommandation. Vaillantes, nous pénétrâmes à la queue leu leu. Nous glissions des pieds et marchions les mains en avant, les doigts écartés comme des ladies, du moins le croyions-nous. Yvette s'inclina devant la vendeuse, immédiatement imitée par Fathia et moi, votre narratrice.

— Vous désirez? demanda la vendeuse, une jeune femme belle et distinguée comme on en croisait boulevard Saint-Germain.

— Une robe chère! dit Yvette.

— Très chic, dit Fathia.

— Sur mesure, dis-je.

Notre supercherie fonctionna à merveille. La vendeuse s'empressa. Elle nous prenait certainement pour la dernière fournée du harem de Sa Majesté Salamalek, roi tout-puissant des Etats bananiers réunis. Elle avait des choses hors de prix à nous vendre. Elle s'émoustillait dans les trésors de mousseline écumeuse, de taffetas ruisselants, des océans de fourrure, des cascades de velours. « Celle-ci conviendra tout à fait à votre carnation délicate, madame », dit-elle, en mettant le tissu sur ma joue. Nous ne montrions pas notre hébétement. C'est connu : les clients, plus c'est fauché, plus c'est exigeant.

— Mais essayez-la! supplia la vendeuse.

Elle voyait déjà le chèque de millions et de millions qu'on lui ferait. Elle rapportait de tout, se prenait les pieds dans les cintres, tournoyait et brandissait la camelote en transpirant. Tout son chignon si impeccable au moment où nous étions entrées s'écroulait.

— Regardez cette soie de Chine, mesdames. Elle a été faite à un exemplaire pour notre boutique.

— Ouais, pas mal!

— Vous ne voulez pas l'essayer? C'est vrai qu'il faut la porter pour en voir toute la luminosité.

— Non.

La vendeuse s'essoufflait, s'affolait, s'épuisait. Elle n'avait plus de mots, bras ballants, aussi démunie de défenses qu'un bébé, elle nous regardait, les yeux agrandis et fixes. Finalement nous eûmes pitié d'elle et quelques robes fanfrelucheuses passèrent par nos cous. La vendeuse soulagée nous spécifia que la princesse Diana en personne avait les mêmes modèles. Nous rêvions déjà du futur très proche où nous serions épouses de Premiers ministres, légitimes de P.-D.G., maîtresses attitrées de personnalités bien connues. On rêvait de joie, les yeux grands ouverts. La vendeuse parlait toujours mais, malgré notre bonne volonté, ses boniments ne servaient à rien.

— Nous repasserons, dit Yvette.

— Oui, dit Fathia. On va faire un tour dans le quartier et comparer les marchandises.

— Et puis, notre chauffeur est mal garé, dis-je.

Des vêtements s'amoncelaient sur le comptoir et dans la cabine d'essayage. La vendeuse sourit, se disant sans doute : Quand même, on ne sait jamais...

Nous la laissâmes se battre avec les rangements. Dans le jour bleu et rose, nous achetâmes des cacahuètes caramélisées que nous logeâmes en riant au creux de nos estomacs. Nous achevâmes aux Halles devant trois énormes glaces au chocolat.

Il était temps d'aller chez Tati. Dans le métro, il y avait l'ordre bleuté des flics, nous nous avancions et d'autres s'avançaient derrière nous, chacun pour soi. Le couloir était rempli de chômeurs alcooliques acculés au cafard. Certains jouaient de la musique avec des écriteaux qui les plaignaient. Les gens les enjambaient sans leur donner l'aumône.

— Quand tu vois ça, dit Yvette, ça te donne pas envie d'être dans la merde ! Ecoute..., fit-elle brusquement.

— Quoi ? demandai-je.

— Cette musique « *No woman no cries... When I remember...* »

— C'est Bob Marley en personne, dit Fathia. Quand j'étais en Afrique...

C'était chouette, c'était chaud, ces intonations qui venaient claquer dans nos oreilles. Elles réveillaient en nous des émotions vieilles comme l'Afrique. Elles vibraient, merveilleuses et magiques. Les Débrouillardes tapaient dans leurs mains pour montrer qu'elles étaient en communion plus parfaite que n'importe quelle vierge.

Nous nous dirigeâmes vers le chanteur. De loin, sa silhouette en mouvement présentait des incertitudes qui allaient en se dissipant au fur et à mesure que nous nous en approchions. Bientôt, je n'eus plus de doute sur son identité.

— Océan !

Vite, un coup de mouchoir sur son front pour essuyer la sueur, un cachin-cacha pour cacher le chapeau où s'échouaient les pièces de monnaie, mais j'avais tout vu. Il fit la seule chose à faire :

— Heureuse de te voir, Assèze ! J'ai été embarqué dans des aventures extraordinaires. Je me suis assagi avec l'âge.

— Hein ? Qu'est-ce que tu me chantes ?

— C'est bien toi, Assèze, n'est-ce pas ? Bon. Maintenant que je sais que je ne me trompe pas, je te disais que c'était juste une petite balade. Maintenant, je suis de retour.

— Mais qu'est-ce qu'il raconte, ce type ? demanda Yvette.

— M'est avis qu'il est à côté de ses pompes, dit Fathia. Il sait plus ce qu'il dit.

— Tout à fait, mes chères. Je suis amoureux d'Assèze. Il était allé trop loin.

— Boucle-la ! dis-je.

— Mais j'ai le droit de dire ce que je ressens.

— Trop tard ! dis-je.

Il remuait quelque chose d'infiniment sensible et douloureux. Je gardais son abandon comme une morve personnelle, à nettoyer seule dans les cabinets nocturnes. De nos relations, je n'avais touché mot à personne. Les Débrouillardes étaient surprises de ma réaction, elles me regardaient, hallucinées, et faisaient des sourires discrets qui étanchaient leurs lèvres et rendaient la situation encore plus incongrue.

— Il faut qu'on se parle, dit Océan.

— De quoi ?

— De nous.

— C'est fait, merci, dis-je.

— Je voudrais quand même que tu saches : toutes ces années sans toi, c'était la course folle dans la solitude glacée.

— Sans blague !

— Oui. Faut que tu saches. Ta sœur, la Sorraya...

— Elle va bien ?

— Elle, sûrement. Pas son mari... Mais... bon, avec tes amies qui nous écoutent...

— Dix balles et on se tire ! dit Yvette.

Océan s'exécuta.

— Tu vois que nous sommes polies, nous ! dit Fathia.

Puis elles s'éloignèrent, gloussantes et papotantes.

Océan me dit que Sorraya était toujours prête à désirer ses cuisses velues, ses muscles noueux, et qu'elle lui avait usé la santé, à force. Ses pantalons en étaient percés. Il avait vendu sa voiture pour se remettre à flot. Et après, elle s'était tirée, mariée avec un Français producteur de disques. Il ne voulait plus entendre parler de la patricienne aux soubresauts fatals. Et au passage, il adressa un savon à toutes celles qui, conscientes de leur beauté et les seins en obus, pouvaient soulever toute une section masculine contre l'amour. Rien que d'y penser, ça le mettait de mauvaise humeur. Il en avait maintenant des glands à ne pas remuer.

— Je suis désolée, dis-je.

— Tu mens.

— Merci, au moins, ça prouve que je fonctionne, dis-je.

— T'as pas changé, dit-il.

— Toi, si, tu as maigri.

— C'est la gloire. Je ne peux pas me promener dans la rue sans me faire agresser, alors !

— Mais personne ne te connaît !

— Si. Presque. Bientôt. Et toi ? T'es mariée ?

— Pas que je sache. Je ne crois pas à la vie rose bonbon. Je n'épouserai jamais un ingénieur. Pas question de vivre assise.

— Je te comprends. Surtout que tu n'as plus personne.

— Si. Maman et mon frère.

— Les morts ne sont pas morts. En ce sens-là, t'as raison.

— Comment ça, les morts ne sont pas morts ?

— Ta maman et ton frère sont morts. T'es pas au courant ?

Le chagrin me secoua jusqu'aux boucles d'oreilles. Océan continuait sa jaspinerie de rattrapage :

— Je l'ai appris il y a quatre mois, tout à fait par hasard. J'ai rencontré Ngala. Il fait maintenant du commerce, import-export. Je croyais que tu l'avais vu.

Je secouai la tête. Morts ! Morts ! Morts ! Nuée trop abstraite pour devenir immédiate. Le chagrin, un soupir avant le chorus. Et ensuite, le premier moment de stupeur passé, un hourra mort qui s'éleva et s'enfla. Une voix de femme, la mienne, se déchaîna dans le métro et fit sa rumba des morts. Je n'avais pas besoin de bouger pour être partie ailleurs.

Les jours suivants, ma mémoire s'ouvrit à maman. Le chagrin en retard sur les faits rattrapa les kilomètres perdus et avala le temps. Sa puissance bousculait les hommes sur son passage, les voitures, et même les maisons. Foudre et effroi. Sarabandes des yeux égarés. J'étais enfermée dans une logique du désespoir.

J'allais, je venais, je torturais mes cheveux, je les vrillais et les dévrillais dans la hargne profonde de me détériorer. J'aurais pu avoir recours à des trucs simples de destruction, comme la drogue ou le suicide à la veine ouverte. Je voulais vivre ma propre mort en état de réalité. Etre au bord de cette écorchure. Tomber bas, toujours plus au fond pour rejoindre mes fantômes. Dehors, il n'y avait rien. C'était l'effet de la vie, pas la vie.

Les Débrouillardes, l'espoir entre les yeux, tentaient de me recharger. Elles pensaient que je commençais à avoir le cerveau lisse. Elles ratissaient large : « Regarde, il fait beau dehors. »

J'avais l'impression que pour moi, il ne ferait plus jamais beau. Maman née pauvre, morte pauvre, les mains rendues calleuses par les travaux. Je pensais à sa vie. Elle avait cru, en accouchant du fibrome de trois kilos sept cents grammes, avoir attrapé Dieu par les pieds, mais le pantalon s'était avéré vide. Mourir de malaria au XXe siècle, alors que l'homme allait sur la lune ! Le monde disjonctait. Lasse et cendreuse, je pensais à cette vie en dégénérescence qui continuait en Afrique. La lutte pour la survie : la faim, la soif, la rougeole, le paludisme, le Sida, qui tuaient sans ordre de grandeur. Là-bas, l'homme était proche de l'homme mais chacun tenait son couteau fiché contre la poitrine de l'autre. Là-bas, les villageois, dont une poussière rouge recouvrait jusqu'aux yeux, regardaient les pluies et les sécheresses dont Dieu Lui-même tenait les rênes.

Durant cette réclusion, je posai trois questions au Seigneur :

1) Quand mon peuple cessera-t-il d'avoir faim ?

Un siècle après ta mort, ma fille, me répondit-Il.

2) Quand cessera-t-il de crever de maladies ?

Deux siècles après ta mort, ma fille.

3) Quand cessera-t-il d'avoir honte ?

Et Dieu pleura.

Un jour, sur terre, le soleil descendra très lentement. Il mettra quatre ou six secondes à descendre. L'homme sera littéralement pénétré de lumière. L'âme deviendra lumière. Il y aura des frayeurs. L'intime frayeur métaphysique accréditera pour chacun la conviction du mystère de la vie. L'homme aura le temps de voir la colère lente de Dieu, dont l'ombre est notre trépas. Du fond de nos gorges surgira une clameur spontanée, comme si le plus horrible spectacle de la nature était devenu source d'une nouvelle joie.

— A quoi tu penses? se hasarda Yvette, alors que j'étais assise, prostrée.

— Je ne pense pas, je m'exerce.

— Sois pas vache, Assèze! Voilà plus de quinze jours que tu ne dis rien à personne. Tu ne manges pas. Tu pleures.

— Tu vois, je ne pleure plus.

— T'as de la chance de pouvoir pleurer. Nous on rit. C'est pas mieux, tu sais.

— Je ne sais plus.

— Ça prouve que tu vas bien.

Elle me fixa intensément.

— J'ai pas envie que tu meures trop vite. Ton type dans le métro m'a laissé ses coordonnées, l'autre jour. Il a dit que tu pouvais aller le voir quand tu voulais. Je crois que t'as bien besoin de prendre des vacances. Alléluia!

7

Début septembre, deux semaines après que j'avais appris la mort de maman, les Débrouillardes étaient parties tôt gagner leur croûte.

Je venais de comprendre qu'il me fallait verrouiller une large partie de mon cerveau et ne fonctionner qu'avec la partie qui me permettait de marcher, manger, dormir. Si je pouvais faire ces choses-là, additionnées d'un peu de travail et d'un peu de fornication, je n'en demanderais pas davantage, parce que plus eût exigé que je pense davantage à Grand-mère, à maman, à Awono, à l'Afrique, à tous ces fantômes déjà surexcités.

Donc, je sortis au soleil. Je subis la gifle d'un air chaud. Instinctivement, je me mis à courir. Rassurez-vous, je n'étais pas la seule. Sur les trottoirs, les hommes, les femmes, les enfants allaient au trot vers leur premier rendez-vous. A quoi rimait tout ceci? Ces vieilles dames qui s'empressaient dans leurs robes de chez Machin? Ces cadres supérieurs qui gueulaient en brûlant des feux? Ces agents uniformisés qui réglaient la circulation? Parce que finalement ils basculeront invariablement dans le dernier précipice et se retrouveront dans le monde où le temps est toujours immobile.

J'arrivai rue de Belleville devant un immeuble dont la devanture était mangée par un magasin arabe qui vendait plus lentement, donc plus cher. Je grimpai quatre à quatre l'escalier jusqu'au sixième. Je levai le loquet. La porte s'ouvrit sur Océan.

— Mais qué... Mais qué...

— Qui est là, chéri ? demanda une voix camembert.

— Où sont les toilettes ? demandai-je.

Les yeux hallucinés, Océan m'indiqua d'un doigt la pièce du fond. J'enjambai un slip, un pantalon, un soutien-gorge, une jupe et un corsage.

— Mais qu'est-ce que tu fais là ? Qui es-tu, toi ? demanda la voix camembert.

Je n'avais pas de temps à consacrer à la fille enfoncée toute nue sous les draps. Je m'avançai jusqu'à l'abri. Je relâchai tout le monde de mon bas-ventre. Je pissai chaud et abondant en pensant que c'était bien de prendre son temps.

Quand je ressortis, la fille dans les draps s'était rhabillée. Elle avait revêtu des couleurs criardes aux lèvres, aux paupières et aux joues. Elle claqua la petite glace avec laquelle elle s'aimait et tourna vers moi ses taches de rousseur.

— Alors, c'est toi la sœur d'Océan ?

— Sa sœur ? demandai-je, en glissant mes yeux agrandis sur Océan.

— C'est tout comme ! coupa Océan. Tu comprends, mon amour, en Afrique, tout le monde est frère...

— Un frère incestueux, confirmai-je.

Nous restâmes quelques minutes sans bouger ni parler. La fille rousse en profita pour se remettre de ce qu'elle venait d'apprendre. Le soleil éclaboussait la petite chambre et un pan entier de son visage était emporté par la surexposition. Elle dessina un sourire amer.

— Ce que je viens de subir, je le souhaite à personne, dit-elle.

— Moi non plus, dis-je. Il faut se défendre.

— Tu es inhumaine, dit Océan. Nous ne sommes plus ensemble depuis longtemps.

— Nous avons rompu, c'est vrai! Mais après tout, en Afrique, il n'y a pas de vrai divorce...

— Je ne comprends pas, dit la fille rousse.

— Ce qui signifie qu'Océan est presque mon frère, dis-je.

— Ah, l'Occident a vraiment des choses à apprendre de vous, de votre manière de vivre! s'exclama la fille éperdue de joie. Dire que mon père et ma mère ne se parlent plus depuis leur divorce!

— C'est bien dommage! dis-je. Ils ne savent pas ce qu'ils perdent.

— Paraît que vous ne laissez jamais tomber vos vieux, constata-t-elle.

— Et nos fous non plus, dis-je.

— Quelle solidarité! Tu ne peux pas comprendre, mais j'aime l'Afrique. Je me sens totalement africaine. Je pense quelquefois que j'ai dû être africaine dans une autre vie. C'est ridicule, n'est-ce pas?

— Chacun a le droit d'être ce qu'il veut, dis-je.

— Je ne m'ennuie pas avec vous, mais il faut que je file, dit la fille en fixant la minuscule horloge à son poignet. J'ai pas mal de trucs à faire. On se téléphone?

— O.K., mon cœur, dit Océan. Je t'aime.

J'accusai le coup, suivis ma rivale des yeux. Elle se tordit la cheville. La porte claqua. Océan me défia. J'aurais voulu l'embrasser mais l'heure n'était pas aux émois indignes d'une femme blessée. Je m'attendais à des excuses, et encore mieux à des baisemains, baisejoues, baisefront que j'aurais noblement refusés. Au lieu de quoi, il me regardait comme un homme en plein dans ses droits. J'attaquai:

— Tu n'as pas changé, hein? Tu mens toujours autant aux femmes.

— Oh, ma chère! sois sans crainte. Dire la vérité est toujours cynique.

— Tu ne crois en rien, n'est-ce pas?

— Qu'est-ce qui me resterait si on me châtrait, chérie?

— Ton âme!

— Je ne sais pas ce que c'est.

— C'est comme une aile.

— Moi, je crois que c'est la peur de mourir qui pousse les hommes à croire à des conneries. Ils veulent qu'il reste quelque chose après leur mort. Personne ne sait où Il habite. T'as pas envie de manger quelque chose? Il est midi passé.

— A cause de toi, j'ai perdu mon honneur, dis-je.

— Ça ne dépend que de toi, je t'épouse quand tu veux.

— Je vais réfléchir...

— On va déjeuner?

Nous allâmes chez des Chinois, à Belleville. Le quartier était altéré. Il ressemblait plus à rien, à tout. Des petits immeubles antiques, très ciselés, côtoyaient des horreurs modernes en béton. Tout ici était théâtral. Les êtres dans les rues, Chinois, Nègres, Juifs, faisaient leur entrée comme des *prime donne*, convaincus peut-être que le reste du monde était peuplé d'hommes destinés à saluer leurs performances traditionnelles. C'étaient des djellabas-Salamalékoum, des kippas-shalom, des dragons avec leur langue couleur de sang et d'or qui retenaient toute l'attention. Même les Français étaient bizarres, car leurs différences culturelles et vestimentaires par rapport aux autres se faisaient trop insistantes et fortes.

Nous entrâmes dans le restaurant. Un couple de sourds-muets occupait la table voisine. Leurs mains si bien dessinées pour la grandiloquence parlaient. Ils déclamèrent longtemps, s'élancèrent avec gestes et mimiques, et ne s'arrêtèrent qu'à court d'arguments. Assise en face d'Océan, je suivais avec intérêt la représentation. Je les vis se donner la main avec un drôle de regard pour le lieu et l'heure. Puis ils quittèrent le restaurant.

— C'est beau, l'amour, hein? demanda Océan en prenant ma main.

— Ne me touche pas!

— Dommage... Je commençais à me sentir sexy et tout. On a beau multiplier les expériences, il y a des femmes au-dessus de nos moyens.

Il rit à son propre humour.

— Tu es un mec qui mérite d'être haï par toutes les femmes, dis-je.

— Je te promets que je baise plus personne d'autre que toi, si tu consens à revenir avec moi.

— Je crois que tu me l'as déjà dit, et pourtant, cela ne t'a pas empêché de partir avec Sorraya.

— Je ne te quittais pas pour autant.

— Qu'attendais-tu? Alors là, vraiment, tu exagères!

— T'es décevante, Assèze! Je te croyais différente. Autrefois, nos grands-mères pouvaient ne pas voir leurs maris pendant dix ans, elles restaient fidèles, elles les attendaient.

— Tu m'as trompée!

— Le mot tromper dans notre langue ne définit pas l'infidélité. D'ailleurs, ça n'existe pas. On dit il a une maîtresse, point! Tu te whitises!

— Tant mieux!

— Comment peux-tu m'en vouloir pour une femme comme Sorraya? Je vais t'expliquer ce qu'elle est et nous n'y reviendrons plus!

— Tu vas me couper l'appétit.

Il poussa un soupir désespérant et appela le serveur.

Nous nous régalâmes de nems, de raviolis-crevettes et de riz en buvant avec force bruit du thé dans un silence absolu. Océan fit clapoter sa langue, s'essuya la bouche, jeta sa serviette sur la table et dit:

— J'ai profité de l'occasion que Sorraya m'offrait

pour pouvoir m'en sortir, rien de plus! Je t'aime, et tu
le sais.

— Ne revenons pas là-dessus, veux-tu?

Océan se pencha vers moi et emprisonna ma main. Je
me tenais sur mes gardes. « Détends-toi », dit-il. « C'est
difficile dans ma situation », dis-je. Il me dit qu'il me
donnait toutes les garanties. Une noble chose, que ce
mariage qu'il proposait. Mademoiselle c'était bien, mais
madame c'était encore mieux pour une personne délicate
comme moi. A aucun moment, il n'avait pensé faire de
moi sa simple maîtresse. Est-ce que je comprenais? Il
m'offrait tous les trésors. Il me donnait, par son nom,
toute sa prochaine fortune et hypothéquait son avenir. Il
connaissait des producteurs de disques prêts à se battre
pour lui.

Une heure plus tard, les pourparlers n'étaient pas
terminés, mais Océan sortit tout son argent, près de trois
mille francs, et dit : « Prends-le. Fais-en en ce que tu veux.
C'est toi qui vas gérer nos biens, ma chérie. Quelle
garantie veux-tu de plus ? » A la vue des billets, mon œil
brilla, mes paupières cillèrent, je tendis la main, je voulais
me donner l'air indifférent, mais j'étais toute œil, toute
main. « D'où tu as pris ça ? » demandai-je. « Mes économies », dit-il. Je ramassai les billets, caressai longuement
leur consistance entre mes mains et les lui mis dans la
poche à contrecœur. C'était le moment de démontrer que
j'avais une belle âme, que j'étais capable de sarcler le
champ, d'aller au marigot et de piler le manioc.

Après toutes ces salades, il n'y avait plus que les
assiettes barbouillées. Et après les tasses vides, il y avait
plus que nos sourires de plus en plus délacés. Je me rends
compte aujourd'hui qu'on se laisse avoir avec la même
passion qu'on met à écarter les jambes.

Il était temps de partir.

Les Débrouillardes tremblèrent lorsque je les mis au courant de ma décision de vivre avec Océan. Elles bavèrent, s'ébrouèrent comme des chevaux mais gardèrent quelques réticences. Après les félicitations d'usage, elles commencèrent à me démoraliser d'emblée sur la question des hommes, l'historique de leurs relations aux femmes depuis la nuit des temps jusqu'à nos jours. Elles offrirent des dates, des endroits, des prénoms de mes précurseuses martyrisées par des hommes qui leur avaient promis monts et merveilles. Elles me citèrent leurs sources bibliographiques et narratives.

— Fais-toi pas enculer par lui, dit Yvette.

— Oh, non! dit Fathia, ça fait mal! Princesse Suza peut te le confirmer.

— L'amour sans souffrances n'est qu'un meuble inutile, dit la Princesse en croisant ses jambes comme une grande-duchesse.

— Toi, c'est pas de l'amour, dit Yvette, mains sur les hanches, défiant Princesse Suza. C'est de la bêtise.

— Quoi? s'écria Princesse Suza. Mais regardez-moi cette infâme à la mine aussi fausse que noire. Madame ne vit que pour l'argent. Mais regardez la cupidité sur son visage. Toi, fille du diable, t'es capable d'épouser un criminel s'il te promet qu'après t'avoir tuée, il t'offrira dix millions.

— Princesse Suza, dit Yvette, n'as-tu pas mal à la tête et n'aimerais-tu pas te mettre au lit?

— Moi? Mais je suis en pleine forme moi!

— Je crois que tu deviens folle! dit Yvette.

— Là, là, là! Vous n'allez pas vous quereller le jour de mon mariage! dis-je.

— Vous lui portez la poisse! dit Fathia.

Les deux Débrouillardes se regardèrent en chiennes puis éclatèrent de rire. Elles se firent des compliments et retrouvèrent leurs dents de bonheur. Et en avant la tournaille. On fit venir un tourne-disque qui détricota des salsas, des rumbas et des makossas. Nous commençâmes à danser. Peu à peu, des Nègres du clandé arrivèrent par troupeaux entiers : « Qu'est-ce qui se passe ? » demandaient-ils. « Assèze se marie. » « Mais ça se fête, ça ! » Ils allaient, ils revenaient et ils se jetaient dans la gambille. Ousmane était assis sur un lit, les deux mains appuyées sous son menton, plus malheureux que la mort. Madame Lola arriva une heure plus tard, dans un décolleté qui laissait voir les rondeurs de ses seins à la peau flétrie. « Arrêtez ça tout de suite, hurla-t-elle. C'est pas jour de thérapie défoulatoire. » « C'est un jour de fête, aujourd'hui », dirent les Nègres en chœur. « C'est pas tous les jours qu'on se marie. » « Je dis de... », commença madame Lola, mais elle n'acheva pas sa phrase car Ousmane jaillit du lit comme un gros chat noir, s'agenouilla à ses pieds et posa sa tête sur le mol oreiller de ses seins, pressant le nez contre la peau ridée du cou : « Je suis si malheureux, madame Lola. » « Ousmane mon enfant », dit madame Lola. Et elle pressa plus fortement le nez d'Ousmane, lui faisant respirer le mélange résiduel de tous les parfums du monde qu'elle avait aspergés sur ses chairs depuis l'âge de quinze ans, quand elle en faisait déjà commerce.

Mauricette la cuisinière se précipita en riant :
— Je suis jalouse, moi !
— Fiche le camp, toi ! dit madame Lola.

Mauricette lui imprima un baiser sur la joue et sourit comme si tout finissait bien dans le meilleur des mondes et se retrouva dans les bras d'un sexagénaire à la figure rubiconde. Des couples se nouèrent jusqu'au palier. Et on but, on rit, exaltés par le vin de palme et la bière, on se querella un peu.

La nuit tomba et le jour se leva sans que personne n'ait repris pied. Et quand nous eûmes l'esprit clair, personne n'argumenta à nouveau le bon ou mauvais sens de ma décision d'aller vivre chez Océan. Les Débrouillardes me souhaitèrent des bonnes chances émues. J'empaquetai mes bagages et descendis en laissant des sentiments sur chaque palier.

8

Les quinze premiers jours furent extatiques, dans ce studio où des couches de peintures écaillées tombaient mortes en pétales. Sous l'ampoule jaunâtre solitaire au plafond, je vivais Océan en moi, à moitié oubliée. Nous respirions comme une seule personne, montions à deux et descendions en paire. Et à la moindre occasion volée aux regards curieux, nos corps s'enroulaient comme des lierres, s'échauffaient à braise, si bien que madame Cambion, une vieille Française retraitée des PTT, qui tricotait à longueur de journée assise au bord de sa fenêtre, s'ahurissait de nos soupirs et tapait de sa canne contre les tuyaux des canalisations. Mais nos yeux dilatés par le plaisir se contentaient de se fixer :

— Mais bon Dieu, qu'est-ce qu'elle a ? demandais-je.

— Elle est en retour d'âge du plaisir, ma chère ! s'exclamait Océan.

Et nous remettions les choses à leur place, embrigadés l'un dans l'autre, nous défilions dans des lieux inexplorés, et nous nous envolions dans les airs, secouant les dernières voiles, regards pâmés, loin de tout.

Venait l'accalmie. Au milieu de ces accalmies, presque grave, je ramassais le bangala d'Océan. J'auscultais sa noirceur, sans vice. Je faisais durer une minute ou deux ma consultation. Puis, brusquement maternelle, j'ébouriffais ses frisettes.

— Mon petit monsieur, je ne peux pas me passer de toi. Quand nous marions-nous ?

— Bientôt, répondait Océan.

Puis, la bouche en accent optimiste, il forçait sur ses méninges, épluchait le plafond, gambergeait au bonheur de la situation. Finissait invariablement par un coup de pessimisme :

— Ça devient dur, ma chère. On peut pas se marier sans argent. Il faut être patiente.

Or, ce jour dont je parle, alors que je confiais mon derrière au voltigeur et encore plus mouillée qu'une rosée matinale, Océan recapucha sa quique sans crier gare.

— Qu'est-ce que tu as, amour chéri ? Tu n'as pas envie de...

— Il n'y a pas que ça dans la vie, dit-il.

Je soupirai.

— Au rythme où vont les choses, tu vas me perdre, constata-t-il.

D'effroi, je restai muette.

— Tout à fait, chérie amour. On vit pas que d'étoiles.

Il s'expliqua. Il me dit qu'il y avait trop à faire pour la femme d'un artiste qui montait, des producteurs à dorloter et lui, l'artiste en personne, que je devais mettre dans les meilleures dispositions pour qu'il accouche du chef-d'œuvre qu'il avait là, au bout des doigts, mais qui lui échappait.

— Je t'aime, Assèze, mais je me demande si je ne me suis pas trompé en choisissant de vivre avec toi.

— Je ne vois pas ce que je peux faire. Je ne suis qu'une femme !

— Pas si vite, Assèze ! T'es femme justement et à toi, personne ne peut rien refuser.

— Je ne vois pas..., commençai-je.

— Tu ne vois vraiment pas ? Il faut que tu comprennes une chose : les femmes ont plus de pouvoir que les hommes. Eux, ce qu'ils veulent, c'est chercher des divertissements sous des robes, c'est tout !

— Tu veux que j'aille me prostituer ?

— Personne ne te le demande. Il suffit juste d'aller négocier à ma place avec les producteurs. Et en attendant, dans le métro, faire la quête à ma place.

Je fus si étonnée que je criai. J'introduisis dans ce cri, un long sanglot de désespoir. Océan déroula sa langue comme une trompe et aspira mes larmes.

— C'est normal que je te demande ton aide, amour chéri. Tu es tout ce que je possède au monde.

Il se dessina un sourire navré. Il s'enroula autour de moi, me lécha tant qu'il fit disparaître mes angoisses. Il parlait avec tant de douceur que je pris l'air rêveuse et courus le risque de devenir une putain de gigolo. Envoûtant Océan. J'aurais dû me méfier. Il était sur le coup de ma destruction depuis le début.

Dès ce jour, mes journées s'organisèrent différemment. Le matin, je descendais l'escalier. Je croisais madame Cambion, ma voisine, celle qui tapait en permanence sur le mur avec sa canne pour se plaindre de nos gémissements. Elle se dressait sur son port, bougeait ses yeux à facettes et son teint se repeignait en gris cruel.

— Quelle saleté ! s'exclamait-elle.

— C'est pas sale, madame. C'est le bonheur.

— Y a pas de quoi faire du tapage. Ça dure pas.

— Laissez-moi jouir de mon bonheur de futur cadavre, madame. C'est tout ce que je vous demande.

— A votre aise, disait-elle.

Puis elle continuait sa route avec une sublime insolence. En fait, entre madame Cambion et moi, à la longue c'était devenu un jeu. Je la soupçonnais de chercher la palabre.

Elle ne me gênait pas car elle me rappelait Grand-mère. Rien qu'à éveiller ces doux souvenirs, celui d'une grand-mère morte que je retrouvais en cette vieille Blanche décrépite, je pouvais bien faire une donation verbale de trois minutes, dans ce monde où tout le monde s'en fichait.

J'allais mendier. Mais cet acte était pour moi si grave que mon corps réagissait de façon alarmante. Chaque matin, chaque fois que j'y pensais, chaque fois que je tendais mon chapeau, ma peau se hérissait, ma poitrine se contractait, mes entrailles menaçaient de donner leur avis. Pourtant, je le faisais avec le petit sourire du malheur, les petites larmes du bonheur, cette chose minuscule qui nous fait croire qu'il y a des hauts et des bas dans la vie et qu'il faut accepter ces chiures de l'existence pour atteindre un jour la perfection dans la magnificence. Et hop ! « S'il vous plaît, mesdames, messieurs... Une pièce... » Rendez-vous compte ! Je dansais devant une foule en mal d'exotisme, avec des masques gentils ou inquiétants. J'épuisais les contes de Grand-mère et d'Ahmidou Koumba. Je décorais de précipices rouge tropical des contes de Grimm et de Perrault. Je faisais le singe, le poirier, la diseuse de bonne aventure. Les Blancs se marraient parce qu'ils croyaient goûter au gâteau sucré des mystères africains. Je les embobinais dans un flot de snobisme et de références cambroussardes. Leurs yeux s'allumaient comme la flamme bien réglée d'un briquet. Ils me félicitaient et nous nous souriions pour nous faire des pansements d'affection.

L'après-midi, je courais les producteurs, galvanisée par les promesses de félicité d'Océan, par ces mirages laiteux, ces confidences salaces. Je m'en usais les pieds. Je dévalai des escaliers et les regrimpai. Des heures, des jours, des semaines, des kilomètres, à user la patience, à m'orienter dans des bureaux, à m'y perdre, à espérer le contrat mirifique, à rabâcher des discours devant des secrétaires à myopie avancée, pas fière dans mes vêtements. Et elles, sans me regarder :

— Laissez votre maquette. On vous écrira.

Un vendredi après-midi, j'en eus marre car Océan se rongeait les reins d'impatience. J'avais même peur de sa part d'une crise de nerfs qui casserait nos relations. Je déboulai devant la secrétaire de la MG 5 les cheveux comme une serpillière, tourbillonnante. J'avais la frousse mais j'étais prête à braver la bombe atomique, le feu croisé des sentinelles. J'étais prête à tout, sauf à subir un nouveau refus.

— Bon Dieu, où se cache-t-il votre patron ? Je veux le voir.

— Monsieur ne reçoit que sur rendez-vous, dit la secrétaire, en dépliant tout le précieux de sa personne.

— Dites-lui que je ne bouge pas d'ici tant que...

— Un peu de tenue, mademoiselle...

— Pas tant que je n'ai pas vu le patron !

Je ramassai le téléphone. Elle me l'arracha des mains. Je fonçai vers le bureau où s'inscrivait sur une plaque de cuivre : « P-DG. PRIÈRE DE S'ADRESSER AU SECRÉTARIAT. » La secrétaire hennit et tenta de me barrer la route. Décision trop hâtive ou geste imprécis, la porte s'ouvrit brusquement. Un homme brun apparut.

— Qu'est-ce qui se passe ici ? demanda-t-il en cachant mal un rictus furibond au-dessous d'une moustache grisonnante.

— Cette femme souhaite vous voir, monsieur le Président, dit la secrétaire. Elle n'a pas rendez-vous.

J'ouvris mon diaphragme, essayai de trouver des mots d'excuse et de mise au point, mais le bonhomme me précéda :

— Ainsi donc, vous voulez forcer ma porte ? éructa-t-il.

— Je n'y suis pour rien, dis-je.

— C'est ma mère alors ? demanda-t-il.

— Qui sait, monsieur. Surtout que je vous apporte une amulette porte-bonheur.

L'homme me regarda et soudain éclata de rire.

— Entrez, dit-il en ouvrant grand le battant.

— A vos ordres, monsieur !

Il m'entraîna dans son sillage en chaloupant.

— Asseyez-vous derrière mon bureau, dit-il. Faites comme chez vous ! Et tâchez de vous en sortir.

Le bonhomme était bien peigné, les mèches de côté rabattues vers le crâne et gominées à plat. Il avait cinquante ans, avait dû essayer vingt-cinq cravates avant de trouver le motif exact qui convenait à son costume gris fileté de blanc. Il avait dû choisir ses gadgets, ses chaînes, ses montres, toute sa chair et ses pépins. Je tremblais tant devant lui que je bafouillai :

— Ce n'est pas ce que je voulais, monsieur.

— Alors ? Qu'attendez-vous ? demanda-t-il, en me dévisageant de ses yeux en combustion lente.

— C'est avec la plus vive sympathie que j'ai coutume d'entendre parler de vous, dis-je.

— Très intéressant. Continuez.

— Eh bien, monsieur Alexandre, je vais vous dire quelque chose qui m'offense. On dirait que ça vous fait mal au portefeuille de produire les artistes africains.

— Qu'en savez-vous ?

Là, je loupai le cran. J'avais une boule d'angoisse dans la gorge. J'éclatai en sanglots. Il effectua deux voyages entre son bureau et la porte. Puis revint :

— Merde alors ! dit-il. C'est mon jour de fête aujourd'hui. Allez, venez avec moi. On va prendre un verre.

Il m'amena dans un bistrot du seizième, proche des bureaux. Dans la rue, des hommes, des femmes et des enfants du seizième allaient et venaient. Ils étaient encore un peu gais parce qu'il faisait beau mais on les sentait lourds comme des orages. Certains affichaient une humilité pourrie, mais j'étais certaine qu'ils me feraient des histoires si jamais je croquais un peu d'ail. D'autres étaient tellement vides d'expression qu'on ne pouvait rien en dire. Les uns et les autres avaient un point commun :

leurs visages tellement propres qu'on aurait cru qu'ils n'avaient jamais servi.

Nous nous assîmes l'un en face de l'autre. Monsieur Alexandre commanda deux espressos et rajusta son costume.

— Alors, petite, pourquoi pleuriez-vous ?

— Moi ?

— J'ai cru. Excusez-moi.

— Tout le monde en a, monsieur, des mirages. Vous êtes pardonné.

— Vous commencez à m'intéresser, mademoiselle.

— Entre nous, pour que la franchise soit totale et que nous soyons vraiment amis, je vais vous dire : mon fiancé veut enregistrer son disque.

— C'est tout ?

— Vous n'êtes pas raciste, par hasard ?

— J'aime l'Afrique, moi ! Ma femme est noire. Ça me chagrine que vous pensiez de telles horreurs sur mon compte...

— C'était juste pour vous faire avouer que vous aimiez bien la musique africaine.

Monsieur Alexandre Delacroix, directeur de ceci, président de cela, marié depuis deux ans, sans enfants, s'était enrichi dans l'activité import-export. Il avait déchargé vers l'Afrique et l'Asie toutes les erreurs de fabrication de l'Occident. Du lait Guigoz trois quarts sucre, reste, lait. Des objets biscornus. Des gadgets aux couleurs électriques. Des débris mutins. Des résidus de génie aux cerveaux fripés. Des médicaments cancérigènes. Des fringues grotesques ou passées de mode. Bref, les bizarreries compactrices de toutes les vilenies, il les avait envoyées là-bas en quantité. Trois mille tonnes de jouets-cocktails Molotov. Dix millions de tonnes de ventilateurs haute pression. Cent dix millions de tonnes de « Vénus ». Tous les pièges à moutons qui fonctionnaient bien en Afrique. Il s'était enrichi de façon insensée il y avait dix ans de cela et, ne souhaitant rien savoir, il gagnait son argent à la Bourse et le gaspillait dans la production de disques.

Il se tut. Et j'eus soudain pitié de cet homme riche qui, au fond, n'avait plus que sa mémoire et son début de calvitie.

— L'Afrique, c'est un rêve, dit-il.

— Je trouve que votre rêve exagère un tout petit peu, dis-je, parce que là-bas, ce n'est pas si joli, joli.

— Ici non plus, mademoiselle. Je suis un enfant de la DDASS, moi ! Voilà pourquoi je vous ai proposé un verre. En vous voyant pleurer, je me suis souvenu de moi à votre âge.

Il avait lui aussi été pauvre, sans famille. Une femme payée pour faire office de mère. Quand la DDASS avait cessé de payer elle avait hurlé : « Fous le camp ! »

— On n'oublie pas ça, dit-il.

Il ponctua sa phrase d'un rire triste et il me regarda avec foi tandis que je regardais avec foi le ciel.

Et après une heure de café-café, nous avions digéré tous nos malheurs. Nos chairs coïncidaient pour de nouvelles amitiés.

— On se revoit ? demanda-t-il.

— Quand ?

— La semaine prochaine. Ça vous va ?

— Où ?

— Pourquoi pas ici ?

— Quelle heure ?

— Même heure, vous êtes d'accord ?

— Et le disque ?

— C'est le même partout, vous ne trouvez pas ?

9

Cette rencontre avec monsieur Alexandre devint un rituel qui se déroulait trois fois par semaine, parce que bientôt, une fois ne suffit plus à calmer notre appétit. Nous nous rencontrions, nous bavardions, nous allions en promenade sur les bords de la Seine. La culture de monsieur Alexandre était immense. Il déclamait César et Racine avec l'accent marseillais. Il m'apprenait des tours de magie qu'il pratiquait autrefois, je lui apprenais à se tenir droit, un livre posé en équilibre sur son crâne chauve, et si quelquefois cela s'achevait dans un lit, entre caresses et soupirs, il n'était question ni pour l'un ni pour l'autre de modifier son existence. Convaincus de cela, nous nous embrassions en riant dans les rues et, comme ces instants étaient précieux, nous restions entrelacés, sans respirer, sans nous soucier des passants.

Cette fin d'après-midi-là, la lumière hivernale était basse. Je regardais les arbres noirs qui bordaient la route, dressés comme des bras. Doucement, Paris se mit à neiger.

— Regarde, dis-je.

— C'est la neige, dit-il.

— Je sais. Mais on dirait que quelque chose vient de nous être donné pour marquer nos émotions.

— Je suis marié, Assèze.

— Pitié, Alexandre... Je ne veux pas que tu me parles

de ta femme. Je ne veux pas savoir qui elle est, comment elle s'appelle et où vous vivez. D'accord?

Les flocons tombaient comme des yeux d'aveugles, blancs et gros, assez gros pour s'écraser comme des pièces de monnaie sur le goudron. J'étais surprise qu'ils soient si silencieux. Pas comme la pluie, mais comme une confidence.

— Cours, dit Alexandre.

— Cours, toi! dis-je. J'ai été sur mes jambes toute la journée.

— Et moi? Suis-je resté couché?

Il m'entraîna.

C'est alors que le chien d'une vieille dame avec quelques milliards de bijoux en banque et quelques millions au cou seulement me mordit. Je me retournai en poussant un hurlement.

— Vous pouvez pas tenir votre chien? demandai-je, furieuse.

— Non, madame, répondit la vieille. Il a payé le droit d'être dans la rue.

— Moi aussi, dis-je. Mais je ne mords personne.

— A votre guise.

Alexandre éclata de rire et, avant que j'aie eu le temps de me rendre compte, il m'avait hissée sur son dos et s'était remis à courir le long du trottoir qui blanchissait.

A la maison, Océan calculait les bénéfices de cette nouvelle rencontre. Il s'était acheté de nouveaux vêtements que je devais brosser tous les matins dans l'attente du moment où il serait célèbre et réclamé par toutes les télévisions du monde. C'étaient des couleurs à tueurs d'oiseaux et les macramés, les velours bernants, et le taffetas cramoisi, toutes ces avalanches des invendus du Sentier étaient conçus pour mettre en valeur sa carcasse de métis. Il se coiffait rasta et ses cheveux roux aux racines noires s'apparentaient plus que jamais aux poils d'une queue de jument. Trois mois après ma rencontre avec Alexandre, il décida de porter des moustaches croisées : « Tu comprends, il faut se distinguer. » Il était toujours de bonne humeur, le miel lui remontait du fond, lui donnait du répondant, même si désormais, au lit, on se battait, ou alors lasse, je me montrais docile en amour mais sans désir, sans plaisir, et d'une passivité morfondue que rien n'émouvait.

— T'es content ? lui demandais-je d'un ton froid quand il avait fini.

Délivré, Océan s'endormait en bavardant. « Je crois qu'on s'en sortira. » « J'ai sommeil », soupirais-je. « Ah, je suis convaincu qu'on s'en tirera. On aura des mômes. Ça te plairait d'être maman d'un petit Océan ? Un enfant consolide les couples... » Et il souriait.

— On ne va pas continuer ainsi, lui dis-je un soir alors qu'il s'abrutissait derrière ses Gitanes et des bocks de bière à prétexter la création.

— Que veux-tu dire ? demanda-t-il.

— Tu as perdu ton instinct de chasseur.

— Nous ne sommes pas à la cambrousse, ici !

— Nous n'en gardons pas moins nos origines et chez nous l'homme doit chasser pour sa femme.

— Les époques ont changé. L'Afrique doit se prostituer si elle veut s'en sortir.

— Je vois les choses d'une tout autre façon.

— Très bien. Je veux pas savoir. Mais seulement, quand je serai célèbre, expressément connu du monde entier et que je serai reçu aux Nations unies, je demanderai au Président en personne de respecter les convenances en se lavant les mains comme Ponce Pilate des décisions qui seront prises en Afrique, par les Africains pour les Africains.

— C'est pas ça qui va donner à manger à l'Afrique. C'est le travail.

— Tais-toi, femme-perroquet, et écoute-moi bien : j'ai trois projets qui sont en quelque sorte la chair de mon sang, enfants de mes méditations les plus secrètes. Voici le premier, que je te dis confidentiellement. Mon premier projet consiste à désarmer toutes les puissances.

— Elles ne te laisseront pas faire...

— Tais-toi, femme impie. Il convient de supprimer ceux qui résisteront à ce projet. Le deuxième projet consiste à reconnaître la souveraineté des Etats africains. Le troisième et dernier projet consiste à augmenter les prix des matières premières. Comme leur nom l'indique, ces matières, bien premières par leur définition, occupent la première position dans les nécessités de l'humanité, donc devraient être dotées du premier prix. Voilà, femme, résumé en peu de mots, ce à quoi aujourd'hui tu contribues par ton sacrifice à faire éclore. Et de ce fait, je passe l'éponge et décrète l'armistice.

Bien.

L'hiver brillait. Les plaintes du vent redoublaient dehors et claquaient les volets. Ma vieille voisine trouvait de moins en moins l'occasion de taper sa canne contre le mur. Ce jour-là, je descendais les escaliers lorsque je croisai madame Cambion, enroulée dans un grand peignoir de laine, une baguette dans la main. Elle me regarda et lança, cocarde :

— L'amour pour la jeunesse, les puces pour la vieillesse.

— Avez-vous été mariée, madame Cambion ?

— J'ai pas eu le temps, avec mon travail.

— Et les enfants ?

— J'en ai jamais voulu dans ma jeunesse et après il était trop tard.

— Vous le regrettez ?

— Tu poses trop de questions, ma petite. Mais toi, dis-

moi, avec ton bonhomme, c'est l'hiver au lit, ou quoi?
— Même l'amour se fatigue, madame.
— J'en sais quelque chose, ma chère! Autrefois, malgré
mon travail, j'ai bien bourlingué. A l'époque, les hommes
étaient des vrais. Pas ces chiffes molles!
— Ça se voit, madame, dis-je en regardant ses restes
disloqués.

Et, dans un langage apocalyptique, elle énonça des
séries d'histoires d'amour dont chacune aurait pu être
celle que je vivais et dont la complexité permettait toutes
les interprétations. Shakespeare et Racine furent ainsi
consultés avec succès. Ces histoires étaient rassurantes.
Mon présent l'était moins.

Le matin du jour fatidique, j'allai au métro, station
Châtelet, comme d'habitude. Le froid de ce début d'hiver
déboulait lentement entre les lèvres entrouvertes des
passants et renvoyait de la vapeur. Le ciel bleu du matin
se recouvrait doucement d'une taie blanchâtre qui rendait
l'air de plus en plus froid. Je pris l'escalator. Je descendis,
m'assis sur un banc et je déballai mes affaires : quelques
amulettes arc-en-ciel pour faire plaisir aux Français ; trois
cornes de zébu pour les impressionner ; et deux fétiches
bidons pour leur faire peur. Puis je me laissai aller sur le
banc et regardai les Parisiens courir sans les voir.

— Pourquoi ne m'avoir pas dit? fit une voix dans
mon dos. Pour moi aussi, ce que tu deviens est insupportable.

Je me retournai et vis Yvette. Elle était toujours aussi
grosse et élégante.

— C'est vrai, dis-je. La fatigue...
— Pas la fatigue. Ce que cet homme te fait subir. Tu
ferais mieux de retourner à la maison.
— La maison? Tu appelles le clandé la maison? C'est
révoltant.
— Je comprends, dit-elle. C'est révoltant mais ce qui
dépasse encore aujourd'hui mon entendement et que je

trouve plus révoltant encore, c'est l'amour qui pousse les femmes à accepter l'esclavage.

— Je ne suis pas esclave, dis-je.

— Ouvre les yeux, Assèze! T'étais encore mieux seule!

— Tu n'en sais rien.

— Cela fait un bout de temps que je te vois ici.

— Et pourquoi ne m'as-tu pas parlé?

— Je voulais pas te gêner, dit-elle en posant ses mains grasses et fortes sur mes épaules. T'as besoin de prendre du recul.

— Je suis très bien, merci.

— Dans ce cas, tu m'en vois heureuse, ma chère!

Puis elle souleva sa robe.

— Tu vois pas un changement? demanda-t-elle.

— Non.

— Tu vois pas que je suis plus blanche qu'avant?

— Peut-être que oui, peut-être que non. C'est à voir...

— C'est plus clair, là, dit-elle en me montrant ses cuisses dodues.

Elle suivait mes yeux pour être sûre que je regardais bien son incommensurable métamorphose. Des Blancs, les yeux aussi délavés que leurs jeans, passaient tout près de nous et souriaient.

— Bientôt j'aurai le contremaître, dit-elle.

— Parce que t'as pas encore réussi?

— Bien sûr que non. J'étais trop noire.

Sur le visage d'Yvette, une ombre bouleversée passa.

— Ah, ma chère! Je viens de comprendre ce qu'on appelle la grâce, s'exclama-t-elle soudain.

— Tu as de la chance, dis-je.

— T'as qu'à te blanchir...

— Je ne vais pas si loin, dis-je.

— ... et revenir parmi nous.

Puis elle me laissa à mes entourloupes. J'en restai toute songeuse.

Il était temps de reconnaître qu'Océan ne m'épouserait jamais. Notre histoire était à court de prophéties, malgré les histoires de madame Cambion. Océan m'avait trompée ou s'était leurré car le salut de l'Afrique était un trop grand mot pour moi. Le mal qu'il y avait dans le monde venait de l'ignorance des intellectuels. Leur bonne volonté faisait autant de dégâts que l'ambition démesurée des affairistes qui pillaient l'Afrique.

Ce soir-là, je rentrai à la maison l'humeur hideuse. Paris pissait dans les caniveaux. A la bouche du métro, hommes, femmes et enfants engoncés dans leurs manteaux craignaient tranquillement la pluie. Je me fis un passage et attaquai l'orage.

Une eau sale courait sur l'asphalte et se rejoignait. Dans la rue de Belleville, des gens allaient vite, courant presque. Une maman hurlait après sa fille de cinq ans : « Traverse pas, Elodie. Tu vas te faire écraser ! » Devant notre immeuble, je vis des pompiers et leur méchanceté de camion rouge. Des gens de l'immeuble, pour une fois, étaient réunis. Ceux qui avaient peur de la pluie, les exilés, les très-comme-il-faut, les solitaires et ceux que les regards des autres effrayaient sérieusement. J'eus un coup au cœur. Il était arrivé malheur. Je pensai immédiatement à madame Cambion et me mis à courir.

Je poussai un soupir de soulagement en la voyant dans le groupe des badauds.

— Qu'est-ce qui se passe ? demandai-je.

— Le bébé a fait pouf ! me répondit un enfant de deux ans en secouant sa couche-culotte.

— Ouais, me dit madame Cambion. Le gosse est tombé du septième étage.

— Il n'a rien de cassé ? demandai-je, étonnée...

— C'est lui en personne qui t'a répondu. Finalement, la vie est ainsi faite, ça passe ou ça casse.

Je grimpai les escaliers. Dans l'appartement, Océan recevait ses amis africains, avec mes sous. Ils étaient là en troupeau et s'étaient répandus partout, sans souci, puant des senteurs dont les mélanges iconoclastes me saoûlèrent le foie. Ils buvaient de la bière, mangeaient des cacahuètes et fumaient, si bien qu'en ouvrant la porte je crus me trouver dans une chambre gazée.

— C'est toi, ma chérie ? demanda Océan.

— Ou ce qu'il en reste, répondis-je.

— Mauvaise humeur ?

— Ça passe ou ça casse, répondis-je.

— Voilà une femme ! dit quelqu'un.

— Elle me fait penser à l'Afrique, dit un autre.

— Ouais, elle gagnera !

— Pas avec des hommes comme vous en tout cas, dis-je.

— Quéque tu dis ?

— Je dis que j'en ai marre ! Vous ne foutez rien de la sainte journée et vous pensez sauver l'Afrique. Il est temps de revenir sur terre !

— Mais qu'est-ce qu'il faut pas entendre ! dit Souleymane, un Africain avec une langue longue comme une liane et qui était gardien au troisième sous-sol d'un immeuble. Il continua en ces termes : Moi, l'Afrique, j'y pense toutes les saintes nuits de la terre. Sachez que j'ai écrit une lettre au président de la République française pour lui demander la connexion du Biafra au Cameroun, celle du Nigeria au Niger, du Niger à la Libye, de la Libye à l'Algérie et...

— Stop ! dit Océan. C'est mon idée. Tu me dois des droits d'auteur.

— Comment ? demanda l'autre interloqué.

— Oui, très cher ! Tu es accusé de plagiat, et ne va pas faire le malin.

— Vous devez plutôt être contents, dit quelqu'un d'autre parce que, voyez-vous, nous avons tous la même idée et des grands projets pour l'Afrique. La première chose, c'est que l'Afrique doit arrêter de se comporter comme un gosse.

— C'est pas l'Afrique qui se comporte comme un gosse,

c'est l'Occident, l'interrompit un Nègre lippu, noir comme le cirage. Il chipe des choses, territoires ou gâteaux, et se les bouffe tout seul, sans partager.

— Et ensuite, si tu viens lui demander des restes, l'Occident t'envoie balader dans la nature, ajouta quelqu'un d'autre.

— Mais tant qu'il y a la vie, il y a de l'espoir, conclut Océan.

— Justement, je crève de soif, dit un bonhomme court sur pattes en regardant glauque dans ma direction.

— Vous avez entendu ce qu'il vient de dire, amour chéri ? demanda Océan.

— Je ne suis pas sourde, moi ! dis-je. D'abord, pourquoi me vouvoies-tu ?

— Par déférence et par respect, fleur de mon cœur. En espérant que la pupille de mes yeux aura le courage de descendre nous prendre à boire chez l'Arabe du coin.

— Si tu me donnes de l'argent...

— Pas de ça entre nous, mon amour ! Nous faisons porte-monnaie commun. Nous ne sommes pas chez les Blancs, nous !

— Ne compte pas sur moi, dis-je !

— Qu'est-ce qu'il a aujourd'hui, mon petit cœur ? demanda Océan l'air navré.

— Elle a peut-être ses règles, suggéra un Nègre. Paraît que ça vous détraque une femme.

— Je n'ai rien, dis-je. J'en ai marre, c'est tout !

— Bon, comme l'amour joli n'est pas de bonne humeur, je vous prierais de ne pas la contrarier, dit Océan.

— Demain, je quitte cette maison, dis-je.

— Tu t'en vas ? demanda Océan éberlué.

— Je divorce.

— Dans ce cas, je garde l'appart et à ce titre, je décrète que t'as plus rien à faire ici.

— Calmez-vous, les enfants, dit Souleymane. Laissez

passer l'orage, faites la chose et dormez, car la nuit porte conseil.

Sans m'en rendre compte, je ressortis de l'appartement sans rien prendre.

— Reviens ici immédiatement, dit Océan. Je te l'ordonne!

— Cause toujours, dis-je.

— Tu oublies mon disque, ma chérie.

— Il est rayé, justement.

Je n'avais pas envie de retourner dans cette maison. Cette décision fut prise sur un coup de tête, comme celles de vivre, et ensuite de me marier avec Océan. Aujourd'hui, je dirais que les hommes sont plutôt bons que mauvais et en vérité, la question ne réside pas là mais dans la clairvoyance. L'âme du meurtrier est aveugle et il n'y a pas de bonnes actions ni de vraies amours sans toute la clairvoyance possible.

Je me rends aujourd'hui compte que je m'étais engagée avec Océan sans clairvoyance. J'avais agi dans le flou, miroitant des possibilités de réussite et autres vanités du même genre. J'étais comme l'Afrique dans ses décisions, j'agissais au coup par coup, sans mûre réflexion. C'est une fois dans la rue que je me rendis compte que je n'avais pas assez d'argent. Je ne pouvais pas téléphoner à Alexandre, j'ignorais jusqu'à son numéro. Je ne pouvais pas retourner au clandé, bloquée que j'étais par les miasmes d'une dignité mille fois perdue et mille fois recouvrée, comme ces filles arabes qui s'acharnent à se reconstituer une virginité dans des cliniques à haut prix. Plus que jamais j'étais dans la merde, et je voyais cette merde.

La pluie avait cessé. Je marchai longtemps, dans l'ignorance du lieu où me portaient mes pas. Pendant que je marchais, je rencontrai des noctambules, des SDF, des putes et les autres. Ceux qui n'avaient personne pour s'occuper d'eux. Ceux qui ne voulaient pas s'occuper des autres. Ceux qui cherchaient, mais quoi? Paris était certainement la ville où il était agréable de se promener la nuit. Paris était le centre de l'univers. Paris était le soleil et les autres villes des planètes qui tournaient autour. Quelquefois, en la regardant, je me disais : Que d'histoires dans cette ville ! Que de merveilles ! Tant de monuments, de musées, de théâtres, de pigeons, de ciel ! Ou encore : Que de souffrances ! De désolation ! D'extraordinaire solitude ! D'oubli ! Combien d'Africains étaient-ils morts, loin de chez eux, prisonniers de chimères, d'illusions et de caprices ? Dix, vingt millions ? Aucun signe de leur passage sur leur terre d'adoption, aucune plaque commémorative. Pas même l'air pour témoigner qu'ici vivaient...

J'échouai finalement dans un café boulevard Saint-Michel. Et vive la fraternité de ceux qui ne se connaissent que le temps d'un verre ou d'un baiser ! Le bonheur ? On le conquiert avec beaucoup de courage ou d'argent. Allons, la souffrance n'était plus de mise. Le monde s'était cassé ? Il était à refaire.

Je bus plus que de raison, trinquai avec un inconnu, un bonhomme maigre engoncé dans un gros pull rouge et des santiags râpées. Je lui jurai amour et fidélité tandis qu'il me proposait de nous lancer dans une aventure à trois avec sa compagne de vingt ans à qui il avait déjà crevé un œil.

Je me réveillai le lendemain, les yeux glauques. Mes problèmes vinrent me rattraper où je les avais laissés avec d'autres scories en supplément, comme la honte d'être dans un hôtel borgne avec cet inconnu.

10

Le ciel pesait sur la terre comme une panse de vache. Je commençais à m'apercevoir qu'en Europe, la vie c'était l'été, car l'hiver détestait les hommes. J'avais le moral au niveau de la mer. Je m'arrêtai sur le pont qui reliait Saint-Michel à Châtelet. La Seine était grasse. Je fis un signe de croix et me penchai sur l'eau. A cet instant quelqu'un dit dans mon dos : « Brrrr ! Quel froid ! » Je me retournai et un vieillard me montra sa bouche édentée, fendue sur un immense sourire. Je lui souris parce que c'était une journée décisive pour mon avenir.

Je contemplai mes pieds joliment patinés de crasse et pris le métro jusqu'à l'avenue d'Iéna. Je traînaillai un peu en attendant l'ouverture des bureaux de MG5 où travaillait Alexandre. Pour m'occuper, je comptabilisai ce que Paris contenait de suspects. En premier lieu, les clochards, ensuite les vieux, les femmes seules, les hommes seuls, les supposés chômeurs. Je me plus à imaginer que tous les pauvres disparaissaient de Paris. Que resterait-il ?

A onze heures sonnantes et glapissantes, j'ouvris l'entrée de l'immeuble des productions MG5 et je me retrouvai nez à nez avec Sorraya.

— Assèze !

— Sorraya !

Nous émîmes des petits rires artificiels et sautâmes dans

les bras l'une de l'autre. Puis je me rappelai brusquement tout le mal qu'elle m'avait fait et reculai.

— Qu'as-tu? demanda-t-elle. N'es-tu pas heureuse de me voir?

— Il faut bien que je commence à être prudente, dis-je.

— Avec moi?

— Avec tout le monde! Il y a trop de microbes sur la terre, alors!

— Imbécile, dit-elle en gloussant.

— Tu vois bien que j'avais raison. Il y a à peine une minute qu'on se retrouve que déjà tu m'insultes!

— Je ne le pensais pas.

— Parlons joie, très chère. Qu'est-ce que tu deviens?

— Mariée.

Et elle fit tournoyer l'alliance à son doigt.

— Et heureuse! Mais toi?... On dirait que...

Son regard se posa sur mes jambes moulées dans un collant pisseux. Puis il remonta vers mes yeux de poisson crevés d'admiration.

— Au moins, les miens ne filent pas, dis-je.

— De quoi parles-tu?

— De mes bas, dis-je.

— Bon Dieu! Assèze. Peux-tu, pour une fois, me considérer comme une amie?

— C'est toi qui as commencé. En Afrique, tu me mettais au rebut. Tu aurais même refusé de me donner l'heure, je parie.

— Je reconnais. Mais j'ai changé.

Physiquement, ce n'était plus la même Sorraya. Certes, sa peau était toujours de la couleur de minuit, mais elle avait grossi. Ses hanches formaient une cathédrale gothique. Sa tête était rejetée en arrière. Ses cheveux composaient un bouquet de têtes de choux. A part ça, elle possédait la même aisance, celle qui ne s'acquiert que lorsqu'on a été aimée, cajolée, lorsqu'on peut en toute impunité dire des choses sans se les voir retourner contre soi, comme des gifles. Et moi j'étais toujours moi, avec mes vêtements reliquats des stocks que les supermarchés avaient du mal à écouler : on en achète deux, on emporte le troisième.

— Qu'est-ce que tu fais là ? demanda-t-elle.

— Je cherche du travail et je pensais qu'ici...

— C'est pas facile de nos jours. Mais à bien y réfléchir, je pourrais toujours te trouver quelque chose. Tu viens ?

J'hésitai et pourtant je la suivis avec une facilité de chien affamé, la démarche oblique, le ventre creux, la guettant fiévreusement, d'abord avec crainte, à trois pas d'elle. Et comme elle ne disait rien, j'ajustai mes pas aux siens.

Nous arrivâmes devant un immeuble pierres de taille. Nous prîmes un ascenseur cossu qui s'arrêta au troisième. Elle sonna et la porte s'ouvrit sur une dame style phoque en nage, avec un nez bifurqué vers la droite comme si elle s'était toujours mouchée d'un côté. Elle portait une blouse sous laquelle perçait un soutien-gorge framboise. Et par-dessus l'immense poitrine, une grosse tête, quelques miettes de cheveux et des joues rondes striées de veines. Sorraya et elle, c'était le jour et la nuit.

— Monsieur vient de téléphoner, dit-elle. Il rentrera tard.

— C'est Assèze, Delphine. Elle est à Paris depuis peu.

— Il y a exactement deux ans que je vis à Paris, Sorraya, dis-je. Ne m'enlève pas ma gloire. Dis-le, pour me faire plaisir.

Sorraya ignora ma réflexion et se tourna vers Delphine :

— Prépare-nous un repas léger, s'il te plaît.

— A vos ordres, Madame.

La grosse Delphine s'éclipsa.

— Tu as une bonne à Paris ?

— Et alors ? La première chose qu'il faut savoir, c'est à quelle porte frapper.

Je ne l'écoutais qu'à moitié parce que je marchais sur

quelque chose d'argenté et doux. Tout, autour de moi, était argenté et doux. Vitrines bourrées d'objets étincelants. Livres sur les tables et les étagères. Lampes d'un blanc de nacre avec des pieds de métal luisant. Et une odeur pareille à celle de l'eau de Cologne mais meilleure encore.

— Assieds-toi, dit-elle.

— Tu n'as pas peur que je salisse ta maison ?

— Assèze ! Combien de fois dois-je te dire que je suis ta sœur ? Ce qui est passé est passé !

— Il y a des choses que l'on n'oublie pas.

— J'ai appris que ta maman ainsi que ton frère étaient morts.

— Je suis au courant.

— Dieu aie leurs âmes, dit-elle dans notre langue.

C'était la première fois que je la lui entendais parler. La dernière fois qu'elle m'avait parlé en Afrique, elle m'avait bloqué les oreilles. Là, elle m'ouvrait l'esprit. Je compris brusquement que tous mes actes avaient été conditionnés par cette femme, dès le jour où elle m'avait reçue sur le palier de la maison de son père, enveloppée dans un peignoir, là-bas, à Douala. Mon amour pour Océan, ma venue en Occident, mes couics et mes couacs de soupirs, de larmes, tout ça avait été conditionné par Sorraya. C'était une pensée nouvelle qui ne me serait jamais venue à l'esprit si je ne l'avais pas croisée. Tout en sirotant un jus de fruits en face d'elle, je combinais ma retraite.

— Il faut que je parte, dis-je.

— Mais, non ! Assèze. J'ai besoin de toi. Tu dois m'aider. Travailler pour moi si tu veux. Etre mon habilleuse, car mon spectacle commence dans deux semaines. J'aurai besoin de toi jour et nuit.

— Qu'est-ce que j'aurai à faire pendant la nuit ?

— Etre là au cas où...

— Au cas où la maison brûlerait ? Où la neige tomberait si bien que je ne puisse pas être là le matin pour te servir ? Au cas où il faudrait recevoir des invités tardifs et nettoyer après eux ? Au cas où quoi, Sorraya ?

— Je veux juste t'aider.

— Tu m'as toujours détestée et aujourd'hui, tu parles de m'aider, alors explique-toi.

Et elle expliqua. Quoi qu'elle ait fait, elle n'acceptait pas que les erreurs du passé puissent empiéter sur le présent. Son attitude vis-à-vis de moi avait été renversante mais le passé était quelque chose à laisser derrière soi. On ne pouvait compter sur rien dans un monde où, quand vous étiez une solution, vous n'en demeuriez pas moins un problème. C'était des coudes à serrer et surtout, ne pas laisser un esprit adulte s'asseoir à sa table et rancuner.

— Sans compter que je te verserai six mille francs par mois, ajouta-t-elle.

— Je n'ai pas confiance en toi, dis-je.

— Essaye. Et je te ferai tes papiers. Je suppose que tu n'en as pas.

— Non, dis-je.

— Que veux-tu faire dans ce pays si tu n'es pas en règle avec l'administration ?

Je haussai les épaules. Malgré mes rancœurs, je savais qu'elle avait raison. Je me voyais mal retournant au clandé et y vivant jusqu'à ce que mort s'ensuive. D'ailleurs, au rythme où allaient les choses, on ne pourrait plus y vivre ! Mais habiter avec Sorraya était aussi rassurant qu'un prélude à la guerre. Peut-être regrettait-elle vraiment ses propres années de mépris. Peut-être était-ce, au fond, une brave fille incapable d'entretenir la haine et qui, lorsque le malheur chevauchait sur sa tête, faisait vite son possible pour lui faire un croc-en-jambe ? Ces réflexions étaient encore trop vertes. Voilà qui m'excusait assez pour accepter sa proposition de vivre, de travailler avec elle et d'attendre des jours monstres.

La bonne nous servit une salade aux noix, des morceaux d'agneau froid coupés en fines lamelles. Sorraya mangea à

peine, car elle faisait un régime amaigrissant. Je mangeai, je mangeai... je mangeais parce que j'avais faim
mais surtout, je voulais lui prouver que sur un plan au
moins, la misère, la faim, la soif, la saleté avaient
l'avantage de vidanger la carcasse.

Parce que nos bouches étaient occupées à mastiquer,
nous ne nous parlâmes plus. Après le repas, Sorraya
alluma une cigarette.
— As-tu revu Océan ? me demanda-t-elle.
— Non, mentis-je.
— Je vois, dit-elle. De toute façon, tu ne perds rien.
C'est un pauvre type. Il attrapait des boutons dès qu'un
homme osait lever les yeux sur moi.
— Il te battait ?
— Comme une natte.
— C'est parce qu'il t'aimait. Tous les hommes sont
fous de toi, Sorraya !
— Les femmes me détestent, constata-t-elle.
— L'amour des femmes ne compte pas, dis-je. Ce qui
compte, c'est que les hommes t'aiment.
— C'est bon, tu sais, d'avoir une amie. Une femme
qui te ressemble, à qui tu t'identifies, qui est un morceau
de toi-même. Les morceaux que tu es, quand ils se
cassent, elle te les rassemble et te les rend tout en ordre.
— Tu as toujours tout voulu ! Et si tu étais à ma
place, hein ? Je n'ai personne. Pas de mari, pas de
parents, rien !
— On pourrait peut-être arranger les choses, suggéra-
t-elle.
— Je m'en fous.
— Un beau mariage ne te ferait pas de mal.
— Tout le monde n'a pas ta chance, Sorraya !
A cet instant, le téléphone sonna. Elle alla répondre.
Quand elle revint, elle dit :

— Voilà ce que c'est d'être noire, choisir entre son confort et ses désirs.

De quoi pouvait-elle se plaindre ? Elle avait une bonne situation. Elle avait de l'argent à la corbeille. Elle avait un mari. Ces mots, c'était une oie qui cacardait.

— Je suis heureuse que tu restes avec moi, Assèze ! Tu ne peux pas savoir le monde de requins que c'est, le show-biz !

Elle ralluma une cigarette et s'enroba de fumée.

— Mon spectacle de danse commence bientôt. J'ai une répétition à quatorze heures.

Elle regarda sa montre, se leva et ramassa son manteau.

— Fais comme chez toi.

Durant son absence, j'eus le temps de danser au son de mon tam-tam intérieur. J'allais vivre là, sans illusion d'amour, de l'aimer, d'être aimée pour moi. Dans ce luxe, ma vie pourrait prendre des directions imprévues, des situations pourraient s'annexer, trancher et entraîner mille rebondissements qui me mettraient sur des pentes plus glorieuses que celles que j'avais initialement calculées.

Au fait ! j'y repense. Durant l'absence de Sorraya, j'eus aussi le loisir de prendre une douche, de lire *Marie-Claire,* de parler avec Delphine. Cette femme avait connu des mondanités. Elle avait servi le thé sous les palétuviers aux princes arabes et aux familles fortunées qui jouaient au bridge le plus clair de l'année. Elle avait créé des passions chez des jeunes aristocrates, ne s'était jamais mariée pour profiter de la vie. Mais, à l'époque, les épreuves, la guerre, la famine n'avaient pas encore altéré son caractère. Elle me racontait tout cela avec un accent théâtral à couper au couteau.

— Et toi ? me demanda-t-elle. Quelle gueule a ta vie ?

— Minuscule, dis-je. J'ai des envies mais pas de moyens.

— Tout le monde est fait pour une autre destinée. J'ai toujours vécu avec des gens protégés et j'ai du mal à m'intégrer dans les petites aspirations des classes moyennes. Je me demande bien ce que je vais faire quand je vais prendre ma retraite.

Elle retourna à sa vérité première, l'épluchage des pommes de terre pour le dîner. Et pendant qu'elle rinçait le tout sous l'eau, elle m'expliqua qu'elle fréquentait en ce moment un jeune homme de soixante-treize ans et qu'elle se demandait quelle décision prendre.

— Ça résout votre problème de retraite, dis-je. Vous pourrez toujours lui servir du thé sous les palétuviers.

— Pas mal, comme idée. Mais les palétuviers, il n'en a pas. Tant pis. Je ne me plains pas. Si on en prenait un pour notre propre et somptueux plaisir ?

— Bien sûr !

Et pour terminer, je m'assis devant la télévision. Mireille Mathieu pleurait sur le pauvre monde. Elle faisait des prélèvements dans les étoiles et j'étais bien.

Soudain, la porte s'ouvrit sur Sorraya. Un homme la suivait : c'était Alexandre.

Alexandre ! J'étais abasourdie. Tout bondit dans ma tête. J'éclatais de rire sous les yeux sidérés de Sorraya. Je nous revoyais, Alexandre et moi, faisant les clowns sur les ponts de Paris. Cette femme et moi...! Jamais je ne pourrais m'en séparer. Nos vies, deux mondes qui s'imbriquaient. Qu'il y eût des vases communicants dans nos existences, je n'y voyais pas d'objection. Là, c'était purement de l'invasion. Bon Dieu ! C'était trop. On pourrait nous faire les lignes de la main, qu'on y verrait les mêmes problèmes. Pas les mêmes fortunes, malheureusement. Que fallait-il faire ? Seigneur ?

— Qu'est-ce que tu as à rire comme une conne? demanda Sorraya.

— Moi?

— Je ne vois personne d'autre, dit-elle.

— C'est profond, ce que je ressens, répondis-je.

— Quoi donc?

— L'émotion de voir ton mari. Je ne l'imaginais pas ainsi.

Il était temps de sortir une de ces phrases qui vous mettent le public dans la poche avant votre mort.

— Vous êtes bien assortis, dis-je. Tu ne pouvais pas mieux trouver.

— Merci, minauda-t-elle.

Alexandre me salua comme s'il venait de faire ma connaissance. Puis s'ensuivit un fantastique silence d'outre-tombe. Alexandre était nerveux. Il tempêta contre le froid. Il arracha son manteau et balança le fautif dans un fauteuil. Il respirait par sa pipe. Je voyais bien qu'il redoutait l'irruption, au détour d'une phrase, de tout ce qui serait allusion à notre relation. Il s'inquiétait pour rien. J'avais mes ambitions. Sorraya s'excusa et nous laissa seuls. L'occasion était trop belle.

— Je veux la vérité, dit-il.

— Quelle vérité, Alexandre? J'ignorais tout! Tu ne m'as jamais dit le nom de ta femme.

— Inutile de tricher. J'aime Sorraya.

— Alors, pourquoi? Pourquoi es-tu sorti avec moi?

— Mon Dieu, Assèze! Que tu es raisonnable!

— Pourtant, tu la trompes.

Il se retourna d'une pièce, passa une main sur sa tête et, l'instant d'après, il se voûta, acceptant la défaite.

— Oui! Oui! Oui! Je n'en peux plus. Tu comprends? Sorraya a fait quatre tentatives de suicide en deux ans de mariage. Des cures de sommeil, des cliniques, des dépressions en tout genre. Des scènes, des larmes. Tu me donnais un peu de paix.

— Mais pourquoi? Elle a tout pour être heureuse!

— L'Afrique, sans doute. La réponse est là-bas. Peut-être bien que tu l'aideras à la trouver.

Il avait un teint à faire peur. La fièvre au fond des yeux. Nous sommes restés longtemps à nous confondre, jumeaux de la même hébétude.

Sorraya revint au salon.

— J'ai encore pris cinq cents grammes, annonça-t-elle.

— Avec l'hiver, il faut s'y attendre, dit Alexandre.

— Est-ce que je serai jamais une star ? demanda-t-elle.

— On le saura bientôt, répondit Alexandre. J'ai foi.

11

Il ne s'agissait plus d'hypothéquer la réussite, mais de l'expérimenter. En six mois, Sorraya devint une star prospère et adulée. Elle se produisait partout, au Caveau, à l'Olympia, au Zénith, partout, des milliers de mains fanatisées se levaient pour l'adorer.

Pendant les entractes, des hommes prenaient d'assaut sa loge. Ils se bousculaient pour voir à quoi ressemblait une déesse dans le privé. Les fleurs dans leurs bras se froissaient comme de la paperasse dans la bousculade. Ils couicouinaient des compliments, et les lumières du désir frisaient dans leurs prunelles comme des signaux optiques.

Assise au fond de la loge, je regardais Sorraya faire sa roue de lumière devant ses admirateurs. Je ne la jalousais pas. Je ne la haïssais plus. En fait, une fois le constat fait que j'avais besoin de son aide, mais sans pour autant compter sur elle, une fois que cette idée de départ se fut solidement ancrée dans ma tête, j'étouffai ma rancœur, fus courtoise sans mesure, et choisis de garder mes vrais sentiments, bons ou mauvais, pour ceux que j'aimerais.

— Je suis heureuse pour elle, disait Alexandre. Elle m'a fait si peur !

— La réussite cicatrise pas mal de blessures, disais-je.

— Quand je pense par où elle est passée ces deux

dernières années ! Grâce au ciel, elle resplendit de beauté et de joie de vivre.

Elle avait entamé des démarches pour me faire des papiers. J'étais satisfaite. Heureuse ? Non. On ne construit pas son bonheur sur les ruines d'une grande misère.

Sorraya semblait en tout, sauf en dépression. J'appris par les Débrouillardes rencontrées rue de la Bastille qu'Océan s'était marié trois mois après mon départ avec la fille d'un grand industriel camerounais. J'eus mal à mon amour. Néanmoins, j'eus une petite satisfaction : selon l'opinion générale, ce n'était pas la fille qu'il aimait mais le portefeuille du père.

En peu de temps, je sus comment vivait le couple Delacroix. Il recevait énormément de monde, des producteurs véreux, des avocats marrons, des espèces d'acteurs qui avaient été tellement brillants dans leur dernier film que personne n'en avait entendu parler, des compositeurs en mal d'inspiration. Tout ce monde s'amenait avec des filles du faubourg Saint-Honoré ou de la rue Saint-Denis. Je regardais ces filles avec envie, en me disant qu'un jour, si Dieu voulait... Elles regardaient Sorraya. D'ailleurs, tous les hommes regardaient Sorraya. Même ceux qui aimaient d'autres femmes. Alexandre, lui, ne regardait pas les autres femmes. Il regardait Sorraya. Il regardait ses yeux, son nez, sa bouche et les pagnes qu'elle arborait lors de ces soirées.

Moi, personne ne me regardait. Je ne m'en plaignais pas. Même Alexandre semblait m'avoir effacée de sa mémoire.

Une seule fois, après mon premier entretien avec lui, un jour où, comme un pompeux imbécile, il se mettait en devoir de refaire le monde, il me dit :

— Il faut qu'on te trouve vraiment un mari, ma chère. Il est temps que tu aies des enfants.

— Pas question, dis-je.

— Pourquoi ?

— J'ai le temps. Je crois que je ne serai jamais une bonne reproductrice.

— Tu veux vivre seule toute ta vie ? Un homme ne te manquera pas, même pour...

— Je n'ai pas les moyens d'envisager l'avenir. Pour l'instant, je me contenterai d'élever tes enfants et ceux de Sorraya, dis-je en riant.

— Ça ne saurait tarder, dit-il. Après son spectacle, si elle n'est plus malade de la tête, c'est envisageable. Sinon, elle me suffit largement.

— Même sans enfant ? demandai-je.

— Et alors ? Je l'aime !

— Chez moi, quand une femme est stérile, son mari la quitte ou en épouse une autre.

— Elle me suffit ! répéta-t-il.

Dévoilant ses dents de carnassier, il s'élança vers la chambre retrouver Sorraya.

Je relevai la tête. C'était donc ça, l'amour véritable d'un homme pour une femme ? Ce refrain calme ? A l'intérieur de ma tête je me mis à hurler. Je me sermonnai et courus à la cuisine rejoindre les mamelles de Delphine.

Son histoire avec le jeune homme de soixante-treize ans avait échoué. Elle était de nouveau disponible pour l'oiseau rare.

— Qu'est-ce qu'il te racontait, le patron ? me demanda-t-elle.

— Rien d'important. Il est parti rejoindre sa femme dans la chambre.

— Je vois. Je me demande si ça fonctionne entre eux.

— Il l'aime, dis-je.

— Et elle ? Je n'en suis pas certaine.

Elle fit la moue :

— Bah, les femmes, va savoir. De toute façon, faut qu'elle en profite. Un mec, tout ce qu'il veut, c'est vider son sac. Tous pareils ces zouaves ! Ah, quand je pense que certaines femmes se font les complices de ces tarés !

Je connaissais la suite de son discours. Elle me le débitait depuis que son jeune homme de soixante-treize ans avait changé d'avis sur leur union et n'envisageais plus de l'épouser. Elle disait sans cesse que toutes les femmes étaient des malsaines ! En dehors des nymphos, elles ne prenaient pas leur pied. Elles simulaient. J'appuyais les allégations en toute bonne foi. C'était la même chianterie. Pendant de longues minutes, on évoquait des misères sexuelles. On crachait sur les pénis. Le sexe pour le sexe, on pissait dessus. On achevait en symbiose en se disant qu'un jour on trouverait l'oiseau rare. On se voyait dorloter. Petites bonnes gonzesses qui traîneraient à bout de braguette un gros quique sans effort, avec tous les avantages possibles. Mais au bout des rêves, de toute cette sournoiserie de victimes du cul, on retrouvait nos sexes rétractés. C'était comme ça. C'était ainsi. Nous étions deux vieilles en manque d'affection et qui balbutiaient comme des minettes. C'était à pleurer. On ne s'offrait même pas ce plaisir. Ça ne se voyait pas. Ça se sentait qu'on ne pouvait pas.

12

Le spectacle de Sorraya dura six mois. Six mois pendant lesquels elle grandit et moi je rapetissai.

Pour clôturer son succès, Sorraya décida d'organiser une gigantesque fête. La cuisine était en ébullition. Toute la journée on lava, on essuya. Sorraya avait elle-même fait les courses. Toute habillée africaine, elle coupait les alekos, faisait frire le poisson, pimentait toutes les sauces. La biche grillait dans le four. Il y avait de quoi nourrir la moitié du Sahel pendant trois ans.

— Faudrait peut-être penser aux Français, lui suggérai-je. Ils n'aimeront peut-être pas la nourriture africaine.

— Ils n'auront qu'à rentrer chez eux, dit-elle, agressive.

— Mais ce sont tes invités !

— Justement, Assèze ! Toute ma vie, j'ai vécu le cul entre deux chaises. J'ai essayé de singer le Blanc. C'est pas de ma faute ! En Afrique, on nous faisait croire que nous étions des arriérés et moi, j'y ai cru. Je voulais me franciser, désincruster toute trace de noir en moi. Parce que le noir c'est la saleté. Le noir c'est la misère. Le noir c'est la malédiction. Je m'en voulais d'être africaine. Je voulais ressembler à Dupond, à Durand. C'était ridicule.

— Je vois pas ce que ça changerait à ton africanité si tu mettais un peu de nourriture française à table !

— Non ! Quand je suis invitée chez eux, je ne leur demande pas de me servir du ndolé myondo. Pendant que j'y pense, ce soir, il y aura un mari potentiel pour toi, à table. Emmanuel, il s'appelle. Je lui ai parlé de toi.

— Sorraya ?...

— Je t'écoute...

— N'attends pas de merci de ma part. Toute ma vie, j'ai dit merci. Merci pour les vieilles robes qui ne m'allaient pas ; merci pour les bonbons qui me pourrissaient la bouche ; merci pour les fautes que j'avais pas commises et qu'on me pardonnait. Merci, mille mercis. Je ne veux plus le dire. Je ne veux plus m'incliner.

Le soir, les invités de Sorraya arrivèrent, s'achalandèrent et discutaillèrent à qui mieux mieux, leur cocktail à la main. Les femmes scintillaient comme des astres morts. Les hommes leur témoignaient une amabilité sans souci qui faisait merveille. D'un même ton badin, ils les complimentaient sur leurs robes ou leurs coiffures. Puis les groupes se scindèrent. Les femmes se retrouvèrent entre elles et parlèrent biberons, chiffons et cuisine. Chez les hommes courut une conversation où il était question d'agios, d'intéressements, de taux de Sicav, d'actions et autres épiceries.

A table, Sorraya trôna en chef-d'œuvre africain. Elle distribua des portions de nfoufou sauce ngombo. Je vis les figures s'illuminer de gêne. On prit les cuillères et les fourchettes.

— Pas de fourchettes, dit Sorraya.

— Comment ? demanda une femme en regardant ses ongles laqués, les yeux pleins de crétine angoisse.

— Avec les doigts, chère amie, expliqua Sorraya. Nous sommes en Afrique, ici.

Et elle coupa un morceau de nfoufou et le mit dans sa bouche.

— C'est comme ça, dit-elle. D'abord prendre le nfou-

fou, le tremper dans la sauce. C'est facile, vous voyez !
Les invités hésitèrent, puis obtempérèrent en riant.
C'étaient des gestes imprécis. Le nfoufou se disséminait
partout. Il atterrissait dans les décolletés. Il chutait sur les
cuisses ou dégoulinait le long des mentons comme une
bave épaisse.

— C'est délicieux, dit un homme en virant rouge
pivoine parce que le piment lui brûlait la langue.

— T'entends, chéri ? dit Sorraya. Jacques trouve que
ma sauce est délicieuse.

— C'est bon, c'est bon ! dit quelqu'un d'autre comme
on se délecte d'un mot particulièrement heureux.

— Hé ! chéri, tu laisses entendre qu'on mange pas bien
chez nous ? répliqua son épouse, vexée.

Quant au reste, c'était du n'importe quoi. Le vin
aidant, la conversation se délabra. On crachouillait des
gros mots. On rotait à qui mieux mieux. *Shit !* disait
Sorraya, pour rabrouer un invité, au lieu du traditionnel
« vous dites n'importe quoi ». *Fuck you !* remplaçait mer-
veilleusement « taisez-vous ! » *Your mother !* siégeait en lieu
et place de « mon œil ». Enfin, l'ambiance générale
rejoignait l'Afrique dans ce qu'elle avait de plus sale.
Toute la dégueulasse cale africaine, à table dans le
seizième-Paris et toute l'ânerie bourgeoise et proprette se
fendait la poire, impudique.

— Ça arrive souvent à Sorraya de se comporter ainsi ?
demandai-je à Delphine.

— Son grain, tu veux dire ?

— Appelle ça comme tu veux. C'est inquiétant.

— C'est pour jouer.

— Personne ne souhaite jouer de cette façon.

— Moi, ce qui me plaît chez vous, c'est que vous riez
tout le temps ! Ici, on fait la gueule, alors !

— Tu connais l'Afrique ? demandai-je.

— Comme tout le monde. J'ai été au Club Med, c'était
au Maroc.

— C'est pas l'Afrique. L'Afrique, la vraie, est noire. Elle est subsaharienne. Il y a des vraies choses là-bas. Des vrais arbres, des vrais ciels, des ancêtres qui fument sous l'arbre à palabres, des poules qui caquettent, des chiennes pelées couchées sur le côté pour laisser reposer leurs mamelles gonflées de lait, des femmes qui pilent le manioc... C'est une telle vie !

— C'est ce que je disais, ma chère ! Vous avez le sens de la fête..., commença-t-elle.

— ... Et des drames qui donnent lieu à ces fêtes, achevai-je.

— De quoi ?

— Des drames comme l'esclavage, la colonisation, la corruption des dirigeants, les mariages forcés...

Je revoyais d'autres images, un climat assassiné par les cultures industrielles, des hectares et des hectares de cacao, des arbres rabougris, des herbes naines, des marigots taris, des animaux dénaturés, la fatuité des coqs, la hargne des chiens, des femmes boursouflées de ribambelles de gosses qui crèveront avant cinq ans, des hommes revenant des champs, les yeux torves, et les villes-bidons, où n'importe quoi ressemble à n'importe quoi d'autre. Un peuple cardiaque... Longue artère desséchée.

— Oh là, dit Delphine, t'as l'air triste soudain.

— Ça arrive aussi aux Africains, tu sais.

— Viens, on va prendre un thé pour notre propre et somptueux plaisir. Tu veux ?

J'éclatais de rire, car malheur à qui dément les légendes !

13

Les jours suivants, Sorraya se montra irascible. Elle se
tracassait pour un rien. Une feuille de maladie qu'elle
n'avait pas remplie. Elle se tiraillait les cheveux. Puis
venait le tour de ses ongles, de ses dents, de sa peau.
Chaque partie de son corps souffrait. Il faut reconnaître
qu'elle ne savait plus comment tuer ses journées. Son
prochain spectacle était prévu pour dans trois mois. Et
bien que son narcissisme lui mangeât beaucoup d'heures
chaque jour, elle trouvait le moyen de semer la panique de
fond en comble dans la maison. Elle n'épargnait rien à
elle-même ni à personne. Il fallait qu'elle martyrise.
Malgré toutes les prudences, personne n'y échappait.
C'était impossible, même si on s'était transformé en air !
Elle surgissait dans la cuisine :
— Où est mon soutien-gorge, Delphine ?
— Dans l'armoire, madame.
— J'avais demandé que tu les ranges dans la commode.
Et mes vêtements, je t'avais demandé de les plier comme
ça. Et pas comme tu l'as fait. C'est du désordre ! De la
désobéissance caractérisée. J'ai même remarqué qu'il y a
de la poussière sur les meubles. Tu te rends compte ? Tu
sers à quoi, dis-moi ? réponds-moi ! Tu es payée pour quoi ?
— Je vais m'en occuper, Madame.
— Il faut toujours que je gaspille ma salive pour que les

choses fonctionnent, dans cette maison. Je n'en peux plus !

Elle se sauvait dans sa chambre en faisant froufrouter sa robe d'intérieur.

Si Delphine et moi écopions d'une part de cette agressivité, c'est à Alexandre que revenait la croix d'honneur. Brusquement, à table, Sorraya s'énervait. Elle l'agressait, le butait de mille menées hostiles, le détruisait avec des mots : « Sale con ! Sale type ! Tu me manges ma vie ! Toute ma vie à terre, par ta faute. Tu peux m'expliquer, moi, ce que je fabrique ici au lieu d'être dans mon pays bien au chaud ? »

Méprisante et sardonique, elle le traitait de « pauvre idiot ». Pour tout, pour rien, heurtant de front sa virilité. Alexandre perdait sa résistance. Pour échapper à la destruction, il se cachait derrière sa pipe et laissait la fatalité tragique le pénétrer jusqu'aux fibres. J'étais écœurée. Tout cet amour qu'il avait pour elle partait en douleur.

Un soir, après qu'elle lui eut fait ses mécomptes, elle fila dans sa chambre. Nous restâmes tous les deux au salon. J'étais dans l'expectative.

Il me dévisagea curieusement.

— Tu n'as pas l'air d'être secouée par la folie de cette maison, me reprocha-t-il d'un ton inquisiteur. Ça te fait pas peur ?

— Je m'en débrouille assez bien, dis-je.

— Il y a des gens plus doués que d'autres, je le reconnais. Mais il y a des jours où j'ai bien envie de quitter cette maison, de recommencer ailleurs.

— Tout est possible, dis-je.

— A mon âge ? C'est trop tard. J'aurais cinquante-deux ans dans un mois.

— Quelle jeunesse ! m'émerveillai-je pour le rassurer.

— Pas d'hypocrisie entre nous, veux-tu ? Je n'en peux plus.

Il ne ficela plus ses émotions. Plus de sobriété dans ses

sentiments. Ses yeux se chiffonnèrent de chagrin. Il se mit à pleurer. Seigneur, le cafard que j'eus à le regarder ! Je pris sa main et la serrai. Il se laissa faire et son regard erra entre chiens et rêves tandis que je lui murmurais des sucres de réconfort :

— Calme-toi, dis-je. Ce n'est pas de ta faute, ce qui arrive.

— Je ne sais plus !

— Sorraya a besoin d'un psychy. Il faudrait...

— Les divans n'y peuvent rien. J'ai tout essayé, je te le jure !

Il se tut. Peu à peu, le paysage de la vie eut l'air de s'apaiser. L'obscurité envahissait doucement le salon. Au passage des doubles rideaux, l'ombre dévorait doucement la passementerie. Mes mains sur la sienne cimentaient nos pensées. Soudain, Alexandre eut des ressorts dans le cou et se redressa :

— C'est donc ça ! Sous mon propre toit ! cria une voix dans mon dos.

Je me retournai, incrédule. Sorraya était là, jambes écartées, cambrée. Ses yeux lançaient des percuteurs.

— C'est-à-dire..., commença Alexandre.

— Je ne veux rien entendre, canaille ! Fils de chien ! hurla Sorraya. Me tromper avec ma propre sœur !

— On..., commençai-je.

— Tais-toi ! me coupa-t-elle. Tu es une ingrate ! Tu es une salope ! J'aurais dû m'en douter depuis le départ. Tu veux me prendre mon mari. Tu as toujours tout voulu me prendre : Mon père, mon argent, ma maison, et maintenant mon mari... Non, tu n'as rien à me dire ! Ce que tu veux, c'est lui. Je commence à comprendre ta répulsion au mariage. Tu veux Alexandre, tu l'as toujours voulu, je le sais.

— Tu te trompes, dit Alexandre. Assèze est comme une sœur pour moi !

— Sans blague ! ricana-t-elle.

Elle se mit à pérorer deux mille années de souffrances.
Elle cria, se griffa les joues d'exaspération et sema la
panique ! Alexandre se leva d'un bond. Il ramassa manteau et chapeau.

— Qu'est-ce que tu fais ? lui demanda Sorraya.

— Ouvre les yeux et tu verras, répondit-il.

Il se dirigea vers la porte.

— C'est ça, dit-elle. Va-t'en ! Je ne veux plus jamais te
voir !

Alexandre donna un grand coup sur la glace de l'entrée.
Nous entendîmes le verre exploser. La porte claqua, au
milieu des cris, des halètements et des jurons.

— Pourquoi ? me demanda Sorraya. Pourquoi ?

J'avais déjà remarqué l'échec de la communication
entre Sorraya et moi, voilà pourquoi je choisis de me taire.

Sorraya était rêche à faire peur. Livide, elle louvoya
vers moi. J'eus le geste instinctif de poser ma main sur
mon crâne, pour me protéger. Mais non ! Elle prit juste
mon menton pour m'obliger à la regarder de face.

— Ne t'inquiète pas, dit-elle. Je ne te tuerai pas. Je vais
même te le laisser. C'est ça... Je te le laisserai. Mais
regarde, ouvre les yeux, et vois ce qu'il te fera...

Elle prit son élan, s'élança tête baissée sur le canapé.
Elle souffla et embrassa le dossier du canapé. C'était
drôle. Je crois bien que j'aurais éclaté de rire en d'autres
circonstances.

— C'est comme ça, dit-elle. Il va t'embrasser la
bouche, comme ça. Il va te fouiller comme ça. Et puis plus
rien ! Rien du tout ! Tu comprends cela au moins ? Non.
Tu ne comprends pas. Il va te laisser nue, seule. Il va
s'endormir. Et toi, tu feras comme moi. Tu écarteras tes
jambes. Regarde. Ne détourne pas la tête. Peut-être bien
que c'est la dernière fois que tu vois ça. J'ai une
surabondance de poils. Je pléthorise de frisettes. C'est
bizarre, n'est-ce pas ? On dirait un chimpanzé. Tu toucheras ton clitoris, comme ça. Oh ! que j'ai de poils ! Oui, tu te

toucheras là. Tu auras un soupir, des effarements, et toutes tes attaches se détacheront. Tu t'endormiras en chien de fusil, une main en conque sur ton sexe. Alors commencera un rêve lourd qui te fera battre le ventre. Tu y rencontreras des hommes, des vrais, avec des épaules carrées, des ventres de bois, et entre les cuisses tu auras un sexe à réveiller. Et dans tes rêves, l'homme te respectera. Il ne te battra pas. Il ne t'exploitera pas. Parce que, ma chère, dans la réalité, tout homme a le droit de nous saisir pour un oui ou pour un non. Pas seulement pour nous faire travailler, nous tuer ou nous mutiler, mais pour nous salir. Nous salir si profondément que nous en oublions qui nous sommes et ne pouvons même plus nous rappeler qui nous étions.

— Tu n'as jamais souffert de tout cela, dis-je. Tu as tout, et le meilleur !

— Ne t'inquiète pas. Je sais que tu me hais. Comme tous les autres en Afrique, d'ailleurs. C'est vrai que vous n'aimiez pas ma façon de parler, de m'habiller et de vivre. Vous n'aimiez pas ma façon de me comporter avec les garçons. Vous pensiez que je me sentais supérieure à vous parce que je ne me sentais nullement inférieure aux hommes. J'aurais réellement voulu être des vôtres. Vous ne me considériez pas comme une des vôtres.

En un clin d'œil, elle passa de la douce folie à une infinie tristesse. Elle s'assit, s'étreignant les genoux de ses bras, les coudes posés dans ses mains. Ses yeux aux mouvements lents s'immobilisèrent et scrutèrent la moquette à ses pieds.

— J'ai toujours appartenu à une minorité, reprit-elle. Vous ne m'acceptiez pas, parce que j'estimais que j'avais certains droits, que tout n'était pas bon dans nos traditions. En France, j'appartiens encore à une minorité. Jamais je ne serai considérée comme une Blanche. Je n'appartiens à rien. Une hybride. Un non-sens ! Tout est de la faute à papa. Il aurait dû m'envoyer à l'école

publique avec d'autres enfants noirs, comme toi, Assèze!
Mais il croyait bien faire. Quand il a vu ce que ça donnait,
il t'a ramenée à la maison. Il voulait que tu sois pour moi
un modèle. Mais c'était trop tard! Pauvre papa! Il avait
vendu son âme au diable, comme ta maman, comme la
Comtesse. Chacun à notre façon, nous avons vendu notre
âme au diable. Tous des vendus! L'Afrique bradée!
Dépossédés de nous-mêmes. Je me suis vendue en allant à
l'école des Blancs. Toi, tu t'es vendue en m'imitant, du
moins en essayant de prendre ma place. Ta mère en
t'envoyant chez papa pour que tu réussisses dans le sens
du Blanc. La Comtesse en couchant avec papa sans
l'aimer. Où est l'Afrique, dans ce déchaînement d'ambitions et de corruption? Où es-tu? Où suis-je? Tu m'as
crue méchante en Afrique. Tu m'as crue gentille ici. Je ne
suis rien de tout cela. Je ne sais même plus où je suis. Je
n'ai pas réussi ma vie. J'ai raté en tant que jeune fille et
aujourd'hui en tant que femme, tu comprends?

Des larmes se débobinaient sur ses joues. Elle les laissa
couler longtemps et les sécha à titre posthume. Puis elle se
pelotonna dans son coin, à se lécher les lèvres comme un
enfant puni.

J'étais désolée pour elle. Je me ravigotai assez pour aller
lui préparer une tisane. Quand je revins avec la théière,
elle la repoussa. Elle recommença à pleurer, à bouder, à
marmonner quelque justification, quelque élément
d'explication comme si, quelque part en elle, elle se
refusait le pardon, le sommeil, la paix.

14

Cette nuit-là, j'ai eu du mal à m'endormir. Je cherchais des repères. Notre passé me recavalait à la mémoire. Toute la hargne, toutes les envies et toutes les déceptions de mon peuple se bousculaient dans mes pensées. Sorraya avait crié que nous étions tous des vendus et elle n'avait pas tort. Et je me demandais si un jour l'Afrique sortirait de ses néfastes instincts, de ses dispositions bagnardes. Je n'avais pas de réponse. J'avais au fond de moi trop de fatigue et d'émotions. Et puis, j'avais la terrible évidence : celle de quitter cette maison le plus tôt possible.

Le lendemain, quand je me réveillai, il ne faisait pas tout à fait jour. Alexandre n'était pas rentré de la nuit. J'avais trop d'égoïsme personnel pour me demander ce qui lui était arrivé.

Je fis mes bagages. Je frappai à la porte de la chambre de Sorraya. Sans réponse, j'entrai. Elle dormait sur un édredon aux couleurs joyeuses. Ses cheveux, comme des racines sombres et délicates, couchaient sur l'oreiller. Ses yeux dirigés vers la fenêtre étaient à ce point dépourvus d'expression que je doutai qu'elle me reconnaisse. Il y àvait trop de lumière dans la pièce et tout avait l'air neuf.

Je m'éclaircis la gorge.

— Sorraya ?

Elle tourna la tête.

— Ah c'est toi ? Tu es drôlement bien habillée, pour une heure aussi matinale.

— Je suis venue te dire que je m'en vais.

— Comment ça, t'en aller ? Quand ? Où ?

— Je ne sais pas, Sorraya ! Je ne sais pas. Ce matin, en me réveillant, j'ai senti que j'étouffais. J'ai besoin d'air.

— C'est à cause de ce qui s'est passé la nuit dernière, n'est-ce pas ?

— Non, Sorraya ! Il faut que...

— Ne dis rien... Admettons que je n'aie rien dit du tout ! Je n'étais pas bien. Ce n'est pas de ta faute, ma pauvre chérie. Je me suis toujours promenée sur des précipices et parfois je suis prise de vertige, voilà !

— Ça n'a rien à voir avec toi. C'est de moi qu'il s'agit.

— Mais qu'est-ce que tu vas bien pouvoir faire ? Tu n'as pas un vrai métier. Tu n'as pas de papiers. Non. Je ne pourrais pas supporter de te savoir à la rue sans rien ! Tu vas rester avec moi. Tu n'auras besoin de rien. Si tu veux, je pourrais t'aménager une chambre au dernier étage. Tu seras totalement indépendante... Voilà, c'est conclu. Tu es contente ?

— Je veux quitter cette maison.

— Tu as bien réfléchi ? La maison ne prend pas feu. Prends ton temps.

— Je veux m'en aller. Dès cet après-midi.

Elle me dévisagea avec soin. Elle devait me trouver insolite. J'aurais voulu tout lui expliquer, n'importe quoi.

— Je ne veux plus poser de problèmes à personne, lui dis-je. J'ai toujours été un problème. Je t'ai toujours fait du chagrin sans le vouloir, Sorraya. Au fond, tu es bien bonne avec moi. Je ne le mérite pas.

— Qui t'a mis ça dans la tête ?

— Ne t'inquiète pas ! Je l'ai trouvé toute seule.

— C'est entendu, dit-elle en poussant un gémissement.
Va, laisse-moi, Assèze. Je n'ai plus de projets. Je n'ai
plus rien. Je suis comme l'Afrique, comme toi et tous les
exilés. Nous avons en réalité plus d'hiers que de lendemains.

L'espace d'un moment, je fus sur le point de renoncer à
mon projet. Puis je me sermonnai car je refusai de voir
l'effet d'une lassitude dans la moelle de cette femme. Je la
prenais pour un monstre ou une montagne. Voilà pourquoi je me cantonnai dans ma décision. C'est une fois dans
ma chambre, la valise bouclée, que je sentis mon cœur
dévisser, mais c'était trop tard. Je m'assis sur le lit. J'avais
l'impression que le sol s'inclinait. La tristesse de Sorraya
n'était pas au centre de mes préoccupations. En fait, je me
rendis compte que j'avais tout faux, du départ à l'arrivée.
Archifaux, mes calculs pour réussir. Je comprenais enfin
que le bonheur n'était pas du côté de la bourse, qu'il fallait
chercher ailleurs. Où ? Il avait suffi qu'on nous dise le
bonheur, c'est ça. Et nous y avions cru. Et ce qui me
perturbait par-dessus tout, c'était mon propre état de
femme. Je n'étais plus sûre, en réalité, d'en être une ! Oh,
bien sûr, vous me direz que j'agissais, que je faisais des
choses. Etait-ce par don ou par ma volonté ? A supposer
que ceux qui étaient détenteurs de mon bonheur et de mon
titre de femme se réveillent un matin et décident que je
n'en étais pas une, que deviendrais-je ? J'étais en plein
doute, tiraillée par mes choix. D'ailleurs, rien que d'envisager de trouver un travail ailleurs et de me loger,
m'épuisait littéralement. Dans l'appartement, j'entendais
Delphine ménager la vaisselle en fredonnant : « *Paris,
Paris, tu es la plus belle ville du monde, mais quand tes lumières
s'éteignent, surgissent de l'ombre les fantômes d'antan.* »

Je lui donnais raison.

Et m'assoupis.

Quand j'ouvris les yeux, le soleil reflétait assez de force

pour me donner l'heure approximative. Je comptai tous mes os et me levai. Je m'attardai un instant avant de ramasser le courage d'aller de nouveau affronter Sorraya.

Dans la cuisine, je trouvai Delphine assise à la table dévorant des gâteaux, boulimique comme trois hommes.

— Madame est sortie ? demandai-je.

— Crois pas. Elle m'a pas demandée ce matin. Va savoir...

— Tu n'as pas essayé de la réveiller ?

— Je crois qu'elle a besoin de se reposer.

Lorsque je mis mon manteau et sortis ma valise au salon, c'était déjà le début de l'après-midi. J'avais honte de rester et d'attendre que Sorraya se réveille et me trouve là. Elle pourrait penser qu'à bien y réfléchir, j'avais changé d'avis. Je connaissais Sorraya. Cette fois, il n'y aurait pas de méchanceté autour de sa bouche, juste du mépris. Maintenant, je voulais de la vitesse, voilà pourquoi je franchis le seuil de sa chambre.

Qui était donc cette femme allongée dont les yeux n'étaient pas ceux de Sorraya, mais dont la bouche était presque la sienne ?

Un tube de barbituriques gisait sur le tapis.

— Pourquoi ? Pourquoi as-tu fait ça ?

Haletante sous trois rais de lumière, elle murmura :

— Chut... Laisse-moi, laisse faire la mort.

— Ne me fais pas le coup de mourir ! C'est ça que tu as dans l'idée ?

J'étais si furieuse que j'aurais pu la tuer. Je me maîtrisai et chuchotai :

— Qu'est-ce que tu as dans la tête, Sorraya ?

— Rien.

— Je vais appeler les pompiers.

— S'il te plaît, Assèze. Accompagne-moi plutôt... Je t'en supplie... Tu... sais... C'est mon premier véritable choix. Et puis, ce dont je souffre n'existe pas chez nous. On est fou ou on ne l'est pas.

— Ecoute, Sorraya. J'appelle les pompiers, ils vont te soigner et après, tu reviendras. Je m'occuperai de toi. Je serai toujours là, je te masserai le dos et les pieds, tu veux ?

Sorraya ferma les yeux et serra étroitement ses lèvres :

— Non ! Dormir là, dans cette chambre, c'est tout ce que je veux. Et me reposer. Il n'y a rien à masser maintenant. Et aucune raison de le faire... Eux m'en empêchent. Mais toi, ma sœur... toi... fais-moi ce cadeau. Ici, ça s'appelle dépression.

Je comprenais brusquement cette femme que j'avais prise pour de la pierre. Trop tard. Son cœur qui déversait l'amour à sa façon, sa bouche qui prononçait la parole et même son corps qui dansait avaient compté pour rien. J'étais devant elle, incapable d'approuver ou de condamner le choix brutal de Sorraya. Prendre l'un ou l'autre parti l'eût peut-être sauvée mais, exténuée par toutes ces histoires du passé, je m'allongeai à ses côtés. Quand je me réveillai, mes yeux captèrent l'expression de Sorraya. Dans ce regard, aucune nervure de contrariété. Elle semblait se reposer, à l'abandon. Je criai. Delphine accourut et cria à son tour. Je ne la voyais plus, j'étais en bouleversement, je m'agitais, je cassais tout ce qui me tombait sous la main. Des hommes en uniforme essayèrent de me calmer. Quelqu'un m'obligea à m'asseoir. Quelqu'un me donna un verre d'eau. J'étais calme. Je me sentais loin de tout, tellement absente de la réalité que je ne bougeais pas de mon fauteuil.

— Elle était si jeune ! Si belle, dit Delphine.

— Pourquoi, selon vous, a-t-elle fait ça ?

— Je ne sais pas, monsieur l'inspecteur. Elle était gentille, un peu capricieuse, c'est tout ! Allez savoir ce qui peut se passer dans la tête d'une star. De drôles de zouaves. Regardez, Marilyn, Dalida, pourquoi se tuent-elles ?

— Et vous, qu'en pensez-vous ?

— Je l'ai laissée mourir.

— Ne l'écoutez pas, dit Delphine. Elle est sous le choc.

— Ne vous inquiétez pas, madame. Nous en avons rencontré de drôles, dans notre métier.

C'est ainsi qu'ils ne m'ont pas crue.

15

Le temps passa. Je n'arrivais pas à oublier Sorraya ; ni l'odeur de sa peau, ni l'histoire.

— Courage, Assèze, disait Alexandre. Il faut remonter la pente, et après on se mariera.

— Il faudrait une grosse dose de courage pour m'épouser, répondais-je.

— Je l'ai, car je t'aime.

— Moi ou la morte ?

— Toi ou elle, quelle différence ?

Puis il se reprenait :

— Mais cette fois, je voudrais que cela se passe dans votre pays. Ça me permettra de mieux comprendre l'Afrique et d'éviter des drames.

Et je n'arrivais pas à oublier Sorraya ni l'odeur de sa peau. C'est ainsi qu'Alexandre me récupéra tel un bois mort. Il m'alimenta comme on nourrit un feu, jusqu'à ce que mes flammes soient assez fortes, jusqu'à ce que ma danse soit fougueuse et bondissante. Seulement après, il m'épousa, là-bas, dans mon village qui n'était plus le même avec ses bras ouverts de telle façon que n'importe quoi pouvait s'y arrêter, avec Mama-Mado qui poussait des tyroliennes, les femmes qui tapaient leurs paumes l'une contre l'autre, les enfants qui criaient, les hommes qui buvaient ce qu'il y avait à boire et mangeaient ce qu'il

347

y avait à manger. Nous sommes revenus en France. Heureux, nous le sommes, à notre vérité.

Aujourd'hui, je témoigne en dernier de ce qui va s'envoler. J'écris pour un monde qui est plus enclin que d'autres à sombrer dans l'oubli. Je fais une épopée de l'intérieur. Je sais qu'on ne me lira pas. D'ailleurs, ce livre est avant tout le mien. Il est ma lente gangrène. Je représente un continent dont la survie est bien compromise. Je suis née en voie de développement. Je vis en voie de disparition. Je n'ai aucune névrose. Aucune psychose. Ma torture hurle ailleurs, vers l'Afrique qui vit un blues dégueulasse et qui ne se voit qu'à l'ombre de ses propres ruines. Je ne noircis pas la réalité. Je la verdis, à la façon de l'Afrique qui faisande. Je comprends mieux que quiconque pourquoi j'ai laissé Sorraya vivre sa mort. En tout état de cause, par cet acte, j'ai touché à l'Afrique d'aujourd'hui, à ses structures malsaines, à ses rites ancestraux. J'ai égratigné un peu de son âme. Ce n'était pas risquer de me perdre, mais de me retrouver.

Aujourd'hui, je me retrouve. Et ce que je retrouve pourrait s'appeler Dieu. Ce Dieu est parfait. Du moins, c'est son sens. Ce Dieu n'est ni blanc, ni noir, ni Afrique, ni Occident. Il est oiseaux, arbres, même fourmis, et prétend à la magnificence universelle. Il m'a dit : Aime.

Il fait beau sur Paris. On sonne à ma porte. Je vais ouvrir.

— Yvette ! Fathia ! Entrez donc !

Les Débrouillardes regardent ma maison, puis mes habits, et éclatent de rire.

— T'as réussi ! dit Fathia.

— C'est tout ce qu'on peut dire, renchérit Yvette. Nous, c'est pas encore la Cadillac et l'avenue Foch, mais ça viendra.

Elles rient.

— Asseyez-vous. Je vous sers quoi ?

— Dis-nous d'abord comment va ta famille ? demande Yvette.

— Elle pourrait se bonifier, dis-je. Je ne m'en plains pas.

— Manquerait plus que ça, ma chère, dit Yvette. Mais si jamais ta vie d'épouse te fatiguait, Assèze, je te propose d'ores et déjà de prendre mon fardeau et de me donner le tien.

— J'aime mon homme, dis-je. C'est pas un fardeau. Du tout !

— Ça alors ! s'exclama Yvette.

Et elles éclatèrent de rire. Je sais qu'on rira encore longtemps car, peu à peu, j'oublierai l'histoire, ce ne sera pas seulement l'histoire, mais son odeur. Le reste ne sera plus que temps qui passe, temps qu'il fait. Et on rira.

DU MÊME AUTEUR

La composition de cet ouvrage
a été réalisée par l'Imprimerie BUSSIÈRE,
l'impression et le brochage ont été effectués
sur presse CAMERON dans les ateliers de B.C.A.,
à Saint-Amand-Montrond (Cher),
pour le compte des Éditions Albin Michel.

Achevé d'imprimer en juillet 1994
Nº d'édition : 13766. Nº d'impression : 1254-94/317
Dépôt légal : juillet 1994